Au nom
de l'enfant

Révision : Maryse Barbance
Correction : Sylvie Massariol et Anne-Marie Théorêt
Infographie : Marie-Josée Lalonde

Catalogage avant publication de Bibliothèque et Archives nationales du Québec et Bibliothèque et Archives Canada

Riou, Arnaud

Au nom de l'enfant : parent conscient, enfant confiant

Comprend des réf. bibliogr.

ISBN 978-2-7619-2705-5

1. Éducation des enfants. 2. Parents et enfants. 3. Confiance en soi chez l'enfant. I. Titre.

HQ767.9.R56 2010 649'.1 C2010-940359-2

02-10

Dépôt légal : 2010
Bibliothèque et Archives nationales du Québec

ISBN 978-2-7619-2705-5

DISTRIBUTEURS EXCLUSIFS :

- Pour le Canada et les États-Unis :
  MESSAGERIES ADP*
  2315, rue de la Province
  Longueuil, Québec J4G 1G4
  Tél. : 450 640-1237
  Télécopieur : 450 674-6237
  Internet : www.messageries-adp.com
  * filiale du Groupe Sogides inc.,
  filiale du Groupe Livre Quebecor Media inc.

- Pour la France et les autres pays :
  INTERFORUM editis
  Immeuble Paryseine, 3, Allée de la Seine
  94854 Ivry CEDEX
  Tél. : 33 (0) 1 49 59 11 56/91
  Télécopieur : 33 (0) 1 49 59 11 33
  Service commandes France Métropolitaine
  Tél. : 33 (0) 2 38 32 71 00
  Télécopieur : 33 (0) 2 38 32 71 28
  Internet : www.interforum.fr
  Service commandes Export – DOM-TOM
  Télécopieur : 33 (0) 2 38 32 78 86
  Internet : www.interforum.fr
  Courriel : cdes-export@interforum.fr

- Pour la Suisse :
  INTERFORUM editis SUISSE
  Case postale 69 – CH 1701 Fribourg – Suisse
  Tél. : 41 (0) 26 460 80 60
  Télécopieur : 41 (0) 26 460 80 68
  Internet : www.interforumsuisse.ch
  Courriel : office@interforumsuisse.ch
  Distributeur : OLF S.A.
  ZI. 3, Corminboeuf
  Case postale 1061 – CH 1701 Fribourg – Suisse
  Commandes : Tél. : 41 (0) 26 467 53 33
  Télécopieur : 41 (0) 26 467 54 66
  Internet : www.olf.ch
  Courriel : information@olf.ch

- Pour la Belgique et le Luxembourg :
  INTERFORUM BENELUX S.A.
  Fond Jean-Pâques, 6
  B-1348 Louvain-La-Neuve
  Téléphone : 32 (0) 10 42 03 20
  Fax : 32 (0) 10 41 20 24
  Internet : www.interforum.be
  Courriel : info@interforum.be

Gouvernement du Québec – Programme de crédit d'impôt pour l'édition de livres – Gestion SODEC – www.sodec.gouv.qc.ca

L'Éditeur bénéficie du soutien de la Société de développement des entreprises culturelles du Québec pour son programme d'édition.

Le Conseil des Arts du Canada
The Canada Council for the Arts

Nous remercions le Conseil des Arts du Canada de l'aide accordée à notre programme de publication.

Nous reconnaissons l'aide financière du gouvernement du Canada par l'entremise du Programme d'aide au développement de l'industrie de l'édition (PADIÉ) pour nos activités d'édition.

Arnaud Riou

Au nom de l'enfant

Parent conscient, enfant confiant

LES ÉDITIONS DE L'HOMME
Une compagnie de Quebecor Media

À Louise, à Claire.

Ce livre est écrit au nom de l'enfant.
Au nom de l'enfant que nous avons été
et qui sommeille en chacun de nous,
car c'est grâce à lui que tout devient possible.

PRÉAMBULE

Il y a 500 millions d'années, la disparition du cambrien marquait la première extinction massive de l'humanité. Quatre autres extinctions allaient suivre, au rythme moyen d'une tous les 80 millions d'années. La disparition des dinosaures, il y a 66 millions d'années, marqua la cinquième extinction. Selon les spécialistes, nous traversons actuellement la sixième extinction de masse. Celle-ci concerne de nombreuses familles de plantes et d'animaux. Depuis le début du XIXe siècle, le taux d'extinction est de 100 à 1000 fois supérieur au taux moyen naturel, et il est en accélération constante depuis les années 1950. En 2007, l'Union internationale pour la conservation de la nature évaluait qu'une espèce d'oiseaux sur huit, un mammifère sur quatre, un amphibien sur trois et 70 % de toutes les plantes étaient en péril. Depuis 1950, 600 000 espèces ont disparu et 40 000 autres sont actuellement menacées. La cadence de l'extinction pourrait s'accélérer sous l'influence de la consommation outrancière, de la pollution des ressources naturelles, du réchauffement mondial et de l'élévation du niveau des mers.

Aujourd'hui, les demandes dues à l'activité humaine dépassent largement la capacité biologique de la Terre à y répondre. Nous sommes en situation de *dette écologique*. Ce déséquilibre entraîne tant de conflits mondiaux qu'il est impossible d'en comptabiliser les victimes. Pour que l'autodestruction des êtres humains ne soit pas la sixième extinction de masse, c'est notre monde entier qu'il est temps de revisiter, notre rapport à la propriété, à la relation, à l'autre. Il est grand temps de nous rééduquer.

Malgré l'urgence de la situation, notre réaction est encore lente et nos réflexes de survie, embourbés dans de vieux paradigmes inconscients. Face aux catastrophes écologiques et humaines, nous observons, impuissants, l'inexorable destruction de notre espèce. Cette attitude nous rend passifs et aveugles. Elle ne prend pas en compte le formidable potentiel dont nous disposons pour transformer le monde à partir de nos propres initiatives. Aucun changement collectif ne peut avoir lieu sans que s'opère une multitude de prises de conscience et d'actions individuelles.

Depuis quelques décennies, beaucoup d'hommes et de femmes réalisent qu'il est nécessaire de consommer, de produire et d'échanger différemment. Des initiatives lumineuses, comme autant de sources d'espoir sur notre planète, fleurissent. Elles s'appuient sur une remise en question de nos comportements. Elles s'inspirent d'une nouvelle façon de vivre, de consommer, de coopérer, plus respectueuse des autres et de l'environnement. Beaucoup d'entre nous se remettent en question avec courage et détermination; ils déconditionnent leurs réactions, leur impulsivité, leurs croyances et leurs certitudes. Ils croient en cette devise: *Nous n'héritons pas de la terre de nos ancêtres, nous l'empruntons à nos enfants.*

Beaucoup d'adultes cherchent avant tout à donner du sens à leur vie, à s'ancrer dans le monde, à prendre conscience de leur pouvoir et à contribuer, à leur façon, à l'émergence d'un monde nouveau. Pour transmettre leur lumière, ils s'ouvrent à une nouvelle spiritualité qui ne s'appuie sur aucun dogme, mais plutôt sur la puissance de l'amour et le pouvoir de la conscience. Il est temps que cette remise en question, cette exploration de la relation à l'autre, dépasse la sphère des adultes et intègre également nos enfants.

De nouvelles façons de se comporter attendent les hommes et les femmes du monde qui est en train de naître — un monde plus lucide, plus aimant, plus conscient. Les êtres humains de ce nouveau monde ne pourront pas se construire sur le paradigme de l'ancien basé sur l'autoritarisme, le pouvoir et le matérialisme individuel. Pour survivre, les citoyens du nouveau monde devront améliorer leur lucidité, leur discernement, leur cohérence personnelle, cela dans leurs moindres actes.

Il faudra à la génération qui nous succède beaucoup de confiance, de conscience, pour réinventer les bases d'une relation qui ne fonctionne plus sur l'asservissement et la peur, mais sur l'amour et le don.

Pour relever ce défi, nos enfants ont besoin d'être accompagnés, ils ont besoin de toute notre force, de tout notre espoir et de tout notre courage. Nous ne pourrons plus, demain, nous contenter d'éduquer nos enfants en leur apprenant l'histoire des guerres et des rois sans les ouvrir à l'histoire du cœur des hommes. Nous ne pourrons plus encombrer leur âme de concepts, de théories, de connaissances extérieures, et les laisser vides d'eux-mêmes, ignorants de leurs propres fonctionnements émotionnel, relationnel et énergétique. Nos enfants auront besoin d'évoluer en ayant confiance en eux et confiance dans l'amour des autres.

Pour les parents-citoyens de ce nouveau monde, l'éducation demande une implication qui dépasse, de loin, l'acquisition de techniques propres à faire obéir les enfants à la volonté des adultes. Face à ce monde en pleine mutation, il est de notre responsabilité d'apprendre à nos enfants à acquérir leur autonomie, leur libre arbitre, leur sens critique et leur discernement devant les informations toxiques qui leur sont communiquées. Il appartient à tous les parents et à tous les êtres de bonne volonté d'encourager les enfants dont ils ont la responsabilité à apprendre à s'ancrer en eux-mêmes, à se faire confiance, à oser créer un monde nouveau fondé sur l'amour et le respect de la vie.

C'est également notre rôle de leur apprendre à comprendre et à exprimer leurs émotions, à suivre leur instinct, à ne pas se laisser guider par la peur et par l'agressivité, mais par l'ouverture du cœur et de la conscience qui conduit à l'amour.

INTRODUCTION
LE PRINTEMPS DES JARDINIERS

Les jardins nous renseignent sur la personnalité de ceux qui les entretiennent. Celui de la famille Cenellier est très structuré… À l'entrée, trois rangées de tulipes rouges, régulièrement alignées, succèdent à deux rangées d'œillets d'Inde. Encore trois rangées de tulipes, dans un rectangle parfait. Ici, les rosiers blancs sont à l'est, les jaunes à l'ouest près des jonquilles et des crocus, jaunes aussi. Les parterres sont entourés de pierres de meulière, la pelouse est tondue ras. Ces jardiniers laissent peu de place à l'improvisation. Ils passent aussi beaucoup de temps dans leur jardin.

Le jardin de leurs voisins, Stephen et Virginie, est bien différent. Au milieu de l'herbe folle poussent des pivoines, des pensées et des roses du Bengale dans un enchevêtrement improvisé. Un bougainvillier se mélange au lilas. Le lierre n'est pas taillé. Certaines fleurs se gênent, d'autres se chevauchent harmonieusement. Dans le fond, sur un transat, une silhouette s'endort au soleil… Le jardinier ?

Et ce jardin-ci ? À qui appartient-il ? À se demander s'il a un propriétaire ! Il semble à l'abandon, car il n'y pousse que de la mauvaise herbe…

L'éducation que nous donnons à nos enfants s'apparente au soin que nous apportons aux fleurs. Vincent et Sonia Cenellier sont très présents auprès de leurs enfants. Ils surveillent leurs devoirs, leurs fréquentations, leurs vêtements, leurs repas. Ils délimitent, interdisent, encouragent, punissent. « *Un enfant doit avoir un cadre, sans quoi il ne sait pas où sont ses limites !* » répètent-ils. Ainsi cadrés, leurs enfants grandissent sans être conscients de la profondeur de leurs propres racines, oubliant même qu'elles existent tant ils sont habitués à se reposer sur leurs tuteurs. Le jardinier taille, sarcle, bine, obnubilé par une coupe parfaite.

Leurs voisins, Stephen et Virginie, partagent quant à eux leur maison avec leurs trois enfants. Ils les laissent évoluer à leur guise. Ils cohabitent ou accompagnent plus qu'ils ne dirigent. Ils acceptent la différence de rythme des enfants et s'efforcent d'évoluer au mieux à leurs côtés. La maison est à chacun et les enfants ont été libres d'y peindre une fresque sur tout un mur du salon. Sur un autre mur, un poème de Khalil Gibran est reproduit par une main d'enfant assurée: « Vos enfants ne sont pas vos enfants, ils sont les fils et les filles de l'appel de la vie à elle-même. Ils viennent à travers vous, mais non de vous. Et bien qu'ils soient avec vous, ils ne vous appartiennent pas. Vous pouvez leur donner votre amour, mais non vos pensées, car ils ont leurs propres pensées. Vous pouvez vous efforcer d'être comme eux, mais ne tentez pas de les faire comme vous[1]. »

Ailleurs, certains enfants s'élèvent seuls comme des fleurs sauvages dans un jardin en friche. Laissés à eux-mêmes, ils s'en sortent pourtant. Ils se donnent des repères, car ils ne peuvent prendre appui sur leurs parents; ces parents qui sont si peu disponibles, si peu à l'écoute.

Jardinier patient, botaniste expert ou éternel amateur, chacun cultive son jardin comme il vit sa vie, en fonction de ses croyances, de son expérience, de l'éducation qu'il a reçue. Il s'applique, à son tour, à transmettre ce qui lui tient à cœur, ce qu'il a compris, ce en quoi il croit. Dans tous les cas, le jardinier fera preuve de patience, d'humilité et de constance.

La tempête ne prévient pas quand elle s'abat sur les terres, aussi entretenues soient celles-ci. La tornade est indifférente à la personnalité de ceux qui ont semé. La pluie, le vent et le soleil sont eux-mêmes inconstants et dispensent leurs rayons et leurs gouttes de façon bien aléatoire. Les arbres qui survivent aux caprices du climat ont des racines profondes et sont souples de nature. Il en est de même pour les humains. Quand les enfants devenus grands devront faire face aux tempêtes de la vie, quelle que soit l'éducation qu'ils auront reçue, ils tireront leur force de la profondeur de leurs racines et de la souplesse de leurs comportements.

Nos jardins nous survivront et d'autres en hériteront, s'en occuperont à leur façon. Quelles que soient nos belles intentions concernant l'entretien de nos massifs, viendra un jour où nous ne serons plus là pour assister à leur floraison; il est sage de se le rappeler. Il en va de même de nos enfants. Quels que soient nos efforts, nos certitudes, nos recommandations, arrive un temps où ils se passent de nous. Ils vivent leur vie à eux. Ils réinventent leurs repères, délimitent leur territoire, pour évoluer comme ils l'entendent. Ils créent leur monde pour briller de leur propre lumière. Car c'est pour offrir leur propre lumière que nos enfants se sont incarnés sur cette terre, non pour refléter la nôtre. Nos enfants continueront à vivre dans ce monde et à le construire, même quand nous ne serons plus là. À leur tour, ils auront des enfants, qui auront d'autres enfants.

Au-delà des différentes conceptions de l'autorité parentale, au-delà de ce que nous considérons comme « important » ou « normal » sur le plan éducatif, le parallèle entre le parent et le jardinier me permet de « planter » deux questions:

- La première: à qui appartiennent les fleurs?
- La seconde: qui est responsable si la fleur ne pousse pas?

Le jardinier peut-il dire que les fleurs sont à lui en considérant qu'elles ne seraient pas là sans son intervention? Peut-il se prévaloir des heures qu'il a passées, chaque jour, la bêche à la main, pour s'attribuer la propriété des fleurs? Les Indiens ont coutume de dire non pas: « J'ai trois enfants », mais: « Je suis père de trois enfants. » L'auxiliaire n'est pas utilisé pour affirmer une propriété, mais un état d'être. C'est un détail linguistique qui n'en est pas un.

Dans notre société, les parents considèrent trop souvent l'enfant comme une propriété qu'ils sont libres de modeler à loisir. Bien sûr, ce mot n'est jamais utilisé et ils s'en défendraient. Comment avouer une chose pareille! Mais à les voir parler à l'enfant, choisir à sa place ses vêtements, sa nourriture, ses meubles, à les voir tenter d'influencer son comportement par ces milliers de petites phrases qu'ils répètent pendant des années: «Tu ne veux pas plutôt porter ta salopette?», «Tu es sûr que tu ne préfères pas ce cartable-là?», «Tu ne crois pas que tu devrais aller faire un bisou à papy?», on peut se demander s'ils sont vraiment conscients de l'influence qu'ils ont sur la personnalité de l'enfant. Ces petites phrases peuvent sembler sans conséquence et elles relèvent plus souvent de la maladresse du parent que d'une volonté de nuire. Mais l'enfant est sensible à cette forme de communication qui, petit à petit, l'encourage à chercher les réponses à ses besoins dans l'avis de ses parents plutôt que dans son propre psychisme.

La responsabilité des parents n'est pas de transmettre des valeurs à l'enfant, mais de lui permettre de se relier à sa propre individualité. Le rôle du jardinier n'est pas de décorer la fleur, ou d'en peindre les pétales, mais de la protéger pour lui permettre de croître en sécurité et d'exprimer la beauté qui émane naturellement d'elle.

AUTONOME ET DÉPENDANT

Les parents sont-ils conscients de la formidable autonomie du psychisme de l'enfant? Sont-ils conscients de l'extraordinaire poussée de l'âme, cet élan fulgurant qui amène l'enfant à hurler et à se rouler par terre dès qu'il sent qu'un adulte veut l'arracher à ses racines pour le planter en terre étrangère?

Ce que les parents, par ignorance, nomment un «caprice» n'est rien d'autre qu'un réflexe de survie de l'enfant quand il sent qu'on lui impose des repères qui ne sont pas les siens. C'est parce qu'il demeure impuissant à en décoder l'origine que le parent nomme «caprice» ce cri de désespoir. En se roulant par terre, l'enfant fait appel à toute l'énergie dont il dispose pour exprimer son élan de vie, pour affirmer que, loin de ses racines, il ne peut survivre; cela, avant même de savoir parler.

L'enfant est entier dès qu'il est question de ses racines. Il en est de même lorsqu'il est joyeux; c'est alors tout son être qui rit aux éclats. À l'instar de l'adulte, l'enfant ne rit pas pour une circonstance particulière. Il n'a besoin ni de cadre ni de prétexte : il rit, car c'est sa nature profonde. Il explose de joie comme une fleur expose ses couleurs au soleil. Il ne rit pas pour faire bien, il ne rit pas pour faire plaisir, il ignore ce qu'est la moquerie. Un bébé ne peut pas rire *de* quelqu'un, il ne sait rire qu'*avec* quelqu'un, ou seul. Il rit, car une formidable énergie le traverse, une pulsion de vie qui jaillit de la terre-mère, à travers ses racines, et continuera à l'irriguer tant qu'il restera en lien avec elles. Les parents sont-ils conscients que l'enfant est psychiquement autonome dès les premiers jours de sa vie ? Encore lié au monde d'où il vient et presque adapté à celui où il entre.

Car le paradoxe est là : l'enfant naît à travers nous, mais pas de nous. L'âme de l'enfant existait avant qu'il ne vienne au monde, avant qu'il ne pousse ce premier cri déchirant, quand l'air a pénétré pour la première fois dans ses poumons. Ainsi, avant qu'on lui donne un nom de baptême, l'enfant existait déjà.

Le paradoxe se poursuit : l'enfant naît psychiquement autonome, mais physiquement totalement dépendant. L'enfant naît pour s'enraciner dans le monde puis transmettre sa propre lumière de vie. Et il s'y consacre dès les premiers instants. À sa façon à lui, avec sa personnalité à lui, sa singularité qui le rend unique au monde. C'est cette lumière que l'enfant s'apprête à partager, et il n'a besoin de personne pour lui dire où est sa lumière. Qui d'entre nous se souvient de cette sensation si particulière remontant aux premières années de la vie ? Ce paradoxe entre une puissance d'âme et une timidité du corps. Quelle souffrance que de ne pas pouvoir exprimer librement ce qui nous ferait du bien parce que notre corps est trop maladroit, nos gestes imprécis, que notre vocabulaire manque encore de nuances, ou simplement que nous nous sentons trop fragiles face à l'autorité. Psychiquement autonome et physiquement totalement dépendant ; là se trouve le plus inextricable paradoxe de l'enfance, là s'enchevêtrent les relations parents-enfants et le mystère de toute éducation — bien que je préfère le terme *accompagnement* : accompagner l'enfant jusqu'à lui-même, c'est-à-dire jusqu'à sa source à lui, et non l'éduquer à partir de repères qui lui sont étrangers et que nous voulons lui imposer parce qu'ils nous conviennent à nous. L'enfant se présente à ses parents, dans ce paradoxe-là, tout entier. Aussi relié qu'il soit à son âme, il dépend, dès les premières heures, de notre attention.

Dans son corps, à sa naissance, l'enfant n'est pas autonome. Pendant de longs mois, il ne peut tenir sur ses fesses. Durant une année entière, il ne peut se déplacer seul, porter des aliments à sa bouche. Il consacrera en moyenne le tiers de son existence à couper le cordon ombilical et psychique qui le maintient dépendant de sa maman, sans gage de réussite. Aucun autre mammifère ne traversera un sevrage si long. Le poulain marche quelques heures après sa naissance, le dauphin nage au côté de sa mère à la minute même où il naît. Seul le mammifère humain vient au monde avec une telle dépendance physique et psychique faisant que, pendant plusieurs années, il aura un besoin constant de ses parents, non pas pour vivre, mais pour survivre, jusqu'à ce qu'il acquière sa propre autonomie. L'enfant a besoin de ses parents pour le porter, le bercer, le nourrir, le changer, rassurer son âme apeurée d'être incarnée dans un corps si fragile. La véritable responsabilité des parents n'est pas d'apporter des repères à l'enfant ni de lui donner des consignes. Cette parentalité ne représente que la face immergée de l'iceberg. Le rôle des parents est de rappeler à l'enfant *qui il est déjà*, de l'accueillir pour qu'il se souvienne de la source de sa matrice. Quelle paix pour l'âme de l'enfant que de s'entendre dire dès les premiers jours de sa vie: « Tu es bienvenu, tu es accueilli, tu es essentiel, non pas pour ce que tu feras, mais parce que tu es! » Non pas éduquer pour transmettre, mais accompagner pour révéler — révéler le potentiel extraordinaire qui existe en chaque enfant.

L'être accompli dort encore dans l'enfant qui naît. Pour celui qui sait lire les âmes, le regard du bébé révèle bien plus de profondeur que ses quelques mois d'existence terrestre. Tenir un gland dans sa main et ressentir dans cette graine la puissance du chêne en devenir. Le chêne est déjà dans le gland. Il n'y a rien à rajouter. Dans le ventre de sa mère, sans intervention aucune, l'enfant grandit seul; il régule sa circulation sanguine, sa tension artérielle; il ne fait rien pour se créer, simplement, il est. Parce qu'*il est*, son corps se forme, ses organes se relient les uns aux autres. À la naissance, sans intervention des parents, l'enfant apprend sa langue maternelle, une langue complexe qu'il décrypte sans avoir besoin de faire quoi que ce soit. Sans intervention, l'enfant découvre comment se hisser, marcher. L'enfant dispose en lui du potentiel pour créer, peindre, organiser, trier, entreprendre.

La présence de l'adulte à ses côtés, rassurante, encourageante, a pour but de révéler à l'enfant cet extraordinaire potentiel qu'il détient et qui ne demande qu'à s'ouvrir au monde.

LA GRAINE, LE SOLEIL ET L'EAU

Je reviens à ma seconde question : qui est responsable si la fleur ne pousse pas ? Car c'est bien de responsabilité qu'il s'agit. Le jardinier choisit un emplacement pour y planter sa graine. Il vérifie que la terre est suffisamment meuble et ensoleillée. Puis il plante la graine en profondeur pour qu'elle ne soit pas déterrée par le premier coup de bec de merles gourmands. Patiemment, le jardinier arrose, jusqu'aux premières pousses qu'il élaguera, protégera. Le jardinier plante la graine et offre des circonstances favorables à la croissance, mais son intervention s'arrête là. Il ne sert à rien de tirer sur la tête d'une fleur pour la faire pousser plus vite. De même, il ne sert à rien aux parents de vouloir modifier le comportement de leurs enfants pour les rendre plus dociles ou moins agressifs. C'est peine perdue.

Comme le jardinier averti va s'intéresser aux différentes espèces, aux jours d'ensoleillement, aux engrais possibles, le parent attentif a besoin d'apprendre à connaître les besoins de son enfant. C'est d'*information* dont ont besoin les parents, pas de conseils ni de critiques. Effrayer les parents n'est pas plus bénéfique que les culpabiliser. Les parents s'enrichiront à étudier le comportement de leur enfant. Ils le comprendront en l'observant à différents stades, car un enfant n'a pas les mêmes besoins à deux ans qu'à quatre ans. Certains adultes l'oublient, parlent à l'enfant de sept ans comme on parlerait à un adolescent, puis parlent à leur adolescent comme on parlerait à un enfant de sept ans.

C'est pourquoi l'adulte qui veut aider son enfant étudiera, observera les différentes périodes du développement de l'enfant et se souviendra de sa propre enfance. Car la réponse à l'enfant réside dans le cœur de l'adulte. Avant d'avoir été parents, nous avons tous été enfants. Nous avons ressenti dans notre corps tout ce qui vibre aujourd'hui chez nos enfants; pour y avoir goûté, nous connaissons le goût des larmes et des consolations, des punitions et des réconciliations. Si notre mémoire consciente a oublié, notre corps se souvient, jusque dans ses moindres cellules, de ces pleurs qui déchiraient notre ventre, de ces rires qui nous étouffaient. Notre corps se souvient de la fierté avec laquelle nous avons fait nos premiers pas, de l'appréhension de certains jours d'école. Il n'a rien oublié des chatouilles et des câlins, rien oublié des retrouvailles, des frustrations et des apaisements. Cette mémoire émotionnelle est engloutie dans l'abysse de notre enfance. Elle n'a pas disparu, elle est juste tapie dans l'ombre de notre inconscient. C'est parce qu'elle fut aussi trop vivante, et parfois pénible, que nous l'oublions.

Pour peu que l'adulte accepte de refaire le voyage, pour peu qu'il ose s'aventurer de nouveau et s'immerger dans ce monde d'émotions et de sentiments intenses qu'il croit avoir dépassés, il rencontrera vraiment ses enfants. En se remémorant, non pas dans sa tête, mais dans sa chair, toutes les étapes qu'il a vécues lui-même en étant bébé, puis enfant et adolescent, en se rappelant les phrases qui l'encourageaient et celles qui le paralysaient, ce qui l'apaisait et ce qui l'effrayait, le parent conscient sera plus enclin à répondre aux demandes de l'enfant. En se mettant à l'écoute de son corps et des émotions qu'il a lui-même éprouvées, il se souviendra de la réalité de l'enfant et quittera sa tour d'ivoire pour communiquer avec lui de cœur à cœur et d'âme à âme. Mais l'adulte entreprendra-t-il ce voyage si intime au cœur de la vie ou préférera-t-il rester à la surface de lui-même?

LA CROISSANCE NATURELLE

Dès que ses besoins sont satisfaits, l'enfant croît spontanément vers la lumière, non vers l'ombre. S'il est encouragé, accompagné, il n'a aucune raison d'être bagarreur, de parler fort, de mordre, de passer des heures devant un écran de télévision ou d'agresser ses parents.

C'est toute cette dynamique qui attend les nouveaux parents : identifier les besoins de l'enfant, se familiariser avec ses émotions, comprendre son langage et ses non-dits. L'exigence dont font preuve certains parents pour que leur enfant ressemble à leur projet est peine perdue. Elle ne rajoute que de la crispation là où il faut de la détente. Au lieu de seriner l'enfant afin qu'il soit sage, reste en place, obéisse, pourquoi le parent ne s'efforcerait-il pas d'acquérir sa propre sagesse, de se détendre, pourquoi n'apprendrait-il pas à respirer profondément, à méditer ? Cette respiration lui permettra de traverser les moments où il ne sait plus par quelle voie atteindre l'enfant.

Combien de fois je me suis trouvé impuissant face à ma fille ! Je me sentais agacé, irrité. Combien de fois ai-je repris profondément ma respiration pour ne pas lui imposer la première réaction d'un homme en colère, souvent violente, humiliante, blessante, voire imbécile ? Combien de fois ai-je considéré son point de vue à elle avec autant d'attention et de respect que le mien ? En fait, je faisais semblant de ne pas comprendre ce qu'elle me disait vraiment parce que cela m'arrangeait. Combien de fois ai-je évité de laisser tomber le couperet de la parole accusatrice, destructurante, pour m'ouvrir à ses besoins et à ses émotions ? Il faut de l'humour au parent pour se moquer affectueusement de toutes les fois où il croit savoir alors qu'il ne sait rien. Ce parcours vous demandera de surmonter votre impatience.

Il ne peut y avoir d'accompagnement s'il n'y a pas de guide. Or, la première qualité du guide est de connaître la montagne parce qu'il a étudié son relief dans les moindres détails. Le guide a besoin d'être en paix avec la montagne et de l'aimer avant d'accueillir ses voyageurs ; comme le parent a besoin de se réconcilier avec les blessures de sa mémoire d'enfant avant d'accueillir un être. Alors, l'enfant reconnaîtra l'autorité de son père et de sa mère, sans difficulté.

Il n'y a pas d'éducation sans éducateur. Le titre d'éducateur ne suffit pas pour orienter un enfant ; c'est un long apprentissage que de se mettre au service de l'enfant tout en respectant ses propres besoins, que d'apprendre à le connaître tout en se faisant connaître de lui. C'est un parcours qui vous demandera de la persévérance, une infinie persévérance, du courage et de la patience. Mais c'est un parcours que, désormais, vous ne pouvez plus éviter pour une raison simple : alors que des milliards d'autres combinaisons génétiques étaient possibles, alors que tant de circonstances visibles et invisibles auraient pu empêcher la rencontre dans le labyrinthe du mystère de l'incarnation, l'âme de votre enfant et la vôtre se sont choisies. Lui et vous, vous êtes déjà retrouvés et promis de partager le chemin jusqu'au cœur de son être !

CHAPITRE 1
LA SOURCE

L'immortalité, l'unité et la liberté sont en nous
et y attendent notre découverte.
SHRÎ AUROBINDO, *Aperçus et Pensées*

Lorsque je regarde un bébé dans les yeux, je ne peux concevoir qu'il vient de naître du néant. Quelle que soit l'expression de son visage, je sens toujours que la part la plus profonde de lui-même vient de plus loin. Comme s'il était encore en lien avec un autre monde, un monde d'avant la naissance, avant même la conception.

Quelles autres occasions aussi intimes que l'accompagnement vers la mort et la célébration d'une naissance nous permettent de nous rapprocher ainsi de notre source ? Nous interroger sur notre naissance, c'est développer notre conscience qui ne demande qu'à nous révéler d'où nous venons et qui nous sommes vraiment.

L'IMMORTALITÉ DES PÂQUERETTES

J'ai la chance d'habiter à la campagne, ce qui me permet d'observer le cycle des saisons. Chaque année, l'automne met un terme à toute vie végétale visible. Les feuilles tombent des arbres, les fleurs fanent sur leur tige, les fruits se désagrègent. Au début de l'hiver, on pourrait croire que tout est mort. Pourtant, inlassablement, à chaque printemps, de nouvelles pousses sortent de terre, le jardin change de forme, la vie rejaillit de partout. Ce ne sont pas les mêmes pivoines ; malgré cela, elles renaissent chaque année sur le même coin de la pelouse.

Comme fanent les fleurs à la fin de l'automne pour renaître au printemps, notre corps physique disparaît à la fin de notre vie

– que devient alors notre conscience ? Se dissipe-t-elle totalement dans l'éther ou se cristallise-t-elle d'une façon plus cohérente pour continuer le voyage ailleurs ? Où étaient nos enfants avant de naître, avant même d'être conçus ? Existaient-ils quelque part, dans un autre espace, une autre vibration ? Ou la totalité de leur être est-elle née lors de la rencontre entre un spermatozoïde et un ovule ? Notre regard sur l'éducation commence par le regard que nous portons sur l'incarnation. D'où viennent nos enfants ? Les avons-nous choisis, ou est-ce eux qui nous ont choisis ? De quoi sommes-nous réellement responsables ?

Pour certains parents, aucune conscience n'existe ni avant ni après la vie. Les enfants sont la chair de la chair des mamans, le sang de leur sang, le fruit de l'amour entre un homme et une femme. Le bébé n'existe qu'à partir de la conception ; il naît de nulle part, comme la Terre est née du big bang. Les parents qui sont dans cet état d'esprit considèrent souvent leurs enfants comme le prolongement d'eux-mêmes ou le seul résultat de leur création. Pour les chrétiens, l'enfant est un don de Dieu, un cadeau du ciel, une perle de vie qu'ils ont la responsabilité d'éduquer. L'enfant reçoit le souffle divin au moment du baptême. Mais il y a, dès la conception, une volonté divine, puisque Dieu est considéré comme étant à la source de chaque vie. Selon la religion juive, l'enfant existe plus tôt, dès le mariage, avant même la conception, et il est l'œuvre de trois composantes : l'homme, la femme et Dieu. Chez les musulmans, la rencontre entre le divin et l'enfant a lieu autour du cinquième mois ; plus précisément, c'est au cent vingtième jour que la nature divine est reconnue à l'enfant.

Pour que mieux vivre ensemble soit possible, les lois divines doivent être en harmonie avec les lois terrestres. Lorsque la loi Veil a été élaborée, en France, au début des années 1970, signifiant la suspension des suites pénales après un avortement, les principales traditions religieuses ont été prises en compte ; notamment pour définir avec précision à partir de quel moment le fœtus était considéré par les différentes traditions comme un être humain à part entière. En effet, dès lors qu'il est question d'interruption volontaire de grossesse ou de fécondation *in vitro*, la science va à la rencontre de la spiritualité pour tenter de mieux définir nos origines. Selon le bouddhisme et l'hindouisme, notre âme dépasse la temporalité de notre corps. D'incarnation en incarnation, il s'opère une migration de l'être dont l'âme, l'esprit, l'atman, selon les traditions, est le fil conducteur. Chaque nouvelle vie se présente comme une exploration, une occasion d'expérimenter et de s'améliorer, une opportunité pour acquérir davantage de conscience. L'influence parentale est donc loin d'être la seule que connaisse l'enfant ; l'enfant suit son karma, son propre chemin qui dépasse la temporalité de son incarnation.

L'hypothèse bouddhiste permet notamment d'expliquer certains comportements étonnants d'enfants qui, par exemple, parlent spontanément une langue qu'ils n'ont pas étudiée et que ne parlent pas leurs parents, ou décrivent des situations qui semblent venir de la résurgence de mémoires de vies passées. L'hypothèse de la réincarnation, selon laquelle ce sont les enfants qui choisissent leurs parents, peut permettre aux parents de mieux accueillir les épreuves difficiles qui émaillent parfois une incarnation terrestre. Devant une maladie génétique, une mort prématurée, croire que l'âme transmigre peut donner un sens plus large à l'incarnation et apaiser les parents. Pour d'autres parents, enfin, la naissance reste un mystère qui échappe totalement à la connaissance. D'où vient l'enfant ? Où était-il avant de naître ? Le mystère de nos origines est tellement fascinant que ces parents préfèrent préserver sur ce sujet le charme de l'inconnu.

D'où venons-nous ? À quel moment la conscience devient-elle une entité cohérente ? Que donnons-nous vraiment lorsque nous croyons donner la vie ? Quelle est la responsabilité réelle des parents vis-à-vis de leurs enfants ? Qu'est-ce qui dépend d'eux ? À quelle phase du développement la conscience est-elle réellement en lien avec le corps physique ? À partir de quand commence vraiment le processus d'éducation ? Méditer sur notre origine, nous familiariser avec le mystère de la vie, nous émerveiller de la magie avec laquelle les enfants viennent au monde, voilà le premier cadeau que nous offre l'enfant – et cela, avant même sa naissance.

CHAPITRE 2
NAÎTRE

Peut-être la peur de la mort n'est-elle
que le souvenir de la peur de naître.
IOURI OLECHA, *Pas de jour sans une ligne*

Quelques mois avant que ne naisse Léo, Stephen et Virginie lui donnaient un rendez-vous quotidien, à heure fixe. Les futurs parents appelaient l'enfant en gestation. Virginie posait calmement sa main sur son ventre rond, Stephen restait silencieux. Ils méditaient tous les deux pour faire connaissance, par la pensée, avec le futur visiteur qui avait signalé son arrivée. Au milieu du silence, lorsqu'ils sentaient leur cœur ouvert, l'un des parents formulait à haute voix une phrase comme celle-ci: « Tu es bienvenu, tu es accueilli, tu es nécessaire! »

De nombreux hommes et femmes conservent une blessure dans leur cœur; une sensation de n'avoir pas été suffisamment accueillis au moment de leur naissance. «*Mes parents avaient déjà eu quatre filles, ils attendaient un garçon,* témoignait cette femme lors d'un stage que j'animais. *Mon père a refusé d'ouvrir le champagne tant il était déçu que je ne sois pas un fils,* poursuivit-elle. *Ils avaient prévu de m'appeler Michel, ils ont rajouté un "e", et je suis Michèle; mais je ne me suis pas sentie reconnue pour celle que j'étais. Par la suite, je ne me sentais pas à l'aise habillée en femme, je portais toujours le pantalon, pratiquais des sports violents pour être aimée de mon papa. J'étais lasse d'être un garçon manqué, mais il m'a fallu des années pour apprendre simplement à être la femme que je suis.* »

Dans son livre, *La Vie secrète de l'enfant avant la naissance*, le docteur Thomas Verny trouve les mots justes pour décrire, avec autant de précision que de tendresse, comment l'enfant établit un lien avec ses futurs parents tout au long de la grossesse. Désormais, on peut l'affirmer: la communication parents-enfants se noue avant la naissance. À partir de la vingt-cinquième semaine, le caractère s'élabore, influencé par le comportement de la mère, l'idée que celle-ci se fait de sa maternité, de son bébé. Pour ce spécialiste de l'obstétrique, il n'y a pas de doute sur le fait que la communication s'établit *in utero* dans les deux sens. Les parents parlent à l'enfant, et celui-ci, sans mots, parle à ses parents. Comme de nombreuses mamans en témoignent, l'enfant communiquerait notamment le prénom qu'il souhaite porter ainsi que les vibrations de sa future personnalité. Cette communication télépathique a souvent lieu en rêve, ou elle est captée par l'un des parents lors d'une forte intuition. Parfois, les parents sont totalement fermés à cette dimension; parfois, au contraire, ils sont très attentifs aux signes que pourrait leur adresser l'enfant dans les mois précédant sa naissance.

CONCEVOIR

La façon de concevoir et d'enfanter dépend de l'histoire de chaque couple. Il arrive que la grossesse soit programmée. L'homme et la femme se sont préparés et ont désiré cet enfant. La naissance est vécue comme un cadeau.

Dans d'autres circonstances, la nouvelle est une surprise. Philippe et Catherine n'avaient pas de projet d'enfant. Le désir inconscient du couple a ouvert une brèche; la fertilité naturelle de la femme, conjuguée au désir de l'homme, a appelé l'enfant. La grossesse n'était pas prévue. Le couple d'amants ne s'était pas préparé à ce que ce coït amoureux prenne la dimension d'un accouplement fertile. Erreur, maladresse, l'homme et la femme ne souhaitaient pas devenir parents. Vont-ils apprendre à le devenir?

Stan et Josepha ont dépassé la période idyllique des débuts. Ils vivent ensemble depuis trois ans et l'ennui commence à remplacer la fièvre des premiers temps. Pour eux, au contraire, un enfant serait le bienvenu, il leur tiendrait compagnie, il apporterait de la joie dans le foyer. Il n'est pas rare qu'un enfant soit conçu dans l'espoir de réconcilier un couple qui part à la dérive. C'est alors un enfant sauveur qui voit le jour. Un enfant sur lequel les parents vont projeter leurs attentes, leur manque de tendresse. Les parents se réjouissent de cet enfant qui leur donne tant! Ils oublient bien souvent, que, tant qu'il n'est pas autonome, c'est à eux de donner à l'enfant et non l'inverse, même si la joie de l'enfant est un réconfort pour tous.

Claudia et Éric, eux, voulaient absolument un enfant. Insémination artificielle, fécondation *in vitro,* rien n'y faisait. L'enfant ne voulait pas venir. L'acharnement médicalisé n'est pas toujours à encourager. Parfois, en prenant conscience des enjeux qu'ils projettent sur l'enfant, les futurs parents parviennent à se détendre et à laisser l'enfant venir naturellement, lorsque celui-ci le souhaite et s'il le souhaite.

Un *désir* d'enfant n'implique pas systématiquement un *projet* d'enfant. C'est ce point que n'intégrait pas Claudia qui voulait un enfant à tout prix, et tant qu'à faire, avant 45 ans, quitte à se défaire de son compagnon pour en trouver un autre. Son désir si fort l'empêchait d'être enceinte, et il faisait fuir les prétendants à la paternité qu'elle rencontrait.

L'envie d'enfanter peut cacher une envie de créer, de donner naissance à un projet, à une association, à un art. Beaucoup de parents ont du mal à distinguer si leur désir d'enfanter est réellement un projet de parentalité. Bien souvent, c'est le cas, mais parfois des parents se crispent pour avoir des enfants alors que leur vrai désir est de réveiller leur créativité ou de renouer avec la tendresse de leur propre enfant intérieur, de transmettre leur douceur au monde.

Au cours de ce siècle, la procréation artificielle a continué de progresser. Toutefois, si cette technique prend en compte la partie physique de l'acte de la procréation, elle n'intègre pas toujours autant qu'il le faudrait la dimension psychique de la conception, liée aux parents, ni la dimension spirituelle que revêt l'acte d'enfanter.

Parfois, enfin, les parents font l'expérience douloureuse d'une vie trop brève. L'enfant va à la rencontre de ses parents, le couple est «enceint», mais quelques semaines plus tard, l'œuf se décroche et l'âme s'envole. C'est une grande blessure pour les parents. L'âme de l'enfant s'est-elle trompée d'aiguillage? C'est la mort prématurée, la fausse couche. L'enfant n'a-t-il pas souhaité prolonger ce long parcours de l'incarnation ?

Les enfants qui ne se sont incarnés que quelques jours, les jumeaux dont l'un est mort à la naissance, les avortements et les fausses couches ont une influence très importante sur les parents, les frères et sœurs, et la lignée tout entière, même si ceux-ci n'en ont pas conscience. Les défunts font partie de la famille et influencent les vivants, d'autant plus si leur histoire est cachée à ces vivants.

Il n'est pas rare que les psychogénéalogistes trouvent des situations d'interruption de grossesse, volontaire ou involontaire, qui perturbent les descendants, même plus de sept générations après l'événement. C'était le cas de Pierre Emmanuel, l'un des participants à un groupe de parole que j'animais ; perpétuellement en quête de l'âme sœur, il venait d'apprendre ce qu'il avait toujours perçu intuitivement : son second prénom était celui d'un frère jumeau mort à la naissance ; « détail » que ses parents avaient « oublié » de lui révéler, présence qu'il continuait autant à ressentir qu'à rechercher dans ses relations fusionnelles, 40 ans après.

Ce ne sont pas tant les événements en eux-mêmes qui perturbent l'arbre généalogique que la façon dont ils ont été perçus par la famille. Lorsque l'événement est caché à tous, lorsque la mort prématurée est teintée de culpabilité, de honte ou de reproche, notre mémoire cellulaire en est marquée. C'est l'un de ces secrets de famille que l'on croit pouvoir oublier en ne le nommant pas. Or, l'âme des bébés prend d'autant plus de place qu'elle n'est pas reconnue.

Dans d'autres cas, les parents parlent à l'enfant parti trop tôt. Ils lui donnent un prénom, plantent un arbre en son honneur. L'épreuve, si elle reste douloureuse, prend une dimension initiatique et chacun s'en trouve apaisé.

NAÎTRE

Lorsqu'ils se préparent à la naissance, les parents sont généralement perturbés par de nombreuses préoccupations d'ordre matériel :

quelle clinique choisir ? Quelle forme d'accouchement privilégier ? Quel accompagnement ? Il faut réorganiser la maison, parfois déménager. Le père et la mère agencent leur vie professionnelle. Dans beaucoup de grandes villes, les inscriptions en crèche se planifient autour du troisième mois de grossesse. Les parents doivent donc anticiper, surtout lorsqu'il s'agit d'un premier enfant. Ils auront besoin de ces neuf mois pour préparer leur nouvelle vie. Les pressions multiples perturbent tant les parents qu'il n'est pas rare que ceux-ci oublient le caractère sacré de la naissance.

Les femmes amérindiennes conservaient le cordon ombilical ainsi que le placenta après l'accouchement. Elles faisaient sécher celui-ci pendant plusieurs jours au soleil, puis le broyaient en une poudre très fine qu'elles mélangeaient à la terre de l'endroit où l'enfant avait vu le jour — la terre des ancêtres. Cette poudre, ainsi réalisée, servait tant de talisman à porter autour du cou que de remède médicinal. Lorsqu'ils en éprouvaient le besoin, les Indiens faisaient infuser une pincée de ce remède. Cette pratique est encore en usage dans de nombreuses cultures. Dans d'autres traditions, on plante un arbre fruitier à l'endroit où les parents enterrent le cordon ; ce geste est conçu comme un signe de protection vis-à-vis de l'enfant et de gratitude envers la terre.

Lorsque Joshua a découvert le rituel de ses ancêtres, elle a beaucoup pleuré. Bien qu'elle ait du sang indien dans les veines, sa vie rangée dans son appartement de Montréal ne ressemble en rien à celle de ses aïeux. Joshua a accouché de son premier enfant dans une clinique moderne, assistée non pas par un chamane ni par les femmes de son village, mais par un obstétricien, un anesthésiste et une sage-femme. Le cordon et le placenta ont fini dans une poubelle de la clinique.

LE SENS DE LA NAISSANCE

Les rituels et le mode d'accouchement choisis par les parents ont parfois du mal à cohabiter avec un monde de plus en plus aseptisé par les protocoles médicaux. Céline voulait accoucher accroupie, en prenant tout son temps. Elle voulait sentir son enfant venir au monde, elle voulait que la naissance soit la consécration de ces neuf mois pendant lesquels elle avait parlé à son bébé, elle l'attendait, elle se préparait. Elle a accouché allongée, sous anesthésie, par césarienne, sa grossesse ayant été jugée « à risques ».

La manière dont les parents vont concevoir, gérer, mettre en scène ou improviser la naissance est déjà en soi un processus, conscient ou non, d'éducation, et un exercice de communication : les futurs parents vont-ils s'accorder facilement sur la façon dont ils veulent que se déroule l'accouchement ? En parleront-ils beaucoup ensemble, ou la future mère décidera-t-elle seule ? Rechercheront-ils les conseils de spécialistes ou feront-ils confiance à leur intuition ? Liront-ils des revues ? Écouteront-ils l'avis d'amis ? Souhaiteront-ils accueillir l'enfant à la maison ou à l'hôpital ? Comment envisagent-ils le rôle du père, son influence ? Et celui des futurs grands-parents ? Avant même de naître, l'enfant intègre subtilement ces premières informations sur sa généalogie et le type d'éducation qu'il recevra ; elles font déjà partie de son histoire.

Certaines mères souhaitent superviser totalement l'acte de mettre au monde. Elles refusent de s'en remettre aux médecins ; elles préfèrent assumer complètement cette responsabilité. D'autres couples n'osent pas donner à l'accouchement la dimension sacrée qu'ils désireraient. Devant l'autorité des médecins, ils sont gênés de demander qu'une musique soit diffusée, que la lumière soit tamisée, que frères et sœurs puissent assister à l'accouchement, que le personnel parle bas ou garde le silence. Intimidés par le corps médical, ils n'osent affirmer leur besoin d'être seuls avec le bébé, leur souhait que le cordon ne soit pas coupé tant qu'il bat.

La relation entre l'enfant et ses parents est aussi teintée par la façon dont ces derniers s'impliquent dans l'accouchement. L'attitude interventionniste, que l'on comprend du point de vue des médecins, encourage les parents à se déresponsabiliser et à s'en remettre, parfois exagérément, au pouvoir médical. J'ai été surpris de rencontrer, au Tibet, des femmes qui prolongeaient la grossesse jusqu'au dixième mois, parfois plus. Cette attitude paraissait naturelle et la femme assumait totalement ce décalage qui semblerait inconcevable chez nous. Les femmes, dans ce cas, faisaient confiance à la vie et respectaient la volonté de l'enfant: « S'il ne veut pas venir maintenant, c'est qu'il n'est pas prêt! Il veut attendre », disaient-elles.

LA COMMUNICATION DU COUPLE AVANT LA NAISSANCE

Mettre au monde n'est pas aussi dangereux que les médecins veulent parfois le faire croire. Les inquiétudes liées aux accouchements à hauts risques, qui, eux, sont bien réels, se propagent et influencent la manière de voir tous les accouchements, sans distinction quant au niveau de risque.

Cette peur a contribué au recul, dans de nombreux pays occidentaux, de l'accouchement à domicile, souvent présenté, à tort, comme dangereux. Pourtant, au vu de nombreuses études, dont les statistiques de l'Association des utilisateurs de dossiers informatisés en pédiatrie, obstétrique et gynécologie, l'Audipog, les taux de mortalité périnatale n'ont rien à voir avec la pratique de l'accouchement à domicile[2]. Ces études démontrent que, pour une grossesse sans risque avéré, les résultats sont aussi bons, voire meilleurs à domicile qu'à l'hôpital. Et surtout, la satisfaction est plus grande si cette pratique a fait l'objet d'un choix éclairé...

Pourtant, malgré de sourdes envies, rares sont les femmes qui osent accoucher à la maison; considèrent-elles ce geste comme trop intime, trop dangereux ou éprouvant? Toujours est-il qu'elles s'en remettent à des personnes extérieures. Le fait que ce soit l'hôpital qui prenne en charge les naissances rassure les parents à court terme; mais les encourage-t-il à se faire confiance pour les actes importants de la vie?

Avant même la naissance, les parents sont confrontés à ce premier choix: l'accouchement doit-il se faire à l'hôpital ou à la maison? avec ou sans l'aide d'une sage-femme? dans l'eau? Jusqu'où assumer son choix si l'accouchement se présente mal, en siège ou avec des jumeaux ? Comment savoir s'il faut déclencher, accepter la césarienne, la péridurale, l'épisiotomie ? Lorsque l'avis médical et l'intuition intime divergent, lequel faut-il suivre ?

Ces questions sont déjà une occasion pour les parents de parler entre eux, d'échanger, de tester leur harmonie, leur aptitude à communiquer, à se situer, à écouter l'autre, à choisir, à décider, à se faire entendre, à se préparer à leur responsabilité de parents. En fonction de l'histoire de chacun et de l'aptitude des membres du couple à aller l'un vers l'autre, la préparation de la naissance peut déjà rapprocher les parents, consolider leur lien, leur solidarité ou, au contraire, les éloigner l'un de l'autre, et ensemble de l'enfant, voire les fâcher ; surtout s'il s'agit d'une première naissance ; surtout si l'un des parents a déjà un enfant d'une autre relation.

C'est pourtant la complicité, la solidarité entre les parents, qui sert de ciment dans les situations où le couple est confronté à d'autres formes d'autorité, à des choix, à des responsabilités à prendre. Comment réagiront les parents, ensemble et séparément, lorsqu'ils ne seront pas d'accord, demain, avec un traitement conseillé par un médecin, un choix de vaccination, une punition donnée par la maîtresse d'école ?

UN ACTE SACRÉ

Avant d'être un acte médical, la naissance est un acte d'amour. L'âme de l'enfant s'ouvre aux parents qui sont prêts à l'écouter dès la conception. Les parents ont besoin d'être accompagnés pour établir une communication sensible avec leur enfant. Ils ont besoin d'apprendre à sentir, de l'intérieur, ce que leur dit leur enfant, et ce qu'il vit. Beaucoup de femmes m'ont raconté les rêves qu'elles avaient eus, la veille, le jour ou le lendemain de la conception. Il s'agit de rêves qui ont une couleur et une intensité particulières. Comme si le bébé leur parlait pour leur annoncer sa venue. L'enfant perçoit, dès les premiers jours de la conception, les intentions et les réactions des parents. L'enfant qui s'incarne ressent la joie de ses parents ; mais au moment où la femme apprend qu'elle est enceinte, le fœtus peut aussi percevoir ses peurs, ses hésitations, l'éventualité d'un avortement. C'est pourquoi le fait de parler à l'enfant, à voix haute, d'entrer en contact physiquement avec lui avant sa naissance, permet d'établir le début de la communication et de la relation parents-enfant.

Dans certains foyers, l'enfant sera le premier bébé à donner au couple son statut de parents. Pour d'autres, le nouveau-né vient compléter une famille déjà nombreuse. Dans d'autres circonstances encore, la naissance vient au contraire séparer un couple trop fragile. Qu'elles soient issues d'un projet programmé ou d'une envie inconsciente, ces rencontres d'âmes, entre parents et enfants, sont toujours des occasions d'en apprendre davantage sur nous et sur la nature humaine.

NAÎTRE À SOI OU FAIRE NAÎTRE

Comment éduquer nos enfants ? Comment les accompagner, nous qui avons souvent du mal à nous accompagner nous-mêmes ?

Lorsqu'ils prennent conscience des véritables besoins de l'enfant, du temps et de la disponibilité nécessaires, beaucoup de parents se font des reproches, ne se sentent pas à la hauteur, et, parfois même, vont jusqu'à regretter d'être parents. Ces sentiments sont naturels. Être parent demande du courage, beaucoup de courage. C'est un défi considérable d'accompagner les enfants dans leur croissance. Bien souvent, les enfants nous éduquent autant que nous les éduquons. Leur attitude nous permet de rectifier nos positions, d'être plus précis, plus bienveillants, plus patients. Ils aident notre cœur à s'ouvrir. L'enfant est le miroir de celui qui entre en relation intime avec lui. Il nous renvoie en pleine figure notre impatience, notre intolérance. Il reflète notre égoïsme, nos incohérences, notre manque d'ouverture. Voilà pourquoi il est si difficile d'éduquer ses enfants.

Mais l'enfant, comme un miroir, nous fascine, car, lorsque nous rions avec lui, lorsque nous nous attendrissons, lorsque nous déployons notre patience, notre imagination, notre tendresse, c'est à nous-mêmes que nous nous ouvrons. Nous reprenons contact avec notre propre enfant intérieur, avec la tendresse du monde et la vie elle-même. Les parents qui ont appris à aimer leurs enfants pour ce qu'ils sont deviennent plus rayonnants, plus joyeux, plus heureux. Quel que soit le point de vue adopté, l'éducation des enfants est un voyage. Quels que soient votre tempérament, votre savoir-faire, votre patience et votre persévérance, la relation que vous avez avec vos enfants, à tous les stades de leur vie, vous permettra de voyager au cœur de vous-même.

CHAPITRE 3
QUE SOUHAITONS-NOUS *VRAIMENT* POUR NOS ENFANTS ?

Toutes les grandes personnes ont été d'abord des enfants,
mais peu d'entre elles s'en souviennent.
ANTOINE DE SAINT-EXUPÉRY, *Le Petit Prince*

D'un geste maladroit, Mathieu, quatre ans, donne un coup sur le vase du guéridon qui tombe et se casse. L'eau et les fleurs fraîches se répandent sur le parquet vernis. Durant la seconde qui suit, le temps est suspendu. Mathieu est figé, interdit. À l'instant même où, stupéfait par le choc, l'enfant va pleurer, sa mère, qui a assisté à la scène, se rapproche de lui d'un pas lent. Elle le regarde dans les yeux, avec douceur, pose sa main sur son ventre et lui demande d'un ton rassurant: «*Tu as eu peur? Le bruit du vase qui se casse t'a surpris? Tu ne t'attendais pas à ça, n'est-ce pas?*» Mathieu s'apaise. Il a eu peur, en effet, il sent que sa maman l'a compris. «*Tu es bien patiente,* dit alors l'amie de la mère, témoin de la scène. *Avec moi, une bêtise comme ça, c'était la gifle assurée!*»

QUESTION DE POINT DE VUE

Nous avons tous des points de vue différents en ce qui concerne l'éducation. Certains sont partisans d'une éducation autoritaire, d'autres, naturellement plus souples, sont avec leurs enfants comme avec des copains. «Trop laxistes!» estiment les premiers. «Trop sévères!» répondent les seconds. Certains sont sûrs de leurs méthodes et ne se remettent jamais en question: «C'est comme ça qu'il faut faire avec les enfants.» Ils imposent leur point de vue de façon catégorique à qui veut les entendre. Parfois, une crise profonde ébranle leurs certitudes. Ils durcissent le ton, serrent la vis. Il faudra bien que l'enfant cède…

D'autres parents se sentent démunis. Ils hésitent, tâtonnent, expérimentent, se trompent, reviennent en arrière. Ils explorent, jour après jour, pour trouver l'attitude juste. « Tu te poses trop de questions avec tes gosses ! » s'entendent-ils dire. En réalité, ils ne se posent pas de questions, les questions s'imposent d'elles-mêmes à qui veut bien prêter l'oreille…

Au cours de leur apprentissage, les parents sont inondés d'avis divergents : « Ne laisse pas pleurer ton enfant, sinon il sera traumatisé pour la vie », dit l'un ; « Tu ne devrais pas l'allaiter si longtemps, tu le rends dépendant », juge un autre ; « Sois ferme avec tes ados, sinon, c'est eux qui feront la loi », lance un troisième. Tous ces conseils viennent ébranler les positions souvent fragiles des parents.

Ces avis contradictoires ne proviennent pas uniquement des amis et de la famille. Ils émanent également de professionnels et de pédagogues entendus à la radio ou lors d'une consultation en pédiatrie. De nombreux spécialistes n'hésitent pas à nous seriner : « Il ne faut pas maintenir de doudous pour les enfants de plus de deux ans, sans quoi ils ne peuvent faire l'expérience du détachement », ou bien encore : « Quand ils pleurent, il faut les laisser pleurer », « Il ne faut jamais laisser une tétine au-delà de 18 mois », « Il ne faut jamais les accueillir dans le lit parental », « Il ne faut pas parler avec eux de sexualité »… Vous l'avez noté : toutes ces consignes débutent par « Il faut » ou « Il ne faut pas »…

Ces propos tendraient à nous faire croire qu'en matière de pédagogie, il y a ce qu'il « faut faire » et ce qu'il « ne faut pas faire ». Les parents, à l'écoute de ces conseils, se remémorent leurs comportements, comparent ce qu'ils font avec ces directives quasi officielles, et se mettent à douter, se sentent coupables ou, au contraire, se durcissent dans des positions extrémistes : « Tu vois, je te l'avais dit qu'il ne fallait pas leur laisser leur doudou ; c'est de ta faute s'il est mal élevé ! »

Les parents qui viennent me voir me posent souvent ce type de questions : doit-on laisser pleurer un enfant ? Jusqu'à quel âge peut-on autoriser la tétine ? Comme s'il existait une bonne et une mauvaise réponse ! Je suis du reste très étonné par le nombre de professionnels qui s'autorisent à donner des réponses catégoriques à des sujets si complexes ! En matière d'éducation, il n'y a pas de réponse universelle, car chaque situation est différente. Une réponse adaptée tient compte de la personnalité de l'enfant, de votre personnalité à vous, de ce que vous ressentez, du contexte familial, des antécédents. Ce qui nous amène à plus de prudence dans nos avis, à plus de nuance et de discernement.

Il n'existe pas de réponse type. Il y a simplement votre objectif : que souhaitez-vous réellement pour vos enfants ? Cette question revient dans toutes les situations quotidiennes : lorsque votre enfant vous demande s'il peut manger une banane avant le dîner, s'il peut regarder la télévision ou si vous l'autorisez à inviter un copain à dormir. Vous aurez toujours le choix de privilégier un point de vue plutôt qu'un autre. Chaque point de vue aura une conséquence. La question que vous pouvez vous poser est toujours la même : qu'est-ce que je souhaite réellement pour mes enfants ?

« ÇA ME FAIT OUI OU ÇA ME FAIT NON ? »

C'est cette question que je me posai un soir où ma fille me demanda : « *Papa, je me sens pas bien, je peux dormir avec toi ?* » Avant de répondre, je m'efforçai simplement de ressentir ce qui était juste pour moi, tout en maintenant le contact avec elle. Son élan était sincère. Je mis de côté le spectre de ce qu'un parent ne doit pas faire avec un enfant, surtout si c'est un père avec une fille de huit ans. Je l'accueillis simplement dans ma chambre. Nous avons fait un câlin et nous nous sommes assoupis, dans les bras l'un de l'autre. Je m'endormis, bercé par ces images de familles mongoles, dans les steppes, où parents, grands-parents et enfants dorment serrés, emmitouflés les uns près des autres, au coin du feu. J'imagine combien ils seraient surpris de savoir que chez nous, en Europe, on s'interdit, souvent par peur, une si douce proximité. Pourtant, de temps en temps, comme le fait la famille ours, il est si bon de dormir avec ses enfants… On ne le dira jamais assez: les parents peuvent se faire confiance pour aller chercher la réponse la plus juste à l'intérieur d'eux-mêmes. Ils peuvent apprendre à le faire. S'il est allégé des concepts, des théories et des dogmes figés, le cœur d'un parent sait toujours ce qui est juste pour ses enfants et pour lui-même.

Il arrive ainsi que ma fille demande à dormir dans mon lit, comme il lui arrive, en présence d'une copine, de monter un matelas au grenier, de se faire une cabane dans un carton géant ou de s'endormir sur le canapé du salon. Moi aussi, j'aime dormir dans un hamac que je tends dans le jardin aux beaux jours. L'enfant a besoin d'un cadre, entre autres pour apprendre à en sortir! Pour trouver votre réponse juste, faites-vous confiance! Dès lors que vous vous posez sincèrement cette question: «Qu'est-ce que je souhaite vraiment pour mon enfant?», vous pouvez être sûr que votre réponse sera adaptée.

MAINTENIR LE LIEN AVANT TOUT

En termes d'éducation, les mauvaises réponses – s'il en existe – sont des réponses hâtives. Des réponses qui ignorent le lien établi entre l'enfant et ses parents. Dans ce cas, la réponse n'est pas juste, car ce n'est plus le parent, en tant que personne, qui répond à l'enfant, considéré comme un individu, mais le parent, en tant que modèle d'autorité, qui hésite entre deux conceptions de l'éducation: est-ce qu'il faut ou est-ce qu'il ne faut pas? Un parent doit-il ou un parent ne doit-il pas?

En se bloquant sur une conception toute faite, le parent se ferme à l'enfant. On peut répondre par la négative à la demande de l'enfant tout en maintenant un contact positif avec lui. Ce n'est pas contradictoire. Si, par exemple, votre enfant vous demande de faire un tour de vélo une demi-heure avant le dîner, vous pouvez refuser cette autorisation tout en étant vigilant pour que les mots et le ton que vous utilisez dans votre réponse ne rabaissent pas l'enfant. Ce dernier n'est pas tant blessé par un refus, il est blessé par le manque de considération qui peut accompagner ce refus, il souffre du risque de coupure du lien dans ce moment sensible. Dans notre exemple, sa déception sera d'autant plus vive que le refus s'accompagnera de phrases dévalorisantes telles que: «Non, tu es trop petit», «Tu vas encore tomber et te faire mal», «Je n'ai pas confiance en toi, tu ne tiens jamais tes promesses», «Tu ne penses qu'à t'amuser, aide-nous plutôt à mettre la table».

DISSOCIER L'ENFANT DE SA DEMANDE

Cette attitude est une clé dans la communication: dissocier l'enfant de ses actes. Si, quoi qu'il arrive, l'adulte maintient un contact chaleureux avec l'enfant, il pourra être exigeant dans ses demandes, l'enfant en souffrira moins.

À la suite de l'exemple que je viens de donner, certains parents pourraient conclure qu'une fille de huit ans peut dormir avec son père, plutôt que de s'interroger sur la question qui les concerne eux: est-ce que nous nous autorisons, ce soir, à dormir dans le même lit, si nous en avons envie? Avons-nous le sentiment que c'est juste? D'un côté, il y a une théorie, de l'autre, des émotions ressenties. On peut difficilement s'appuyer sur une théorie ou sur l'expérience d'un autre pour savoir ce qui est bon pour nous. Le sentiment d'impuissance des parents est accentué lorsqu'ils se réfèrent à une théorie au lieu de se mettre en contact avec ce qu'ils ressentent. La difficulté à communiquer est alors souvent exacerbée, d'autant plus que le cerveau des enfants, lui, ne peut utiliser autant de concepts que le cerveau adulte. En revanche, l'enfant est totalement en lien avec ce qu'il ressent, beaucoup plus que nous.

Nombre de pédagogues sont bien audacieux, qui tirent une théorie globale d'une expérience isolée. Je ne dis pas que les enfants peuvent dormir avec leurs parents parce que cela est sans conséquence, pas plus que je ne dis que les enfants ne doivent pas dormir avec les parents parce que cela peut avoir des conséquences graves; j'encourage seulement chacun à prendre contact avec ce qu'il éprouve tout en s'intéressant aux théories sur les étapes de l'enfance. Cet équilibre entre ce qui est ressenti et le partage d'expériences des autres est la clé d'une communication harmonieuse et d'un échange vivant avec les enfants. Les parents sont perdus lorsqu'ils recherchent des réponses à des questions intimes à l'extérieur d'eux-mêmes alors que la réponse est en eux.

VOUS CONNAISSEZ VOS ENFANTS

Vous connaissez vos enfants mieux que quiconque. Pour peu que vous soyez attentif, vous avez remarqué que ce qui fonctionne avec l'aîné ne fonctionne pas avec son frère, que ce qui va bien une année, ne va plus l'année suivante. C'est pourquoi il est important que vous vous fassiez confiance; cette confiance est ce qui vous permet d'écouter et d'observer en permanence afin de vous adapter et de répondre; elle est ce qui vous permet d'éduquer en restant vivant.

De plus, vous vous connaissez vous-même mieux que n'importe quel spécialiste! Vous savez ce que vous êtes à même de supporter ou non en termes de bruit, de proximité. Vous savez quels sont vos ressources, votre niveau de fatigue, votre état mental du moment. Vous connaissez vos habitudes, ce qui vous apaise et ce qui vous irrite. Pourquoi chercher la réponse à l'extérieur de vous? Comment croire qu'il y aurait une bonne réponse et une mauvaise réponse! Il y a simplement des objectifs différents.

La plupart des avertissements transmis aux parents sont animés par la peur de ceux qui les édictent: «Si déjà vous cédez à tous ses caprices, vous verrez quand il saura marcher...», vous dit-on, puis, plus tard: «Vous verrez quand il sera ado, vous ne pourrez plus le gérer!» Cette peur entre en résonance avec nos hésitations, nos tentatives, souvent maladroites, de faire au mieux. Nous préférons nous tourner vers ceux qui prétendent savoir et nous martèlent de conseils alarmistes, plutôt que d'écouter notre intuition, fragile, et souvent, notre cœur, afin d'adapter notre attitude aux demandes des enfants. Le spectre d'une éducation ratée perturbe notre spontanéité. Quoi de pire que de s'entendre dire que nous avons été une mauvaise mère, un père trop dur ? Quoi de plus humiliant que de nous voir montrer du doigt parce que nous ne savons pas éduquer ?

Et si nous nous trompions ? Et si nos enfants devenaient malades, *dealers*, voyous, s'ils se mettaient à brûler des voitures, s'ils fuguaient, s'ils rataient leur vie à cause de leur éducation, à cause de notre laxisme, à cause de nous, nous qui souhaitions tellement leur bonheur…

LA PÉDAGOGIE DE LA PEUR

Le monde dans lequel nous élevons nos enfants effraie beaucoup de parents. La violence à l'école, les craintes suscitées par le chômage, la crise écologique, les agressions. Comment nos chéris se protégeront-ils, eux qui naissent si vulnérables ?! Il n'est pas rare qu'inconsciemment cette situation réveille tellement de peurs que les parents choisissent de resserrer la vis, de durcir le ton et de préparer leurs enfants à un avenir sombre.

Mais cette vision pessimiste du monde justifie-t-elle que nous transmettions tant de peurs à nos enfants ? Souhaitons-nous les endurcir pour les préparer à un environnement hostile dans lequel nous ne nous sentons pas libres nous-mêmes ? « *Il faut bien que tu apprennes que, dans la vie, on n'a pas toujours le choix.* » Ce propos que j'ai entendu dans la bouche d'une mère me laissa sans voix. La sentence maternelle avait immédiatement déclenché les pleurs de l'enfant, tant elle était radicale. « *Encore un caprice* », de conclure la mère en tournant le dos à l'enfant en larmes. Ces pleurs n'étaient pas de la colère feinte, mais les larmes profondes d'un petit garçon qui voyait son rêve s'effondrer. Dans cette scène, le rêve en question était un simple pantalon de coton que l'enfant avait repéré dans la vitrine quelques minutes plus tôt, et qu'il s'était imaginé pouvoir porter à l'école devant ses copains. « *C'est le même, tu vois bien* », avait répondu sèchement la mère, en lui opposant un second modèle, presque identique. Mais ce n'était pas celui que voulait l'enfant. Ce n'était pas celui sur lequel il avait porté son regard à travers la vitre du magasin. Un bouton en nacre ainsi que des fleurs de fil jaune brodées sur les poches faisaient toute la différence. Non, aucun doute, ça n'était pas le même modèle.

Les enfants ont le souci du détail. Ce qui nous échappe, à nous, attire leur attention à eux, à l'image de cette petite fille de quatre ans qui tire soudainement la manche de sa maman pour lui montrer le spectacle d'une goutte d'eau glissant le long d'un brin d'herbe: «Regarde, ça brille!» de s'exclamer la fillette comme s'il s'agissait de l'événement le plus important de sa journée.

Pourquoi la mère du garçonnet ne veut-elle pas lui offrir le pantalon qu'il préfère? me demandais-je. Le prix était le même, la taille identique, quel intérêt de contrarier l'enfant? «*C'est celui-là que je veux!*» tenta une dernière fois le petit garçon. En défendant son point de vue, il ne défendait pas que ce vêtement. Il protégeait son droit à la différence. Il voulait se distinguer, exister pour lui-même. Ses pleurs n'étaient pas liés uniquement au pantalon. C'est ce point précis que n'intégrait pas la maman, qui se contentait de comparer les étoffes. Ses pleurs venaient du fait qu'une fois de plus on lui imposait ce qu'on croyait être bon pour lui. C'est à l'attitude intrusive de sa mère, et non au vêtement, qu'il réagissait; il s'arc-boutait contre. En quoi l'enfant pouvait-il se sentir unique si cette femme savait mieux que lui ce qu'il aimait? Cette réaction vis-à-vis de sa capacité à choisir, à se connaître, à être différent, attisait sa colère. «*Non, n'insiste pas, celui que tu veux est trop décoré. On va prendre celui-ci plutôt*», de conclure la mère. Déjà, c'était trop tard, le rapport de force était établi, il fallait que quelqu'un gagne. La mère avait décidé et l'enfant sentait que ses larmes ne pesaient pas lourd face à sa détermination à elle. Il regardait disparaître ce pantalon qu'il avait cru pouvoir porter fièrement, au détriment de cet autre qu'il détestait déjà et qu'une vendeuse, visiblement gênée par la situation, emballait dans un sac en plastique avant de le tendre à la mère.

Les voilà qui sortaient tous les deux. L'enfant blessé n'était pas près d'oublier. La mère, elle, épuisée par une matinée éprouvante, était déjà passée à autre chose. Ou venait-elle de se confirmer qu'on ne doit pas tout céder aux enfants ? Pour elle, c'était un caprice pour un bouton en nacre ! Quel cinéma… Pour lui, un sentiment d'impuissance un peu plus ancré dans sa psyché. Fin d'une scène classique dans un magasin de vêtements d'une rue piétonne de Montpellier.

NE PAS FRUSTRER À TOUT PRIX !

« Il faut que les enfants fassent l'expérience de la frustration ! recommandait dernièrement un pédiatre à une jeune mère en quête de conseils. *Les parents ne doivent pas tout leur céder !* »

« Il faut que. » Dans cette phrase, trois petits mots en trop qui font toute la différence entre une éducation autoritaire et intrusive et un accompagnement bienveillant et compréhensif. L'enfant, quoi qu'il arrive, vit l'expérience du manque, de l'absence, de l'attente. Dès les premiers jours de sa vie, il doit supporter de ne pas pouvoir bouger, manger, se tenir droit, se lever comme il aimerait. Cette frustration, si elle est accompagnée par la présence bienveillante du parent, l'aidera à se construire. Mais frustrer sans raison un enfant ne répond à aucun de ses besoins, ni à court terme ni à long terme.

Lorsqu'un bébé pleure parce qu'il a faim, si vous intervenez dans la minute qui suit, il se calme en cinq secondes ; si vous n'intervenez qu'au bout de trois minutes, il met cinquante secondes à se calmer, nous fait remarquer la psychothérapeute Isabelle Filliozat, dans son livre *Au cœur des émotions de l'enfant*. Autrement dit, quand vous multipliez par deux le temps d'intervention, vous multipliez par dix la durée des pleurs de l'enfant.

Dans notre exemple, l'issue aurait été différente si le pantalon préféré par l'enfant avait été trop cher ou trop grand. Mais la mère ne s'est pas déterminée en fonction de ces éléments, mais parce qu'elle était persuadée que la frustration forme le caractère. Combien de parents refusent aujourd'hui à leurs enfants ce qui leur était refusé hier par leurs propres parents ? « Moi aussi, j'ai été frustré. Je n'ai pas toujours eu ce que je voulais. Eh bien, je n'en suis pas mort.

Il n'y a pas de raison que ce soit différent pour mes enfants. » Beaucoup de parents se justifient : « On ne peut pas tout avoir dans la vie. Pourquoi mon fils aurait-il droit à ce jouet qui m'a été refusé il y a 40 ans ? » La source de l'autorité parentale excessive est bien souvent à chercher dans l'histoire du parent, sa frustration et ses blessures. Lorsque celui-ci a été privé, c'est au nom de sa frustration à lui qu'il frustre l'enfant à son tour. C'est un sentiment de vengeance sur la vie qui l'anime. Un moyen de blesser pour réparer ses blessures à lui. De façon généralement inconsciente, l'adulte impose son autorité à l'enfant, car il n'a pas pu s'opposer à celle de ses parents. Or, même si la frustration fait partie de notre histoire, on ne construit pas une relation à partir d'un manque que l'on provoque sciemment. Au moment où le parent s'apprête à autoriser ou à interdire, il peut se poser la question : « D'où me vient cet élan d'interdire ? » S'il prend conscience que cet élan émane de sa propre histoire, il serait souhaitable qu'il temporise, se calme lui-même, avant de répondre à l'enfant. Si, en revanche, il se sent apaisé et sait que son interdiction ne vient pas en écho à ses propres frustrations, mais est appropriée, son interdiction sera généralement bien perçue par l'enfant.

C'est exactement dans ce type de situation que la méditation, le recul, la méta-position vous seront d'un précieux secours. Alors que vous vous apprêtez à répondre machinalement et par la négative à l'enfant qui vous sollicite, prenez quelques secondes, le temps de deux ou trois respirations silencieuses, pour revenir à vous. Observez d'où vous vient votre réponse. Est-elle provoquée par une simple réaction de contradiction ? « Je n'ai pas envie d'être dérangé par un projet inattendu ; je dis "non" par principe, sans même vérifier en quoi la demande de l'enfant me gêne. » Est-elle animée par un sentiment de rancune que vous aurait laissé une blessure plus ancienne et inconsciente ? « Mes parents m'obligeaient à aller me coucher même quand je n'en avais pas envie ; ça sera pareil pour eux ! » Respirez et ressentez. Le refus peut avoir une autre raison : avez-vous été contrarié dans la journée ? Avez-vous accumulé de la fatigue ou de la colère à votre travail ? « Je me suis sentie soumise aujourd'hui, je ne veux pas éduquer un enfant-roi ! » N'avez-vous pas su prendre position et dire non à votre patron alors que vous en aviez envie ? Si bien que, le soir venu, dire non, peu importe à qui, vous soulagerait ! Enfin, en voulez-vous à votre enfant pour d'autres situations, plus anciennes, qui n'ont rien à voir avec sa demande présente ?

Prenez quelques secondes pour vous mettre à l'écoute de ce que vous ressentez, sans vous juger. Peut-être, au contraire, réaliserez-vous que votre réponse est réellement adaptée à la demande du moment et n'est pas parasitée par d'autres émotions. Pour le vérifier, demandez-vous si vous vous sentez calme et détendu au moment de répondre. Ou sentez-vous que vous êtes tendu, irrité, que votre respiration est bloquée ou votre plexus serré, et que le fait de passer vos nerfs sur l'enfant en affirmant un refus vous soulagerait ?

Prenez quelques secondes pour revenir à vous, ressentir et méditer ; plus vous vous accorderez régulièrement ces moments de pause, plus vos réponses, vos autorisations et vos refus seront naturels, détendus et justes. Vous serez surpris de voir que, dans ce cas, vos réponses seront généralement mieux respectées ; car plus que quiconque, votre enfant sent bien lorsque votre réponse tient compte de sa demande et lorsqu'elle n'est animée que par des peurs parasites ou de vieilles mémoires qui vous appartiennent et que vous laissez vous envahir.

LORSQUE LA FRUSTRATION EST CONSTRUCTIVE

L'expérience du *marshmallow* montre que, si l'on propose une guimauve à des enfants de trois ans en disant à chacun : « Ne mange pas ton *marshmallow*, conserve-le jusqu'à mon retour et je t'en donnerai un autre », environ deux enfants sur trois seront prêts à le conserver, c'est-à-dire à faire l'expérience de la frustration pour obtenir une seconde guimauve.

Martin s'est entraîné pour passer sa première étoile au ski. Il aimerait gagner cette petite médaille. Et puis, un virage raté, une chute, l'enfant de sept ans est recalé. Adieu la récompense ! Martin repassera l'épreuve l'année suivante. Si ses parents savent accueillir sa frustration, Martin comprendra qu'il a besoin de persévérance pour accéder à un niveau supérieur. Julie ne veut plus apprendre sa récitation, elle préfère jouer avec ses poupées. Sa mère insiste. Avec délicatesse, elle réussit à l'intéresser de nouveau. Elle et l'enfant consacrent une demi-heure au poème. Le lendemain, Julie est interrogée et obtient une bonne note. Elle se sent fière et valorisée. Sa frustration de la veille a un sens : à présent, Julie comprend le lien entre l'effort et le résultat. Joachim veut acheter cette petite voiture, puis, finalement, décide de mettre l'argent dans sa tirelire pour acheter le mois suivant un modèle plus cher, télécommandé. Il apprend, en se frustrant, à économiser pour s'offrir un cadeau plus conséquent. Dans tous ces exemples, la frustration est bénéfique, elle enseigne la patience, la persévérance ; elle apprend à ne pas se décourager, à garder confiance malgré les échecs. Zoé et ses parents se sont levés très tôt, à cinq heures ce matin, elle s'en souviendra ! Deux heures à grimper cette montagne. Deux heures difficiles, à crapahuter dans les cailloux. Zoé n'en peut plus, cette ascension est trop longue pour elle. Elle va abandonner, quand ils arrivent au rendez-vous et assistent à un lever du soleil comme jamais elle n'en a vu. La patience et l'effort physique sont le prix à payer pour ce spectacle grandiose qui la réconforte !

L'enfant tire de ses efforts un enseignement direct qui lui révèle ses ressorts. Pour peu que le parent soit présent et l'aide, il apprend que la frustration, si elle est dépassée, sert à quelque chose. Il redoutera moins l'échec, le manque, la déception.

À Martin, Julie, Joachim et Zoé, la compréhension de la situation permet d'économiser, de persévérer, de patienter, de s'améliorer. Ils admettent que ces qualités sont nécessaires. Cela n'a rien à voir avec l'attitude de la maman qui, dans le magasin, frustre l'enfant pour lui apprendre que la vie est dure, ni avec les refus incompréhensibles de tant de parents vis-à-vis des demandes des enfants. Lorsque le parent crée artificiellement un cadre pour frustrer l'enfant, il crée une distance avec lui. Lorsque, au contraire, il accompagne l'enfant afin de l'aider à transcender un désir insatisfait, lorsqu'il prend sciemment le parti de l'enfant (tant pour accepter ses désirs que pour accompagner ses frustrations), il crée un rapprochement.

DE LA FRUSTRATION À LA COMPENSATION

Si elle n'est pas transformée, la frustration risque de provoquer une compulsion chez l'enfant. En effet, s'il n'a pas compris le sens d'une privation, l'enfant restera en colère ou triste, et se réfugiera probablement dans un comportement lui permettant de combler son manque : télévision ou jeux vidéo à outrance, agressivité reportée sur un plus faible que lui. Dans ce schéma, pourtant classique, la frustration n'a aucune vertu pédagogique. Le manque existe toujours, il est simplement moins visible puisque transféré vers un comportement de substitution.

L'autre attitude que peut induire la frustration est l'insensibilisation. L'enfant se persuade que ses besoins ne seront pas satisfaits. Si sa frustration n'est pas accompagnée, il risque de s'insensibiliser pour ne plus ressentir un tel manque à l'avenir. Même s'il obéit aux ordres du parent, l'enfant assimile dans sa psyché cette réflexion : « Puisque je ne peux pas satisfaire mes besoins, je n'ai plus qu'à les oublier. »

Aujourd'hui, beaucoup d'adultes fument, boivent excessivement, achètent compulsivement ou adoptent des comportements de dépendance au travail, à la télévision. Ces comportements de surconsommation révèlent généralement des frustrations plus anciennes. L'adulte compulsif s'est résigné au fait que ses besoins ne seront pas satisfaits. Il s'est habitué à être frustré dans sa nature. Il n'ose plus demander. Il se réfugie alors dans une attitude déviante pour masquer son manque et moins le sentir.

ÉDUCATION GAGNANT-GAGNANT

Il n'est pas question pour autant de sacrifier notre confort et nos besoins sur l'autel de la parentalité. Beaucoup de parents réagissent abruptement : « Doit-on tout céder aux enfants pour leur éviter la frustration ? » demandent-ils. Ce raccourci est très loin de mon propos. Il ne s'agit pas de céder à des demandes qui ne nous semblent pas justes, mais de ne pas couper le lien affectif avec l'enfant lorsque celui-ci est en détresse, sous prétexte que nous ne voulons pas répondre favorablement à sa requête. Beaucoup de parents, par exemple, lorsqu'ils ne prévoient pas acheter un jouet à l'enfant, l'empêchent de le regarder au magasin. D'autres parents, au contraire, pour ne surtout pas couper le lien avec l'enfant, achètent, à contrecœur, un bonbon et évitent ainsi un conflit qu'ils redoutent. Le parent peut apprendre à maintenir un contact de qualité avec l'enfant, un contact grâce auquel l'enfant se sent respecté et entendu, tout en donnant une réponse négative à sa demande.

SACRIFICE À TOUT PRIX

Pour ne pas frustrer leurs enfants, d'autres parents préfèrent s'oublier. Ils imaginent qu'il faut choisir : privilégier soit les enfants, soit les adultes, sans prendre conscience que, quel que soit celui qui est lésé, la relation est toujours sacrifiée. Et c'est l'un et l'autre qui en souffrent. Le don n'en est pas un de la part du parent qui troque sa tranquillité contre la culpabilité qu'il laisse en gage à l'enfant : « Je t'ai donné les plus belles années de ma vie, et tu me réponds ainsi… », « Avec tout ce que j'ai fait pour toi. Quel ingrat tu es ! ». L'enfant, se sentant coupable, ne distingue plus ce qu'il a reçu.

Dans le regard que je propose de porter sur l'enfance, il n'y a pas de sacrifice, car il n'y a pas de perdants. Simplement une question qui revient comme un leitmotiv lorsque nous hésitons entre deux attitudes possibles : *que souhaitons-nous vraiment pour nos enfants ?*

L'enfant nous dit qu'il veut peindre et nous n'avons pas l'élan nécessaire pour sortir la toile cirée, les pots, les pinceaux. Un autre jour, il veut écouter de la musique et danser dans le salon alors que nous avons besoin de calme… Chaque nouvelle situation est comme une confrontation avec nous-mêmes : comment réagir ? Par la fermeté ? L'obliger ? Lui interdire ? Ou, au contraire, tout lui passer ? Beaucoup de parents acceptent tout de l'enfant, pour que, surtout, il ne cesse pas de les aimer. Car pour l'adulte, la peur de n'être pas aimé par son enfant est un frein à l'éducation, au même titre que l'est la peur d'aimer l'enfant tel qu'il est. Cette situation est aisément observable dans les familles monoparentales, au sein desquelles le parent séparé ressent de la culpabilité à l'égard de ses enfants, qu'il prive d'une famille modèle ; du fait de cette culpabilité, il n'ose pas prendre une position ferme avec eux.

UNE BRÈCHE PRÉCIEUSE

Entre ces deux extrêmes, entre refuser parce que nous ne sommes pas disponibles et accepter parce que nous ne voulons pas nous couper de l'enfant, existe une brèche, un interstice, qui n'est souvent perceptible que quelques secondes, un espace vide dont nous pouvons profiter pour créer un lien avec notre enfant. Dans cet espace, nous pouvons prendre soin d'identifier avec lui ses véritables besoins, l'aider à formuler ce qu'il ressent et ce qu'il veut ; ce sont là autant de moyens qui lui permettent de nous dire qui il est. Pour pénétrer cet espace, le parent a besoin tant de respect que de patience. Il lui faut accéder à son âme d'enfant, le secret est là !

Cette brèche précieuse est comme un arrêt hors du temps. Certains parents n'en soupçonnent pas même l'existence, et pourtant, c'est dans ce cocon que peut s'établir la genèse de la relation authentique entre votre enfant et vous. « Tu n'as pas envie de te coucher maintenant ? C'est ça ? » Parfois, une simple reformulation permet à l'enfant d'être rassuré sur le fait que vous l'avez vu, entendu, qu'il existe. Cette reformulation l'apaise, car il a le sentiment que, même si vous n'accédez pas à sa demande, vous ne coupez pas le lien affectif qui vous unit à lui. « Tu aimerais jouer encore, sûrement ? » L'enfant en est certain, maintenant : vous vous intéressez à lui, vous le reconnaissez comme un être différent de vous, vous êtes capable de l'écouter, de mesurer l'étendue de ses besoins. Vous lui avez parlé avec bienveillance et respect.

Combien de fois me suis-je retrouvé entre deux eaux face aux demandes de ma fille ! Devais-je accepter ou refuser — alors même que je m'employais, non pas à solutionner, car je n'en avais pas les ressorts, non pas à lui donner une réponse dure et froide, comme un verdict de cour de justice, mais simplement à me hisser à sa hauteur pour reformuler sa demande à elle afin d'être sûr d'avoir bien compris quels étaient ses besoins réels ? En me rapprochant d'elle, je lui signifiais que je l'avais entendue. Simplement prendre quelques secondes de mon temps pour m'intéresser à ce qui la préoccupait, sans juger. Simplement accueillir, qu'elle sache qu'elle compte pour moi. Et tandis qu'un lien sincère s'établissait entre elle et moi, déjà, d'elle-même, elle solutionnait ce qui l'inquiétait quelques minutes plus tôt. Elle tenait compte, pour me proposer une solution, de mes besoins et des siens. Parfois, c'est un simple regard, un geste, une intention qui permet à l'enfant d'être rassuré. Car vous pouvez être certain que, si l'enfant vous pose un problème, il détient aussi la solution ! Lorsque l'enfant demande s'il peut rester un peu avec vous, le temps de l'apéritif, avant d'aller se coucher, le parent attentif peut décrypter la demande cachée : est-ce un besoin de faire comme les grands ? un besoin de convivialité ? un besoin de sortir de la routine ? Le parent peut prendre quelques minutes pour écouter l'enfant : « Tu aimerais ce soir rester avec nous, car ce n'est pas un soir ordinaire ? », « Tu te sens exclu quand tu vas te coucher avant tout le monde, c'est ça ? Je comprends bien ? », « Tu te sens diminué ? ».

Inutile, pour l'adulte, de se précipiter pour répondre par oui ou par non à la demande de l'enfant, cela les amènerait l'un et l'autre sur le terrain de la confrontation. L'un doit céder devant l'intensité des arguments de l'autre. Mais en reformulant ce qu'il a compris, l'adulte revivifie, chez l'enfant, sa sensation d'exister.

SENTIR LA DEMANDE RÉELLE DE L'ENFANT

Un autre exemple va illustrer à quel point il est utile d'établir un lien de qualité avec l'enfant avant de répondre à sa demande. Un soir, je dînais chez une amie. Après le dîner, sa fille Marine l'interpelle : « *Maman, cette nuit, je veux faire une nuit blanche. On en a parlé toute la journée à l'école avec les copines. Elles me disent qu'après une nuit sans dormir, le matin on a une tête de zombie. Je voudrais savoir ce que c'est que d'avoir une tête de zombie !* » Derrière cette demande se cachait l'envie de se connaître d'autres visages, de vivre d'autres expériences. Sa mère aurait dépensé une énergie inutile à vouloir la raisonner par des propos tels que : « Non, tu vas être fatiguée » ou : « Ça va te rendre malade. » Leur différend les aurait sûrement irritées avant le coucher. Il était clair, du reste, que Marine était fatiguée, qu'elle ne tiendrait pas longtemps. Sa mère lui dit que, si elle souhaitait faire l'expérience, c'était d'accord à condition qu'elle aille dans son lit. Le seul fait qu'elle donne son autorisation créa de la détente. Dix minutes après s'être allongée, Marine dormait à poings fermés…

Dans cette situation, il est important d'avoir conscience de la réalité de la demande de l'enfant sans imaginer tout de suite le pire. La mère aurait réagi différemment si Marine avait demandé l'autorisation de mettre de la musique pour se maintenir éveillée. Le parent doit s'efforcer d'intégrer la réalité de la demande, non pas la peur qu'elle lui inspire.

En racontant cet exemple, je ne dis pas aux parents de laisser leurs enfants faire des nuits blanches même s'ils ont école le lendemain parce que c'est sans conséquence, pas plus que je ne leur conseille d'interdire formellement à l'enfant de faire une nuit blanche ; je les invite simplement, au moment où leur enfant leur pose la question, à être attentifs à son *besoin réel*. De cette façon, l'enfant se sentira libre de formuler des demandes, même si celles-ci ne sont pas acceptées. En fonction des circonstances, parfois vous accepterez, parfois vous refuserez ! Votre relation s'améliorera si vous ne le faites jamais abruptement, jamais en déniant l'existence même de la demande que l'enfant a pris soin de vous adresser.

OSER DEMANDER

Beaucoup d'adultes n'osent plus faire de demande. Au sein de leur couple, dans leur entreprise, avec leurs amis, ils préfèrent prendre sur eux pour ne pas déranger. Ils acceptent des situations qui ne leur conviennent pas, par peur du refus. Ils répètent: « Ne t'inquiète pas, je m'en arrangerai », « Je me débrouillerai, ce n'est pas grave », « Je ne veux pas le déranger pour si peu », puis ils ruminent en solitaire en se demandant comment résoudre leur problème et en se fustigeant de n'être pas capables de demander de l'aide quand ils en ont besoin. Ces adultes, qui se définissent comme trop timides ou trop gentils, n'osent souvent pas demander, car ils ont essuyé tellement de refus lorsqu'ils étaient enfants qu'ils s'y sont habitués.

Lorsqu'ils seront adultes, vos enfants auront besoin des autres, ils auront besoin, en toutes circonstances, d'aide, de coopération, de soutien. Ils auront besoin de demander ce qui leur fait du bien. Aussi, la qualité du lien que vous établissez avec l'enfant lorsque celui-ci fait sa demande est-elle fondamentale. Ce peut être grâce à une reformulation, à de l'écoute active, à une attention vigilante; dans tous les cas, manifestez votre intention sincère d'écouter votre enfant. Dès lors qu'il sent que vous vous préoccupez sincèrement de ses désirs, l'enfant s'apaise davantage et a moins de raison de vous poser problème ou de remettre en cause votre autorité.

Que souhaitons-nous vraiment pour nos enfants ? La réponse s'impose d'elle-même tant elle inclut toutes les autres: nous voulons qu'ils soient heureux… Autant voire davantage, si possible, que nous ne l'avons été nous-mêmes ! Mais comment, concrètement, agir ? Le bonheur de nos enfants, nous le voulons, mais comment les aider à le trouver ?

Tant de parents souhaitent réellement le bonheur de leurs enfants. Souvent, les parents, entre eux, affirment que leurs enfants sont les seuls êtres pour qui ils donneraient leur vie. Pourtant, dans leur communication quotidienne, rien ne laisse entrevoir cet altruisme. Dire qu'on donnerait sa vie pour son enfant est une abstraction, la situation ayant si peu de chance de se présenter ! En revanche, la qualité de l'amour se mesure à tous ces petits moments qui peuvent sembler insignifiants, à toutes ces demandes quotidiennes, ces instants durant lesquels l'enfant prend le soin d'exposer qui il est, ce qui lui tient à cœur, ce qu'il voudrait. Des milliers de fois, l'enfant nous sollicite. Des milliers de fois, nous pouvons éviter de répondre trop rapidement. Nous pouvons nous poser, face à l'enfant, et nous rappeler qu'il est l'être que nous aimons le plus au monde, nous pouvons alors être en lien avec lui et ressentir, de l'intérieur, quelle réponse est la plus adaptée. C'est au quotidien que l'enfant va savoir s'il peut compter sur vous, s'il existe à vos yeux, s'il est quelqu'un d'important pour vous et pour le monde qui l'entoure. Le paradigme de relation que vous avez aujourd'hui avec votre enfant se déclinera des années plus tard dans les relations de sa vie d'adulte.

CES BLESSURES ENFOUIES

Aujourd'hui, au fil des séminaires que j'anime, je décrypte dans le comportement maladroit des participants les blessures des enfants qu'ils ont été, auxquels leurs parents n'ont pas appris à avoir confiance en eux, à s'exprimer librement, à faire des demandes, à oser affirmer leurs émotions. Aujourd'hui, ces hommes et ces femmes surveillent le regard des autres avant de donner leur point de vue, puis ils épient les moindres signes d'approbation. Beaucoup n'osent pas dire le fond de leur pensée pour éviter de contrarier. Encore aujourd'hui, ils cherchent, par tous les moyens, les signes de cette reconnaissance qui leur a tant manqué. Ces grands enfants de 50 ans et plus agissent en étant envahis par la peur d'entreprendre, la peur d'être jugés, la peur d'être rejetés, tellement leurs doutes sont profonds.

De nombreux indices indiquent à quel point beaucoup d'adultes manquent de confiance en eux, d'estime de soi. En France, le nombre d'hommes et de femmes qui consomment des anxiolytiques est accablant : 160 millions de boîtes de tranquillisants seront consommées cette année, soit quatre fois plus d'anxiolytiques, d'antidépresseurs et d'antihypnotiques que dans n'importe quel autre pays d'Europe[3]. En 2009, plus d'une fille sur quatre et près d'un garçon sur cinq consommeront des médicaments psychotropes avant l'âge de 18 ans. Si nous rajoutons à ces chiffres le nombre d'adultes qui se noient dans une dépendance compensatoire – cigarette, alcool, sexe, travail exagéré –, nous prenons conscience de l'ampleur des dégâts. Derrière ce malaise physique, n'est-ce pas un manque d'amour qui se cache? un manque de confiance en soi? un manque d'estime de soi?

La personnalité de l'enfant se construit pendant les premières années. C'est au cours de cette période que l'enfant va apprendre à avoir confiance en lui ou pas, que l'enfant va s'aimer ou non, au fil de tous les petits gestes quotidiens. Notre comportement, en tant que parents, aura une influence déterminante sur la construction de cette confiance en soi.

Pour savoir ce qui est bon pour eux, interrogeons-nous sur nous-mêmes: de quoi avons-nous besoin pour réussir dans notre vie d'adulte? «De gagner de l'argent et d'être à l'abri du besoin», répondront certains. «D'exercer un métier qu'on aime», «D'établir une vie de famille», diront d'autres. Au-delà de ces apparences, de quoi auront besoin nos enfants pour construire cette réussite sociale, professionnelle ou familiale? Quels que soient leurs origines et les contextes dans lesquels ils évolueront, ils auront besoin de s'aimer de façon inconditionnelle. Ils auront besoin d'aimer tant leurs qualités que leurs points faibles. Ils auront besoin d'aimer tant leurs succès que leurs échecs. Ils devront apprendre à aimer toutes les fois où la vie leur dira oui, comme les fois où la vie leur dira non. C'est sur cette estime de soi que s'échafaude la confiance en soi.

L'enfant se construit et existe à travers le regard de ses parents. Il apprend qui il est en écoutant ses parents parler de lui, il apprend à se connaître à travers le jugement que ses parents portent sur ses actes et ses demandes.

CONFIANCE EN SOI, CONFIANCE EN L'AUTRE

C'est parce que nous avons confiance en nous et dans nos ressorts que nous avons confiance en l'autre. Confiance en soi et confiance en l'autre sont indissociables. La confiance en soi est une clé dans toutes les situations de la vie liées au changement, au mouvement, à l'investissement. Vos enfants auront besoin de confiance en eux pour acquérir leur sentiment de sécurité dans les périodes sensibles telles que les déménagements, les ruptures, un divorce. Les enfants habitués à exprimer leurs besoins pourront plus facilement s'ouvrir aux autres. Ils se sentiront plus libres, plus enclins à communiquer avec clarté. Si l'enfant a reçu, dans les premières années de sa vie, suffisamment d'affection de la part de ses parents, il jouira plus facilement d'une belle image de lui. Pour peu qu'il ait été entendu et écouté, l'enfant ne sera pas coupé de son élan de vie. Chaque fois que nous coupons la parole à un enfant, chaque fois que nous lui proposons trop rapidement une solution sans prendre le temps d'établir un lien authentique et chaleureux avec lui, il se coupe de ce qu'il a de plus précieux: son élan de vie. Or, c'est cet élan qui lui sera nécessaire demain pour oser s'aventurer, décider, choisir, entreprendre, être simplement celui qu'il est.

Qu'est-ce que je souhaite vraiment pour mes enfants? Dans chaque situation, vous pourrez vous reposer cette question, qui motivera votre attitude et vos réponses. Dès lors que vous aiderez l'enfant à acquérir, à travers vos réponses, sa confiance et son estime de soi, il n'y a aucun doute que vous saurez progressivement et naturellement trouver l'attitude aimante et encourageante qui lui permettra de cheminer jusqu'au cœur de lui-même.

CHAPITRE 4
ÊTRE PARENTS

Les enfants sont toujours comme l'enfant que vous fûtes, tristes et heureux ; et si vous pensez à votre enfance, vous revivez parmi eux, parmi les enfants secrets.
RAINER MARIA RILKE, *Lettres à un jeune poète*

« Comment réagir face à un garçon qui... ? » « Que doit-on répondre à un ado vous disant que... ? » Je n'ai jamais entendu un enfant formuler une question de la sorte, mais souvent des adultes. Beaucoup de parents viennent voir un thérapeute pour savoir quelle attitude adopter « face à un enfant qui... ». D'autres parents n'ont plus besoin de conseils. Avec leurs quatre enfants, leur expérience est telle qu'ils ont compris que « face à un enfant qui..., on doit répondre que... ». Vouloir savoir à l'avance quel comportement adopter vis-à-vis d'une situation qui ne s'est pas encore présentée est une attitude de contrôle qui n'intègre pas la dimension vivante de la relation, pas plus que votre spontanéité et celle de votre enfant. Une attitude préétablie ne vous permet pas de réagir différemment d'un jour à l'autre. Elle vous fige dans un comportement stéréotypé qui n'intègre ni votre sensibilité ni votre émotivité. Or, toute relation est composée de ces dimensions. L'attitude préétablie s'inspire de principes éprouvés par d'autres, ou par vous-même dans un autre temps, ce qui revient au même. Elle crée une distance entre l'enfant et vous.

Les enfants sont moins prévisibles que nous, car ils sont davantage en lien avec leurs émotions. Le parent, lui, a souvent le réflexe de contrôler ses émotions qu'il juge difficiles puisque imprévisibles. Il se sent plus en sécurité en s'appuyant sur des comportements codifiés.

ÊTRE PRÉSENT À LA RELATION

L'enfant vit davantage dans le présent. Ses réactions sont animées par ses émotions et ses sentiments. Il s'encombre moins de théories que l'adulte et, pour cause, il en connaît moins. Il est encore disponible pour suivre son élan. Les réactions de l'adulte, elles, sont davantage conditionnées par les expériences passées qui ont abouti à des concepts. L'adulte a des antécédents agréables qu'il souhaite reproduire, et désagréables qu'il désire éviter. Entre l'enfant qui s'exprime à partir de son envie et l'adulte qui parle à partir de son expérience, se pose un problème de langage. Pour simplifier, je dirais que l'enfant parle au présent, l'adulte au futur et au passé. Cette différence de langage est l'un des principaux obstacles à la communication intergénérationnelle.

Ce dont a besoin l'enfant, c'est de lien, au moment présent, avec son père et sa mère. Il est apaisé lorsque les exigences du parent sont animées non pas par une règle abstraite édictée par des inconnus, mais par les besoins réels et concrets du père et de la mère. Il sera plus enclin à respecter les besoins du parent que des théories dont la source se perd. Lorsque le parent répète : « Il faut... », « On ne doit pas... », l'enfant se demande surtout qui sont ce « Il » et ce « On ».

PRIVILÉGIER CE QUE L'ON RESSENT

Comment réagir face à un enfant qui renverse son yaourt sur votre attaché-case ? Dans certaines circonstances, vous réagirez fermement, vous serez furieux que votre sacoche soit tachée, vous en voudrez à l'enfant. Dans une circonstance similaire, mais un autre jour, vous vous direz que ce n'est qu'un peu de yaourt qu'un coup d'éponge fera disparaître. Vous réagirez avec plus de souplesse. Enfin, un troisième jour, malgré vos belles théories, vous expédierez l'enfant dans sa chambre pour le reste de l'après-midi ! Votre réaction n'est jamais identique.

Vous aurez toutefois le loisir de réexaminer à froid les circonstances de l'incident. Si vous estimez que votre réaction n'a pas été juste, il sera toujours temps de la rectifier en retournant voir l'enfant, en parlant avec lui, en vous excusant si besoin est. Cela, bien sûr, après une analyse objective et non pas dans un mouvement de culpabilité. C'est pourquoi il est impossible d'édicter à l'avance quelle attitude type serait appropriée dans un cas donné. D'une part, parce que vous serez un jour plus compréhensif et le lendemain plus intolérant — il est d'ailleurs bon que l'enfant apprenne que, comme lui, vous avez vos humeurs et vos états d'âme; d'autre part, parce que la relation vivante intègre de nombreux paramètres qui sont toujours en mouvement!

Vous pouvez écouter le témoignage de vos proches dans des situations similaires ou lire des livres sur le sujet; ces références vous permettront de mieux vous comprendre. Mais l'intégration de votre sphère émotionnelle demande une autre approche. Les questions que vous pouvez vous poser dans vos réactions face à l'enfant sont:

- Premièrement: qu'est-ce que cela me fait à moi que l'enfant agisse ainsi? En quoi suis-je concerné? Suis-je en colère? furieux? déçu? Ou est-ce que je trouve tout cela sans importance?
- Deuxièmement: est-ce adapté de le punir, de le réprimander, de le disputer, compte tenu des circonstances qui le concernent lui?

La réponse à la première question se trouve à l'intérieur de vous: il s'agit de vos sentiments et de vos émotions, et il est légitime que vous les écoutiez en premier. Apprenez à les observer et à les exprimer. Si vous êtes en colère, dites-le. C'est ainsi que vous apprendrez à vous respecter et à mieux vous impliquer dans la relation. Identifiez en quoi l'attitude de l'enfant vous concerne. Dans l'exemple du yaourt renversé, votre implication est claire: il s'agit de votre sac. En revanche, en quoi êtes-vous concerné si l'enfant met les coudes sur la table ou s'il ne fait pas son lit? S'il préfère mettre sa salopette à carreaux, s'il a menti à son petit frère ou s'il dit un gros mot? Êtes-vous alors inquiet pour son avenir? soucieux de ce que vos voisins diront de lui, et donc de vous ? jaloux, car vous n'étiez pas autorisé vous-même à agir ainsi lorsque vous étiez enfant ? L'enfant a besoin de le savoir. Imaginez quelques secondes que votre enfant vienne vous dire : « Papa, ça se fait de mettre une cravate, mets ta cravate aujourd'hui », « Maman, tu devrais te maquiller, une femme se maquille ! », « Papa, tu es parti sans dire au revoir au chat, viens lui faire un câlin », votre première réaction serait probablement : « Mais enfin, en quoi ça te concerne ! ? » L'autorité naturelle s'appuie sur la première personne du singulier. S'il ne fait pas son lit, que se passe-t-il pour vous ? Vous sentez-vous en colère, impatient, déçu, inquiet ? Exprimez-le en parlant de vous. L'enfant a besoin de comprendre en quoi vous êtes concerné. S'il le comprend, il acceptera plus facilement votre réaction. Si vous êtes en colère parce que le cartable est taché, si vous dites que vous teniez à ce cartable, que vous l'aimiez, que vous êtes triste, l'enfant comprendra mieux votre point de vue et en tiendra compte, car lui-même serait triste que son cartable d'école soit taché. En revanche, si vous ne vous impliquez pas, ou si vous ne parlez qu'à la place de l'enfant, en soulignant le fait qu'il est maladroit, qu'il ne fait pas attention, que sa conduite n'est pas admissible, l'enfant se sentira moins concerné.

La réponse à la question : « Est-ce adapté de réagir ainsi avec l'enfant ? » doit intégrer la circonstance de l'instant : l'enfant est-il fatigué ? Quel âge a-t-il ? Est-ce la première fois ? Cet incident était-il prévisible ? Vous ne trouverez jamais la réponse à ces questions dans une méthode d'éducation, aussi élaborée soit-elle, car les combinaisons sont trop nombreuses et chaque enfant est différent. Bien sûr, il existe des constantes : tous les enfants de 12 mois veulent attraper la cuiller lorsqu'un parent les nourrit ; tous les bébés testent les réactions de leurs parents en laissant tomber leur jouet 15 fois pour les voir le ramasser. Mais au-delà de ces points communs, vous n'aurez la réponse exacte concernant l'attitude de votre enfant que dans une observation objective de la situation. C'est pourquoi votre réaction devrait comporter deux temps : premièrement, l'observation intérieure : *qu'est-ce que cela me fait à moi ?* Et, deuxièmement, l'observation extérieure: *quelles sont les circonstances entourant l'enfant?*

Parfois, certains parents ne se posent que la première question. Ils s'enflamment parce que leur enfant a fait tomber un pot de confiture sur le parquet. Ils n'écoutent que leur sentiment de colère sans tenir compte des circonstances où se trouve l'enfant. Il se peut, par exemple, que la taille du pot ne soit pas adaptée à des petites mains, ou que l'enfant ne soit pas en âge de faire ce geste correctement. L'autre type de parent n'écoute que les circonstances de l'incident sans prendre en compte ce que cela lui fait à lui. Lorsque la petite Rosalie, quatre ans, a fait du découpage avec la lingerie de sa maman, celle-ci l'a excusée en disant que ça n'était pas grave, qu'il ne faut pas punir les enfants, car ils ne savent pas ce qu'ils font. Dans ce cas, la mère a refoulé ses propres émotions pour ne pas blesser l'enfant. Cette attitude n'aide pas plus l'enfant que la précédente. L'enfant n'apprendra rien des limites de sa maman et risque de recommencer le lendemain!

L'introspection en deux temps demande un entraînement. Avant chaque intervention, ayez recours au double questionnement que j'ai évoqué. Avec le temps, cette attitude deviendra naturelle et vous saurez spontanément comment réagir. Vous trouverez les réponses justes dans les circonstances les plus variées et les plus imprévisibles. De plus, vous prendrez conscience de toutes les fois où vous intervenez machinalement en coupant l'élan de votre enfant, alors qu'en fait vous n'êtes pas concerné, juste surpris. Cette attitude vous permettra sûrement de vous sentir plus détendu et de vous montrer plus souple; vous n'éprouverez plus le besoin d'être toujours sur le dos de l'enfant pour lui dire ce qu'il a à faire, à l'image de ces parents qui répètent en boucle: «Ne fais pas ceci, ne touche pas à ça…»

Cette façon de voir les choses paraît d'autant plus juste lorsque l'on a plusieurs enfants. De fait, ce qui a fonctionné avec le premier ne fonctionne souvent pas avec le second, et réciproquement. Pour apaiser l'aîné lorsqu'il faisait des cauchemars, il vous suffisait d'aller dans sa chambre et de poser votre main sur son front; or, ce geste n'a pas d'effet sur le second ! La pédagogie est tout sauf une stratégie. Dès que vous vous regardez vous-même, que vous observez vos réactions (ce que cela vous fait) et vos comportements, au lieu de faire porter toute votre attention sur l'enfant (ce qu'il fait, ce qu'il ne fait pas), l'éducation prend toute sa dimension. Plus que toute autre relation, la relation à vos enfants est une occasion de mieux vous connaître, de mieux vous comprendre, de mieux vous aimer.

ÊTRE ET FAIRE

Beaucoup de parents demandent comment s'y prendre pour « gérer » leur enfant ou leur relation. On peut gérer un compte en banque, on peut gérer ses déplacements professionnels, mais on ne peut gérer ni les êtres ni les relations. Savoir éduquer, ce n'est pas accumuler des réponses toutes faites en vue de situations qui ne se sont pas encore présentées. C'est acquérir un savoir-être à partir duquel les réponses justes s'imposent d'elles-mêmes. *Donne-moi le courage de changer ce que je peux changer, la sérénité d'accepter ce que je ne peux pas changer, et la sagesse de distinguer entre les deux*, disait Marc Aurèle, l'empereur romain. Cet enseignement est un vrai appui dans notre relation aux enfants ; bien souvent, nous restons passifs dans des situations qui demanderaient notre intervention, et à d'autres occasions, nous refusons d'accepter un état de choses que nous sommes impuissants à changer.

Au cours de l'éducation de nos enfants, nous cherchons régulièrement à savoir comment réagir. Or, la non-action est une facette fondamentale de la parentalité et une réponse adaptée à beaucoup de comportements. Dans d'autres situations, nous avons besoin de courage pour agir. Les enfants nous obligent à nous situer, à poser nos limites et à les faire respecter. Pour la troisième fois, nous avons dit non, et l'enfant essaie tous les recours possibles afin de nous faire changer d'avis ; il nous fait les yeux doux, il devient croquant ou, au contraire, il se roule par terre et il nous fait craquer. Il nous faut alors du courage pour maintenir notre refus, quitte à entrer en conflit ouvert, à poser des actes concrets, à interdire, malgré ses demandes en grâce.

Il y a, au contraire, des situations où la relation à l'enfant nous apprend à ne pas agir, à nous détendre, à accepter ce qui nous échappe, à ne pas vouloir tout contrôler des faits et des actes de l'enfant. S'énerver parce qu'un enfant est lent à nouer ses lacets ne l'aidera pas à agir plus vite. Dans ce cas, nous aurons besoin de nous détendre pour ne pas le stresser. Certains parents n'arrivent jamais à se décontracter avec leurs jeunes enfants. Ils ont toujours peur que l'enfant se cogne, tombe, se fasse mal, se salisse, se trompe. Ils le pressent, lui demandent de faire plus vite, mieux. Toute leur attention est concentrée sur le jeune enfant, sur la façon dont ils pourraient modifier son comportement et la façon dont ils pourraient s'adapter à l'enfant, plutôt que sur eux-mêmes. Toujours stressés et plaintifs, ces parents risquent l'ulcère ou l'infarctus avant que l'enfant n'atteigne sa majorité ! Plus tard, lorsque ce dernier exprime ses besoins en criant, la crise devient justement l'occasion d'apprendre à respirer, de revenir à soi. Lorsqu'il adopte la mode grunge, la mode destroy ou la mode gothique, il nous faut faire preuve de beaucoup de tolérance. La confrontation avec les aspérités de l'enfant nous oblige à devenir moins abrupts, plus compréhensifs avec lui et le monde qui l'entoure.

La fermeté n'est pas plus de la dureté que la détente n'est du laxisme. Pour différencier l'un de l'autre, nous avons besoin d'apprendre… à respirer ! Lorsque nous ne pouvons pas changer le monde extérieur, nous pouvons apprendre à modifier notre comportement vis-à-vis de ce monde.

UNE ÉDUCATION YIN ET YANG

D'un point de vue énergétique, l'action correspond au pôle masculin de l'éducation : le yang. Le yang inspire la prise de décision, le courage d'agir, la prise de position, la parole. Le yang nous permet l'initiative, la création, l'affirmation. Le yang nous aide à maintenir une position juste dans un conflit, à trancher, à affirmer. L'écoute correspond au pôle féminin : le yin. Cette dimension intègre l'ouverture, la compréhension intérieure, la tolérance envers l'autre et ses différences, mais aussi l'intuition, l'anticipation, le sens de la psychologie. Le yang s'incarne dans la parole ; le yin, dans le silence.

Dans beaucoup de couples, la mère incarne le pôle yin. Elle est plus compréhensive, plus douce, plus psychologue, et le père incarne le yang. C'est lui qui punit, qui décide, qui impose. Parfois, c'est l'inverse. Avec un tel fonctionnement, le père et la mère sont bien ennuyés lorsque l'autre n'est plus là, lorsqu'il est en déplacement ou absent. Si le parent est trop yang, il n'arrivera pas à décrypter les véritables besoins de l'enfant ; il imposera son point de vue sans comprendre celui de son interlocuteur ; l'autorité est alors brutale. Le parent faisant montre d'un excès de yin écoutera l'enfant, acceptera des circonstances atténuantes, se laissera amadouer, en acceptant, parfois à tort, des situations, davantage par peur du conflit que par justesse. Une éducation harmonieuse passe par l'équilibre entre ces deux pôles. Il s'agit pour chaque parent, père et mère, d'exploiter ces deux pôles à l'intérieur de lui, non de s'appuyer sur son conjoint pour la part qui lui manque. Ainsi, le père gagnera à être plus psychologue, plus intuitif, plus à l'écoute, plus yin ; et la mère gagnera à prendre davantage position, à choisir, à s'affirmer, à être plus yang. Du reste, parfois, c'est le père qui est trop yin, trop tolérant, trop compréhensif ; et la mère, trop yang, trop tranchante, trop agissante et insuffisamment à l'écoute.

La méditation vous aidera à prendre conscience de ces deux pôles à l'intérieur de vous-même et à les utiliser harmonieusement. De plus, elle vous permettra d'adopter une attitude plus sereine, d'être moins réactif avec vos enfants, plus sage vous-même et plus juste dans vos actions. Méditer, c'est aussi prendre du recul, ne pas toujours chercher à intervenir dès que vous êtes un peu gêné ; c'est ne plus laisser vos décisions être gouvernées par vos peurs et votre anxiété. Méditer, c'est laisser l'enfance évoluer au rythme de l'enfance, en demeurant, vous, en lien avec votre rythme d'adulte.

L'ALCHIMISTE

Dans les moments difficiles, plutôt que de subir comme une victime, il existe une autre attitude: celle de l'alchimiste. L'alchimiste transforme le plomb en or. Les conflits que vous vivez avec vos enfants sont autant d'occasions de transformer la relation, de lui donner du sens. C'est cette dimension de la relation qui nourrit votre âme. Ainsi, la façon dont vous manipulez vos enfants, ou dont vos enfants vous manipulent, est une occasion d'apprendre les mécanismes humains de la manipulation, mais aussi d'apprendre à être clair et à prendre position.

Les colères, les peurs, les chagrins de l'enfant sont des occasions, pour vous comme pour lui, d'apprendre comment se manifestent les émotions, ce qui les déclenche, ce qui les apaise, comment les accueillir et ne pas les subir. Les divergences de points de vue et les crises sont des occasions de mettre en pratique son écoute active, ses capacités de reformulation et de négociation, sa communication avec l'autre; elles sensibilisent au respect des territoires de chacun. Les disputes entre frères et sœurs, les jalousies, les comparaisons permettent d'apprendre la coopération, l'entraide, le respect mutuel. Enfin, l'accueil des émotions de l'enfant, le fait même de vous engager dans l'accompagnement de vos enfants, vous enseignera la patience, la confiance en vous, mais surtout l'amour par l'ouverture du cœur. C'est parce que vous explorez toutes les facettes de la relation que vous réussirez à améliorer vos communications quotidiennes aussi bien privées que professionnelles et sociales.

Quand les parents se plaignent que leurs enfants sont trop émotifs, trop bruyants, trop imprévisibles, ils ne font que vider leur sac. Cette attitude de victimes ne permet pas d'améliorer la relation. C'est votre expérience qui renforcera votre ouverture, votre charisme, votre confiance, votre autorité naturelle et votre connaissance de la relation.

Lorsque l'enfant refuse d'aller se coucher, lorsqu'il mord sa petite sœur, lorsqu'il vous répond que, de toute façon, vous n'êtes pas son vrai père, respirez un grand coup et dites-vous que vous avez devant vous une occasion unique d'améliorer la relation et d'apprendre à vous apaiser vous-même.

LE DHARMA DE PARENTS

Dès qu'elle est vécue en conscience, la parentalité prend la dimension d'un dharma, soit d'un enseignement sacré. La rencontre avec les aspérités du comportement des enfants est une occasion unique de grandir en tant qu'être humain, d'améliorer ses qualités d'ouverture, de communication, de patience, de générosité. On raconte au Tibet l'histoire d'un maître qui se préparait à faire une retraite et cherchait un moine pour l'accompagner. De ses trois disciples, les deux plus anciens se persuadaient qu'ils seraient choisis pour cette retraite : « C'est moi qu'il choisira, disait l'un, car je suis le meilleur cuisinier. » « C'est moi qu'il choisira, répliquait l'autre, car ma nature est calme et je suis d'humeur égale. »

Finalement, le maître choisit de partir avec le troisième disciple, le plus agité, le plus colérique, qui, de plus, ne savait pas cuisiner ! Interrogé sur les raisons de sa décision, le vieux maître rétorqua : « Je pars en retraite pour améliorer mon attitude. Avec vous, ça serait facile, vous êtes si conciliants, avec le troisième d'entre vous, qui est colérique, je suis sûr de pouvoir explorer ma tolérance ! »

Même si nous sommes mille fois récompensés, avoir des enfants paraît difficile à beaucoup d'entre nous. Il faut sans cesse négocier, s'arranger, tenir compte de leur rythme si différent du nôtre. Vous vivrez la situation différemment suivant que vous réagirez en victime ou comme un apprenti essayant de s'améliorer. Au même titre que la vie de couple vous apprend en vous confrontant à la jalousie, à la passion, à la fusion, à l'ennui et à la peur, la vie de parents vous apprend à rester en lien avec la joie, l'insouciance, la créativité et la tendresse.

LA PREMIÈRE PART

Les adultes qui veulent des « trucs » pour modifier le comportement de leur enfant afin qu'il soit plus soumis, plus calme, plus obéissant vivent dans l'illusion d'un contrôle stérile. Si vous apprenez à vous détendre et à être heureux, à poser vos limites avec clarté et précision, si vous vous autorisez à accueillir vos émotions, votre attitude se transmettra naturellement à vos enfants ; chacun de vos actes en sera l'occasion. Je n'ai jamais vu de parents heureux et détendus élever des enfants agressifs et violents. Pas plus que je n'ai rencontré d'enfants sereins éduqués par des parents agressifs, intolérants, violents ou autoritaires. Le bonheur, comme la souffrance, est contagieux, dans un sens comme dans l'autre.

C'est pourquoi, avant de vouloir trouver les réponses à apporter à vos enfants, prenez soin de vous. Vous êtes au cœur de votre vie. Votre conjoint, vos enfants, vos parents sont à la périphérie ; une périphérie, certes, très proche, mais une périphérie tout de même. La première personne dont vous devez réellement vous occuper, c'est vous.

Raghda s'inquiète de ce que sa fille de 15 ans soit si peu autonome. Pourtant, tout dans son comportement laisse entrevoir que c'est elle qui entretient le plus la dépendance entre elles. Lorsque l'enfant ne veut pas lâcher la main de la mère en arrivant à la maternelle, c'est souvent parce que la mère ne veut pas lâcher celle de l'enfant… Lorsque le père se plaint que son fils n'a pas de limite, c'est souvent que lui-même a du mal à définir les siennes. « *Il ne me dit rien de sa vie,* me confiait ce père au sujet de son jeune garçon de 14 ans *; pourtant, j'essaie de le faire parler, je le questionne, je l'interroge, j'essaie d'être proche, mais il reste très distant. Il ne me parle pas de ses amis, de ses journées, de ses amours, s'il en a.* » « *Et vous ? Que lui confiez-vous de votre vie, de vos amis, de vos amours ?* » questionnai-je.

L'autorité se conjugue mal avec l'anonymat de celui qui l'impose. En revanche, en vous affirmant, vous renforcerez votre charisme, base de l'autorité naturelle.

Apprenez à identifier vos besoins. Quels sont-ils ? Établissez également vos limites. Qu'êtes-vous prêt à supporter ? Sentez et nommez ce que vous acceptez de bon cœur, ce que vous acceptez à contrecœur et ce que vous refusez. Autorisez-vous à nommer, à dire, à communiquer à propos de vous, de ce qui vous fait du bien et de ce qui vous gêne. Plus que quiconque, vos enfants reflètent, comme un miroir, toutes vos émotions, y compris celles que vous réprimez. Apprenez à comprendre ce que disent vos émotions ; réappropriez-vous-les. Vous vous ferez du bien.

Nous aimons mal nos émotions, nous les jugeons imprévisibles, dangereuses. Pourtant, nos émotions sont les seuls indicateurs capables de nous renseigner sur nos besoins et de nous avertir lorsque ceux-ci ne sont pas satisfaits. Peur, chagrin, colère, dépression, autant d'indicateurs qui vous parlent de vous. Il vous sera plus facile de bien vivre vos émotions si vous apprenez à les accueillir, à les reconnaître, à les nommer, à en parler. Plus vous connaîtrez vos émotions, moins vos enfants auront peur des leurs. Dès lors qu'elles sont reconnues, les émotions s'apaisent et perturbent moins la relation.

COMMENT ACCUEILLIR VOS ÉMOTIONS EN PRÉSENCE DE VOS ENFANTS ?

Vous êtes en colère ? Inutile de réprimer cette colère en vous disant que vos enfants n'ont pas à en être témoins. Inutile de faire bonne figure pour aller ensuite exploser loin de leurs regards. Vos enfants se feraient de vous une image fausse : « Il est incroyable, mon père ; lui, il ne se met jamais en colère ! » diraient-ils. Inutile également de projeter cette émotion sur vos enfants en criant après eux, en les menaçant, en les humiliant. Ils sont peut-être les révélateurs de vos émotions, mais ils n'en sont jamais les responsables. Ils ne font généralement que déclencher une blessure plus ancienne qui dort en vous. Prenez le temps d'explorer la source de vos émotions pour mieux les comprendre. Au besoin, faites-vous aider par un thérapeute. Vous serez plus disponible pour accueillir les émotions de vos enfants lorsque vous pourrez accueillir les vôtres.

Les parents qui ne supportent rien de leurs enfants sont souvent des parents qui ont une mauvaise image d'eux-mêmes. Malgré les apparences extérieures, ils manquent de confiance en eux, ils se sentent en insécurité dans ce monde et transmettent inconsciemment leur propre malaise à leurs enfants. Le parent ne peut accompagner ses enfants s'il ignore qui il est lui-même. Tout ce que vous apprendrez sur vous, c'est sur la nature humaine que vous l'apprendrez, et donc sur vos enfants. Prendre soin de vous, apprendre à vous écouter, est la première étape de l'éducation.

UN BONHEUR CONTAGIEUX

Comment avoir des enfants heureux ? La réponse, pour moi, ne fait pas de doute : en étant heureux vous-même ! Si vous appréciez la vie, votre bonheur sera contagieux. « Mais la vie n'est pas toujours drôle ! » rétorquent certains parents. Bien sûr, la vie n'est ni drôle ni triste. Chacun de nous traverse des événements heureux et d'autres malheureux. Ce ne sont pas tant les obstacles eux-mêmes qui créent notre souffrance que le regard que nous portons sur eux. Nous ne pouvons pas toujours modifier les événements de notre vie ; en revanche, nous sommes responsables du regard que nous posons sur eux. « *Ça peut sembler incroyable, mais, lorsque ma femme m'a quitté, je me suis retrouvé seul à élever ma fille handicapée. Je ne m'en croyais pas capable. Aujourd'hui, je prends conscience que cette épreuve a été la plus belle de ma vie.* » Martial témoignait de son expérience lors d'un stage que j'animais. « *Grâce à cette blessure,* ajouta-t-il, *j'ai appris à ouvrir mon cœur, à ne pas me fier qu'aux apparences, à ne plus regarder le handicap comme une tare, mais comme un accès à notre vulnérabilité. J'ai compris qu'il n'y a pas d'ouverture du cœur sans vulnérabilité. J'ai rompu avec mon égoïsme. Il aura fallu cette épreuve pour que ma vie prenne enfin tout son sens.* »

Ce type de témoignage est très fréquent. Il correspond à l'attitude de l'alchimiste : les épreuves deviennent des occasions de transformer le plomb en or. Cela dit, je ne souhaite à personne de vivre des épreuves difficiles. Pourtant, j'ai tellement recueilli de témoignages de parents dans lesquels c'était une épreuve qui leur avait permis de devenir plus vulnérables, que je sais reconnaître la vertu des blessures : l'épreuve donne accès à l'ouverture du cœur.

Bien sûr, certains ont plus de chance que d'autres ; il est plus facile de s'occuper de ses enfants lorsque l'on a un travail épanouissant, une maison confortable et un compte en banque fourni. J'ai cependant rencontré autant d'enfants perdus dans des familles riches que dans des familles pauvres. Le bonheur est une attitude qui s'entretient au fil des jours.

L'éducation des enfants commence par votre éducation à vos propres besoins. Prenez soin de vous, accordez-vous du temps pour ce que vous aimez faire. La vie de parent ne doit pas vous priver de voir vos amis, de sortir, de vivre vos passions, de voyager, de suivre votre rythme. Il y a, bien sûr, des étapes à respecter. Jusqu'à l'âge de trois ans, le jeune enfant demande une disponibilité à toute épreuve et il serait mal venu que les parents partent deux mois en croisière sur le Nil. La présence de l'enfant ne doit cependant pas être un prétexte pour ne pas vous occuper de vous. « Ne risque-t-on pas de devenir égoïste ? » me rétorque-t-on lorsque je tiens ces propos en conférence. Si, bien sûr ! Vous deviendrez un égoïste heureux et généreux. Un égoïste capable de donner, car il a assez reçu. Lorsque vos besoins seront satisfaits, vous comprendrez qu'être heureux seul est impossible. Naturellement, vous vous tournerez vers ceux que vous aimez.

L'inverse est moins facile. Comment vous tourner vers vos enfants alors que vos propres besoins ne sont pas satisfaits ? Comment donner ce que vous n'avez pas encore vous-même reçu ?! Comment offrir de la tendresse, de la douceur, un sentiment de sécurité à un enfant, si vous n'en êtes pas plein vous-même,.si vous êtes frustré, jaloux, mal dans votre vie ?

Beaucoup de parents contredisent cette règle. Et c'est tout à leur honneur. Ils ont eux-mêmes beaucoup souffert et veulent donner à leurs enfants ce que, justement, ils n'ont pas reçu. J'ai connu des hommes et des femmes qui avaient été abandonnés par leurs parents et qui étaient pourtant devenus des parents très présents, très bienveillants. J'ai vu des pères qui avaient été battus dans leur enfance manifester une grande douceur envers leurs enfants. Dans ce cas, l'adulte ne veut surtout pas reproduire les souffrances qu'il a endurées. Sa propre souffrance agit comme un moteur visant à produire son contraire. Le parent projette sur son enfant une possible réparation: « Moi, j'ai souffert, je ne veux pas que mon enfant souffre.» Cet adulte tolère difficilement de voir son enfant maltraité à l'école, bousculé par ses copains. Bien que son attitude soit tout à fait louable, la tension qui l'accompagne est malheureusement, en elle-même, un frein à l'épanouissement de l'enfant, car, à long terme, l'enfant vit mal de porter ce qui appartient à ses parents. Cet enfant risque de ressentir de la culpabilité: «N'est-ce pas trahir mes parents que d'être heureux, eux qui ont toujours souffert?»

En matière d'éducation, le sacrifice n'est pas une vertu. Beaucoup de mères et de pères ont eu l'impression de se sacrifier. Sorties, visites chez des amis, week-ends en amoureux, depuis la naissance du premier enfant, ce couple se privait de tout. «J'ai tout donné à mes enfants, je leur ai sacrifié les plus belles années de ma vie», entend-on. Bien que son élan soit généreux, le parent qui se sacrifie transmet à l'enfant l'exemple d'un être qui n'est pas heureux. Parfois, il transmet le modèle d'un parent qui ne peut pas être heureux précisément parce qu'il a des enfants. L'enfant intériorisera l'information dans son inconscient: «On ne peut être heureux avec des enfants», et risque de reproduire le même schéma dans sa vie.

J'ai connu une mère de famille qui, après avoir passé un bon week-end avec des amis sans ses enfants, se sentait tellement coupable de son bonheur qu'à son retour elle dévalorisait les moments qu'elle venait de passer: «*Ce n'était pas si bien que ça... Je ne me suis pas tant amusée.* » La femme, dans ce cas, renie son droit au bonheur, et l'enfant emmagasine l'information : « Le bonheur est inaccessible, puisque je ne vois pas ma mère heureuse. » En revanche, s'il a eu comme modèle des parents qui prenaient soin d'eux, s'aimaient, se respectaient et communiquaient, s'il les a vus faire des efforts pour se maintenir en bonne santé, sortir avec des amis, répondre à leurs besoins en termes de confort, de loisirs, de sécurité, l'enfant voudra les imiter et être heureux à son tour !

« *BE HAPPY* »

Si vous êtes heureux sur le plan amoureux, tant mieux ! Si vous avez plaisir à être avec votre compagnon, votre compagne, si vous aimez recevoir des amis, faire du sport, peindre, sculpter, danser, décorer votre maison, si c'est le plaisir qui anime chacune de vos activités, c'est le plaisir que vous transmettrez. L'enfant reproduit ce qu'il voit – ne l'oubliez jamais ! Autorisez-vous à être heureux, à être amoureux ! Et à le dire. C'est le plus grand cadeau que vous puissiez offrir à vos enfants. Les enfants aiment savoir que leurs parents sont heureux. « *Mais ça ne les regarde pas ! Ce n'est pas leurs affaires de savoir si je suis amoureux* », ai-je entendu lors d'un atelier. Et pourquoi votre bonheur ne peut-il pas être partagé par les êtres que vous aimez le plus ? Ne sentez-vous pas vos enfants assez proches pour l'accueillir ?

Les détails de vos relations amoureuses vous appartiennent, vous n'êtes pas tenu de dire ce que vous estimez être intime. Mais vous entendre dire : « Je suis heureux actuellement, car je me sens amoureux » ou « Je me sens le cœur léger », ou encore « J'aime ces nouvelles responsabilités que l'on m'a confiées, elles renforcent ma confiance en moi ! », ou enfin « Je suis heureux de cette nouvelle maison où nous venons d'emménager, elle m'ouvre de nouveaux horizons », fait du bien à vos enfants. Rien ne rend l'enfant plus confiant en la vie que de voir ses parents heureux et confier leur bonheur. Les enfants qui assistent au spectacle de parents anxieux face à la vie, inquiets et en souffrance sont rarement pressés de grandir.

Enfin, lorsque vous êtes heureux d'être avec vos enfants, dites-leur ! « *Je prends conscience que ta naissance a été la plus grande joie de ma vie !* » ai-je un jour dit à ma fille alors que nous marchions en forêt. Je ne le lui avais jamais dit si clairement, je ne l'avais jamais ressenti si fort. Elle a accueilli cette phrase avec beaucoup de respect. « *Comme je suis touchée ! C'est la plus belle chose que j'aie entendue de toi de toute ma vie* », me répondit-elle après un silence.

Bien souvent, la routine, les habitudes nous rattrapent. Nous ne prenons plus la peine de dire l'essentiel, par gêne ou par pudeur. Nous disputons nos enfants plus souvent que nous ne leur disons des mots doux, des compliments, des remerciements ou des encouragements. Parfois, au contraire, nous banalisons tous ces mots précieux : « Tu es l'amour de ma vie », est dit avec les mêmes intention et intonation que : « Passe-moi le sel ! » Les enfants sont plus sensibles à l'énergie qu'aux mots eux-mêmes. Il suffit, pour s'en assurer, de regarder le sourire d'un bébé lorsqu'une mère lui dit des mots d'amour ! Il ne comprend pas le sens des mots, mais sent l'énergie du verbe. Autorisez-vous à donner aux mots l'importance qu'ils méritent. Hissez-les à la hauteur de vos sentiments.

Si vous parvenez à être authentique dans l'expression de vos sentiments, vous apporterez beaucoup à vos enfants. L'authenticité consiste à syntoniser le corps, la parole et l'esprit. Ne faites pas plusieurs choses en même temps. Lorsque vous vous adressez à vos enfants, soyez totalement à ce que vous faites. Communiquez simplement lorsque vous éprouvez de la joie : « J'ai plaisir à déjeuner avec vous ce midi », « Je suis heureuse que nous puissions passer un moment tous les deux », « Je suis ravie de pouvoir t'accompagner à l'école », « Comme j'aime te donner la main, elle est si douce ». Ces petites phrases simples sont comme des graines d'amour, des graines de bonheur. Si vous les entretenez, vous les verrez fleurir aux moments où vous vous y attendrez le moins.

ÊTRE TRISTE

Notre quotidien d'adultes est émaillé tant par les moments heureux que par les blessures. Difficultés au travail, conflits au sein du couple, maladie d'un parent, problèmes financiers. « Maman, hier si gaie, fait triste mine aujourd'hui. Quand je lui demande si ça va, elle me répond: "Termine tes pâtes, on va aller au lit." Mais elle a quoi dans sa tête? » L'enfant sent bien que le parent est blessé, qu'il est triste, mais le parent ne dit rien, nie ou évite le sujet: « C'est une histoire de grandes personnes, ça ne regarde pas les enfants », mais l'enfant entend: « Je ne t'aime pas assez pour te dire ce qui me tient à cœur. » Le parent balaie la question d'un revers de manche pour ne pas exposer sa vulnérabilité. Il est triste, mais n'en dira rien. Il garde son sentiment pour lui ou en parle avec des amis, des adultes. Il croit ainsi épargner l'enfant. Il n'en est rien. Au contraire. Comme il est bien plus proche de ses émotions que nous ne le sommes nous-mêmes, l'enfant perçoit tout. Les enfants sont télépathes. Beaucoup d'adultes l'oublient. Les enfants ont cette capacité naturelle à entrer en contact avec les émotions et l'inconscient de leurs parents. Ils captent les modifications d'énergie, ils sentent lorsque vous êtes triste, affecté, déprimé. Ces changements ne peuvent pas leur échapper.

INTUITION ET TÉLÉPATHIE

Alors qu'elle jouait tranquillement sur le tapis, ma fille âgée de deux ans se mettait à s'agiter dès que je me décidais à partir. Elle captait mon intention avant que je ne bouge, même lorsque nous n'étions pas dans la même pièce. Il a fallu que cette coïncidence se répète plusieurs fois pour que je fasse le lien et le vérifie. Il s'agissait bien de télépathie. Avant de partir, je transmettais inconsciemment une information qu'elle percevait à distance et à laquelle elle réagissait aussitôt sans que j'aie besoin de formuler quoi que ce soit. Si j'étais inquiet moi-même de la laisser, c'est elle qui se mettait à pleurer…

Vos enfants vous observent, peut-être plus que vous ne l'imaginez. Ils sont attentifs. Ils repèrent vos changements d'attitude, d'expression du visage, de gestes, de rythme. Même s'ils restent silencieux, même si c'est du coin de l'œil qu'ils vous regardent, rien ne leur échappe. C'est ainsi qu'ils savent avant même que vous ne leur disiez. En revanche, lorsque vous ne communiquez pas verbalement, lorsque vous composez, sous prétexte de les épargner, il se produit chez eux un conflit interne. L'hémisphère droit de leur cerveau, lié à l'intuition et à la perception subjective, reçoit une information sur votre changement de comportement: «Maman est triste, je vois bien que son visage n'est pas comme d'habitude, son regard a changé», dit-il à l'enfant, tandis que l'hémisphère gauche transmet une information rationnelle contradictoire: «Elle me dit que tout va bien.» Ce conflit résonne dans la tête de l'enfant: «Je ne sais plus quoi penser», se dit-il intérieurement.

SECRETS DE FAMILLE

«*Ça ne concerne pas mes enfants*», s'insurgeait cette mère de famille qui venait de subir une interruption volontaire de grossesse. Cet événement l'avait profondément atteinte. Elle se persuadait cependant que le mieux était de faire comme si de rien n'était. Elle n'en avait rien dit, ni à ses amis ni à ses enfants. Quelques semaines plus tard, elle s'inquiétait de constater que sa fille aînée multipliait les cauchemars depuis la date de son intervention, qu'elle avait pourtant tenue secrète. Sa fille de 14 ans, sans raison apparente, avait soudainement peur de mourir, devenait méfiante, anxieuse. La mère eut le déclic lorsque celle-ci lui confia que tous ses projets de lycée étaient en train d'«avorter».

Un autre jour, c'est Ludovic qui venait me consulter, lourd d'une tristesse qui semblait ne pas lui appartenir. À la troisième séance, il me livra ce qu'il considérait comme un détail sans importance: avant sa naissance, ses parents avaient mis au monde un petit Francis qui était décédé, à trois mois, de la mort subite du nourrisson. Je demandai à Ludovic si un autre membre de sa famille, un cousin, un neveu avait été baptisé du prénom de l'enfant défunt. Il chercha attentivement et me répondit par la négative. J'insistai. C'est alors qu'il réagit en réalisant que Francis était son deuxième prénom. Il n'avait jamais fait le rapprochement alors qu'il portait en lui et dans son état civil la souffrance de son petit frère défunt et la projection de ses parents. Dans son livre *Aïe, mes aïeux !*, Anne Ancelin Schützenberger éclaire, à force de témoignages, l'influence de tous ces secrets de famille qui, tant qu'ils ne sont pas reconnus et nommés, continuent à agir sur le destin des descendants par la transmission inconsciente.

« Doit-on tout dire à nos enfants ? » interrogent souvent les parents. Cette question est faussée, car vos enfants en savent inconsciemment tellement plus qu'ils ne vous le disent ! Les parents devraient surtout se demander comment mettre en mots tous les événements non verbalisés que les enfants sentent. À mes yeux, tout ce qui concerne les enfants gagne à être dit avec des mots qu'ils peuvent comprendre. Et justement, les enfants sont concernés par l'humeur de leurs parents, ils sont concernés par ce qui les touche intimement, car ils sont en lien avec eux. Intuitivement, ils savent.

J'ai souvent observé combien les adultes se libéraient lorsqu'ils apprenaient une information importante les concernant : « J'ai fait une fausse couche avant ta naissance », « Tu avais un jumeau qui est mort au moment de l'accouchement » ou « Je voulais me séparer d'avec ta mère lorsque tu es né ». « C'était donc ça ! » se dit par la suite l'adulte qui réussit à mettre des mots sur ses sensations d'enfant. Ces événements sont souvent aussi difficiles à entendre qu'à confier. C'est pourquoi il existe tant de ces secrets de famille si nocifs, secrets qui n'en sont pas pour l'inconscient de chacun.

Gardez à l'esprit que, même s'il ne le formule pas, l'enfant sait intuitivement tout ce qui le concerne. Il a juste besoin que le parent l'aide à mettre des mots sur ce que son corps perçoit. Car le corps de l'enfant reçoit en permanence des informations, même si sa tête ne les comprend pas. Par exemple, l'enfant n'a rien oublié des étapes de sa conception. Inconsciemment, il sait s'il a été désiré ou non, il sait si ses parents souhaitaient un garçon ou une fille. Son inconscient a accès aux événements qui ont précédé sa naissance. De nombreux parents ont témoigné d'événements vécus *in utero*, qui, des années plus tard, sont revenus à la mémoire de l'enfant devenu adulte, comme de dizaines de cas de communication télépathique entre la mère et son enfant.

Pour se construire, l'enfant a besoin de se réapproprier tous les événements de son histoire. Il a besoin que ces événements soient nommés : dans quelles circonstances a-t-il été conçu ? Comment se sont déroulées la grossesse, la naissance ? Quelles ont été les étapes marquantes ? Il en est de même pour son histoire présente : il a besoin de savoir qui sont ses parents pour mieux comprendre comment vivre avec eux.

Vous n'êtes pas obligé de raconter en détail les motifs de la dispute que vous venez d'avoir, surtout si c'est avec un membre de la famille. Vous n'êtes pas non plus tenu d'expliquer tous les rebondissements de vos difficultés professionnelles. Attention également de ne pas faire de vos enfants vos confidents, vos psys ! Partager avec eux vos émotions est une attitude saine ; en revanche, leur demander de régler votre problème ou d'accueillir votre détresse perturbe la relation. Ce n'est pas à l'enfant de prendre sur lui vos blessures. Sachez faire preuve de discernement.

L'enfant s'apaisera si vous nommez l'émotion qu'il perçoit : « Oui, je suis triste, j'ai du chagrin. Je viens de me disputer avec Fred, et j'en suis affecté. » D'une part, il sera rassuré sur le fait que son intuition était juste et qu'il peut se faire confiance dans l'observation de vos réactions ; d'autre part, si vous lui dites que votre tristesse a une autre raison que lui, il évitera de se sentir coupable comme les enfants ont généralement tendance à le faire.

Inutile de cacher votre tristesse à vos enfants. Au contraire, profitez de ces moments de vulnérabilité pour vous ouvrir à eux. Communiquez avec des mots simples. Adaptez-vous à l'âge de l'enfant. Dites essentiellement ce que vous ressentez et ce qui les concerne. « Oui, je suis triste, j'ai eu une grosse dispute aujourd'hui à mon travail. Pourquoi me demandes-tu cela, ça t'inquiète ? »

Ramenez l'enfant à lui, à ses propres sensations. Parlez de vous, de vos émotions, et amenez l'enfant à parler des siennes: « Tu me dis que tu as été choqué de ce que tu as vu, veux-tu bien me dire ce que tu as vu exactement ? » ou « Ça t'ennuie de me voir comme ça ? », « Ça t'inquiète de m'entendre pleurer ? ». Vous incarnerez ainsi un bel exemple pour vos enfants. Non seulement ils seront rassurés de voir que « maman et papa sont comme nous, ils pleurent aussi, ils ont leurs chagrins », mais ils pourront également se dire: « Je vois, de l'extérieur, à quoi ressemble un chagrin. Ma maman pleure et, en même temps, elle est capable de parler avec moi. » L'enfant peut conclure: « Il est donc possible d'être en lien avec ses émotions tout en restant en lien avec l'autre. » Cet enseignement est des plus précieux pour lui.

ÊTRE EN COLÈRE

La colère fait, elle aussi, partie des émotions que les parents ont du mal à exprimer. Ce n'est pas tant la colère qui pose un problème que le jugement que l'on porte dessus. Dans une famille, on dira facilement d'un homme en colère qu'il est agressif ou dangereux. On dira d'une femme en colère qu'elle est hystérique. Il est rare que les parents soient libres avec cette émotion, pourtant tellement naturelle. Bien souvent, les parents ne savent pas accueillir la colère qu'ils éprouvent vis-à-vis de leurs enfants. Soit ils l'expriment sans la contrôler, soit ils la répriment à s'en étouffer. Anita, six ans, vient de renverser son verre de grenadine sur la robe de sa maman. La mère, Sonia, est furieuse: « *Tu ne peux faire attention*, crie-t-elle, *je t'ai déjà dit cent fois de ne pas marcher un verre à la main, et toi, bien sûr, tu n'écoutes pas ! C'est toujours pareil. Ma robe est tachée, fichue, par ta faute.* »

Dans d'autres situations, les parents n'osent pas se mettre en colère: « *En colère après mes enfants ? Ça m'est arrivé deux fois... en 16 ans* », me répondit Jocelyn, 55 ans, lors d'un stage en communication. « *Mais, je peux vous dire qu'ils s'en souviennent encore. Car moi, quand je me mets en colère, je ne fais pas semblant. Mes enfants le savent, ils se tiennent à carreau.* » Dans ce second exemple, Jocelyn ne gère pas sa colère, il la réprime en permanence, même s'il ouvre les vannes tous les huit ans. Le mode de relation qu'il a avec ses enfants est fondé sur la peur. Ses enfants le craignent, ils redoutent son imprévisibilité. Ils n'ont aucune idée des conséquences que peut avoir la colère de leur père. La colère sera pour eux une hydre mystérieuse dont on ne sait pas grand-chose, si ce n'est qu'elle peut surgir à tout moment et tout casser. Lorsqu'elle se manifestera chez eux, ils en seront paniqués. Quant au père, son deuxième ulcère a été le déclencheur qui l'a poussé à porter un autre regard sur ses émotions et sa relation à ses enfants.

EXPRIMER SA COLÈRE

Comme toutes les émotions, la colère est utile. Elle vous informe que vos besoins sont menacés. En ce sens, elle a besoin de s'exprimer librement et sans danger pour personne. La colère sert à défendre son territoire. Dans nos exemples, ni Sonia ni Jocelyn ne sont à l'aise avec leurs émotions. Ils craignent que leur colère ne fasse mal aux enfants. À l'origine, la colère permet à celui qui est agressé ou menacé de se défendre. Grâce à elle, on décharge la dose d'adrénaline nécessaire pour répondre aux attaques de l'adversaire, pour le combattre, le mettre hors d'état de nuire. Sans l'énergie de la colère, il aurait été impossible aux hommes de cette planète de protéger leur territoire, leurs enfants, leurs camps.

Bien que nous soyons conscients de la puissance de cet héritage émotionnel, nous sentons aussi que notre colère peut faire des dégâts. Nous percevons que cette énergie qui se trouve à notre disposition peut se retourner contre nous.

ÉDUQUER EN CONSCIENCE SES ÉMOTIONS

La méditation peut vous aider considérablement à apprivoiser votre colère. Méditer, c'est être conscient. Au moment où votre colère se manifeste, ne portez pas toute votre attention sur son objet, tel votre enfant qui a renversé son verre ou qui parle fort ; laissez l'événement qui la réveille et sa cible de côté pour vous intéresser à votre colère elle-même. Faites sa connaissance comme vous le feriez avec un nouvel ami ou un pays que vous découvrez. Intéressez-vous à ses différents stades, aux réactions corporelles qu'elle induit, à sa réalité chimique. Ne vous jugez pas, soyez juste le témoin de vous-même. Observez votre émotion comme on regarde passer les nuages dans le ciel, avec la même équanimité dénuée de jugement. Avec un peu d'entraînement, la méditation vous aidera à mettre de la lumière sur d'autres scènes de votre journée qui ont alimenté votre colère : une contrariété au bureau, une réflexion désobligeante, une situation où vous vous êtes peut-être senti soumis ou contraint ? La méditation apportera à cette introspection une lumière bienveillante.

Dans un second temps, apprenez à nommer votre émotion ; distinguez la colère, l'agacement, la rage, la fureur, osez mettre un nom sur ces émotions qui vous traversent. Entraînez-vous à situer votre colère sur une échelle graduée de 0 à 10. La colère a différents stades, différentes intensités, qui sont fonction de ce qui la provoque et de votre propre état du moment.

LES MANIPULATIONS ÉMOTIONNELLES

D'autres parents utilisent la peur que provoque la colère sur leurs enfants comme moyen de chantage : « Attention, si tu continues, je vais me mettre en colère ! » L'enfant redoutera la colère de ses parents et pourra difficilement, dans ces conditions, apprivoiser la sienne.

Vous pouvez apprendre à vous réapproprier cette émotion qui, de toute façon, vous appartient ou, plus justement, s'exprime à travers vous. « *Est-il possible de se mettre en colère après ses enfants ?* » La maladresse avec laquelle ce participant me posait la question m'indiquait qu'il n'était pas habitué à explorer sa propre colère. La colère, par nature, n'est pas une idée, elle ne dépend pas d'une autorisation. On ne peut définir une attitude type qu'il conviendrait d'adopter au cas où on vous roulerait sur le pied. La colère est une émotion qui se déclenche de façon aléatoire. Un jour, l'enfant laisse tomber les clés dans le soupirail et nous réagissons avec douceur. Le lendemain, nous le disputons parce qu'il a cassé la patte de son cheval en plastique! La source de la colère est toujours subjective et irrationnelle. La colère se déclenche sans prévenir. La question à se poser, une fois que la colère se manifeste en présence de vos enfants, est: comment réagir?

Votre colère, pour qu'elle ne fasse pas de dégâts, a besoin d'être accueillie. Vous avez le droit d'être en colère; vous avez également le droit de dire que vous êtes en colère. Autorisez-vous à le dire à vos enfants: «Je suis en colère», «Je suis furieux», «J'ai envie de tout casser». La première attitude consiste à nommer votre colère. Plus vous l'accueillerez, moins elle risque de se transformer en actes violents. N'hésitez pas à dire à vos enfants: «Je suis en colère, j'ai envie de vous taper», puis précisez: «Toutefois, je ne le ferai pas, car vous n'êtes pas responsables de ma colère.»

Ce qui empêche tant de parents d'exprimer leur colère, c'est qu'ils ont peur de la violence qu'elle pourrait générer. Or, plus vous identifierez votre colère, moins elle risque de faire de dégâts. Ces conseils peuvent sembler surprenants, surtout si vous n'êtes pas familiarisé avec l'expression de vos émotions. La violence n'est pas le fruit d'une colère qui s'exprime, elle est au contraire générée par une colère refoulée.

De très nombreux parents me demandent comment accompagner la colère de leur enfant: «*Mon fils est plein de colère, il n'arrive à rien exprimer. Il prend tout sur lui. J'essaie de lui faire sortir sa colère, mais je n'y arrive pas. Comment puis-je l'aider?*» me demandait une mère. Les symptômes des parents sont souvent les mêmes que ceux des enfants. L'un comme l'autre sont souvent incapables d'exprimer leurs émotions. Le parent qui sait apprivoiser les siennes servira d'exemple. Ne pas tricher et rester authentique, même dans les tourbillons émotionnels, dire à haute voix ce que l'on ressent, aide à se construire. En agissant ainsi, non seulement les parents assument l'énergie de leur propre colère, mais ils montrent qu'ils la maîtrisent réellement autrement qu'en l'étouffant. L'enfant apprend beaucoup en regardant le parent agir ainsi.

Il y a une grande confusion dans notre culture. Lorsque nous disons qu'il faut *gérer ses émotions*, nous entendons généralement qu'il faut mettre un couvercle dessus. Or, gérer ses émotions, ce n'est ni les réprimer ni les projeter, mais simplement les *identifier avec clarté*. Une fois identifiées et nommées, les émotions s'apaisent d'elles-mêmes ; mais comment nommer une émotion que l'on ne connaît pas ?

Puisque cette colère vous appartient, ne la projetez pas sur votre enfant. Son comportement a peut-être déclenché votre colère, mais, en aucun cas, l'enfant ne peut être tenu pour responsable de votre émotion. Évitez absolument de projeter cette colère sur l'autre en l'accusant, en le jugeant ou en l'insultant. Évitez les phrases qui commencent par : « Tu es un imbécile… » ou « Tu ne fais attention à rien… ». Préférez la première personne du singulier, celle qui parle de vous et de vos sentiments. Assumer, c'est dire : « Je » !

Dans un second temps, parce que vous aurez libéré le surplus de vos émotions, vous pourrez être disponible pour l'enfant. Vous pourrez alors vous intéresser à lui : « Qu'est-ce qui se passe pour toi ? » Si vous vous autorisez à exprimer vos émotions en présence de l'enfant, parlez-en avec lui : « Tu as été impressionné lorsque j'ai crié ? Qu'as-tu ressenti ? Tu as eu peur ? »

LE VASE JAPONAIS

Un jour, ma fille jouait avec son amie dans le jardin. Elle a toujours pris plaisir à jouer avec de la terre, de l'herbe, de l'eau. Elle aime faire des mixtures, des potions, des parfums. Ce jour-là, elle me demande quelques récipients. Je mets à sa disposition plusieurs tasses et soucoupes que nous n'utilisons plus. « *Oh, j'aimerais jouer avec ce petit vase-ci !* » s'exclame-t-elle. L'objet en question est un petit vase japonais qui m'était précieux. Toutefois, j'accepte de lui prêter en lui demandant d'être vigilante, et je lui précise que j'y tiens. Fière de la confiance que je lui témoigne, elle prend le vase avec une infinie précaution et le met dans un endroit protégé du jardin ; pendant ce temps, je répare l'électricité qui ne fonctionne plus dans une pièce à l'étage.

Au milieu de l'après-midi, je descends, alerté par des pleurs. Ma fille est en larmes. Sa copine vient de faire tomber le vase qui s'est brisé net. Visiblement, Claire est très affectée que ce vase soit cassé malgré toute sa vigilance. Quant à moi, énervé de n'avoir pas réussi à réparer l'électricité, cet incident est la goutte d'eau qui déclenche ma colère. Je sens la rage monter. Je lui en veux, à elle de n'avoir pas pris soin du vase, à son amie d'avoir été maladroite, à moi-même de m'être laissé amadouer. J'exprime ma colère tout en surveillant les mots que j'emploie : « *Je suis furieux. J'aimais ce vase, il fait partie des objets auxquels je tiens dans cette maison ! Je suis en colère ! Et ça me rend triste de voir que je ne pourrai plus l'utiliser.* » Cela dit, apaisé, je respire pour me recentrer sur moi et m'intéresser à elle, à ce qu'elle ressent. Je suis à présent disponible pour ce faire, car mon émotion est évacuée. « *Je m'en veux,* me dit ma fille. *Même si ce n'est pas moi qui l'ai cassé, j'ai l'impression d'en être responsable. Je n'aurais jamais dû te demander de me le prêter.* » « *Tu t'en veux ? Tu es furieuse après toi, c'est ça ?* » dis-je à mon tour.

Cette scène a été importante pour elle. Depuis, j'ai remarqué qu'elle était beaucoup plus vigilante lorsqu'elle prenait un objet de valeur. L'incident de ce vase nous montre que, dans chaque situation, nous avons plusieurs réactions possibles : punir l'enfant, lui faire la morale, le rabaisser, ne rien dire, prendre sur soi, s'exprimer soi-même et l'écouter. Chacune de ces réactions aura des conséquences différentes. Utiliser les incidents pour mieux vous comprendre avec vos enfants transformera votre relation en un précieux lien d'amour.

CHAPITRE 5
LE MYTHE DES ENFANTS MODÈLES

En fin de compte, c'est par le degré d'authenticité de notre sourire que nous signifions au monde, à commencer par nos enfants, notre degré d'évolution.

ANDRÉ PRONOVOST, *Les Marins d'eau douce*

L'enfant modèle fait partie de la maison. C'est une petite fille sage vêtue d'une jupe plissée. Elle porte des couettes et n'a jamais de nœuds dans ses cheveux, même au réveil. C'est un petit garçon en bermuda et polo jamais froissés. L'enfant modèle aime rire, chanter, jouer, mais il sait toujours adapter son volume sonore pour ne pas déranger les adultes qui l'entourent. Qu'il joue sur le canapé du salon ou dans les couloirs du TGV, l'enfant modèle ne fait jamais trop de bruit. C'est ce qui fait la fierté de ses parents. L'enfant modèle n'a jamais le nez qui coule, il n'est jamais grognon ; curieusement, il peut courir dans la gadoue, ça ne salit pas ses nouvelles chaussures, chaussures qu'il prend soin de toujours ranger à leur place. Du reste, l'enfant modèle est très soigneux avec ses jouets, sa chambre et ses vêtements. Quel que soit son âge, il est capable de se tenir à table pendant plusieurs heures en suivant discrètement la conversation des adultes. Il mange de tout et aime préparer des plats avec son papa et sa maman. En voyage, assis à l'arrière de la voiture, il regarde sagement défiler le paysage pendant des heures ou lit une bande dessinée, ce qui ne le rend pas malade. L'enfant modèle connaît et applique les règles de politesse, il dit spontanément « merci », « bonjour », « s'il vous plaît », et y prend plaisir. Il est toujours souriant, a toujours un mot gentil pour les adultes que vous côtoyez, sa nounou, vos collègues, la famille, les amis. Très créatif, l'enfant modèle a toujours le réflexe de nettoyer ses pinceaux sitôt sa peinture terminée, il se couche quand on le lui demande, vous couve de mots d'amour tout en restant autonome.

Si vous rentrez tard, il ne vous le reprochera jamais. L'enfant modèle s'abstient de culpabiliser ses parents. Il ne vous en voudra pas davantage si vous le disputez, car il sait faire la part des choses et reconnaître spontanément ses responsabilités. L'enfant modèle aime participer aux tâches ménagères, il met la table avec entrain et ne rechigne pas à débarrasser. Asperges, épinards, poissons, viandes, l'enfant modèle aime goûter à tout. Il ne se chamaille pas avec ses frères et sœurs, car il maîtrise déjà les fondamentaux de la communication non violente et les préceptes de l'écoute active. L'enfant modèle est bon élève à l'école. Il reçoit les éloges de sa maîtresse. Les enfants du voisinage aiment l'inviter et jouer avec lui. Les gardiennes apprécient de le garder chez vous. Cet enfant n'a qu'un seul défaut : il n'existe pas dans la réalité et n'évolue que dans l'imaginaire des adultes ! On l'aperçoit dans certaines séries télévisées, il fait quelques apparitions dans les publicités pour les céréales, et on le cite régulièrement comme s'il faisait partie de la famille. Du reste, les parents n'hésitent pas à le prendre en exemple pour éduquer les vrais enfants : « Un enfant sage va se coucher quand on le lui demande », « Un enfant poli ne coupe pas la parole ». Mais vos propres enfants doutent de son existence.

Attendre que ces enfants modèles remplacent les vôtres est donc peine perdue ! L'enfant modèle est une image figée. Votre enfant à vous est vivant. Il exprime ses émotions par des pleurs, des cris, des rires. Il est instable, émotif, imprévisible. Ses rires, comme ses pleurs, sont bruyants. Il n'est pas toujours d'accord avec vous, il aime déranger, chambouler, en un mot, vivre !

Abandonnez définitivement l'idée de le changer ! D'une part, c'est impossible et, d'autre part, ce n'est pas à vous de le faire ! S'il doit changer, c'est de lui que ça viendra ! Du reste, notre expérience d'adulte nous montre qu'il nous faut des années pour modifier, ne serait-ce que très légèrement, notre propre comportement. Comment pourrions-nous alors modifier le comportement d'un autre, fût-il notre enfant ?!

VOULOIR CHANGER L'AUTRE

Une anecdote me vient à l'esprit. Elle met en scène une femme qui était venue me voir, exaspérée par le laisser-aller de son mari: «*Je n'arrête pas de nettoyer ses plats quand il fait la cuisine,* me racontait cette femme au bout du rouleau. *Faire la vaisselle, ça devrait être possible, non ? Eh bien, non ! Je retrouve régulièrement ses casseroles sales dans l'évier… Vous conviendrez bien qu'il est têtu !*

– *Et depuis combien de temps le lui reprochez-vous ? questionnai-je.*

– *Pff! Ça fait vingt-cinq ans que nous sommes mariés !*

Et depuis vingt-cinq ans, vous vous obstinez à croire que votre mari peut changer, c'est ça ? Je me demande qui de vous deux est le plus têtu.»

À l'image de cette femme qui, pendant vingt-cinq ans, s'est évertuée à vouloir changer son mari plutôt que d'apprendre comment elle pourrait cohabiter plus sereinement avec lui, de nombreux pères et mères consacrent une énergie démesurée à vouloir changer leurs enfants. Ce sont les mêmes phrases, les mêmes consignes que ces parents répètent en boucle pendant des années. On ne change pas l'autre, et sûrement pas pour en faire un être modèle.

La quête d'un enfant modèle est plus présente qu'on ne le croit dans notre inconscient. Dernièrement, j'ai reçu un homme qui se plaignait de l'attitude de son fils au restaurant: «*Il a été infernal toute la soirée, il faisait tout pour attirer l'attention sur lui. Nous sortons déjà assez peu au restaurant, mais là, il nous a saboté la soirée, à sa mère et à moi !*» J'ai demandé plus de détails: «*On lui a commandé un poisson qu'il n'a pas touché et, au bout d'une demi-heure, il ne voulait plus rester à table; il courait partout, nous étions obligés de faire la police, ma femme et moi.*» J'ai demandé l'âge de l'enfant dont me parlait ce père: «*Il a cinq ans et demi.*» Dans cet exemple, les parents ne prenaient pas en compte la réalité de l'enfant. C'est très long pour un enfant de cinq ans et demi de rester assis une heure et demie à une table à écouter la conversation des adultes. Rares sont les enfants de cet âge qui peuvent supporter cette épreuve qui n'a aucun intérêt pour eux. Le rythme des enfants et celui des adultes sont très différents !

Pendant combien de temps sommes-nous prêts à adopter le rythme de nos enfants quand ils jouent aux pirates, à cache-cache, à la marelle ? Tenons-nous une heure et demie à jouer avec eux ? Ou avons-nous envie de revenir à notre rythme d'adulte au bout d'une demi-heure ? Il est important que les parents adaptent leurs sorties à l'âge des enfants. Au restaurant, le père invitait à table notre enfant modèle, ce fameux enfant capable de rester silencieux en écoutant la conversation des adultes. Il demandait à son fils de lui ressembler. Mais un enfant est plus vivant qu'une image.

Si l'enfant modèle n'existe pas, vous pouvez en revanche apprendre à composer avec le vôtre ; apprendre à le connaître tel qu'il est, identifier quels sont ses besoins à chaque période de sa vie, et apprendre à composer en tenant compte de vos besoins et des siens.

LE PARENT MODÈLE

De même qu'il existe un enfant modèle dans notre tête, il existe aussi un parent modèle ! Le parent modèle est toujours disponible pour ses enfants. Il a lu tout Dolto et décrypte patiemment les émotions des petits. À peine rentré d'une journée au bureau, il n'a qu'une envie : se consacrer à ses chéris. Il aide l'aîné à faire ses devoirs avec une patience et un sens de la pédagogie que lui envient tous les spécialistes de l'éducation. Puis il raconte des histoires à la petite. Il n'a pas besoin de livre, car ce parent connaît un répertoire de contes et de légendes du monde entier, qu'il renouvelle régulièrement pour ne surtout pas se répéter. Le parent modèle est toujours disponible pour organiser les fêtes et les goûters d'anniversaire. Dans ces moments-là, pas question de laisser les enfants sans animation : il invente des jeux coopératifs, car il est soucieux d'encourager l'esprit de partage, il n'hésite pas à se déguiser, lui aussi, pour participer à la fête. Le parent modèle n'est pas attaché à son image et n'a pas peur du ridicule. Lorsque son fils lui saute sur le ventre pour le réveiller, ça le fait beaucoup rire. Le parent modèle n'a jamais mal au dos ni la tête qui tourne, ce qui l'empêcherait de faire l'avion ou l'hélicoptère. Dès le premier rayon de soleil, le père est toujours prêt à monter dans les arbres pour construire une cabane, tandis que la mère prépare des tartes avec des fruits du jardin en chantant des comptines. Dans la maison des parents modèles, il y a un chat, un chien, des hamsters, parfois un âne. Ce n'est jamais un problème pour faire garder cette ménagerie pendant les vacances, et les tartines de confiture des enfants ne tombent jamais dans la litière du chat. Les parents modèles sont toujours d'accord sur l'attitude à adopter avec leurs enfants. Ils incarnent un mariage harmonieux évoluant entre une douce fermeté et une tendre rigueur. Le père et la mère ne se disputent jamais devant les enfants. Enfin, ces parents sont toujours aidés par deux couples de grands-parents, qui, eux aussi, sont disponibles, sont restés jeunes et se trouvent en harmonie avec les principes d'éducation de leurs enfants…

Comme les enfants modèles, ces parents n'ont qu'un défaut: ils n'existent pas non plus!

Les parents, les vrais, vous et moi, ceux que nous rencontrons tous les jours, ont un travail qui les préoccupe, une maison à entretenir et manquent de temps à consacrer à leurs enfants. Lorsqu'ils rentrent le soir, ils sont épuisés, ils doivent répondre au téléphone, remplir les feuilles d'assurance maladie, réparer la chasse d'eau qui fuit et sortir le chien. En revanche, ils disposent d'un grand avantage sur les parents imaginaires décrits précédemment. Si les premiers sont virtuels, les vrais parents existent bel et bien, et c'est eux qui seront présents le soir auprès de leurs enfants.

Les parents, les vrais, doivent apprendre de nouveaux métiers: ils doivent être pédiatres pour soigner les «bleus» du corps et de l'âme, psychologues pour interpréter les besoins, nutritionnistes pour surveiller l'alimentation, bricoleurs pour réparer les vélos, les robots télécommandés et les bras des poupées, éducateurs pour aider aux devoirs, animateurs socioculturels pour organiser les week-ends, négociateurs, communicateurs, *managers*… Que cette mise au point vous permette de laisser de côté l'un des complexes les plus envahissants chez les jeunes parents, et les moins jeunes: la culpabilité! Si, en lisant ce livre, vous prenez conscience que votre comportement n'a pas toujours été adapté, qu'il a été trop rigide, trop autoritaire ou trop laxiste, ne vous en voulez pas. Vous avez déjà le mérite de vous intéresser à la question en achetant ce livre! Le principal est qu'aujourd'hui vous ayez envie d'améliorer la relation avec votre enfant. Oubliez définitivement le mythe du parent parfait comme celui de l'enfant parfait. Soyez simplement vous-même, intéressez-vous à vos enfants en fonction de ce qu'ils sont, et non en les comparant avec ce que vous aimeriez qu'ils soient. Aventurez-vous, à présent, sur l'un des sentiers les plus gratifiants de l'éducation, celui de l'authenticité.

LES PROFESSIONNELS MODÈLES

Puisqu'il est question de modèle, je voudrais ouvrir la brèche à propos du professionnel modèle, qu'il soit thérapeute, pédo-psychiatre, enseignant, ou… auteur, et qui est, puisque c'est son métier, censé lui-même éduquer harmonieusement ses enfants, s'il en a. Si je me suis senti inspiré pour écrire ce livre, c'est qu'avant d'être un spécialiste de la relation, j'ai d'abord été un enfant. À chaque ligne de cet ouvrage, dès que je parle de l'enfant, ma propre histoire résonne entre les mots. Mes souvenirs d'enfance, mes blessures comme mes joies, l'éducation et les influences que j'ai reçues me reviennent en filigrane. Pour écrire vrai, je ne peux m'appuyer que sur ma propre expérience, aussi incomplète et partiale soit-elle.

Par ailleurs, je ne considère pas ma façon d'éduquer comme un exemple à suivre, mais comme une circonstance à partir de laquelle je développe ma conscience et mon savoir-faire. À l'image de tout parent, je cherche à comprendre les enfants en m'appuyant essentiellement sur mon intuition et mon bon sens. Bien souvent, je me trompe, je blesse, je manque de patience, de tact ou de courage. On ne peut apprendre à éduquer ses enfants sans s'éduquer soi-même. Si j'ai parfois la sensation que mes efforts portent leurs fruits, ce n'est sûrement pas parce que ma fille devient une petite fille modèle, polie et soumise. Lorsque j'apprends à être moi-même plus patient, plus compréhensif, plus doux, je sens mon cœur s'ouvrir. C'est alors la relation elle-même qui devient plus riche, plus respectueuse et plus aimante.

Au contact de nos enfants, nous sommes confrontés à nos limites, à notre intolérance, à notre patience — autant de circonstances au cours desquelles nous pouvons apprendre à nous détendre, à nous ouvrir et à aimer. La relation aux enfants peut assouplir nos cœurs asséchés par notre monde d'adultes : si nous apprenons à rencontrer nos enfants, d'âme à âme et de cœur à cœur, nous pouvons être certains que notre relation sera plus fluide et que les problèmes d'autorité seront résolus avec plus de naturel.

Si votre conscience s'ouvre en lisant ces pages et vous permet de mieux comprendre les fois où vous n'avez pas su, ne vous culpabilisez pas ! Détendez-vous, respirez et rassurez-vous. Il ne s'agit pas d'être des parents parfaits ni d'éduquer des enfants parfaits ; il s'agit d'apprendre à se découvrir, à cohabiter à partir de ce que chacun est. Cette précaution étant prise, nous allons explorer, à présent, comment adultes et enfants imparfaits peuvent mieux se connaître pour mieux se comprendre.

CHAPITRE 6
LE RÔLE DES PARENTS

Les parents sont des montagnes que nous essayons d'escalader, en oubliant qu'un jour, c'est nous qui tiendrons leur rôle.
MARC LEVY, *Et si c'était vrai*

À partir du moment où ils attendent un enfant, il se passe, chez l'homme et la femme, un phénomène de métamorphose assez curieux. Ils vont l'un et l'autre commencer à jouer un rôle: le rôle de parent. Ils étaient hier homme et femme, amants, concubins, époux et, depuis la naissance, ou plutôt depuis l'annonce même de la grossesse, ils sont parents et incarnent ce nouveau rôle comme on incarne un personnage au théâtre. Leur public est composé de leurs amis, voisins et collègues, ainsi que de leurs propres parents qui sont souvent aux premières loges. Ces spectateurs, aussi omniprésents qu'indisciplinés, ne manqueront pas de commenter à voix haute les faits et gestes maladroits de ces nouveaux parents. Ils émailleront leur propos de conseils à peine déguisés: « Elle l'allaite toujours ? Mais elle va l'allaiter jusqu'à quel âge ? », « Tu es sûr qu'il n'est pas un peu serré dans ses vêtements ? Je le trouve un peu rouge ton bébé… ». Les acteurs devront être très attentifs à la critique, car le public fait vite courir la rumeur: « Tu as vu, Nathalie est moins drôle depuis qu'elle est maman ! », « Pierre a pris du poids depuis qu'il est papa, non ? », « Ne les invite pas à dîner, depuis l'accouchement, ils ne parlent que de leur bébé ! C'est une horreur… ». Les jeunes parents ne devront pas négliger le bouche-à-oreille qui circule à leur sujet et à leur insu. Ils devront également lire la presse qui suit leurs premiers pas sur scène. Dans tous les kiosques, articles et magazines donnent l'exemple de ce que doit être un parent. L'homme et la femme disposent de neuf mois pour définir les contours de ce personnage, qu'ils vont désormais interpréter sur la scène sociale. Ils devront être crédibles, sans quoi ils s'exposent à la critique du public: «Tu es une mère poule, tu ne devrais pas couvrir autant ton enfant!», «Tu es un papa trop laxiste...», «Une mère doit être plus attentive», «Un père doit donner l'exemple», «Quels drôles de parents vous faites!».

Pour créer leur personnage, les jeunes parents vont s'inspirer de leur histoire personnelle: de leurs propres parents, de parents qu'ils ont rencontrés (les voisins, les amis), de films, de documentaires, ainsi que de leur propre conception voulant qu'un parent modèle soit ceci ou cela. Les futurs parents prévoient être autoritaires, sévères, attentifs, bienveillants, disponibles. Parfois, ils reproduisent ce qu'ils ont aimé chez leurs propres géniteurs, d'autres fois, ils veulent justement éviter les comportements qui les agaçaient chez eux; dans ce dernier cas, ils agissent en opposition, pour ne surtout pas leur ressembler: «Je ne veux pas être autoritaire comme l'était mon père», «Je ne veux pas être étouffante comme l'était ma mère».

L'homme et la femme s'approprient ce nouveau rôle avec une rapidité étonnante. Il y a quelques mois, avant la naissance du premier enfant, ils se sentaient impuissants devant leurs responsabilités: «Comment m'y prendrai-je, je ne sais pas m'occuper des bébés?», «Je ne saurai pas imposer mon autorité!», «Comment accompagner mes enfants dans leur crise d'adolescence, ça a été si difficile pour moi?!». Pourtant, à peine incarnent-ils ce rôle que, malgré leurs doutes, ils savent ce qui est bon pour l'enfant mieux que l'enfant lui-même.

Dans les premiers temps, les jeunes parents adaptent leur monde à celui des enfants. Ils ne fréquentent plus que des couples avec enfants: «On se comprend mieux», disent-ils. Ils suppriment les sorties à l'improviste, «C'est trop compliqué!», et prennent l'habitude de voyager en voiture à l'heure de la sieste, car «la route est moins longue quand il dort». Ils n'acceptent plus les invitations: «C'est trop lourd de porter le lit pliant et le couffin. On préfère que vous veniez», répondent-ils. Ils écoutent moins *The Cure* et *U2*, qu'ils remplacent par les comptines d'Henri Dès et d'Anne Sylvestre. Métamorphose surprenante, les jeunes parents changent de voix, parfois de visage ou de vêtements, ils affichent perpétuellement un sourire figé, se mettent à gazouiller au-dessus du berceau, à limiter leur vocabulaire au minimum. Enfin, autre comportement singulier, les parents se mettent à parler d'eux à la troisième personne: «Maman va revenir, elle va juste dans la cuisine chercher le pot à bébé et elle revient... », «Qu'est-ce que Théo vient de faire? Papa est très en colère! ». Rien à faire: les parents sont persuadés que, pour communiquer avec un enfant, il faut jouer un rôle!

CHANGEMENT DE RÔLE

C'est certain, avec l'arrivée d'un enfant, le parent est amené à exploiter de nouvelles qualités. Il devient plus attentif, plus disponible. Il apprend à se situer, à communiquer différemment. Mais si elle exige un apprentissage, la parentalité est tout sauf un rôle. Car dès qu'il joue un rôle, le parent perd son authenticité. Nous sommes envahis de valeurs figées telles que: *pour se faire respecter, un parent doit être sévère; pour être aimé, il doit être disponible.* Comment composer avec de telles valeurs alors que notre réalité émotionnelle est toujours en mouvement? Le parent qui s'identifie à son rôle perd sa spontanéité. Pour alléger les rôles de père et de mère, voyons une dizaine de croyances et d'idées fausses parmi les plus largement répandues qui alourdissent habituellement ces personnages.

1. Le parent doit représenter l'autorité.

« Le parent est celui qui fixe les limites; c'est lui qui punit ou récompense pour se faire respecter. » Voilà une idée qui fige le rôle du parent sur un piédestal. Elle projette le parent dans le rôle de celui qui sait, et l'enfant dans le rôle de celui qui apprend. Selon cette croyance, le parent doit avoir réponse à tout, doit tout savoir à la place de l'enfant; il ne s'autorise plus à douter, à hésiter. Beaucoup de parents prennent ce rôle très au sérieux. Ils veulent tellement donner l'image d'un parent autoritaire qu'ils en perdent leur simplicité. Or, il est inutile pour le parent de chercher à représenter l'autorité, il la représente déjà, de fait. Pour l'enfant, le parent est un géant deux fois plus grand que lui. À sa naissance, l'enfant est totalement dépendant du parent, et il le comprend vite. L'enfant ne naît pas autonome. Il ne vivrait pas longtemps sans les soins attentifs de son père et de sa mère pour le nourrir, le changer, le bercer. L'enfant le sait et le sent. Il ne l'oublie pas en grandissant. S'il reste naturel, l'adulte n'a que peu d'efforts à faire pour s'imposer. Durcir ses traits, prendre la grosse voix ne feraient qu'accentuer le rôle et créer une distance avec l'enfant.

2. Un parent ne doit pas être un bon copain.

Dans ce cas, en effet, l'enfant risque d'abuser de lui. Cette idée est très répandue, notamment au sujet de la relation entre parents et adolescents. Beaucoup de parents ont réellement la sensation de jouer un rôle lorsqu'ils réprimandent leurs enfants. Combien de mères ai-je entendues, me confiant: « Ça ne m'amuse pas de leur crier dessus, d'autant plus que j'étais pareille à leur âge, mais si je me montre copine avec eux, ils en abusent et ne m'écoutent plus. » Les parents sont pleins de doutes et ils ont peur de se laisser déborder par leurs enfants. Pour cette raison, ils n'hésitent pas à punir, à contrecœur, puis ils se sentent coupables. Profondément, ils aimeraient plus d'intimité, de complicité, mais ils n'osent pas, ils considèrent que ce n'est pas leur rôle d'être le copain ou le confident de leur enfant! « Allez, maman! Viens jouer au Monopoly avec nous! » et la mère de demander: « Ce n'est pas mon rôle de jouer avec eux, si? » Combien de fois ai-je entendu cette phrase: « Ce n'est pas le rôle du parent de… » Nous ne sommes pas au théâtre! Être parent n'est pas un rôle! Si vous réussissez naturellement à établir un contact de proximité avec vos enfants, si vous vous confiez à eux comme ils se confient à vous, cela renforcera l'authenticité de votre communication. Vous n'aurez plus à forcer une autorité d'apparat.

3. Les parents n'ont pas d'émotion.

« Ils sont incroyables, ces parents, ils ne pleurent jamais, ne font jamais de crise de nerfs, ne sont jamais désespérés ni excités! se dit l'enfant. Les émotions ne doivent pas être d'une grande utilité. J'aimerais tellement être comme eux! » Voilà ce qu'imagine l'enfant. Pourtant, bien qu'ils soient, comme leurs enfants, en permanence traversés par elles, nombre de parents ne laissent rien passer de leurs émotions. Difficile pour les enfants, dont le principal moteur est l'imitation, de s'identifier à ces parents et d'établir une communication sincère: « *Je dis à ma fille que je suis solide,* me confiait cette jeune veuve au bout du rouleau, *pourtant, dès qu'elle est couchée, je pleure pendant des heures tellement j'ai du mal à m'en sortir... Elle n'a que moi! Il faut bien que je lui montre que je suis forte... Non ?* » Le lendemain, l'adolescente, que je recevais à son tour, témoignait: « *Ma mère me dit que ça ne sert à rien d'être triste, qu'il faut être forte dans la vie. Mais moi, je n'y crois pas. Je vois bien qu'elle joue les dures pour me rassurer. Elle veut me couver... Mais ça va! Je suis plus une gamine! Je peux comprendre. Elle n'a pas confiance en moi pour me dire quand elle craque... Elle croit quoi ? Que je ne vois pas son jeu ? J'aimerais avoir une relation plus sincère avec ma mère. Je n'ai plus qu'elle...* »

4. Un parent est toujours disponible.

On est habitué à voir ce modèle de parents dans les séries télévisées: les copains de l'enfant peuvent arriver à n'importe quelle heure, il y a toujours une tarte aux pommes prête à être partagée. Mais, c'est du cinéma! L'arrivée d'un enfant dans le foyer perturbe le rythme de chacun. À chaque âge, l'enfant prend une place nouvelle. Combien de mères, pour répondre aux besoins croissants de l'enfant, arrêtent de travailler, ne voient plus leurs copines, démissionnent de leurs responsabilités associatives! Puis, au bout de quelques années, ouvertement ou non, elles reprochent à l'enfant d'avoir dû tout lui sacrifier. Vos enfants vous demandent du temps, mais gardez-en pour vous. Vous êtes aussi mari, femme, amant, amante, sachez décrocher du rôle principal.

Il y a les périodes où vous aurez besoin de faire une vraie pause, de partir quelques jours, en couple ou en solo, pour vous ressourcer. Il y a les moments de la semaine où vous aurez besoin de prendre votre soirée pour aller au cinéma, au théâtre, voir des amis, marcher en solo dans la forêt. Il y a des moments de la journée où vous aurez besoin de vous plonger dans un bouquin, d'aller vous occuper du jardin, d'écrire. Inutile de vous sentir coupable. Ces moments sont indispensables à votre équilibre. Prenez le risque que l'on dise de vous que vous êtes une mauvaise mère, un mauvais père.

5. Les parents doivent aimer leurs enfants tout le temps et pour toujours !

« Parfois, j'ai envie de la jeter par la fenêtre, tellement je ne la supporte plus quand elle pleure ! Vous trouvez que je suis un monstre ! ? » Si de telles envies vous traversent l'esprit, rassurez-vous, vous n'êtes pas obligé pour autant de passer à l'acte ! Aimer ses enfants est un idéal ! Chacun aimerait aimer ses enfants tout le temps ! On a beau être très attentif, à l'écoute, attentionné et tourné sincèrement vers l'épanouissement de nos enfants, rares sont ceux d'entre nous qui ont le cœur assez ouvert pour les aimer tout le temps. Nous ne sommes qu'humains ! Acceptez donc le paradoxe de votre nature : « Je t'aime, et actuellement, je ne te supporte pas. »

Soyez juste attentif à ne pas projeter votre aigreur sur vos enfants. Si vous ne les aimez pas suffisamment, cela vous appartient, et cela peut changer ! Plutôt que de vous en prendre à eux et de leur dire : « Je ne te supporte pas actuellement parce que tu es trop bruyant, trop égoïste et que, en plus, tu t'habilles comme un cochon ! », réappropriez-vous vos sentiments et dites-leur : « Je ne supporte pas le bruit que tu fais parce que je me sens fatiguée, tendue, énervée par ma journée. »

6. Tous les parents doivent…

« Tous les parents » n'existe pas ! Chacun est différent. N'oubliez pas : nous ne sommes pas au théâtre, vous ne jouez pas un rôle, vous êtes simplement vous-même ! Ce n'est pas parce que neuf voisins sur dix essaient de vous persuader que vous devriez priver votre enfant de sortie pour le punir de vous avoir menti que cette attitude est bonne pour autant. Faites-vous confiance pour déterminer ce qui est juste selon vous.

7. Les parents doivent être constants.

Difficile d'être constant ! Un jour, vous ne supportez pas que votre enfant de huit ans racle la casserole de chocolat avec la cuiller, et la semaine suivante, vous y goûtez vous-même et lui proposez de partager. « Si je ne suis pas constant, mon enfant n'aura plus aucun repère, il sera perdu », pensent certains d'entre vous. Ne sous-estimez pas les capacités d'adaptation de vos enfants ! Certains repères sont fixes : « Je vous défends d'allumer les bougies en mon absence », et d'autres sont en mouvement. La vie est un mouvement perpétuel. Votre enfant saura très bien se repérer si vous êtes vous-même en harmonie au jour le jour. La vie est un mouvement de va-et-vient permanent ; être dans la vie, c'est être dans le mouvement.

8. Un parent n'est plus un enfant.

« J'aimerais tellement, moi aussi, dîner d'un paquet de chips sur le canapé, j'aimerais tellement, moi aussi, manger une glace à la pistache avant le dîner, mais si je leur donne cet exemple, ils ne vont plus rien y comprendre ! » Détrompez-vous. Ils comprendront simplement que, malgré vos responsabilités, vous êtes encore assez libre pour vous affranchir des règles que vous-même vous vous fixez. Cette attitude, tant qu'elle n'est pas systématique, vous rapproche de votre enfant : il voit que vous êtes un peu comme lui !

9. Les parents doivent toujours être d'accord entre eux pour faire front face à l'enfant.

L'amour, c'est lorsque l'homme et la femme ne parlent plus que d'une seule voix, le tout est de choisir laquelle des deux, s'amusait à dire Sacha Guitry. Naturellement, l'homme et la femme ont des seuils de tolérance différents, l'un va être gêné parce que l'adolescent garde sa casquette pour dîner, ce qui ne dérangera pas l'autre. Beaucoup de parents jouent à être toujours d'accord entre eux. Ils s'obligent à un consensus pour accroître leur pouvoir sur l'enfant. Mais un consensus, s'il est figé, n'écoute qu'une seule voix et oblige l'autre compagnon, souvent le plus soumis des deux, à se taire.

Il n'est pas rare que ce soit toujours le même parent – le plus dominant – qui fixe les règles et impose à son conjoint ce qui est acceptable et ce qui ne l'est pas. L'autre partenaire, par peur du conflit, se range à des positions avec lesquelles, profondément, il n'est pas en accord. De plus, lorsqu'ils s'entendent sur un consensus artificiel, le père et la mère sont souvent gênés pour argumenter face à l'enfant quand l'autre conjoint n'est pas là pour défendre le point de vue commun; ils sentent bien qu'ils ne sont pas en accord avec lui. Parfois, vous serez d'accord avec votre mari, votre femme, et parfois, vous ne le serez pas. Pour être crédibles et respectés, il est surtout important que l'homme et la femme soient totalement en accord intérieurement avec les décisions qu'ils prennent, eux, sans pour autant dénigrer le point de vue de l'autre. L'enfant peut apprendre à composer avec des parents dont les avis et les positions divergent sur certaines questions.

Cela n'empêche pas la solidarité et le soutien entre parents. Les parents ont besoin de se soutenir entre eux. Ce soutien est juste lorsqu'il vient réconforter le parent en situation de fragilité. Il ne l'est plus lorsque son but est de peser dans la balance pour soumettre l'enfant. Cette attitude est plus délicate et demande du courage, car elle oblige les parents à se tenir sur leurs limites à eux, à être cohérents eux-mêmes vis-à-vis de ce qu'ils acceptent et de ce qu'ils n'acceptent pas. Ils apprennent ainsi à prendre position sans s'appuyer sur un tiers.

Il arrive que l'un des parents impose à l'enfant une attitude incohérente. Il lui demande, par exemple, d'arrêter de jouer sur le canapé, car il est gêné par le bruit. Mais lui seul l'est. Il sent bien que, si ce point de vue est également défendu par l'autre parent, il aura plus de poids. En matière d'autorité naturelle, il vaut mieux être seul que deux à se montrer incohérent.

10. Les parents sont toujours d'accord avec la maîtresse d'école.

Karim rentre de l'école. Sa maîtresse vient de le punir. «*Si elle t'a puni, c'est que tu devais le mériter*», répondent en chœur les parents.

La qualité de notre liberté individuelle est proportionnelle à notre faculté d'utiliser notre discernement en toutes circonstances. Accepter une sanction, une punition ou même un point de vue émanant d'une autorité, quelle qu'elle soit, sous le simple prétexte qu'ils émanent d'une autorité, est le début de l'asservissement et de l'abandon de soi. Lorsqu'un patron impose une sanction qui ne semble pas justifiée, le salarié a le loisir de se défendre. Il peut consulter un syndicat, un avocat, saisir le conseil des prud'hommes. Lorsqu'un tribunal impose un verdict, le prévenu dispose de la possibilité de faire appel. Lorsqu'un médecin impose au patient un traitement qui ne lui convient pas ou qu'il ne comprend pas, le patient a toujours la possibilité de lui demander plus d'explications ou de consulter un autre médecin. Tous les adultes ont la possibilité de contester, de faire valoir leurs droits, de refuser, de manifester. C'est une grande violence d'imposer à l'enfant une soumission sans réserve à l'autorité sous le simple prétexte qu'il est un enfant. Aucun adulte n'accepterait de se soumettre à une autorité totale s'il n'avait, d'une façon ou d'une autre, la possibilité de s'y soustraire. Si les enfants savent généralement très bien respecter l'autorité de l'enseignant, ils ont besoin de faire confiance en leur discernement pour se développer, cela afin de ne pas devenir des adultes totalement soumis.

Cette qualité individuelle distingue les enfants *rebelles* des enfants *révoltés*. Les premiers savent se rebeller lorsque l'autorité n'est pas juste, ils savent se soumettre ou contredire l'autorité, c'est selon ; ils sont avant tout en lien avec leurs besoins. Les seconds sont en révolte contre le principe même d'autorité ; à l'instar des enfants rebelles, les enfants révoltés ne sont pas forcément en lien avec leurs besoins ; ils sont en réaction contre le principe même d'autorité.

Pour savoir être rebelles sans pour autant être révoltés, les enfants ont besoin de pouvoir échanger avec vous sur ce qu'ils trouvent juste et injuste. Lorsque votre fils vient vous voir pour vous dire qu'il trouve la maîtresse d'école trop sévère, la punition injuste, ou que son point de vue n'a pas été entendu, ne vous rangez pas systématiquement du côté de l'enseignante. Prenez le temps d'écouter son point de vue à lui, la façon dont il a vécu la scène, donnez-lui de l'attention. Si vous sentez que c'est nécessaire, n'hésitez pas à prendre rendez-vous avec l'enseignante. Osez prendre position, parler de vous et de votre façon de voir les choses. Beaucoup de parents craignent de faire ce type de démarche ; ils ont peur des représailles vis-à-vis de leur enfant ou d'entamer leur image. C'est sur cette peur que fonctionnent les sociétés totalitaires. Si vous sentez que votre enfant n'est pas entendu, qu'il est victime d'une injustice, n'hésitez pas à lui venir en aide. Il apprendra ainsi à faire confiance à son libre arbitre et à son discernement. Osez vous mettre de son côté si c'est nécessaire. Vous êtes là pour ça. Ne perdez pas de vue que les parents sont là pour défendre les intérêts de leurs enfants, quitte à prendre des risques.

L'AUTHENTICITÉ COMME MODÈLE

Au-delà de la relation parents-enfants, il y a d'autres circonstances dans lesquelles nous pouvons être tentés de jouer un rôle : lorsque nous sommes nommés à un poste plus important, lorsque nous nous marions et, d'une façon générale, lorsque la vie nous amène à changer de statut. Accueillir des enfants dans sa vie est une expérience qui peut bouleverser, déstabiliser ; raison de plus pour appuyer sa stabilité sur son authenticité. Vous n'avez pas de rôle à jouer, simplement à être vous-même et à explorer la relation avec curiosité et ouverture. Prenez le temps de questionner votre conscience. Vous y découvrirez que, face à votre enfant, le parent idéal, c'est vous !

CHAPITRE 7
TOLÉRANCE

La patience rend tolérable ce qu'on ne peut empêcher.
HORACE, *Odes*

Pourquoi certains parents accordent-ils la permission de minuit à leurs ados de 16 ans, lorsque d'autres la refusent à leurs jeunes de 18 ans ? Pourquoi certains parents laissent-ils l'enfant de quatre ans manger avec ses doigts quand d'autres l'interdisent ? Votre niveau de tolérance est comme le va-et-vient d'un balancier, toujours en mouvement. Un jour, vous vous sentirez trop laxiste, le lendemain, trop autoritaire. Dans ce mouvement perpétuel, vous oscillez en permanence à partir d'un indice que vous croyez stable et qui est, en fait, totalement subjectif.

QUESTION DE POINT DE VUE

Mathieu a 17 ans. Il est vêtu d'un jean délavé, déchiré aux genoux. Sa tignasse abondante cache un piercing sur le sourcil. Il porte au poignet une quinzaine de bracelets brésiliens. Ces petits bracelets de coton, qui sont censés exaucer les vœux lorsqu'ils se détachent, font partie de son look. « *Un piercing, avec mes vieux, c'est même pas la peine d'y penser !* lui confie son copain Cédric. *Ces deux-là, ils sont tellement "relous" que, quand j'ai un trou à mes jeans, ils refusent que je sorte. T'as de la chance ! Tes parents à toi, ils sont trop cools !* » Pour les parents de Cédric : « *On voit trop de gamins débraillés. Il n'est pas question de revenir à la blouse grise, mais quand même ! Un minimum…* » Pour les parents de Mathieu : « *Quelle importance que les enfants s'habillent en jean ou en pantalon à carreaux ! Ce n'est qu'un look… Tant que Mathieu ramène des notes convenables à la maison, il peut s'habiller comme il veut.* »

Qu'il s'agisse des vêtements, de l'alimentation, des sorties, du téléphone portable, chaque parent réagit à partir de critères qui lui sont propres. Nous n'avons pas tous la même notion de ce qu'est un enfant correctement habillé, un comportement convenable, un retard, une chambre rangée, une bonne musique, un minimum de politesse. Entre deux adultes, la différence de perception est très variable. Entre un enfant de 15 ans et un adulte de 40 ans, elle est considérable.

LE SEUIL DE TOLÉRANCE DES PARENTS

Lorsque les parents de Cédric lui interdisent de porter un piercing ou un jean troué, ils définissent ce qui est normal à partir de leur propre seuil de tolérance. Ils ont leur vision de ce qu'est la mode, le respect, le corps. Ils acceptent ou condamnent le comportement de leur enfant en s'appuyant sur leur indice de référence à eux, indice personnel et subjectif.

Les parents peuvent accepter un comportement un jour et ne plus le supporter le lendemain. Ils vont interdire le piercing sur la lèvre, mais le tolérer sur le sourcil. Ils peuvent comprendre un comportement chez un de leurs enfants et pas chez un autre. Ils peuvent penser qu'un piercing fait vulgaire chez un garçon, mais que, par contre, c'est très joli sur une fille... La situation se complexifie lorsqu'ils croient que cet indice est fixe alors qu'il est variable. L'indice de tolérance est variable en fonction de la sensibilité du parent : plus le parent se sent bien dans sa peau, plus son seuil de tolérance est élevé.

Lorsqu'ils sont ensemble, les deux parents n'ont pas systématiquement le même seuil de tolérance. La mère peut avoir un indice plus bas que le mari, ou inversement. La mère peut être plus tolérante sur les sorties et plus exigeante au sujet de la télévision, ou inversement. Si le mari et la femme sont en conflit l'un avec l'autre, ils s'opposeront sûrement dans ce qu'ils jugent acceptable pour l'enfant. Face à tant de variables, l'enfant ne sait souvent plus qui écouter… Ou, au contraire, il sait à qui s'adresser pour les demandes sensibles. Il comprendra rapidement qu'il peut jouer de la différence existant entre ses parents pour négocier à son avantage. S'il sait que son père est plus tolérant pour les sorties, il évitera de demander cette autorisation à sa mère.

Le seuil de tolérance évolue en fonction de chacun et, pour chacun, évolue au cours d'une même journée. Si le parent est fatigué, son seuil sera moins élevé.

INDICES DE VARIABILITÉ

Certains parents se protègent en affichant une règle bien plus sévère que ne l'exige leur seuil de tolérance. Ils établissent ainsi un seuil de sécurité de façon à ne pas être dérangés dans leur zone de confort. Si, par exemple, ils ne veulent pas que leur enfant utilise l'ordinateur de leur bureau, ils interdiront l'accès à la pièce entière. D'autres, au contraire, affichent un seuil de tolérance beaucoup plus élevé que leur seuil de confort ne le leur permet. Ils vont autoriser l'enfant à inviter ses copains alors qu'en fait ils ne le supportent pas. Ils tolèrent une situation qui ne leur convient pas, car ils redoutent d'entrer en conflit avec l'enfant. Dans ces cas-là, les parents prennent sur eux, ne se respectent pas et adoptent un comportement qui, sous un aspect tolérant, cache surtout du laxisme. C'est la peur de n'être plus aimés par leurs enfants qui amène ces parents à n'être pas précis quant à leur seuil de tolérance.

L'enfant s'y retrouvera mieux si le parent prend l'habitude de parler de lui à la première personne du singulier. La communication sera plus authentique et l'enfant moins affecté par les limites qui lui sont données. Ce faisant, le parent communique ses limites à lui, exprime, en se les réappropriant, quels sont ses peurs, ses goûts, ses préférences. L'enfant acceptera toujours mieux une interdiction si le parent exprime son propre seuil de tolérance au lieu d'imposer sa carte du monde comme si elle était la seule carte valable. Un parent qui agit de cette façon communiquera en disant : « Je ne suis pas rassuré que tu rentres si tard », « Je suis inquiet que tu t'habilles ainsi », « Je suis choqué que tu manges ça », et non : « Ça ne se fait pas », « Tu ne devrais pas », « On n'a jamais vu un enfant s'habiller de la sorte », « C'est ridicule de penser ça ».

Cette façon de se comporter implique davantage le parent. C'est d'ailleurs par peur de l'intimité que beaucoup de parents se réfugient derrière des généralités ou des jugements : « On ne se fait pas un piercing à 14 ans » ou « C'est ridicule de mettre un bonnet au mois de mai », au lieu de parler de leur propre seuil de tolérance, ce qui les obligerait à s'impliquer. L'enfant sent ce décalage, c'est contre cela qu'il se révolte.

SAVOIR QUI EST GÊNÉ PAR LA SITUATION

Pour régler un conflit harmonieusement, un préalable est nécessaire : identifier celui à qui la situation pose un problème. Pour beaucoup de parents, résoudre un conflit se limite à imposer son point de vue afin de se faire obéir. Tous les moyens sont bons pour réussir une « bonne éducation » qui, dans leur esprit, signifie une stricte obéissance, des punitions et des récompenses, de la peur et de la manipulation, du chantage et de la culpabilisation. Dans ce rapport de force, le parent utilise sa supériorité. Il est généralement plus fort physiquement, il détient les cordons de la bourse, les clés de la voiture et la télécommande de la télévision. Cette forme d'éducation a ses limites puisqu'elle implique un gagnant et un perdant. Le parent considère généralement que c'est à l'enfant de plier. Quant à l'enfant soumis, il se révolte parfois, mais des années plus tard.

Une autre forme de communication est possible : la communication « gagnant-gagnant ». C'est une communication dans laquelle il n'y a pas de perdant, mais deux gagnants. Pour qu'il y ait deux gagnants à l'issue d'une négociation, chaque protagoniste doit non pas chercher à modifier le comportement de l'autre, mais reconnaître ses propres besoins et en prendre la responsabilité.

IDENTIFIER QUI EST GÊNÉ

Si, par exemple, un enfant de cinq ans arrive en pleurs vers sa mère pour se plaindre que son frère a cassé son jouet, c'est le jeune enfant qui fait une demande. Il demande à sa mère d'intervenir pour prendre soin de lui. L'enfant se sentira soulagé si la mère l'aide ensuite à identifier quels sont ses besoins qui ne sont pas satisfaits : besoin de réparation, de justice, d'espace, avant de chercher à trouver une solution.

Si les deux frères jouent ensemble, qu'ils s'entendent à merveille et rient beaucoup, personne n'est gêné. Si, en revanche, au même moment, le père veut lire un journal au calme, regarder un film à la télévision ou même avoir une conversation intime avec sa femme, ce sont ses besoins à lui qui ne sont pas satisfaits, pas ceux des enfants ; ce sont ses besoins à lui qu'il faudra prendre en considération. Or, beaucoup de parents, dans cette situation, se contentent d'imposer le silence à l'enfant. Puisqu'ils sont gênés et qu'ils représentent l'autorité, ils demandent à l'enfant de se taire : « Tu fais trop de bruit, va jouer dans ta chambre ! » L'enfant vit mal cet abus d'autorité, d'autant plus que la relation n'est pas réciproque. En effet, si c'est l'enfant qui lit dans le salon et est gêné par son père qui téléphone et le lui fait remarquer, le père risque encore de retourner la situation à son avantage : « Si tu veux du calme, va donc jouer dans ta chambre ! » Dans les deux cas, si le parent et l'enfant se gênent, c'est à l'enfant d'obéir ; celui-ci le vit comme une injustice et le supporte mal.

« SOURIS, C'EST LA DERNIÈRE FOIS QUE JE TE LE DEMANDE ! »

L'été dernier, sur la plage, j'observais une mère qui voulait prendre en photo ses trois enfants. Le plus jeune des trois ne souhaitait pas être photographié. Le conflit qui s'installait et que je voyais progressivement dégénérer venait du fait que la mère ne se préoccupait absolument pas des besoins de l'enfant. Ce dernier avait clairement affirmé qu'il ne souhaitait pas être sur la photo. La mère, en revanche, avait formulé une demande et exigeait d'être obéie. Elle se mit à menacer l'enfant d'aller le chercher s'il refusait de venir poser, celui-ci refusait toujours. Elle voulut alors l'attraper, l'enfant s'échappa, elle lui courut après, l'enfant courut plus vite encore. Elle le saisit par un bras, l'enfant se roula par terre. Elle le menaça, il hurla. Vinrent une gifle, des pleurs encore plus forts et une issue au conflit qui n'était satisfaisante pour personne. Dans cette scène, que la mère nomma un « horrible caprice », le problème venait clairement de la mère : c'est elle qui tenait à cette photo, l'enfant n'avait rien demandé. C'est ce point qu'elle n'intégrait pas. Plus elle essayait d'imposer son autorité à l'enfant, plus la révolte de celui-ci s'intensifiait. Au bout de 20 minutes de crise, elle prit sa serviette, le parasol, tira l'enfant par le bras et imposa à toute la famille de rentrer à la maison ; cela, en reprochant à l'enfant de leur avoir gâché cette sortie à la plage.

Cette forme de règlement de conflit est très maladroite. Les parents agissent ainsi souvent parce qu'ils ne savent pas faire autrement. Dès que le conflit a commencé et que l'enfant pleure, ils ne veulent pas céder pour se faire respecter, convaincus qu'un enfant doit obéir à ses parents coûte que coûte. Mais cette façon de communiquer est mal perçue par les enfants. De plus, si on la leur impose, ils auront tendance, plus tard, à leur tour, à imposer ce type de relation à leur entourage. Beaucoup de parents fonctionnent selon ce schéma. Dès lors qu'ils sont contrariés par l'attitude de l'enfant, ils se contentent d'imposer un changement à ce dernier. Il est très important, pour apaiser un conflit, de savoir à qui l'attitude pose un problème, sans quoi la résolution ne sera pas possible à long terme.

IDENTIFIER SES BESOINS

Lorsque, dans sa communication, le parent met en avant non pas le fait que les enfants sont bruyants, « Taisez-vous, vous faites trop de bruit », mais le fait que lui a besoin de calme, « J'aimerais un peu de tranquillité », les enfants entendent tout aussi bien l'information sans se sentir dévalorisés pour autant. Cela peut sembler un détail, mais ça n'en est pas un du point de vue de la communication et de la relation. Nombre d'enfants vivent très mal le fait que, s'ils sont en désaccord avec leurs parents, ils doivent systématiquement obéir puisqu'ils ne sont que des enfants. De surcroît, à force d'entendre dire qu'ils sont bruyants, maladroits, trop lents, ils finissent par croire qu'ils le sont vraiment et perdent confiance en eux.

ACCORDS DE FAMILLES

Jennifer et Alban sont deux jeunes parents. Leur relation avec leur petite Mathilde, quatre ans, est très harmonieuse. Ils rient beaucoup et sont très complices tous les trois. À l'heure des repas, l'ambiance est joyeuse. Ils sont contents de se retrouver. Jennifer et Alban sont vigilants en ce qui concerne l'alimentation. Ils consomment des produits biologiques et s'appliquent à diversifier les fruits et les légumes. En revanche, peu préoccupés par le protocole, ils ne posent pas d'interdit lorsque Mathilde mange avec ses doigts, pose son assiette sur ses genoux ou la lèche à la fin du repas. Aux yeux de ces parents, ce que mange un enfant est plus important que la façon dont il le mange. Jennifer et Alban sont satisfaits de voir leur fille si heureuse de manger des produits si variés ; les règles de bienséance viendront plus tard. Pour l'heure, le dîner est un moment de plaisir pour chacun. Aucun des trois personnages n'est gêné par le comportement des autres.

En revanche, lorsque la mère d'Alban s'invite à déjeuner, elle commente le comportement des jeunes parents, elle remet leur autorité en question : « *Votre fille mange salement, vous devriez être plus fermes* », « *Ce n'est pas normal, vous l'avez mal éduquée* ». Dans cette situation, serait-il juste que les deux parents remettent en question un équilibre qui leur convient à seule fin d'apaiser la grand-mère ? La question à poser est : pour qui est-ce un problème que l'enfant mange avec ses doigts ?

DU CONSENSUS À L'AUTHENTICITÉ

Beaucoup d'adultes, aujourd'hui, modifient leur comportement et renient leurs besoins pour ne pas contrarier un tiers. Ils ont pris l'habitude de faire profil bas et de renier leurs besoins lorsqu'un protagoniste a plus d'autorité qu'eux. Ils acceptent ainsi des situations qui ne leur conviennent pas: des dîners qui les ennuient ou l'envahissement par la belle-famille par peur du conflit; des vacances avec des amis qu'ils n'apprécient plus par peur de décevoir. Ils sont peut-être bien élevés, fidèles à l'image que leur entourage a d'eux; pourtant, ils réalisent bientôt que ce comportement extérieur ne suffit pas à les rendre heureux. Ils souffrent d'un manque d'authenticité. Ces parents n'écoutent plus leurs besoins et vivent surtout pour ne pas contrarier leurs proches.

« EN QUOI ÇA TE GÊNE ? »

Cette question revient souvent dans les disputes entre les parents et leurs enfants. «Regarde! De quoi as-tu l'air avec cette coupe de cheveux?! C'est ridicule!» dit le père. «En quoi est-ce un problème, répond l'adolescent, ça me plaît à moi, ça plaît à mes amis… En quoi est-ce un problème?» Lorsque la fillette, qui est en cours élémentaire, décide d'emmener son lapin en peluche dans son sac pour se sentir plus à l'aise, sa mère l'en empêche: «Tu ne vas pas trimballer cette peluche, quand même, c'est ridicule, à ton âge!» juge-t-elle. «Mais moi, je ne trouve pas ça ridicule, répond l'enfant, alors pourquoi ça te pose un problème? Pourquoi tu veux m'interdire?» Dès lors qu'il n'écoute pas cette objection et qu'il abuse de son autorité ou de sa force physique, le parent crée une blessure dans la relation.

Le film *LOL*, de Liza Azuelos, explore cet aspect de la relation. Dans une scène clé, Lola, une jeune adolescente déjà bien en lien avec la vie, retrouve Anne, sa mère, personnage joué par Sophie Marceau, dans la salle de bain. Elles vont ensemble prendre un bain.

Alors que sa fille se déshabille sans pudeur, la mère découvre, avec autant de gêne que d'horreur, que sa fille s'épile le pubis. « Enfin, Lola, qu'est-ce qui te prend de t'épiler comme ça à ton âge ? » La réaction de la jeune fille ne se fait pas attendre : « En quoi ça te pose un problème ? Mon sexe est à moi, mon corps est à moi, et j'en fais ce que je veux. » Elle quitte alors violemment la salle de bain en pleurs et en colère : « Ma mère est intrusive. Elle est toujours derrière moi. Elle ferait mieux de s'occuper de ses affaires à elle », pense-t-elle probablement. La question posée dans cette scène, est : en quoi cela pose-t-il un problème à l'autre si je suis bien comme je suis, si une situation donnée me rend heureux ?

Beaucoup de parents ont du mal à comprendre ce point de vue. Dès qu'ils se sentent frustrés, mal à l'aise, gênés ou même simplement surpris par la réaction de l'enfant, avant même d'identifier quel est pour eux le problème, ils exigent que l'enfant change son comportement. Ils sont gênés par la façon dont l'enfant s'habille, décore sa chambre, garde un doudou pour dormir ; ils sont gênés par des activités que pratique l'enfant, à l'image de ce parent qui aurait préféré que son gaillard fasse du foot ou du rugby plutôt que de la danse qui « *fait trop fille* ».

Notre éducation nous a conditionnés à croire que, dès lors que le parent n'est pas d'accord, le simple fait qu'il soit parent suffit à légitimer une interdiction ou une punition. Pour défendre leur propre confort, les parents s'appuient généralement sur le prétexte qu'un enfant a besoin de repères et de limites. En fait, soumis à cette façon d'éduquer, l'enfant apprend que la raison du plus fort est toujours la meilleure. Et soumis à l'autorité, il soumettra à son tour les plus faibles que lui parmi ses amis, ou ses enfants lorsqu'il deviendra lui-même un parent. Beaucoup de parents ont, par exemple, du mal à accepter la gaieté de leurs enfants. Ils ne supportent pas les explosions de joie, les rires intempestifs. Ils demandent à l'enfant de se taire, de faire moins de bruit, de ne plus manifester son contentement. L'enfant ne peut pas accepter ça, car, si l'enfant n'est pas gêné, il n'a aucune raison de changer de comportement. En revanche, comme souvent les enfants n'ont pas la possibilité de défendre leur point de vue, ils s'habituent à se couper de leurs besoins quand on le leur demande. Avant même de commencer la négociation, l'adulte doit identifier qui est gêné, à qui la situation pose un problème. Si l'enfant veut marcher sur la moquette avec ses chaussures pleines de terre, le problème appartient au parent ; c'est lui qui est dérangé et ne veut pas que sa moquette soit salie. Il doit donc prendre soin de ses besoins à lui : « Je veux que ma moquette reste propre, c'est pourquoi je te demande d'enlever tes chaussures. » Enfants et adultes vivent mieux ensemble lorsque les besoins de chacun sont satisfaits.

Pour l'enfant, le sentiment de justice est très important. C'est sur ce sentiment qu'il construit sa dignité et la qualité de ses rapports avec ses parents. Le sentiment de justice s'établit sur la prise en compte des seuils de tolérance de chacun. Dès lors que le parent communique à partir de son propre seuil de tolérance, il instille davantage de discernement, de respect et d'écoute dans la relation. C'est sur ces qualités que s'échafaudent les bases d'une communication saine entre les enfants et leurs parents.

CHAPITRE 8
RELATION VERTICALE

C'est l'enfant lui-même qui doit s'éduquer,
s'élever avec le concours des adultes. Nous déplaçons l'acte éducatif:
le centre de l'école n'est plus le maître, mais l'enfant.
CÉLESTIN FREINET, *Naissance d'une pédagogie populaire*

Assis sur ma chaise d'école, je me suis interrogé des milliers de fois pour savoir combien de temps ça allait durer ! Je vivais comme un supplice d'être obligé de rester bras croisés à écouter une institutrice qui ne semblait pas curieuse de savoir qui j'étais et n'établissait aucun contact direct avec moi. Je ne comprenais pas l'intérêt d'apprendre les racines carrées, les équations, les superficies de pays dans lesquels je n'étais jamais allé et l'histoire de rois morts depuis des siècles. Je ne cessais de regarder par la fenêtre en guettant l'heure de la récréation. Plus les années passaient, plus je sentais ma tête se remplir et mon corps se dévitaliser. Ce n'était pas tant le programme qui m'irritait que la façon dont il était transmis. Ce caractère figé, obligatoire, anonyme. Cette sensation, toujours, de se sentir inférieur à l'adulte, d'être l'objet d'une transmission qui ne circule que dans un sens et, de ce fait, est subie. Comme si nous, les enfants, n'avions rien à dire aux grandes personnes, rien à leur apprendre, comme si notre point de vue ne comptait pas, parce que nous n'étions « que » des enfants. J'aurais aimé un espace où adultes et enfants puissent partager, échanger, créer, chacun à son niveau, dans une complice égalité. Un espace où l'histoire de France ne prenne pas plus de place que l'histoire des enfants, où les sciences naturelles permettent à l'enfant de mieux se comprendre lui-même. Mais les enseignants se ressemblaient d'une année à l'autre. Ils venaient transmettre un savoir, rien de plus. De ces années d'école, deux scènes vivantes se détachent des autres dans mes souvenirs.

Ici, un professeur de mathématiques, en classe de quatrième, qui prend le temps de s'asseoir à mes côtés au lieu de se tenir debout dans mon dos comme le font tant d'enseignants – une présence imposante et invisible qui écrase l'enfant et le diminue, le dos étant la partie la plus vulnérable de l'individu d'un point de vue énergétique –, qui a l'attention de se mettre à mon niveau. Et pour une fois, voici ce professeur qui s'intéresse vraiment à moi, sans juger de ce qui est bien, de ce qui est mal. Il prend le temps nécessaire pour établir un canal de communication grâce auquel je me sens confiant et respecté. Alors, seulement, il me demande – et je vois dans ses yeux que ma réponse l'intéresse – comment je m'y suis pris pour obtenir le résultat de mon équation. À présent que le contact est établi, je reproduis maladroitement le cheminement que ma pensée a suivi pour arriver au résultat mathématique. Habitué, comme tous les enfants, au rapport d'autorité, j'ai peur de me tromper, de faire encore une erreur, d'avoir une mauvaise note. Les mauvaises notes sont tellement associées, dans notre culture scolaire, au sentiment de nullité ! Dans le même temps, j'observais le prénom gravé sur la gourmette de ce professeur : il s'appelait Alain. Je ne l'avais jamais vu de si près. Je me perdais dans les calculs. Toutes ces équations avec lesquelles je n'arrivais pas à me familiariser me faisaient l'effet des symboles hostiles d'une langue étrangère. Pourtant, en pédagogue attentif, cet homme ne semblait pas me juger sur mes compétences en maths. Patiemment, avec un infini respect, il m'a écouté et il a reformulé ce que je disais pour s'assurer qu'il avait bien compris mon cheminement particulièrement compliqué ! Ce n'est qu'alors qu'il s'est proposé de me transmettre une formule mathématique connue et beaucoup plus simple que mes calculs pour arriver au même résultat. Le contact établi, j'étais en demande de cette formule, et d'autres !

ÉTABLIR LE CANAL DE COMMUNICATION

Lorsque l'enfant n'en a pas compris l'intérêt, il n'est pas prêt à recevoir la réponse à une question que profondément il ne se pose pas.

Rares sont les enseignants qui font preuve d'une telle patience. L'exigence du calendrier et les effectifs surchargés ne leur permettent pas d'établir ce lien privilégié. J'ai plus souvent connu des enseignants imposant, du haut de l'estrade, un programme obligatoire, et usant de leur fonction pour soumettre à une attention forcée, que des enseignants à l'écoute. Comme tant d'écoliers, j'ai connu des instituteurs qui manipulaient les enfants à grand renfort de punitions et de récompenses pour obtenir d'eux le silence et la participation. Ce sont des moments comme celui que je viens de décrire qui permettent à l'enfant de reprendre confiance, de maintenir une bonne image de lui, de s'accrocher, de rétablir un lien lorsqu'il est coupé de sa capacité à apprendre. Durant ces années, les enseignants qui m'ont le plus aidé n'étaient pas ceux qui maîtrisaient le mieux leur programme, mais ceux qui savaient établir un lien chaleureux. C'est la pierre angulaire de toute pédagogie. Il est impossible de transmettre un enseignement, aussi précieux soit-il, si le canal de communication n'est pas établi entre l'enfant et l'adulte.

Sept ans auparavant, c'est un instituteur de classe primaire qui s'asseyait à mes côtés alors que toute la classe était sortie pour la récréation. Il désirait me voir en tête à tête pour parler de ce que je vivais à la maison et à l'école, de ce que je comprenais de ses cours. Comme l'aurait fait un ami, il me demandait si quelqu'un, à la maison, m'aidait à faire mes devoirs, il s'enquérait de savoir si j'avais une chambre seul ou si je la partageais, si j'avais un bureau, un endroit où poser mes livres, des tiroirs, de quelle couleur étaient les murs. Il s'intéressait sincèrement à ces détails ! Cet instituteur atypique portait une grosse barbe, des chemises fleuries et avait un regard bienveillant et respectueux. Il apportait sa guitare à l'école pour chanter avec nous. Comme je l'aimais et comme je me sentais prêt à apprendre avec lui ! Lors de cet entretien, il me demanda si j'étais d'accord pour qu'il organise une rencontre avec l'un de mes parents à mon sujet. Je n'en revenais pas qu'un adulte sollicite mon avis sur une question si importante. Les enseignants sont tellement rares qui prennent soin de formuler ainsi ce qui est souvent une « Convocation pour voir les parents » ! Cet après-midi-là, pas du tout. Cet instituteur me demandait si j'étais d'accord pour que nous organisions une rencontre, comme on envisage un goûter ou des retrouvailles entre amis. Malgré son statut et mon jeune âge, il agissait avec moi d'égal à égal. Et c'est paradoxalement ce qui me forçait à le respecter. Le pouvoir est mieux respecté lorsqu'il est associé à l'humilité.

SE SENTIR UNIQUE

J'appréciais, à l'école, ces moments où l'enseignant me considérait comme un enfant à part entière et non comme l'un des 28 écoliers de sa classe. L'un des principaux besoins de l'enfant est le besoin de reconnaissance. L'enfant a besoin d'être reconnu pour ce qu'il est à sa source, non pour la fonction ou le rôle que la situation lui fait jouer. L'enfant a surtout besoin de sentir et de vérifier qu'il est unique.

De retour à la maison, je guettais les moments d'intimité avec mes parents. Non pas des moments d'éducation où l'adulte dit à l'enfant comment se comporter, mais des moments intimes durant lesquels adulte et enfant se découvrent mutuellement à partir de ce qu'ils sont. Dans ces moments rares, il n'y a pas de hiérarchie dans l'expression des sentiments. L'enfant se sent d'égal à égal avec l'adulte. Tant d'éducateurs, de parents et d'enseignants, au lieu de considérer l'enfant comme un être déjà entier dans le présent, ne voient en lui qu'un futur adulte dont la personnalité est à modeler. Étant plus âgés, ils estiment qu'ils sont en avance, et donc supérieurs. Au fond, ils voient l'enfance comme un préalable au monde des adultes: « Tu comprendras quand tu seras grand que j'avais raison », dit le parent. « Si tu te souvenais de ton enfance, tu verrais que j'ai raison ! » pense l'enfant. La relation manque de vraie communication. L'âme de l'enfant se sent tassée lorsqu'elle n'est pas reconnue dans la plénitude de l'instant présent. L'éducation ne consiste pas à transmettre aujourd'hui, à l'enfant, le rôle qu'il jouera demain.

À la maison, les temps d'intimité d'égal à égal étaient trop rares à mon goût. Je n'ai pas reçu de mes parents une éducation « à la dure » ; ils faisaient montre de gentillesse et de générosité autant qu'ils le pouvaient. Ils étaient, l'un et l'autre, très dévoués à leurs enfants. Dans la mesure du possible, ils privilégiaient la douceur et l'écoute. Ils transmettaient les valeurs qui leur tenaient à cœur : essentiellement, le partage et l'abnégation de soi, la tolérance, l'amour. Mes parents faisaient beaucoup d'efforts. Seulement, voilà, nous étions huit enfants à la maison, ce qui leur laissait peu de temps pour entretenir une relation privilégiée avec chacun de nous. Mon père partait toute la journée, il était préoccupé par son travail ; quant à ma mère, l'entretien de la maison, les courses, les repas à préparer, les enfants à accompagner, auxquels s'ajoutaient trois ou quatre chiens et une demi-douzaine de chats qu'il fallait nourrir, l'occupaient entièrement. Malgré toute sa bonne volonté, ce sacerdoce ne lui permettait que rarement d'accorder à chaque enfant l'attention qu'il méritait. Les rares moments d'intimité durant lesquels je me sentais d'égal à égal avec mes parents, et les deux enseignants de toute ma scolarité avec qui je me suis senti ami, ne suffirent pas à changer mon expérience de l'autorité. À quelques nuances près, à mes yeux, je côtoyais deux mondes :

- le monde des enfants, où je pouvais jouer, me confier, imaginer, échanger ce que je ressentais ; dans ce monde, les échanges se faisaient d'égal à égal, selon un mode de relation horizontale ;
- et le monde des adultes, qui se trouvait au-dessus de moi, et auquel il fallait obéir ; il s'agissait d'une relation verticale.

Pendant des années, dans ce monde d'adultes, j'ai appris à me ranger « en rang par deux » dès que j'entendais le coup de sifflet, à donner la main lorsque je n'en avais pas envie. J'ai appris à me taire quand on me le demandait et à répondre quand j'étais interrogé. Comme des millions d'enfants, je me suis sans cesse adapté à une autorité omniprésente. Comme des millions d'enfants, pour la supporter, j'ai appris à étouffer ma colère quand j'avais le sentiment d'une injustice, à faire silence lorsqu'un adulte m'imposait son point de vue. Quand mes blessures d'enfant étaient trop fortes, je m'échappais de mon corps par la pensée et l'imagination pour inventer des histoires plutôt que de ressentir les tensions si pénibles que la situation générait.

Je me sentais régulièrement en prise avec mes émotions, mais je ne savais pas à quoi elles me servaient. On me disait simplement: «Calme-toi», «Ça ne sert à rien d'être triste», «Ne te mets pas en colère», «Arrêtez de vous disputer». Personne ne m'expliquait comment m'y prendre pour apaiser ces émotions. Ce n'est pas à l'école que j'apprenais à avoir confiance en moi, à communiquer sur un mode pacifique, à négocier tant avec les enfants qu'avec les adultes; en un mot, à me connaître, à découvrir l'autre et à être. Pourtant, Dieu sait si ce programme m'aurait réjoui! Comme des millions d'enfants, j'ai reçu, à travers mes parents et ma scolarité, une éducation qui reposait sur des principes:

Premier principe: éduquer, c'est transmettre à l'enfant un programme, des règles ou des valeurs socialement adoptées par un grand nombre. L'enfant n'est pas là pour discuter du bien-fondé de ce programme ni pour communiquer ses règles à lui, mais pour assimiler celles des adultes.

Deuxième principe: la transmission s'effectue selon une relation verticale. L'adulte ne considère pas l'enfant comme son égal; il est là pour transmettre à l'enfant, et non l'inverse. L'adulte est «celui qui sait»; l'enfant, «celui qui apprend». Ce principe sous-entend qu'il y a une position haute, qui transmet, à une position basse, qui reçoit.

Troisième principe: la soumission à l'autorité est reconnue comme une finalité de l'éducation. On dira d'un enfant qui obtempère aux injonctions de ses parents, comme on dira d'un élève qui donne à l'enseignant les «bonnes réponses», qu'il est «bien éduqué».

Quatrième principe: l'éducation fonctionne principalement sur le mode de la comparaison. On ne demande pas à l'enfant d'être en lien avec le meilleur de lui-même, on l'évalue en référence aux autres enfants de son âge, de sa classe, de sa génération, de façon qu'il trouve sa place au sein du collectif. Ainsi l'adulte compare-t-il:

- l'enfant avec les autres enfants: ses frères et sœurs, la note moyenne de ses camarades de classe, le référentiel des enfants de son âge;

- le comportement de l'enfant avec le souvenir, souvent déformé, du comportement de l'enfant qu'il a lui-même été : « À ton âge, j'étais bien plus poli ! » ;
- le comportement de l'enfant tel qu'il est avec celui qu'il aimerait lui voir adopter : « Tu pourrais tout de même faire un effort pour être différent », « Tu ne devrais pas être si sensible ».

Cinquième principe : pour atteindre son « but » l'éducateur dispose d'un arsenal de punitions, de récompenses et d'autres moyens qu'il peut utiliser à sa guise en fonction de sa personnalité, de sa sévérité et de son seuil de tolérance.

Sixième principe : c'est l'adulte qui définit les besoins de l'enfant. Si l'enfant ne veut pas aller dormir, ne veut pas manger ou ne veut pas apprendre, l'adulte va persuader l'enfant que c'est bon pour lui : « Va te coucher, sinon tu vas être fatigué. »

Toutefois, chaque adulte étant différent, l'intensité avec laquelle il appliquera ces six principes variera en fonction de :

- la proximité de l'adulte avec l'enfant : quelle autorité a-t-il sur lui ? Est-il parent ? enseignant ? Ou ne le garde-t-il que quelques heures par semaine ?
- ses propres principes d'éducation : l'adulte s'autorise-t-il à punir l'enfant, à le gifler ? Va-t-il le récompenser ? Ou privilégie-t-il un lien différent avec l'enfant pour l'aider à acquérir estime et confiance en lui ?
- son seuil de tolérance : la notion de volume sonore, ou de rangement, par exemple, est très relative ;
- sa propre nature : l'adulte est-il très exigeant, sévère ou, au contraire, convivial, permissif ?

Ce type d'éducation, qui s'appuie sur une transmission verticale pour obtenir l'obéissance de l'enfant, sert de référence aux familles depuis des siècles. Il est très ancré dans les comportements. Quoi qu'on en dise, l'enfant n'est pas, dans la société, l'égal de l'adulte. Il souffre de devoir s'adapter en permanence à un monde qui lui est hostile.

LE RYTHME DE L'ENFANT

Lorsque, dans le troupeau, une mère éléphant met bas, c'est tout le groupe des éléphants qui ralentit sa marche pour s'adapter au rythme de l'éléphanteau. La puissance du groupe des pachydermes repose sur l'accueil du plus faible. Pour maintenir l'équilibre du groupe, tous les éléphants modèrent leur allure et placent les éléphanteaux au centre du troupeau. Il en est de même chez les sangliers qui courent toujours en file indienne. Dans cette société matriarcale par excellence, ce sont les mères qui ouvrent la route; les marcassins sont au centre et les mâles à la queue; le plus puissant des mâles court généralement en dernier.

Notre intelligence est notre faculté de nous adapter à l'autre, disait Einstein. L'intelligence d'une société se repère à sa faculté d'intégrer les enfants dans la vie quotidienne. Dans notre société, le rythme de l'enfant est rarement pris en compte. « Va plus vite ! », « Dépêche-toi ! », « Arrête de traîner ! » répète-t-on à l'enfant toute la journée. « Ne fais pas tant de bruit, ne ris pas si fort », sa joie n'est pas mieux accueillie. « Attention, c'est fragile ! », « Touche avec les yeux », « Garde tes mains dans tes poches », sermonnent en chœur les parents dès qu'ils poussent la porte d'un magasin. Le mobilier n'est pas adapté à sa morphologie, les meubles sont souvent trop hauts, et l'enfant a du mal à s'autonomiser lorsqu'il ne peut attraper de lui-même ses vêtements, les biscuits ou la vaisselle. Les hauteurs sont trop souvent pensées à partir des adultes. Dans bien des maisons, pour cette raison, les enfants ont du mal à se sentir chez eux.

Par ailleurs, les espaces pouvant accueillir ses émotions sont peu nombreux. Les cris, les pleurs permettent à l'enfant d'apaiser ses tensions, ils sont utiles. Pourtant, rares sont les endroits où il peut les exprimer en étant reçu avec bienveillance. L'émotivité de l'enfant n'a pas sa place dans le monde des adultes ni à la maison, encore moins à l'école ou dans les lieux publics. Un grand nombre de frustrations lui sont imposées parce qu'il n'est « qu'un » enfant. Parce qu'il n'est qu'un enfant, ses besoins sont souvent évincés. Je suis frappé, par exemple, de voir que, dans la majorité des restaurants, les cartes proposent une grande variété d'entrées, de poissons, de viandes et d'accompagnements pour les adultes, mais ne réservent que deux lignes appelées « Menu enfant » aux moins de 12 ans. Ce menu est généralement constitué de poulet-frites et d'une boule de glace à la vanille ! Quelle pauvreté ! Au restaurant encore, au moment de la commande, on accepte facilement qu'un adulte indécis questionne le serveur. Vis-à-vis de l'enfant qui hésite, combien de fois voit-on le père conclure brusquement : « Dépêche-toi de choisir, le serveur attend ! » On accepte plus facilement d'un adulte qu'il fasse attendre un enfant que l'inverse.

Dans une maison, on donnera facilement la chambre la moins confortable à un enfant. Dans le quotidien, on considère que les retards de l'adulte sont plus justifiés que ceux d'un enfant.

Dernièrement, je me trouvais dans un centre d'accueil périscolaire. Il était 19 heures. Tous les enfants avaient quitté les lieux, à l'exception de Tristan qui attendait son père paisiblement. Il terminait une longue partie de dominos avec l'animateur du centre. Son père arriva, essoufflé. « *Dépêche-toi, mets ton manteau, il est tard, on y va.* » Il restait trois dominos à l'enfant pour terminer sa partie. Partagé entre casser une partie en cours et obéir à son père, Tristan n'eut pas le temps d'hésiter longtemps ; déjà, le père le rappelait à l'ordre : « *Dépêche-toi, je te dis, il est tard !* » Dans sa formulation, il était clair que le père reprochait à l'enfant de prendre son temps alors que c'est lui qui était à l'origine du retard. L'enfant aurait eu besoin qu'il le reconnaisse. De plus, le changement d'ambiance que proposait le père était brusque et ne tenait pas compte de l'énergie de l'enfant.

Puisque lui aussi attendait son père depuis près de trois heures, il aurait aimé que celui-ci le considère, lui demande si l'attente n'avait pas été trop longue, lui accorde, par exemple, le temps de finir sa partie en s'intéressant ne serait-ce que quelques minutes à sa journée, ou en prenant contact avec ce lieu où il passait tous les jours plusieurs heures. Mais aux yeux d'un adulte, une partie de dominos vaut généralement moins cher que des dossiers à terminer pour le bureau, surtout si la partie n'implique que des enfants !

Les exemples de situations dans lesquelles l'adulte passe avant l'enfant sont nombreux. La justification généralement donnée est que cela est normal parce que les affaires de l'adulte sont plus importantes. On ne cherche pas à explorer davantage la légitimité de cette norme. Dans les magasins, je vois souvent les vendeurs s'adresser aux parents pour savoir ce qu'aiment leurs enfants, même lorsque ces derniers ont huit ans et sont présents ! La tolérance est également moindre vis-à-vis d'un enfant. Un enfant qui, dans un geste maladroit, renverse son jus d'orange sur son pantalon risque fort d'être réprimandé par un commentaire cinglant : « Tu peux pas faire attention, non ! » Si c'est un adulte qui renverse un verre sur une nappe, l'hôte se précipitera pour chercher une éponge en minimisant l'événement : « Ne vous inquiétez pas, le jus de raisin ne tache presque pas ; de plus, cette nappe est ancienne, je n'y tiens pas. » Pourquoi des attentions si différentes pour l'adulte et l'enfant ? Si l'adulte, invité à un dîner, ne termine pas son assiette, la maîtresse de maison sera peut-être gênée : « Vous n'aimez pas ? Vous préférez que je vous prépare autre chose ? » À l'enfant, dans beaucoup de cas, on imposera : « Tu ne quittes pas la table tant que tu n'as pas fini ton assiette », cela pour ne pas offenser la maîtresse de maison. À la fin de la soirée, c'est généralement l'adulte qui signale le départ, même si l'enfant est occupé. En revanche, l'enfant qui interromprait une conversation entre adultes se verrait houspiller : « Ne nous coupe pas, tu vois bien qu'on parle ! » Les exemples de la vie quotidienne sont nombreux : on accepte de la part des adultes ce que l'on n'accepte pas de la part des enfants. Lorsqu'il pleure parce qu'il est en souffrance, on dira d'un enfant qu'il fait un caprice. Le dirait-on d'un adulte ? Dans l'éducation des enfants, les humiliations, vexations et petites phrases assassines font souvent partie du quotidien. Enfin, dans beaucoup de cas, on considérera comme normal qu'un adulte donne une fessée, une claque à un enfant, ou lui tire l'oreille. Le supporterait-on entre deux adultes ou entre deux enfants ? Heureusement, aujourd'hui, les punitions et sévices imposés aux enfants disparaissent de plus en plus dans les familles. Mais ils appartiennent à un passé encore récent. Pour mémoire, rappelons que ce n'est que depuis 1957 que la Suède a aboli l'article du Code pénal excusant les sévices corporels infligés aux enfants. Le Canada et la France, pays des droits de l'homme, n'ont à ce jour pas encore aboli les articles de leur Code pénal concernant ce sujet.

L'adulte bénéficie d'une position de supériorité. Il a davantage de force physique, il connaît mieux le fonctionnement de la maison, de la société. Il a une plus grande autonomie – autonomie financière : il peut acheter ce qui lui fait plaisir ; autonomie de mouvement : il peut se déplacer partout en ville. Sans qu'il ne fasse rien, l'adulte est un symbole de puissance et d'autorité pour l'enfant. C'est pourquoi il n'est pas nécessaire que l'adulte rajoute de la dureté à la position verticale qui existe déjà de fait. Puisque l'enfant ne peut se hisser à la hauteur de l'adulte, l'adulte ne pourrait-il apprendre davantage à s'adapter à l'enfant ? Se mettre à sa hauteur, s'ouvrir à son monde, à son rythme, à ses sentiments, à son fonctionnement et à ses émotions ? L'adulte sera peut-être craint, mais jamais respecté par l'enfant du seul fait qu'il est plus grand. Il sera respecté par l'enfant s'il ralentit son rythme pour communiquer avec lui, s'il se met à sa portée.

CHAPITRE 9
SÉVÉRITÉ ET LAXISME

L'autorité contraint à l'obéissance, mais la raison y persuade.
CARDINAL DE RICHELIEU, *Maximes d'État*

Certains croient qu'une éducation sévère, qui s'appuie essentiellement sur la punition et la récompense, engendre des enfants bien élevés, alors qu'une éducation permissive génère des enfants anarchistes et sans limites. La réalité est plus subtile.

LES FEUILLES D'AUTOMNE

Un bel après-midi d'octobre, nous traversions, ma compagne et moi, un parc bordé d'arbres. Le soleil faisait briller le tapis de feuilles de chênes et de marronniers tombées au sol. J'adore la couleur des feuilles d'automne. Elle se décline le long d'une gamme allant du jaune pâle au rouge vif, en passant par un éventail mordoré d'ambres et d'ocres bruns. C'était un vrai plaisir de marcher sur cet épais tapis par ce beau soleil et ce froid vif. À une centaine de mètres, un enfant de quatre ans jouait au milieu des feuilles. À la différence des adultes, les enfants n'hésitent pas à célébrer leur joie en public. Ils se laissent aller à leur élan, les rires et les cris fusent, ils courent, se souciant assez peu de ce que des inconnus pourraient dire ou penser d'eux. Cet enfant jouait avec les feuilles, les attrapait à pleines brassées et leur offrait un second envol. Les feuilles virevoltaient dans l'air au milieu de ses rires émerveillés. Ce petit joueur, d'un mètre à peine, avait des feuilles jusqu'aux genoux, ce qui l'amusait beaucoup. C'est alors que sa mère entra en scène. L'intervention fut soudaine. Elle attrapa l'enfant par un bras, le souleva du sol, le reposa et l'invectiva : il était en train de tout se salir et d'abîmer ses chaussures neuves, elle en avait assez qu'il fasse « *n'importe quoi* ». Elle lui interdit, d'une part, de courir, d'autre part, de rester dans les feuilles qui, en plus, étaient mouillées. Elle lui demanda de marcher sagement dans l'allée dégagée qui était là pour ça.

Cette intervention fut si violente que je restai interdit à quelques mètres de ce couple mère-fils. Je ressentais, à distance, tant la colère et l'impuissance de cette mère que la blessure de l'enfant tétanisé qui ne pouvait comprendre que son comportement joyeux déclenche une telle violence chez sa maman.

Des nombreux passants qui se promenaient dans le parc, aucun ne réagit. Ce type de rapports, en tout cas en France, est « intégré dans le décor ». Une mère de famille qui malmène un peu, voire qui gifle, un enfant sera peut-être dévisagée par ses voisins, mais rarement inquiétée. Comment expliquer qu'un geste considéré comme une « voie de fait » et puni par la loi lorsqu'il s'adresse à un adulte soit toléré vis-à-vis d'un enfant ? Comment concevoir qu'une telle violence relationnelle puisse aider l'enfant à se construire ?

LA PEUR COMME MOTEUR

Lucien, un ancien de 85 ans, me raconte que de son temps « *ça ne plaisantait pas avec l'autorité* ». Ses rotules se souviennent encore des châtiments subis au pensionnat. Les genoux en équilibre sur la fameuse règle en fer, il devait maintenir la position en croisant les bras au-dessus de la tête. Le moindre mouvement observé par le surveillant en blouse grise, posté au fond du réfectoire, prolongeait sa pénitence d'une heure. Lorsqu'il rentrait chez lui le vendredi, il racontait à ses parents ses blessures de sa semaine. Chaque punition était doublée par le père. « *S'ils t'ont puni, c'est que tu le méritais !* » renchérissait ce dernier. À la maison, c'est le martinet qui était utilisé. Un martinet suspendu dans la cuisine pour rappeler à l'enfant que les parents sont garants de l'autorité. Les lanières de cuir claquaient sur les fesses endolories. « *Ça ne donnait pas envie de recommencer,* me confie Lucien, *même si, parfois, je ne pouvais pas m'en empêcher !* »

L'éducation reposait sur cet équilibre entre les punitions corporelles, les lignes d'écriture à recopier, les humiliations et les récompenses. À l'école, dix bons points donnaient droit à une image, et dix images à un « Certificat de satisfaction ». Dans cette pédagogie binaire (punition-récompense), il n'était pas question de s'attarder sur les effets secondaires subis par les enfants. Parents et enseignants s'efforçaient essentiellement de faire plier l'enfant rebelle. Un enfant bien élevé était un enfant soumis à l'autorité, un point c'est tout. Le simple fait d'être parent donnait tous les droits à celui qui éduquait ses enfants.

UN VENT DE CONSCIENCE NOUVELLE

Depuis, de nombreuses découvertes nous ont éclairés sur la construction de la personnalité : « Attention à ne pas perturber l'enfant ! Tout se joue dans les premières années », entend-on dire aujourd'hui. Au début du siècle, les théories de Freud bouleversent les croyances. Nous découvrons que nos comportements du présent sont des redites inspirées par les schémas émotionnels de l'enfance ! L'arrivée de la psychanalyse soulève le voile de l'inconscient et nous aide à comprendre le comportement de l'enfant. Plus tard, l'étude de cas cliniques affine les premières observations. Françoise Dolto aide les parents à décrypter les besoins de l'enfant dès ses premiers jours. À l'école, comme à la maison, un sens nouveau de la pédagogie voit le jour avec Maria Montessori, Rudolf Steiner, Célestin Freinet. Adieu règle en fer et bonnet d'âne, les pédagogues portent un nouveau regard sur l'apprentissage des matières en recourant à une pédagogie alternative fondée sur la parole et l'échange. Autres bouleversements à l'école : les instituteurs de nos grands-parents enseignaient la pédagogie du premier type ; le maître, derrière son pupitre, transmettait un programme à des rangées d'élèves silencieux et soumis. L'école du deuxième type voit le jour avec les méthodes dites actives : le maître motive ses élèves, les encourage à participer. Il cherche par tous les moyens à rattacher son enseignement à la réalité. Dans son livre *La Pédagogie de la mouche*, Bernard Collot expose les fondements de l'école du troisième type, ou l'école de demain, dans laquelle ce sont les enfants saisis dans leur environnement réel qui entraînent le processus d'apprentissage ; ce n'est plus l'enseignant qui déclenche ce processus. Le programme est établi de concert par tous les protagonistes. Dans les écoles expérimentales, les résultats sont convaincants, même auprès d'un public difficile : dès lors qu'ils sont entendus, impliqués, concernés, respectés, les enfants sont heureux d'apprendre et posent nettement moins de problèmes de discipline.

ÉCOUTER L'ENFANT

Au début des années 1980, à la télévision française, c'est la révélation : *Le bébé est une personne*, découvre-t-on dans l'excellent documentaire de Bernard Martino. Ainsi, il ne serait pas un simple tube digestif ! Il ressent et exprime des émotions dans le ventre de sa mère ! Prise de conscience soudaine et brutale. Les parents se mettent à écouter leurs enfants, à s'interroger, et se sentent coupables. Ce changement de paradigme a lieu partout dans le monde. Aux États-Unis, Carl Rogers propose une nouvelle éducation qui s'appuie sur l'écoute active et le *feed-back*. Cette approche révolutionnaire est d'une simplicité déconcertante ; elle peut se résumer comme suit : un enfant qui pose des problèmes est un enfant qui souffre de n'être pas entendu ; et si, nous, parents, nous prenions le temps d'écouter vraiment nos enfants ? Plus tard, Marshall Rosenberg élabore une nouvelle méthode de communication, la Communication Non Violente (CNV). De nombreux groupes de parents se multiplient, échangent leurs expériences. Au début des années 2000, les résultats sont si probants pour ceux qui prennent le temps d'étudier et d'appliquer ces méthodes que celles-ci se répandent partout dans le monde en quelques années. La Communication Non Violente repose sur une partition simple : identifier nos besoins et écouter ceux de l'enfant, accueillir nos émotions respectives, apprendre à formuler des demandes. Plus récemment, Isabelle Filliozat nous amène au cœur des émotions de l'enfant, Aletha Solter encourage une pédagogie sans punition ni récompense, Jacques Salomé encourage à quitter la planète *Taire*.

Quelles que soient ces approches, toutes ont en commun de s'appuyer sur *une écoute réelle des besoins de l'enfant*. Chacune à sa façon, ces méthodes remettent en question les six points de la pédagogie verticale. Elles encouragent à établir l'autorité autrement que par une verticalité rigide et aveugle. Elles remettent en question le système punition-récompense comme seul moyen pédagogique efficace. Toutes les méthodes partent du même principe : un enfant dont les besoins sont satisfaits est heureux et n'a aucune raison de poser des problèmes à son entourage ! Le rôle des parents est donc d'apprendre à décrypter les réels besoins de l'enfant.

Cette nouvelle approche pédagogique correspond à un mouvement plus large qui s'étend aux adultes. Aujourd'hui, nous recherchons avant tout une meilleure qualité de vie, un rapport à soi plus profond. C'est l'avènement du *développement personnel*. L'autorité qui fonctionne sur le seul chemin vertical crée des effets indésirables dont nous commençons seulement à prendre conscience.

Dans le monde des adultes, le nouveau concept d'*humanitude* voit le jour en milieu gériatrique, redonnant à la relation soignants-soignés toute la dimension humaine qu'elle avait perdue en quelques décennies ; les soignants, à l'initiative de cette méthode, réalisent que les personnes âgées ont trop été infantilisées. On réapprend à regarder le patient dans les yeux, à l'appeler par son nom, à créer du lien. Dans le monde du travail, l'entreprise elle-même, grande figure de l'autorité patriarcale, se met au diapason. Elle prend conscience des limites d'un *management* vertical qui repose sur les seules primes et sanctions. Après l'ère de l'autorité verticale et du combat, puis celle de la stimulation par le résultat et les défis, l'ère du jeu et du plaisir s'impose dans les années 1990 comme nouveau modèle de management. L'entreprise a compris que le bien-être des salariés est nécessaire pour éviter les départs, la mauvaise ambiance, les échecs. Les services de ressources humaines s'ouvrent au développement personnel, multiplient les stages sur le comportement, la communication, la gestion du stress. Le confort du salarié est pris en compte par l'autorité. Après l'ère du patriarcat, l'ère du dépassement de soi, l'ère du jeu, le *management* de demain aborde une nouvelle ère : l'ère du sens. Donner davantage de sens à son mode de gestion et associer chaque partenaire à une démarche plus responsable, citoyenne, écologique. C'est en donnant du sens à leur fonction et non en les infantilisant que les dirigeants stimuleront leurs collaborateurs. C'est également en faisant appel au sens de la responsabilité des enfants que les parents intéresseront ceux-ci à la vie quotidienne.

NOUVELLES FAMILLES

Parallèlement, dans notre société, la structure familiale connaît de grands bouleversements. Le paysage des familles de ce siècle se recompose[4]. En 2009, un mariage sur trois s'est terminé par un divorce, un sur deux à Paris, trois sur quatre en Belgique. Au Québec, le taux de divorce, au bout de cinq ans de mariage, est passé de quatre pour mille en 1965, à cent onze pour mille en 2001 ! C'en est fini de l'éducation reposant sur le traditionnel couple homme-femme. En France, en 2005, 1,76 million de familles étaient monoparentales ; dans 85 % des cas, il s'agit d'une mère et de ses enfants. Le nombre de familles monoparentales ne cesse de croître depuis 40 ans. Elles sont aujourd'hui 2,5 fois plus nombreuses qu'en 1968. En 2005, toujours en France, 17,7 % des enfants de moins de 25 ans vivaient dans une famille monoparentale. Ces familles forment en moyenne 14 % des familles en Europe, 23 % en Angleterre, 20 % au Canada, et 25 % aux États-Unis. Une famille sur quatre élève ses enfants dans une structure monoparentale. Le nombre de familles monoparentales est en augmentation constante : plus de 58 % de 1983 à 1996.

Les structures familiales se remodèlent, les familles se séparent puis se recomposent. De nouveaux personnages s'imposent comme figures de l'autorité : le beau-père, la belle-mère, les « ex », les compagnons de passage. De nouveaux noyaux familiaux voient le jour : PACS, couples homosexuels adoptant des enfants, familles mixtes recomposées, couples séparés dont les enfants ne vivent pas ensemble, parents séparés vivant avec plusieurs partenaires. Les schémas d'hier étaient basiques : la mère s'occupait des enfants, le père pourvoyait aux besoins de la famille et intervenait pour faire respecter la discipline. Mais aujourd'hui, tous ces repères ont explosé. Qui fait quoi ? Dans une famille recomposée, qui est le chef de famille, le garant de l'autorité ? La famille a de nouveaux contours. Nous ne pouvons plus nous appuyer sur une référence passéiste de la structure familiale, il nous faut réinventer la pédagogie, l'autorité, l'éducation, sur des bases tenant compte de la nouvelle morphologie de la famille, non pas celle d'hier, mais celle d'aujourd'hui. Il nous faut nous rendre à l'évidence : notre vieux monde agonise, c'est un nouveau monde qui se prépare à voir le jour. Or, on ne peut construire un nouveau monde sur les plans et les fondations du passé.

DE LA DOUCEUR DANS UN MONDE VIOLENT

Paradoxalement, alors que la famille recherche de nouvelles formes de relations, la société vit de grands bouleversements, tant au niveau des villes en général que de l'école en particulier. Des phénomènes de violence déstructurent le rapport à l'autorité tel que nous le connaissions. Dans de nombreuses cités, de nouvelles formes de violences entre jeunes et adultes voient le jour. Des instituteurs se font menacer au *cutter* dans les collèges par des enfants de 13 ans. Ces phénomènes se généralisent. De nombreux enseignants dépriment, se découragent. Dans plusieurs cités défavorisées, des parents, accablés par une vie de ruptures, démissionnent et laissent les enfants errer dans les cages d'escalier. Contrôles de police, affrontements. En France, la crise des banlieues fait la une des journaux pendant tout le printemps 2005. L'autorité ne parvient plus à rétablir la paix. Le rapport de force entre les générations est engagé. Pendant plusieurs semaines, des voitures sont brûlées tous les soirs. «Que font ces jeunes dans les rues?», «Où sont les parents?», «Que fait la police?», le message inconscient est clair: il faut rétablir le calme. Attentifs aux événements, les Français se passionnent pour ce rapport de force entre les adolescents et le pouvoir: «Qui va se soumettre?» se demande le public. «Nous voulons le dialogue! Moins d'autorité, moins de répression!» martèlent les jeunes. «Nous ne céderons pas au chantage», répond le gouvernement. L'inconscient collectif appelle un apaisement. Dans ce conflit binaire, l'un doit céder! Cela ne peut plus durer. Les parents font le parallèle entre cette crise sociale et l'éducation de leurs propres enfants. «Comment va réagir le gouvernement?» se demandent-ils, «Jusqu'où iront les uns et les autres? Face à une rébellion sans limite, la répression est-elle encore efficace?» Les questions se multiplient, la pression monte. On prend la défense d'un camp ou de l'autre. Dans les familles, dans les lycées, au café, chacun discute, tente de comprendre les points de vue, d'imaginer une issue possible à cette crise. Les adultes s'interrogent: «Comment réagir face à la violence des jeunes?» Le macrocosme reflète le microcosme, ils reprennent cette question à leur compte: «Comment moi-même je réagis à la violence de mes propres enfants? Ne suis-je pas trop permissif?» Une association simpliste s'effectue dans les esprits: «Puisque les enfants n'ont plus de limites, il faut revenir à une pédagogie plus autoritaire.» Les parents, souvent à court de repères et manquant de confiance en eux, se persuadent naïvement que, si leur enfant ne les respecte plus, il leur suffira de durcir le ton pour rétablir l'autorité. Beaucoup de parents, aujourd'hui, se réfugient derrière une nostalgie de l'autorité: «L'école d'autrefois utilisait la règle en fer, personne n'en est mort!» dit l'un. «Nos grands-parents ne se posaient pas tant de questions! Ils ne s'intéressaient pas à la psychologie, pourtant, leurs enfants leur obéissaient au doigt et à l'œil», renchérit l'autre. «On a écouté l'enfant, voyez le résultat! Une génération d'enfants-rois, sans aucune valeur!» conclut un troisième.

En France, cette nostalgie d'une éducation plus sévère amène certains pédagogues à encourager le recours à la manière forte. Plus grave, certains spécialistes prônent le retour aux punitions et aux châtiments corporels afin de rétablir l'autorité dans les familles. Dans son livre écrit avec Edwige Antier, *Faut-il être plus sévère avec nos enfants ?*, le docteur Aldo Naouri n'hésite pas à encourager l'exercice de l'autorité sans état d'âme : « *Élevez l'enfant en fasciste, vous en ferez un démocrate. Élevez-le en démocrate, vous en ferez un fasciste*[5] », nous dit-il. Le fait que son dernier livre se soit vendu à 100 000 exemplaires montre à quel point les parents se sentent perdus face à la question de l'autorité et a de quoi inquiéter.

SORTIR D'UNE VISION MANICHÉENNE

Pourtant, on ne peut opposer une autorité sévère et intransigeante donnant de bons résultats à un laxisme encourageant une génération d'enfants sans limites. Cette vision est totalement manichéenne. La réalité est beaucoup plus nuancée et complexe.

Parmi les parents qui se sont appuyés sur une éducation sévère, certains ont « obtenu » des enfants épanouis et heureux, mais d'autres ne sont pas parvenus à ce résultat. Pire, plus ils punissaient et réprimaient, plus l'enfant devenait violent. Cette course à la violence est sans issue. Une fois qu'ils ont usé, en vain, tout leur arsenal d'interdictions, de menaces, de sanctions, que reste-t-il aux parents pour asseoir leur autorité ? Les hélicoptères, les forces d'élite de la police ont-elles réussi à apaiser le cri d'alerte des adolescents révoltés dans les banlieues ? Ou ont-ils, au contraire, été les responsables de son durcissement ? Certains enfants deviennent de plus en plus violents au fur et à mesure que les punitions et les sanctions s'accentuent, car braver une sanction, c'est encore une façon d'exister, surtout pour un enfant que ses parents n'écoutent pas. Mieux, braver une sanction, désobéir, c'est, pour l'enfant qui n'est pas reconnu par ses parents, une occasion de faire la fierté de ses copains, d'appartenir à la bande. C'est bien souvent parce qu'il a envie d'être reconnu que l'enfant se rebelle, s'oppose, se marginalise. La punition fait moins mal que l'indifférence. De plus, dans un conflit, un enfant qui n'a plus rien à gagner n'a généralement plus rien à perdre non plus.

Dans d'autres cas, les parents n'ont posé aucune limite, ils ont démissionné. Pensant faire preuve de souplesse, ils affichent un laxisme qui n'apaise pas l'enfant. L'enfant de parents démissionnaires ne se sent pas davantage entendu, même s'il n'est pas puni. Des parents autoritaires ont éduqué des enfants révoltés et malheureux ; des parents tolérants et à l'écoute ont donné naissance à des enfants épanouis, sereins et sachant très bien quelles étaient leurs limites. Preuve encore que l'éducation ne peut être partagée de façon si manichéenne en deux grandes familles. À une même fratrie, les parents ont apporté la même éducation, soit autoritaire, soit très permissive, et pourtant certains enfants se rebellent et d'autres obéissent. On ne peut donc simplifier un sujet aussi complexe que celui de l'éducation et des relations en se contentant d'opposer deux camps : la manière douce et la manière dure. Cette vision dualiste manque de discernement et entretient les jugements des uns sur les autres. Il ne suffit pas de dire qu'il faut revenir à une autorité plus ferme pour obtenir des enfants épanouis et disciplinés. D'autres paramètres entrent en ligne de compte qu'il est important d'étudier. Aucune des pédagogies alternatives que j'ai évoquées n'encourage le laxisme ou la démission des parents. Au contraire.

D'un côté, les détracteurs des approches non violentes n'ont souvent pas pris le soin d'étudier ces méthodes telles qu'elles sont enseignées, de suivre les formations adéquates auprès de professionnels. Ils se contentent de critiquer les parents qui dialoguent trop avec leurs enfants en leur reprochant de générer des enfants-rois. De l'autre, des parents utilisent l'alibi d'une pédagogie douce pour démissionner de la relation à leurs enfants. Ils n'osent plus taper du poing sur la table de peur de choquer l'enfant. Cette démission des parents est tout aussi violente qu'une surveillance intensive. Ainsi, les « trop sévères » sont-ils opposés aux laxistes. Cherchons plutôt en quoi le parent peut naviguer à partir de ces différents points de vue.

LA VOIE DU MILIEU

Cette différence de points de vue peut exister au sein d'un même couple. Le père reprochera à la mère d'être trop laxiste, de trop laisser passer. La mère reprochera au père d'être trop autoritaire, trop cassant, trop dur. Parfois, c'est l'inverse. Dans ce rapport dualiste, plus l'un des partenaires est extrémiste, plus il contribue à ce que l'autre parent, lui aussi, adopte des positions extrêmes, comme pour équilibrer la relation. C'est le principe du balancier d'une pendule: plus l'élan du balancier vers la droite est fort, plus fort sera son retour vers la gauche. C'est un principe physique. Il en est de même pour l'autorité: plus on impose une autorité par la force, plus on induit une révolte qui explosera à un moment ou à un autre.

Dans une famille, il n'est pas rare que, lorsque le père est très autoritaire, la mère, derrière, veuille exagérément consoler, adoucir. Le père prive l'enfant de dessert, et la mère conserve amoureusement une part de gâteau qu'elle montera discrètement dans la chambre de l'enfant un peu plus tard.

Lorsque le mari et la femme ne sont pas en accord, d'autres enjeux, qui ne concernent pas les enfants, perturbent aussi l'éducation. Si le mari en veut à la femme pour des problèmes liés à la sexualité de leur couple, s'il lui reproche, par exemple, de n'être pas assez disponible, il cherchera à le lui faire payer par l'entremise des enfants. Il se montrera dur avec les enfants, car il sait qu'ainsi il touche sa femme. Dans l'autre sens, si un conjoint trouve l'autre trop dur ou, au contraire, trop laxiste, il le lui fera sentir jusque sous la couette par une absence de tendresse. L'enfant devient une monnaie d'échange entre deux parents qui n'arrivent plus à communiquer entre eux, plus à s'aimer. Dans ces couples, l'homme et la femme se disputent régulièrement quant au niveau d'autorité qu'ils imposent à leurs enfants. Sans se l'avouer, chacun cherche à soumettre l'autre à son propre point de vue: «Ton fils n'a pas de limite, dit le père à la mère, c'est pour ça que je le punis, il a besoin de plus de fermeté. Et toi, tu lui laisses tout passer. Comment veux-tu qu'il s'y retrouve ? Tu pourrais au moins me soutenir, au lieu de rester là à prendre sa défense » ; à quoi la mère répond : « Ton fils n'est visiblement pas heureux, il a besoin d'affection et tu ne fais que le gronder, ce n'est pas ce qu'il attend. » L'autorité devient un enjeu au sein du couple. Ce genre de manipulation est hélas un classique. Dans cette rivalité, mari et femme dansent leur autorité sur un pas de deux.

L'ÉQUILIBRE ENTRE SOUPLESSE ET AUTORITÉ

Il me tient à cœur de préciser les points suivants :

- la souplesse n'est pas du laxisme ;
- l'écoute des besoins de l'autre n'est pas l'acceptation systématique de ses demandes ;
- l'exigence n'est pas de la dureté ;
- la tolérance n'est pas de l'abandon ;
- la précision n'est pas du harcèlement ;
- la communication bienveillante n'est pas du bavardage.

Les deux approches mentionnées, la méthode douce et la méthode ferme, plutôt que de s'opposer, gagneraient à cohabiter. L'enfant a besoin de sentir que ses parents sont ancrés et cohérents. Il est rassuré lorsque ceux-ci savent être précis en définissant leurs limites à eux, et non ses limites à lui. Dans le même temps, l'enfant a besoin d'établir un contact privilégié et intime avec les deux parents qui sont les êtres à qui il tient, au départ, le plus au monde. Il a besoin d'être entendu pour ce qu'il est, d'être reconnu, comme un être humain à part entière. C'est l'harmonie entre la sécurité d'une relation verticale et la complicité d'une relation horizontale qui donne à la nouvelle parentalité toute sa dimension. Il est possible d'établir les bases d'une autorité naturelle à partir des éléments suivants :

- **la qualité du contact humain** entre l'enfant et l'adulte ; ce contact repose avant tout sur une relation d'amour entre deux êtres, non sur une relation hiérarchique liée au rôle de chacun; la qualité de ce contact humain passe notamment par le fait d'établir un regard à la hauteur de l'enfant, de prendre le temps d'écouter ses retours lorsqu'on s'adresse à lui;

- **l'accueil des émotions de l'enfant**, non pas dans un cadre de jugement, mais dans un cadre bienveillant d'écoute et de tolérance: aimer l'enfant, c'est respecter l'expression de ses émotions; s'il n'a pas le droit de taper son frère ou de casser sa chaise, en revanche, un enfant a le droit d'être en colère, d'être triste, d'être furieux; il a besoin de libérer ses surplus émotionnels dans un cadre sécurisé, sans pour autant abîmer du matériel ou blesser quiconque; il est important que l'enfant ne soit pas jugé parce qu'il a des émotions et les exprime;
- **un respect constant des besoins de chacun**, car, lorsque les besoins des enfants et des adultes sont satisfaits, la cohabitation est plus harmonieuse; c'est le rôle du parent d'identifier et d'exprimer quels sont ses propres besoins; il aidera également considérablement l'enfant s'il lui apprend à décrypter, à nommer et à faire respecter ses besoins à lui;
- **la définition des limites de chacun**: l'enfant n'a pas besoin que l'on détermine ses limites, il a besoin que ses parents définissent les leurs; le parent peut préciser ce à quoi il tient, non pas de façon répressive, mais de manière précise et bienveillante; de la même façon, les limites de l'enfant doivent être prises en considération; il est possible d'exprimer ses limites de manière ferme et bienveillante;
- **une parole mesurée de part et d'autre**: l'humiliation, les punitions et les vexations de toutes sortes créent des blessures à l'âme; le parent peut apprendre à imposer son autorité autrement qu'en usant de ces comportements nocifs;
- **la clarification du territoire de chacun**: les territoires de l'enfant et du parent doivent être précisés; cette clarification, qui ne doit léser ni les parents ni les enfants, concerne tant les pièces de la maison que les meubles et accessoires: à qui sont-ils? Il convient d'établir les règles d'utilisation;

- **une pédagogie visant à amener l'enfant au cœur de lui-même** et non à le comparer en permanence à d'autres ou à ce qu'il devrait être;
- **l'utilisation de critiques** non pas pour rabaisser l'enfant ou pour prendre le pouvoir sur lui, comme c'était bien trop souvent le cas dans la pédagogie ancienne, mais afin d'améliorer la relation;
- **l'apprentissage d'une communication** basée sur le respect, l'écoute et la compréhension de l'autre.

Cette attitude demande des efforts, et certains diront qu'elle n'est pas naturelle. Mais des efforts pour lesquels vous serez très largement récompensé. Lorsqu'ils se sentent entendus, respectés et écoutés, les adultes, comme les enfants, arrivent plus facilement à vivre ensemble.

CHAPITRE 10
LES VALEURS

Il faudrait essayer d'être heureux, ne serait-ce que pour donner l'exemple.
JACQUES PRÉVERT, *Spectacle*

En écrivant ce livre, j'ai demandé à une centaine de parents, au fil des stages que j'animais, leur définition de l'éducation. La réponse qui s'est imposée le plus souvent est: éduquer, c'est transmettre ses valeurs. Cette réponse soulève deux questions: en quoi est-ce si important pour l'adulte de communiquer ses valeurs? Et comment va-t-il s'y prendre pour transmettre des valeurs à des enfants qui n'en ont pas fait la demande et qui ne sont pas toujours prêts à les recevoir? Pour beaucoup de parents, cette transmission représente un acte important. Ils ne veulent pas garder pour eux les principes, théories et maximes qu'ils ont si durement acquis. L'héritage perd de sa valeur s'il n'est pas légué.

La transmission est un moyen de donner une continuité à ce que nous avons reçu. C'est une façon de s'inscrire dans la lignée de nos ascendants et d'y inscrire nos descendants. En transmettant, on se projette soi-même dans la vie de ses enfants. Inconsciemment, cette notion de continuité peut renforcer, chez les parents, le sentiment d'être utiles dans ce monde, d'y graver une empreinte indélébile. Transmettre, c'est devenir immortel!

Parmi les valeurs transmises, certaines ont trait au respect de l'environnement: «Il est important de ne pas polluer la planète»; à la morale: «Il ne faut pas mentir, voler, faire de mal.» D'autres sont liées au développement intellectuel: «C'est essentiel dans la vie de faire des études, car ce qui distingue l'homme, c'est sa culture»; au comportement: «Une fille qui se respecte ne couche pas le premier soir»; aux règles de vie: «La ponctualité est la politesse des rois.»

LA PLUS ÉTHIQUE DES VALEURS N'A DE PRIX QUE SI NOUS SAVONS LA TRANSMETTRE

Pour transmettre un principe, quelle que soit sa teneur morale, il est nécessaire que le parent se serve d'une qualité fondamentale : la congruence. Le parent qui n'est pas cohérent avec les valeurs qu'il transmet apparaîtra aux yeux de l'enfant comme un imposteur, un donneur de leçon. Certains parents imposent à leurs enfants de belles valeurs morales sans les incarner eux-mêmes. Ils prônent, par exemple, des principes liés à la nécessaire communication entre frères et sœurs, et pourtant ils n'écoutent pas eux-mêmes leurs propres enfants ou leur compagne ou compagnon ; ils imposent leurs points de vue de façon autoritaire. D'autres adultes prônent la générosité envers leur prochain et sont d'un égoïsme à toute épreuve avec leurs voisins. Les enfants sont attentifs à ces contradictions, rien ne leur échappe.

En revanche, certains parents parlent moins, ils ne s'encombrent pas de cette lourde tâche qui consiste à transmettre des valeurs. Ils vivent simplement, s'évertuent à être cohérents avec les principes qui les animent. Ils choisissent leurs valeurs uniquement parce qu'elles apportent à leur existence plus de douceur. À aucun moment ils ne chercheront à convaincre qui que ce soit. Et puis un jour, naturellement, leurs enfants intègrent à leur tour leurs valeurs et leurs comportements.

L'EXEMPLE N'EST PAS LA MEILLEURE FAÇON D'ÉDUQUER, C'EST LA SEULE !

Pour ma part, par exemple, le respect de la vie, quelle qu'elle soit, est un des fondements de mon équilibre. C'est plus fort que moi ! Tant que je ne suis pas en danger, je m'abstiens d'ôter la vie ; qu'il s'agisse d'une araignée, d'un moustique ou même d'un cloporte, qui ne me sont pas particulièrement sympathiques, je veille toujours à ne pas tuer un animal. Je ne mange plus de viande depuis des années, je préfère sortir une araignée de la maison en prenant garde de ne pas la blesser que de l'écraser, j'attrape les moustiques qui se posent sur moi pour les faire sortir par la fenêtre. Je fais de même lorsque je marche en forêt; je suis soucieux de ne pas écraser les jeunes pousses, d'établir un lien intime avec la vie sous toutes ses formes, animale, végétale, minérale. Je n'agis pas ainsi pour respecter des valeurs théoriques, ce n'est pas un principe; j'agis davantage guidé par une intuition vivante et profonde, un élan naturel, un rythme interne, car en enlevant la vie à d'autres ou en me montrant intrusif sur un territoire, j'ai la sensation d'atteindre un peu à ma propre vie. Par ailleurs, en incarnant cette attitude, j'acquiers un meilleur sens de l'observation, une plus grande sensibilité au monde vivant. Ces qualités me sont nécessaires dans mon métier et me font du bien!

Pour être cohérent, je fais preuve du même respect envers moi-même. J'évite les comportements qui nuisent à ma propre santé: je ne fume plus, ne bois plus d'alcool depuis des années, je suis attentif à mon alimentation, je fais du sport. J'ai beaucoup de plaisir à adopter ce type d'attitudes dans mon quotidien. Je ne cherche pas à persuader les autres du bien-fondé de mes valeurs, et je ne cherche pas non plus à les transmettre à quiconque. En revanche, j'ai remarqué que les enfants qui me côtoyaient avaient naturellement, au bout de quelque temps, les mêmes réflexes que moi.

« IMITEZ CE QUE JE FAIS, MAIS PAS CE QUE JE DIS »

Beaucoup de parents, lorsqu'ils sont pris en flagrant délit d'incohérence, en appellent à la devise: *Faites ce que je dis et non pas ce que je fais.* L'éducation, quand elle ne s'impose qu'en théorie, n'a aucune influence à long terme. Les enfants agissent en réaction. Le principal moteur de leur apprentissage est l'imitation: ils aiment imiter le comportement des adultes. Si vous avez vous-même une vie saine, si vous faites attention à votre santé et si vous ne cherchez pas à faire de prosélytisme, vos enfants voudront vous imiter, car ils verront que votre façon de vivre vous rend heureux ; et les enfants veulent être heureux ! De même, si vous vous adressez à vos enfants avec bienveillance, en les regardant dans les yeux, si, régulièrement, vous les écoutez attentivement quand ils vous parlent, il n'y a aucune raison pour qu'ils crient dans la maison et n'écoutent pas leurs amis. En revanche, si vous interdisez à vos enfants de jouer avec des jeux vidéo et que vous passez vous-même des heures captivé par votre écran de télévision ou de téléphone portable, vos enfants vont avoir du mal à vous prendre au sérieux. Répondre à cela : « Pour moi, c'est différent, je suis un adulte » ne fait que créer chez eux un sentiment d'injustice. Lorsque l'on veut leur imposer un point de vue d'une façon autoritaire, les enfants cherchent à adopter le point de vue inverse. C'est pour eux une façon de se sentir libres. En étant réactifs, ils maintiennent un semblant de communication avec vous.

LA TRANSMISSION GÉNÉRATIONNELLE

J'ai remarqué, en étudiant différentes généalogies, que certaines valeurs perdurent d'une génération à l'autre. J'ai également observé que, dans certaines familles, les valeurs d'une génération disparaissent à la génération des enfants pour revenir à celle des petits-enfants. J'explique cela de la façon suivante : pour Jean-François, les diplômes et la réussite professionnelle sont des valeurs importantes. Il consacre beaucoup d'énergie à surveiller les devoirs de son fils Arthur. Si elle n'est pas raisonnée, l'exigence du parent peut être vécue comme une pression par l'enfant. En réaction, Arthur se dit : « Mon père m'a empoisonné avec mes devoirs, j'aurais préféré plus de câlins ; quand je serai grand, je surveillerai moins les devoirs de mes enfants et je jouerai plus avec eux, je n'agirai pas comme lui. » Arthur, devenu adulte, adoptera une attitude plus souple envers ses propres enfants. Il ne sera pas toujours après eux pour vérifier si leurs devoirs sont bien faits et leur laissera beaucoup de liberté. Il se pourrait donc que les enfants d'Arthur souffrent d'un manque de suivi dans leur scolarité. Ils aimeraient voir leur père s'intéresser à leurs devoirs. L'enfant d'Arthur devenu adulte agira à son tour en opposition: «Mes parents ne se sont pas occupés de ma scolarité, ils n'étaient jamais là pour m'aider et me guider dans mes devoirs, je ne veux pas plus tard que mes enfants souffrent de ce désintérêt, je m'occuperai bien de leurs études.» Le fils d'Arthur sera ainsi très présent auprès de ses enfants, comme pour réparer les manques de sa propre enfance.

Si l'on suit les arbres généalogiques, il n'est pas rare d'observer qu'une génération de parents sur deux est très présente dans l'éducation scolaire de ses enfants. Ce décalage est souvent mis en lumière lorsque sont dessinées les constellations familiales. La constellation familiale est un outil thérapeutique et de développement personnel qui permet, en mettant en scène l'histoire de la personne, d'éclairer ses dysfonctionnements et ses processus répétitifs afin de l'aider, avec le recul, à mieux se réapproprier cette histoire.

J'ai observé ce phénomène dans d'autres sphères: les parents voyageaient beaucoup pour s'ouvrir à d'autres cultures. Les enfants ayant vécu ces déménagements comme des déracinements préféreront être sédentaires. Un autre exemple: les parents ont voulu imposer le respect de l'argent et de l'économie. Les enfants ont toujours vu leurs parents se priver et épargner; en grandissant, ils choisissent au contraire de profiter de la vie et deviennent très dépensiers. Les extrêmes engendrent d'autres extrêmes. À force de vouloir imposer une valeur, on transmet la valeur inverse. En matière d'éducation, comme dans bien des domaines, l'attitude juste se trouve dans la voie du milieu. Nous ne communiquons pas ce que nous disons, nous communiquons ce que nous sommes. Si vos enfants observent que la fidélité à une valeur vous rend heureux, ils voudront vous imiter. Il est difficile de transmettre une valeur si celle-ci ne vous rend pas heureux. Lorsqu'elle est vécue comme une frustration, une valeur a peu de chance de passer à la génération suivante.

ÉDUQUER PAR L'EXEMPLE

Si, lorsqu'un ministre du budget nous encourage à nous serrer la ceinture, il dépense des sommes faramineuses dans ses réceptions, il sera difficilement crédible. De même, un ministre de l'environnement ne sera pas plausible s'il fait ses courses en 4X4! L'éducation par l'exemple concerne aussi l'entreprise. Un patron qui exige une bonne ambiance et une coopération entre collaborateurs, et reste lui-même enfermé toute la journée dans son bureau, sera raillé par ses employés. En revanche, un patron qui fait beaucoup d'efforts dans sa communication pour écouter ses collaborateurs et encourager leurs initiatives sera récompensé par des comportements adéquats.

J'ai souvent observé que les parents qui imposent à leurs enfants de dire bonjour aux adultes ne prennent pas eux-mêmes la peine de dire bonjour aux enfants, et que des parents qui répriment les enfants lorsque ceux-ci leur coupent la parole coupent eux-mêmes la parole à ces derniers. La transmission des valeurs n'est donc pas tant liée aux valeurs que l'on s'évertue à transmettre qu'à la cohérence avec laquelle ces valeurs entrent en résonance avec notre comportement.

DES VALEURS PARFAITES POUR DES ÊTRES IMPARFAITS

Par ailleurs, en voulant imposer des valeurs à nos enfants, aussi éthiques soient-elles, nous entretenons le mythe de l'être parfait: un être bon, généreux, patient, courageux, organisé. Le langage utilisé est souvent abstrait, culpabilisant: «Il faut», «Il ne faut pas», «On ne doit pas», «Quand on est généreux, on doit»... L'enfant se demande qui est ce «Il» tout-puissant qui lui impose ce qu'il doit faire ou dire. Ce modèle idéal, nous l'avons vu, n'existe que dans notre imaginaire, c'est pourquoi il sera difficile à nos enfants de lui ressembler. Nous sommes des êtres complexes, contradictoires, imparfaits, et nos enfants apprennent justement en nous regardant gérer nos contradictions.

Lorsqu'elle m'observe, ma fille prend conscience que, par moments, il est difficile d'être cohérent. Elle me voit parfois généreux, parfois avare. Elle me voit généralement respectueux de l'environnement, mais préférant parfois prendre la voiture plutôt que le vélo. Elle me voit certains jours patient et attentif, et d'autres susceptible et irritable. En un mot, simplement humain. C'est pourquoi l'enfant vit mal que nous le cataloguions dans son être par des phrases telles que: «Tu n'es pas généreux», «Tu es égoïste», «Tu es bête». Un jour, j'observais la directrice d'une crèche s'adresser à une petite fille de trois ans qui venait de mordre sa camarade: «*Ta bouche vient de mordre, j'aimerais que tu permettes à ta bouche de croquer dans une pomme ou d'embrasser tes amis, mais que tu ne la laisses pas mordre.*» J'étais très surpris par cette façon de communiquer. Après réflexion, je compris l'intention de cette femme d'expérience: en invitant l'enfant à prendre du recul par rapport à son corps, elle lui permettait de mieux le maîtriser. Au lieu d'enfermer la fillette par une étiquette en lui disant: «Tu es vilaine» ou «Tu es méchante», cette femme accueillait ses paradoxes. La petite fille n'a plus jamais mordu par la suite… Tous les êtres humains sont pleins de paradoxes. Nous tenons la générosité comme une valeur fondamentale, et pourtant, lorsque nous apercevons un SDF venir vers nous, nous évitons parfois lâchement son regard.

L'enfant nous observe dans nos contradictions. Il remarque les actes précis pour lesquels nous faisons preuve de générosité, il observe également les moments où nous nous montrons égoïstes. Il voit que nous apprenons, comme lui, à naviguer entre ces extrêmes. L'enfant comprend que nous ne sommes pas fondamentalement égoïstes ou généreux, mais que nos actes sont parfois inspirés par l'égoïsme et d'autres fois par la générosité, ce qui est, nous allons le voir, très différent.

Nous avons tout à gagner à montrer également nos faiblesses, elles font partie de nous, et l'enfant va apprendre en regardant comment nous nous y prenons pour les transcender. Je vois tous les jours combien les parents cachent leurs propres faiblesses à leurs enfants, peut-être pour les rassurer, ou pour maintenir une autorité sur eux. Beaucoup de parents ont peur de révéler à leurs enfants qu'il leur arrive d'être tristes, déprimés, perdus, fragiles, incohérents, égoïstes; ils s'abritent derrière le masque du parent parfait. Cette attitude est fatigante pour le parent et crée de la distance avec leurs enfants. Si vous êtes de ces parents parfaits, n'hésitez pas à montrer vos faiblesses, car elles sont la force d'une autorité naturelle et sincère. L'enfant vous trouvera plus humain et il lui sera plus facile de s'identifier à vous; vous ne serez plus un modèle inaccessible, mais, comme lui, un être humain en recherche d'équilibre.

L'enfant est, lui aussi, confronté à ses paradoxes. Le fait de pouvoir observer vos qualités contraires le rassurera. Confronté à son tour à son égoïsme, il n'entretiendra pas de jugement, de mésestime ou de culpabilité, il sera plus détendu et plus enclin à s'ouvrir naturellement à sa générosité.

Lors d'un atelier, j'avais demandé à des enfants quelle était la qualité qu'ils aimeraient, plus que tout, pouvoir acquérir. Alors que certains disaient qu'ils voulaient du courage, plus de force ou de bonté, la réponse du petit Nelson nous avait tous touchés: «*J'aimerais mieux accueillir mes défauts et mes faiblesses.*»

NE PAS VOULOIR TRANSMETTRE ABSOLUMENT

Bien des parents investissent beaucoup d'énergie à transmettre leurs valeurs. La tension est, à elle seule, un frein à la transmission. J'ai un ami guitariste de jazz. La musique a toujours accompagné sa vie. Elle l'aide à exprimer sa douceur, sa sensibilité, son ouverture, sa confiance; c'est un véritable exutoire. La musique est pour lui si précieuse qu'il tenait à partager cette valeur avec son fils. Il offrit à celui-ci une guitare superbe, lui proposa de lui enseigner le solfège, la composition, la technique. Comme il était passionné, il relançait tous les jours son fils. Après quelques mois de tentatives infructueuses, la guitare resta définitivement dans son étui. L'enfant a besoin d'être libre de choisir ses valeurs à lui. La réaction de l'enfant aurait certainement été différente s'il avait vu que son père prenait plaisir à jouer de la guitare, il aurait alors probablement aimé imiter le père et demandé une guitare, lui aussi.

Beaucoup de parents tiennent à transmettre des valeurs importantes pour eux, comme la prière, le sport, le dessin, le partage. Ils imposent à l'enfant de passer ses week-ends au catéchisme ou au gymnase. Dans ces cas également, l'insistance qu'ils mettent à vouloir transmettre à tout prix est le frein même de la transmission. Dernièrement, une amie pour qui l'écologie et le respect de l'environnement sont des valeurs essentielles éprouvait de la difficulté à transmettre ces valeurs à son fils. Elle n'achetait que des aliments biologiques, critiquait perpétuellement les lobbyings pharmaceutiques et industriels, elle faisait germer ses graines de soja, de lentilles et d'alfa, et condamnait catégoriquement tout autre mode d'alimentation. Ses valeurs écologiques étaient légitimes et elle tenait à les partager. En revanche, sa communication n'était pas très écologique. Elle imposait des produits de développement durable avec une telle autorité qu'elle en devenait tyrannique ! Son extrémisme se renforça d'autant plus que se renforça l'allergie de son fils à ce mode de consommation. Il oubliait de prendre avec lui le plat de tofu et de graines germées que sa mère lui préparait chaque jour ; il préférait déjeuner au « McDo » en face du lycée ! Une autre façon de ne pas subir des valeurs imposées et de se distinguer. En refusant les valeurs diététiques de sa mère, l'enfant délimitait mieux son territoire.

AU NOM DU PÈRE

Dans une autre situation, une mère qui avait reçu une éducation religieuse approfondie étant enfant tenait absolument à la transmettre à sa fille : « *Puisque nous t'avons baptisée, fais au moins ta communion, ton catéchisme et ta profession de foi. Quand tu seras plus âgée, tu seras toujours libre de changer de religion si celle-ci ne te convient pas, mais pour choisir, il te faut la connaître !* » se justifiait la mère lorsque la fille ne voulait pas aller à l'église. La mère consacrait tous ses mercredis à accompagner l'enfant aux activités religieuses. Elle pensait sincèrement bien faire.

Pourtant, dès qu'elle eut l'âge de choisir, l'adolescente rejeta totalement l'enseignement catholique. «*Au moins tu auras essayé…*, risquait encore timidement la maman, *ça sera toujours ça d'acquis. C'est important de connaître cette religion.*» Pourtant, l'adolescente avait une réelle sensibilité spirituelle; ce n'était pas tant le Christ qu'elle rejetait que l'entêtement avec lequel la mère voulait lui faire porter sa croix.

NE CHERCHEZ PLUS À TRANSMETTRE VOS VALEURS : INCARNEZ-LES NATURELLEMENT !

Au-delà des valeurs que les parents souhaitent transmettre consciemment, il y a toutes les informations qu'ils communiquent malgré eux. Ce sont elles qui vont le plus profondément influencer l'enfant. Ce n'est pas parce que vous prenez un ton magistral que vous êtes dans la transmission. L'enfant observe tous vos comportements, vos attitudes et la façon dont vous-même êtes cohérent avec vos valeurs. Vous transmettez vos valeurs tant malgré vous que consciemment! C'est en observant votre comportement quotidien que l'enfant choisit les valeurs qu'il a envie de s'approprier. Les enfants vivant sous le même toit que leurs parents sont témoins de la façon dont ces derniers cohabitent. Ils les observent communiquer entre eux, repèrent la façon dont ils rangent leurs affaires, dont ils prennent soin de leur corps. Les enfants sont attentifs à ce que leurs parents aiment, reçoivent, donnent. Ils ne ratent rien de la façon dont vous répondez au colporteur qui sonne à la porte, de la manière dont vous vous adressez au serveur pour passer la commande au restaurant, de la façon dont vous taillez les roses du jardin ou préparez à manger. Ils apprennent de vous à chaque geste quotidien.

Les parents ne considèrent généralement pas leur attitude quotidienne comme de l'éducation à proprement parler. Lorsqu'il se lave les dents ou fait la vaisselle, le parent est surtout concentré sur sa tâche; pourtant, il éduque malgré lui – inconsciemment oui, mais il éduque tout de même dans les moments où il est concentré sur sa vie à lui. Or, les parents sont souvent très vigilants lorsqu'il s'agit d'édicter des valeurs, et moins vigilants quand il conviendrait qu'ils les incarnent ! Aussi, lorsqu'un père fait la vaisselle en se plaignant que c'est toujours lui qui remplit cette tâche désagréable, il éduque par l'exemple et transmet la valeur suivante : *nettoyer son assiette est une punition !* J'ai connu un grand-père très investi dans le tri sélectif, qui prenait un tel plaisir citoyen à trier ses déchets ménagers avant d'aller vider ses poubelles (si, si, ça existe !) que ses deux petits-fils ne rataient jamais une occasion de l'accompagner... Il incarnait réellement ce qu'il faisait.

L'éducation, à ce moment-là, se passe de mots et de théories. L'adulte devient un exemple que l'enfant aime imiter. On peut transmettre à ses enfants l'idée que le ménage et le repassage sont des corvées, et ils le deviendront pour eux. On peut aussi, en y prenant plaisir, apprendre à nos enfants que l'entretien de la maison et le respect de son linge ainsi que le tri sélectif sont des gestes importants qui respectent l'environnement et contribuent à nous faire vivre dans un monde moins pollué.

VALEURS QUOTIDIENNES

Ces valeurs que vous transmettez malgré vous concernent le rapport que vous avez avec vous-même au quotidien : votre façon de vous comporter, de vous laver, de vous habiller, de vous aimer, d'aller à la rencontre des autres, de vous détendre, de vous élever, de vous nourrir, d'aménager votre maison, de conduire votre voiture, de gagner et de dépenser votre argent. En vous regardant faire, l'enfant apprend beaucoup. Inconsciemment, il étudie votre comportement, vos réactions face aux autres. Dès les premiers mois, l'enfant cherche à savoir qui sont ses parents. Il enregistre les petites phrases, les jugements que les parents portent sur la société, l'argent, les femmes, les pauvres, la sexualité. Lorsqu'une femme a des difficultés avec son mari au sujet, par exemple, des tâches ménagères, il se peut qu'elle émette un jugement du type : « Vous les hommes, vous ne participez jamais à la vie de la maison. » La petite fille, fidèle à sa maman, enregistrera discrètement cette nouvelle information. Imaginons que la dispute tourne mal, que le mari et la femme partent chacun dans son coin. S'il n'a pas réussi à partager son point de vue avec sa femme et s'il ressent de la colère à son égard, peut-être l'homme confiera-t-il à son fils : « Vraiment, les femmes, c'est compliqué. » Sans savoir de quoi il est question, l'enfant hochera la tête, fier d'être dans les confidences de son papa. Il notera lui aussi cette information qui lui permettra, demain, de mieux comprendre ce drôle de monde féminin.

Par son comportement vis-à-vis du sexe opposé, l'homme transmet à ses enfants ses valeurs concernant la femme, le couple, le masculin et le féminin, et la femme son regard sur les hommes, les femmes, le couple. L'enfant voit si son père et sa mère se regardent dans les yeux quand ils se parlent, il ne rate rien des câlins qu'ils se font ou ne se font plus. Ainsi, les parents, sans toujours s'en rendre compte, transmettent-ils aux enfants des valeurs telles que : *les femmes doivent être soumises à leur mari* ; *une femme doit rester libre* ; *un couple doit toujours rester fidèle* ; *on n'a pas qu'un homme dans la vie* ; *la sexualité est un sujet tabou* ; *le corps est fait pour être montré*. Il en est de même pour toutes les situations ménagères et de société.

VALEURS SOCIALES

Lorsqu'un enfant demande à son père pourquoi tant de personnes sont au chômage, ce dernier lui transmettra une information qui sera fonction de sa propre histoire, de sa situation actuelle et du regard qu'il pose sur le monde du travail : « Il n'y a pas de travail, car, dans ce pays, il n'y a que les patrons qui s'enrichissent », lui dira-t-il, ou, au contraire : « Ces gens ne travaillent pas, car ils sont fainéants, nous sommes dans un monde d'assistés. » Ici encore, l'enfant retiendra précieusement toutes ces informations. Il en aura besoin dans l'avenir. Ces façons de voir concernent la santé, la mode, l'habitat, l'alimentation, l'argent, les transports, les animaux, mais aussi, bien sûr, la politique, le racisme, la religion, la prière, les mondes invisibles ; au fond, tout ce qui constitue notre vie quotidienne.

Pour beaucoup de parents, ces transmissions ont plus de poids si elles commencent par: «Dans ce monde, il y a...» ou «Tous les hommes sont...», «Les femmes sont...», «Pour s'enrichir, il faut...», «Pour ne pas être malade, tu dois...», «Si tu ne veux pas, plus tard, devenir... il faut toujours...», «On doit tout le temps...», autant de généralités assénées comme des vérités ultimes et qui ne reposent en fait que sur de simples expériences vues à travers le prisme déformant d'un adulte lui-même influencé. Les enfants, saturés de ces *a priori*, raisonneront eux aussi par des *a priori*, des idées reçues, des préjugés. C'est pourquoi j'insiste toujours auprès des parents pour qu'ils utilisent davantage la première personne du singulier dans leur communication avec leurs enfants: «En ce qui me concerne, je préfère...», «Je choisis...», «Je privilégie...». Elle permet d'établir un dialogue plus intime et plus riche. Elle n'associe pas l'enfant à votre mode de pensée, et lui laisse son libre arbitre: il peut être en accord avec vous, ou pas. En un mot, ne cherchez pas à transmettre des valeurs abstraites à vos enfants. Dites-leur simplement et sincèrement qui vous êtes et ce que vous ressentez.

LES PACTES PSYCHIQUES

Observons, à partir de deux exemples vécus, à quel point les valeurs inconscientes des parents influencent le comportement des enfants.

Salomé et le pacte de la pauvreté. Salomé est issue d'une famille modeste. Elle a été élevée avec trois frères et sœurs par un père maçon et une mère qui faisait des ménages. Salomé a toujours vu ses parents faire les comptes, choisir, au supermarché, les produits *discount*. Les parents attiraient toujours l'attention de leurs enfants sur la différence entre le nécessaire – avoir un toit, de quoi manger, s'habiller – et le superflu – les vêtements de marque, les séjours au ski, les beaux objets. Lorsqu'ils faisaient les courses en grande surface, les parents regardaient avant tout le prix des marchandises. Par ailleurs, quand les enfants se plaignaient de n'avoir pas ce qu'ils voulaient, ils répondaient généralement: «*Toutes les familles ne* *peuvent pas partir au ski, estime-toi heureux déjà d'avoir un toit et de quoi manger.* » C'est ce que j'avais remarqué dans le comportement de Salomé devenue adulte. Un jour où elle passait devant une boutique de vêtements, elle avait été attirée par la couleur d'un pull. Avant même de tâter l'étoffe, elle regardait le prix pour savoir si ce pull entrait dans son budget. Salomé, désormais, n'est plus une enfant. Elle a 38 ans, elle est consultante à son compte. Bien qu'elle gagne un salaire correct, elle ne se sent pas riche pour autant. Elle n'est propriétaire d'aucun bien, n'ose pas s'offrir le superflu qui lui fait plaisir. Mieux, dans les périodes où elle pourrait gagner plus, elle s'arrange pour tomber malade ou trouve un prétexte afin de perdre un contrat. Et elle demande bien sûr un tarif bien au-dessous de ce qu'elle pourrait envisager compte tenu de sa formation, car elle oppose une véritable barrière psychologique à sa véritable valeur. Bien qu'elle s'en défende, la petite fille toujours vivante en elle est ainsi fidèle à ce que j'appelle un pacte psychique avec les parents. Dans l'exemple de Salomé, le pacte psychique était le suivant: « Les gens honnêtes doivent vivre modestement. » C'est ce pacte qu'au cours de séances elle a identifié, puis rompu. Ce n'est qu'après avoir autorisé la petite fille en elle à transgresser les valeurs transmises par ses parents que Salomé a pu se libérer de ce poids et vivre sa vie matérielle en fonction de ses besoins à elle, et non des peurs de ses parents.

Latifa et le pacte de la soumission. J'ai malheureusement rencontré de très nombreuses fois l'exemple de Latifa. Latifa est une femme de 39 ans. Elle est venue me voir, car son mariage tournait au plus mal. Il en était au point de rupture. Latifa vivait avec son mari depuis 20 ans. Un mariage arrangé par les parents, comme c'est souvent le cas dans les familles marocaines. Au fil des années, Latifa se sentait diminuer, elle perdait son élan, ses envies, ne savait plus très bien ce qui lui faisait plaisir. Elle était, en revanche, attentive aux besoins de ses enfants et de son mari. Il lui fallut bien le reconnaître: comme des millions de femmes, Latifa était devenue une femme soumise à son mari, toujours disponible pour lui et leurs enfants, jamais pour elle.

Lorsqu'elle est venue en séance, le déclic s'est assez vite opéré, Latifa a rapidement fait le lien entre son attitude avec son mari et l'attitude de sa mère face à son père. En effet, durant toute son enfance, elle n'avait jamais vu sa mère partir seule en vacances, aller seule au restaurant, sortir avec des amies sans son mari. Au regard de ses parents, une femme qui sortait seule avait des amants, c'était une femme de mauvaise vie. Ses parents lui avaient ainsi transmis des valeurs liées au rôle de la femme dans le couple. C'est à ces valeurs parentales que l'enfant veut être fidèle pour préserver son identité et le lien avec sa fratrie; c'est pourquoi il signe symboliquement un pacte psychique. Pour Latifa, le pacte psychique qu'elle avait passé avec sa mère était le suivant: «Je te promets, maman, que pour t'être fidèle, moi aussi, je serai soumise à mon mari.» C'est en faisant un retour dans le passé que nous avons identifié ce pacte, que Latifa a ensuite pu rompre parce qu'il ne lui convenait plus.

Si l'adulte accepte un comportement qui ne lui convient pas, c'est souvent que l'enfant qui vit en lui veut être fidèle au pacte psychique qu'il a passé avec ses parents. Beaucoup d'adultes restent inconsciemment prisonniers de pactes passés lorsqu'ils étaient enfants. Voici quelques-uns des pactes psychiques que j'ai le plus souvent identifiés:

- Valeur transmise: *Dans la vie, on ne travaille pas pour s'amuser, le travail est une chose sérieuse*; pacte psychique passé: «Oui papa, pour t'être fidèle, je te promets de ne jamais prendre de plaisir dans mon métier. J'éviterai les métiers où l'on peut s'épanouir.»
- Valeur transmise: *Mieux vaut gagner un petit salaire et rester discret, que de gagner beaucoup et de provoquer la convoitise*; pacte psychique passé: «Oui papa, pour t'être fidèle, je ne vivrai jamais dans une grande maison, je ne m'offrirai jamais la voiture de mes rêves, je ne connaîtrai jamais l'abondance.»
- Valeur transmise: *Les enfants sont ingrats, malgré tous les efforts que vous faites pour eux, ils ne vous le rendent jamais*; pacte psychique passé: «Oui, maman, pour t'être fidèle, j'aurai toujours des relations conflictuelles avec mes enfants, ou je n'aurai pas d'enfants.»

Dans son livre *Notre corps ne ment jamais*, Alice Miller met en exergue l'influence destructrice du quatrième commandement du

Décalogue sur la construction de la personnalité de l'enfant: *Tu honoreras ton père et ta mère.* Dans l'inconscient collectif, ce commandement agit comme une soumission à l'autorité impliquant un abandon de soi-même. Or, une personnalité confiante ne se construit jamais sur l'abandon de soi, mais au contraire sur une célébration de soi. Beaucoup d'adultes respectent des valeurs liées à l'argent, aux loisirs, au plaisir, à la sexualité, au travail, uniquement par fidélité à des mythes familiaux. Ainsi, une jeune femme ne parvenait pas à quitter son petit village de Normandie dans lequel elle n'avait plus aucune famille, car elle avait le sentiment inconscient qu'elle trahirait ses aïeux si elle réalisait son rêve: s'installer à Paris. Dans sa famille, en effet, un oncle avait, trois générations auparavant, abandonné femme et enfant pour aller vivre dans la capitale. Dans l'inconscient de la famille, toujours actif, même sept générations après l'événement, c'était trahir que de s'installer dans cette grande ville.

L'ÉNERGIE DES VALEURS

C'est bien souvent pour consolider son identité que l'enfant devenu adulte reste fidèle aux valeurs qui lui ont été transmises. Ces valeurs proviennent de la famille, mais aussi de la culture, de la région, du pays, de la religion dans lesquels il a été élevé.

L'autonomie consiste à oser remettre en question les valeurs transmises dès lors qu'elles ne conviennent plus à ce que vous vivez. Plus le parent incarnera les valeurs qui lui sont chères, plus celles-ci le rendront heureux; et plus il osera remettre en question les valeurs obsolètes, plus l'enfant sera enclin au discernement quant aux valeurs avec lesquelles il est en lien. C'est par un échange vivant et libre, et non de manière forcée, que vous réussirez à transmettre à vos enfants votre regard sur le monde.

CHAPITRE 11
LA POLITESSE

Politesse : nom féminin, du latin politus
qui signifie « poli, uni, lisse, sans aspérité ».

Lorsque j'avais six ans, je me demandais pourquoi, sous prétexte d'être poli, il fallait que je fasse la bise à l'une de nos voisines ! Son menton piquait et son parfum sucré me donnait des haut-le-cœur. De plus, son haleine me gênait terriblement. Me voir imposer une telle intimité, même quelques secondes, avec cette femme envahissante était un supplice. Pour éviter les bisous collants, je me cachais discrètement dans le fond du jardin lorsque j'entendais sa voix devant la grille. Je préférais rester caché ainsi une heure entière, plutôt que d'affronter cette rencontre. Du reste, je ne comprenais pas pourquoi les adultes se forçaient à s'embrasser entre eux, alors que, bien souvent, c'était visible, ils le faisaient du bout des lèvres et n'y prenaient aucun plaisir. J'observais toutes ces petites politesses auxquelles les grandes personnes se pliaient à contrecœur : écouter des bavardages inutiles au salon de coiffure alors qu'elles aspirent au silence ; attendre que chacun soit servi pour commencer à manger, avaler son plat tiède, répondre : « Pas du tout, pensez-vous, ça ne me dérange pas » alors que tout leur corps indique qu'elles sont contrariées ; demander avec hypocrisie : « Comment allez-vous ? » et ne pas écouter la réponse ; se cogner le nez en comptant les bisous : « Chez nous, c'est quatre bises » « Ah ! Chez nous, c'est huit ! » J'observais tous ces petits moments à l'occasion desquels elles se trahissaient dans ce qu'elles ressentaient intimement pour donner d'elles une image correcte dans le monde social.

« DIS "BONJOUR" À LA DAME »

Qui n'a pas été témoin de ces parents qui imposent à des enfants de trois ans de dire « bonjour », de faire la bise, de dire « merci », « s'il vous plaît », « pardon » ? D'autres parents inculquent un comportement codifié à table : « On ne pose pas ses coudes sur la table », « Pousse avec ta fourchette, pas avec ton pain », « On tient son couteau de la main droite ». Les enfants obéissent souvent à contrecœur et digèrent mal ces obligations lorsqu'elles leur sont imposées. Quant aux parents, ils se découragent parfois de voir que, malgré les réprimandes, l'enfant respecte toujours aussi peu ces règles de bienséance. Il existe pourtant d'autres moyens, plus doux et naturels, de sensibiliser les enfants à ces règles de vie en société.

Les parents imposent ces comportements au nom de la politesse. Pour eux, un enfant qui dit « merci », « bonjour » et « s'il vous plaît » est un enfant poli, bien élevé. Les limites entre politesse et tradition sont tout aussi subtiles qu'entre autorité et domination. Dans d'autres cultures, ce n'est pas aux enfants que l'on impose un comportement codifié, mais aux femmes. Dans de nombreux pays musulmans, une femme ne doit pas pénétrer dans la salle à manger si des hommes y sont attablés. Elle doit baisser le regard devant les convives si elle est mariée. Elle ne doit pas parler sans l'approbation de son mari, ne doit laisser aucun effet personnel visible par les invités, doit cacher ses bras et ses jambes. Dans ces pays, les hommes diront d'une femme qui ne respecte pas ces codes qu'elle est mal élevée ou malpolie. Ces mêmes hommes imposeront leur autorité aux femmes au nom du nécessaire respect de la tradition. Je me permets ce parallèle pour mettre en lumière à quel point ce qui choque certains est normal pour d'autres. À mes yeux, il y a abus d'autorité dès que l'on impose un comportement codifié, que ce soit au nom d'une tradition, d'une morale, d'une culture, d'une religion, ou en s'appuyant sur sa supériorité physique.

Si, naturellement appliquée, la politesse est une vertu, elle est signe de domination quand elle est imposée. Ce ne sont donc à mon sens pas tant les règles de politesse commune qui sont en cause, mais les moyens mis en œuvre pour les faire appliquer par les enfants.

QU'EST-CE QU'UN ENFANT BIEN ÉLEVÉ ?

Chacun d'entre nous a une définition bien particulière de ce qu'est un enfant bien élevé. Souvent, les parents discutent entre eux et comparent leur progéniture : « Regarde cet enfant, il se lève de table sans permission, il est très mal élevé », dit l'un. « Mon fils, lui, il donne toujours des bonbons à ses amis, il est bien élevé », dit l'autre. Pour beaucoup, un enfant ne doit pas couper la parole aux adultes, il doit prêter ses jouets et faire son lit. Certains estiment qu'un enfant bien élevé ne doit toucher à rien dans un magasin, il doit dire « merci » quand il reçoit et « s'il vous plaît » quand il demande ; d'autres, qu'il doit mettre la main devant la bouche quand il bâille. À table, il est impoli que l'enfant se serve en premier, il doit mâcher la bouche fermée, ne pas se lever sans autorisation des parents. Ces attitudes correspondent, pour les adultes, au comportement dit « normal » d'un enfant « bien élevé ». Autant dire que, dans beaucoup de ces situations, l'enfant est bien élevé lorsqu'il ne montre plus aucun signe de vie !

Les règles de politesse sont souvent imposées au nom de la valeur de respect. De nombreux parents demandent, par exemple, à l'enfant de dire « bonjour » ou de faire la bise aux adultes qu'ils rencontrent. Cette règle de politesse est appliquée au nom du respect de l'autre. Pourtant, le parent qui impose cette règle à l'enfant ne respecte pas l'élan de l'enfant lui-même. Il l'oblige à adopter sa propre conception des relations. Comment l'enfant peut-il intégrer que c'est au nom du respect qu'on ne le respecte pas lui-même ? Cette incohérence ne peut nullement l'aider à se construire.

LES ADULTES D'ABORD

Selon nos règles de politesse, il est impoli pour un enfant de dévisager un adulte, l'inverse est toléré socialement. De même, en France, lorsqu'un enfant et un adulte se croisent sur un trottoir étroit, il est d'usage que ce soit l'enfant qui fasse un écart et non l'inverse. S'il ne reste que deux gâteaux dans une assiette, il est souhaitable que l'enfant cède l'avant-dernier à l'adulte, le dernier gâteau ne devant pas être touché pour ne pas froisser la maîtresse de maison! À l'école, l'enseignant tutoie souvent l'enfant qui doit le vouvoyer. Dans tous ces exemples, c'est à l'enfant de céder sa position face à l'adulte. Les règles de politesse, au-delà d'apprendre à bien vivre, sont un prétexte supplémentaire pour renforcer de façon subtile le pouvoir de l'adulte sur l'enfant. De plus, la façon dont elles sont transmises trahit le fait qu'elles ne sont pas toujours véritablement intégrées par l'éducateur. Certains utilisent ces petits mots de politesse pour pallier un manque d'écoute ou de respect: «Tu me passes le pain, s'il te plaît? Bon, tu te dépêches, j'ai dit "s'il te plaît" », ai-je entendu récemment dans une cafétéria. Ces formules passe-partout sont dévitalisées de leur intention explicite. Celui qui les prononce respecte des règles de politesse, mais non les personnes à qui il s'adresse. Beaucoup de parents sont très attachés à la politesse, c'est pourquoi ils imposent les «bonjour», «merci», «pardon» et «S'il vous plaît». Quel raccourci! Car si encourager les enfants au respect est une bonne chose, limiter le respect à quatre formules bien apprises en est une autre.

Les règles de politesse sont plus ou moins strictes en fonction de la culture, du pays, des traditions, du niveau social, de la génération des parents. Dans certaines familles bourgeoises, au début du siècle, il était fréquent que les parents et les enfants se vouvoient. En Angleterre, les enfants polis mangent en gardant une main sous la table, délicatement posée sur les genoux, ce qui n'est pas très pratique! Dans certains pays, on doit finir son assiette. Dans d'autres, il est poli de laisser un peu de nourriture dans un coin pour montrer que l'on a assez mangé. Au Maroc, il est d'usage de roter à la fin du repas afin de signaler son contentement. Il est très impoli, voir franchement offensant, de refuser une tasse de thé dans un pays arabe. Chez les Berbères, on acceptera avec plaisir les trois tasses de thé traditionnelles. En Inde, il est classique de lécher son bol à la fin du repas. Au Japon, on reçoit toujours des deux mains la carte de visite que l'on nous tend.

« BON APPÉTIT ! »

Dans de nombreuses familles, il est d'usage de se souhaiter « Bon appétit ! » avant de prendre ses couverts. Dernièrement, une amie, directrice d'un grand restaurant, me rappelait qu'il s'agit de l'une des fautes de goût les plus répandues. La seule phrase tolérée dans les règles de bonne conduite avant le dîner est « *Hum… ça sent bon !* » — à ne pas utiliser si ce sont des crudités qui sont servies en entrée ! Cette amie participait à un cercle élitiste qui se retrouvait plusieurs fois par mois pour des dîners d'affaires. Les membres avaient coutume d'inviter de temps en temps des personnes extérieures au cercle pour favoriser les échanges. Si un malheureux invité se risquait à souhaiter « Bon appétit ! » aux convives avant le dîner, il pouvait être certain que son nom serait définitivement rayé de la liste des invités de cet ordre très sélect !

Mon propos n'est pas de dire qu'il faudrait abandonner les règles de politesse. Leur respect me semble en effet rendre la vie beaucoup plus agréable, et il me paraît important qu'un enfant soit au fait des règles usuelles de la société dans laquelle il vit, tout comme l'adulte devrait connaître celles des pays dans lesquels il voyage. Mais la politesse, seule, ne peut servir de moteur à l'éducation. S'il est important, pour le parent, de transmettre ses codes de bienséance à l'enfant, il n'est, à mes yeux, pas souhaitable de les lui imposer. Il est même préférable que l'enfant en fasse l'expérience par lui-même. Ce faisant, il s'y sensibilisera progressivement et les adoptera. Ce n'est pas au parent de décider pour l'enfant s'il doit remercier, saluer ou s'excuser. Si l'enfant dit « bonjour » en entrant dans un magasin, il y a de grandes chances qu'il soit mieux accueilli par le vendeur que s'il passe directement la commande. Et l'enfant le sentira. En revanche, c'est de son ressort de savoir s'il a envie d'être bien accueilli dans ce magasin ou non ; ce n'est pas au parent d'intervenir sur ce choix de l'enfant.

Une éducation solide ne s'apparente pas à un ensemble de comportements imposés à l'enfant à force de punitions et de récompenses ; elle doit plutôt favoriser son aptitude à mieux se connaître et à vivre dans ce monde avec les règles qui le composent. Les règles de politesse, si elles sont intégrées, et uniquement à cette condition, permettent à l'enfant de s'adapter à différents milieux, d'entrer plus facilement en contact avec les autres. Mais ce qui permet réellement à un enfant d'établir le contact, c'est sa confiance en lui, son estime de soi, sa joie de vivre, son autonomie, son ouverture sur le monde, sa spontanéité et sa curiosité.

L'éducation juste repose sur un équilibre entre le *savoir-être* avec soi et le *savoir-faire* avec les autres. Bien souvent, sous couvert d'éducation, c'est pour son propre confort que l'adulte impose la politesse à l'enfant. Le parent n'a pas envie que ses amis disent de lui que ses enfants sont mal élevés, cela blesserait son amour-propre. Pour leur confort, et surtout dans les endroits publics, les adultes aiment les enfants qui ne se font pas remarquer. Le respect auquel fait référence le parent à ce moment-là n'est en fait pas du respect, mais un besoin de confort du parent.

POLITESSE ACQUISE OU IMPOSÉE ?

Dans certaines familles, les enfants sont polis parce que c'est naturel pour eux. Ils trouvent agréables de ne pas couper la parole parce qu'ils aiment entendre le point de vue des autres. Ce sont des familles où les enfants écoutent les adultes et les adultes écoutent les enfants, où chacun a pu vérifier que c'est une sensation agréable d'être entendu, respecté et compris.

Dans d'autres familles, les parents eux-mêmes ne sont pas à l'écoute de leurs enfants. Ils crient aux enfants de se taire et s'énervent lorsque ceux-ci n'obtempèrent pas assez vite. Et ils s'étonnent ensuite que leurs enfants parlent si fort. Toutefois, soumis à l'autorité, ces enfants ne coupent plus la parole, parce qu'on leur interdit de le faire. Mais ils n'ont pas pu vérifier l'effet positif de cette règle ; ils ont peur des représailles, donc ils obéissent. Ils sont polis comme des galets que la mer aurait fini de lisser à force de ressac, soumis à l'autorité par peur d'affirmer leurs aspérités. La politesse peut signaler l'aptitude d'un enfant à vivre en groupe. Elle peut aussi être un signe de soumission de l'enfant à l'autorité, et justement de son inaptitude à s'exprimer en société!

Comment transmettre la politesse à vos enfants? Sûrement pas en leur imposant une série de formules, mais en maintenant vous-même un comportement cohérent avec votre entourage. Si vous êtes ouvert à l'autre, si vous avez du plaisir, lorsque vous entrez dans une pièce, à aller à la rencontre des autres personnes, si vous accostez celles-ci par un bonjour chaleureux et sincère, l'enfant qui vous observe voudra vous imiter. De même, s'il voit que cela vous fait du bien de remercier, s'il observe que vous le faites sincèrement et non juste pour faire bonne impression, il prendra le réflexe de remercier lui-même.

MERCI LA VIE !

Le sentiment de gratitude est l'un des sentiments les plus élevés. Remercier de ce que l'on reçoit est un des plus beaux actes qu'un être humain puisse poser sur cette terre. C'est une chance de le ressentir, mais une intrusion que de l'imposer! Celui qui est conscient de ce qu'il reçoit remercie l'univers entier! Remercier, c'est recevoir de nouveau. Notre facilité à remercier dépend de notre aptitude à recevoir. Bien souvent, nous ne savons pas remercier parce que nous n'avons pas reçu suffisamment. On ne nous enseigne pas à recevoir. Les cadeaux sont vite déballés, les commentaires de celui qui reçoit sont souvent gênés, alors que recevoir, comme offrir, est un acte sacré. Du reste, en France, n'est-il pas coutume de répondre «de rien» au «merci»? Alors que les Anglais accueillent le «merci» par «*welcome*»!

Pour ma part, j'ai beaucoup de plaisir à remercier. Je remercie, car cela me fait du bien. Je ne m'oblige jamais à dire «merci» quand on me passe le sel ou que l'on me rend un service. La politesse systématique m'irrite plus qu'autre chose. J'aime que les mots aient du sens et de la vie. En revanche, je n'hésite pas à écrire une lettre en remerciement d'un service, et à remercier quotidiennement la vie de tout ce qu'elle m'offre.

RECEVOIR AVANT DE REMERCIER

Le remerciement n'a de sens que s'il est souhaité, pas s'il est imposé. Imposer à une personne, et encore plus à un enfant, de remercier malgré elle est un non-sens total qui risque de produire l'effet inverse: couper la personne ou l'enfant du sens profond du remerciement, c'est-à-dire de son aptitude à percevoir la gratitude. Certains parents imposent à l'enfant de remercier dans la seconde même où il reçoit. L'enfant n'a pas même le temps de ressentir sa gratitude que le parent intervient. Si, en revanche, le parent accompagne simplement l'enfant en lui disant: «Tu aimes ce que tu reçois?», «Tu es touché de ce que je viens de t'offrir?», l'enfant accédera à son sentiment de gratitude et le merci naîtra de lui-même, naturellement.

D'autres parents forcent l'enfant à dire merci dès qu'une voisine lui donne un bonbon. En agissant ainsi, ils banalisent le sentiment. Ils le dévitalisent de tout son sens. Je suis toujours très mal à l'aise face à des enfants qui marmonnent malgré eux un merci imposé. Je le suis autant pour eux, qui banalisent un sentiment précieux, que pour les adultes qui imposent, sans s'en rendre compte, un comportement figé. C'est pourquoi, à mes yeux, cela n'a aucun sens de réprimander l'enfant qui oublie de remercier lorsqu'on lui tend le pain ou la bouteille d'eau à table: «Dis merci», quand ce n'est pas, comme je l'ai parfois entendu dire par des parents: «Et le merci, c'est pour les chiens?»

Je dirai enfin qu'un enfant qui ne remercie pas est souvent un enfant qui reçoit peu. Il n'est pas question ici de cadeaux matériels que l'on achète aux enfants dès qu'ils le demandent. Il est question, pour le parent, de réellement être en lien avec son intention d'offrir au moment où il offre à l'enfant. Si le parent est pleinement dans son intention d'offrir, s'il est concentré sur son geste, et s'il établit le lien avec l'enfant sans rien demander en échange, l'enfant ressentira et exprimera naturellement de la gratitude, et remerciera. Car lorsqu'il reçoit suffisamment, lorsqu'il est en lien avec son sentiment de gratitude, il a besoin de dire merci et y prend plaisir. C'est dans l'ordre naturel des choses.

« DEMANDE PARDON ! »

Cette réflexion est encore plus forte pour l'excuse et la demande de pardon. Demander pardon ou s'excuser sont des actes qui entraînent une implication ; pour qu'ils aient du sens, ceux qui les posent doivent être conscients.

Le pardon évoque la notion de péché, de faute, de culpabilité. Il donne à l'autre un pouvoir sur celui qui demande pardon, qui dépasse souvent le geste à pardonner. Par nature, le pardon est subjectif. Un enfant peut être véritablement bouleversé que son ami lui ait cassé sa voiture de pompier. Peu importe que l'ami bénéficie des circonstances atténuantes : l'enfant est blessé, il est en colère après son ami. Et cette colère lui appartient.

Le pardon et la demande de réparation sont deux états différents. On peut ne pas pardonner tout en demandant une réparation, ce n'est pas contradictoire. La demande de réparation concerne un état objectif : « Tu as emprunté mon matériel, je ne peux plus l'utiliser et j'en ai besoin. À présent, je te demande de retourner le chercher, de le remettre dans sa boîte et de le ranger. » Le pardon, lui, relève de l'état subjectif de la personne. Lorsque le parent dit à l'enfant : « Tu devrais lui pardonner » ou « Demande pardon », cela revient à dire : « Tu devrais ressentir différemment », ce que l'enfant vit comme une intrusion. « Mes parents veulent me dire ce que je dois ressentir », se dit-il. C'est contre cette manipulation des sentiments que se révolte l'enfant. Il répond alors en faisant l'inverse de ce qu'on lui demande.

Certains parents abusent de leur pouvoir pour obtenir un pardon honteux de l'enfant : « Demande pardon, sinon, tu n'iras pas à la piscine. » Cette demande fragilise son intégrité psychique ; lorsqu'elle est associée à un chantage, elle perturbe l'enfant qui se trouve aux prises avec une contradiction : « Ce pardon ne me semble pas justifié, mais je veux aller à la piscine. » Nous sommes dans la manipulation ! Forcer un enfant à demander pardon est tout aussi violent que l'obliger à pardonner un acte qui l'a blessé.

Bien souvent, les parents interviennent auprès de leurs enfants pour préserver l'harmonie familiale : « Tu as déchiré le dessin de ta sœur, regarde, tu la fais pleurer! Demande-lui pardon tout de suite!» L'enfant, honteux, baisse les yeux et lâche, sous la pression, un timide «pardon» que sa mère lui fait répéter «plus fort»! Alors que l'enfant pose un second genou à terre et articule, plus nettement cette fois, un second «pardon», la sœur, elle, se rebelle: «Non, je ne veux pas lui pardonner, il a déchiré le dessin que je t'avais fait pour ton anniversaire, je lui en veux, il est méchant!» La mère intervient à nouveau: «Ne sois pas ridicule! Il vient de s'excuser, à ton tour, pardonne-lui!» La fille est désormais tenue de ravaler sa colère. Encore plus s'il plane un chantage à la piscine! La colère est là, toujours présente mais moins visible. Après cette résolution de conflit extérieurement correcte, la mère peut retourner à ses activités la conscience tranquille, satisfaite d'avoir fait fléchir ses enfants. Mais cette attitude ne règle en rien ce que l'enfant ressent. Pire, elle risque d'accentuer l'animosité que frère et sœur éprouvent l'un vis-à-vis de l'autre. En revanche, le frère comme la sœur seront désormais vigilants. Ils veilleront à moins exprimer leurs émotions en présence d'un adulte pour ne plus revivre cette scène d'humiliation. Le rapport de violence perdurera mais sera moins visible; les enfants feront en sorte de ne pas se faire surprendre une seconde fois par la mère. Il sera désormais plus difficile pour la mère d'être alertée des disputes et d'intervenir.

LE PARDON ET LE REPROCHE

Le pardon n'apaise que s'il ne reste, à l'issue du conflit, aucun reliquat d'animosité vis-à-vis de l'autre. En revanche, ce qui calme la relation à la suite d'un conflit, c'est de reconnaître, une fois l'émotion passée, que nos mots ont dépassé notre pensée. Pouvoir dire: «Je reconnais que j'étais en colère, c'est pourquoi je t'ai dit que tu étais égoïste; en fait, je n'osais pas te dire que j'étais jaloux de toi» ou «C'est vrai, j'ai abusé de ma position, je t'en voulais tellement que j'ai voulu te le faire payer» apaise beaucoup la relation. À cet instant, la personne reconnaît sa pulsion, et l'interlocuteur est tranquillisé d'entendre mis en mots ce qu'il avait perçu. Les adultes eux-mêmes éprouvent souvent de la difficulté à se remettre en question, à reconnaître leurs torts. Ils gagneraient pourtant à le faire. Un enfant qui peut observer le naturel avec lequel ses parents se remettent en question l'un et l'autre sera enclin à suivre cet exemple.

L'adulte peut aider l'enfant à nommer, à identifier, à retracer ce dont il vient d'être témoin. Il doit non pas lui dire: «Tu devrais pardonner, tu ne devrais pas lui en vouloir» — ce qui poussera l'enfant à réagir en opposition: «Oui, je lui en veux, non je ne veux pas lui pardonner» et aboutira à une conversation sans fin —, mais, au contraire, retracer avec l'enfant ses propres émotions: «Tu es furieux contre lui, c'est ça? Tu lui en veux terriblement parce qu'il t'a cassé ton camion?» Par cette attitude respectueuse de ce qui est, l'enfant se sent entendu et compris; il peut s'apaiser. L'adulte qui n'évite pas les émotions de l'enfant, mais au contraire va à leur découverte, établira une relation de confiance avec lui. De cette façon, l'enfant se sentira entendu. L'éducation des enfants, en effet, suit généralement le sens du courant.

DOIT-ON IMPOSER À UN ENFANT DE DIRE « BONJOUR » ?

Les adultes établissent facilement des contacts sociaux, notamment dans le cadre de l'entreprise. En arrivant le matin, hommes et femmes se dirigent les uns vers les autres, se sourient, se serrent la main avec énergie, voire se font la bise, en fonction de leur degré d'intimité. Ils échangent quelques mots de politesse puis s'adressent à la personne suivante. Ce rituel dure quelques secondes. Il est si peu impliquant que les adultes peuvent le reproduire des dizaines de fois à l'identique avec des interlocuteurs différents.

Dans les stages que j'anime, j'encourage les participants à ne pas se contenter de cet échange superficiel, mais à réellement entrer en contact avec la personne qu'ils saluent. Cet exercice implique, par exemple, de regarder l'interlocuteur droit dans les yeux, ce que très peu font spontanément, de lui serrer la main autrement que mécaniquement, de ne pas se réfugier dans une conversation courtoise, mais d'accepter le silence qui accompagne naturellement une rencontre authentique. Bien que cet exercice ne dure que quelques secondes, les stagiaires éprouvent de la difficulté à le réaliser tant le contact authentique est impliquant ! C'est justement parce qu'un contact authentique est engageant que les adultes ont appris à distinguer le contact intime du contact superficiel. Dans le contact superficiel, ils ne se mettent pas en danger. Ils ne laissent rien paraître de leurs émotions. Ce contact social est réservé aux interlocuteurs avec qui les adultes n'ont que peu de liens. Ils conservent le contact intime pour leur famille, leurs amis, leurs proches. Habituellement, les adultes communiquent à partir de quatre sphères :

- la première, la sphère des **anonymes**, concerne l'inconnu du métro, le chauffeur de taxi, le colporteur, et toutes les personnes que l'adulte rencontre, mais qu'il ne sera pas amené à revoir ; il s'agit d'un contact poli et généralement neutre ;
- la deuxième sphère a trait au **lien social** : le voisin de palier, la gardienne de l'immeuble, la directrice de l'école en font partie ; lors de ce contact, chacun sait quel rôle joue l'autre ; toutefois, comme l'on sait que l'on sera amené à revoir l'interlocuteur, on s'efforce de faire bonne figure devant lui, c'est pourquoi l'adulte use du : « Bonjour, vous allez bien ? » ou du « Joli temps aujourd'hui, n'est-ce pas ? » ;
- la troisième sphère est plus **personnelle**, elle inclut les collègues de travail, les collaborateurs, les clients, le patron ; soit des hommes et des femmes que l'adulte est amené à revoir quotidiennement. Dans cette sphère, l'adulte compose entre l'authenticité liée au respect de ses propres besoins et l'image sociale qu'il souhaite donner ; un homme, par exemple, ne montrera rien de sa colère ou de sa tristesse au sein de l'entreprise, car il est censé se montrer sûr de lui et se dominer ;
- enfin, la quatrième sphère concerne **les proches** : la famille, les enfants, le conjoint ; c'est dans cette sphère que l'adulte s'autorise les contacts physiques, les débordements émotionnels, en un mot, l'authenticité ; dans cette sphère, l'aspect social a moins d'influence.

L'adulte est habitué à compartimenter chaque catégorie et à adapter sa communication en fonction de chacune de ces quatre sphères. Il sait exactement dans quelle sphère il est. Cela lui permet d'embrasser chaleureusement ses proches, de serrer les mains des voisins, de vouvoyer le colporteur.

Bien que certains milieux délimitent moins nettement ces quatre sphères, elles demeurent assez imperméables, notamment la sphère professionnelle. L'adulte définit en détail chaque comportement, il peut, par exemple, « surclasser » une personne de la troisième à la quatrième sphère par un : « Et si on se tutoyait, à présent ? » Les adultes sont vigilants, par exemple, à ce que leurs collègues ne deviennent pas trop intimes avec eux, car ils ne souhaitent pas exposer leur vie privée dans les couloirs de l'entreprise. Ils sont également capables de maintenir un contact chaleureux avec une personne dans un certain cadre, et très social dans un autre. Ainsi, les deux conjoints d'un couple d'amis avocats se retrouvaient-ils souvent à plaider l'un contre l'autre. Alors qu'en privé ils étaient chaleureux, complices et bienveillants, dès lors que leur fonction l'exigeait, ils marquaient d'un commun accord la distance voulue par la fonction.

Or, ce comportement, adapté pour un adulte, ne l'est absolument pas pour un enfant de six ans. Bien qu'un enfant fasse très bien la différence entre l'affection qu'il a pour ses grands-parents et ses relations avec le voisin de palier, il n'a pas exploré suffisamment sa propre personnalité pour pouvoir, comme l'adulte, distinguer autant de facettes. L'enfant ne dispose pas de ce répertoire codifié. Lorsqu'il entre en contact, il le fait pleinement, quel que soit le degré d'intimité impliqué. Plus l'enfant est jeune, moins les nuances existent entre les sphères.

UNE SPHÈRE UNIQUE, CELLE DE L'INTIMITÉ

Pour le jeune enfant, les trois premières sphères n'existent pas. Soit il y a contact intime, auquel cas l'enfant monte sur les genoux de la personne, la tutoie, lui caresse les cheveux, lui livre des détails intimes sur son quotidien, soit il y a fermeture. Il peut lui arriver, par exemple, de créer un lien intime avec un passager de l'autobus: «Ce matin, ma maman, elle s'est réveillée plus tard que moi» ou «C'est toi qui sens pas bon?», une spontanéité qui gêne le parent… «Enfin, laisse le monsieur tranquille!»

Pour établir le contact, l'enfant s'inspire de son élan du moment et de ce qu'il ressent. Le jeune enfant n'est pas capable de distinguer ce qui se dit de ce qui ne se dit pas. Il peut être très proche d'un inconnu comme il peut avoir besoin de distance par rapport à un membre de sa famille. C'est l'authenticité.

Ainsi, alors que l'adulte peut facilement donner l'illusion qu'il est chaleureux avec le directeur de son agence bancaire ou son inspecteur des impôts, même si celui-ci lui est tout à fait antipathique, cela, pour ne pas froisser la relation, l'enfant, lui, établit la distance non pas en fonction du statut de la personne, mais à partir de ce qu'il ressent intimement. L'enfant aime-t-il la présence de cet étranger? N'est-il pas gêné par son odeur, son allure, sa voix, son rythme? L'enfant est plus intègre que l'adulte, il ne peut pas composer. C'est pourquoi le parent peut difficilement choisir à la place de l'enfant les personnes avec qui il doit être intime ou pas. L'enfant de cinq ans peut se sentir très proche de la boulangère ou de la voisine qui a un petit chien, et n'avoir aucun lien avec sa tante qui ne représente rien pour lui. Il peut avoir envie d'embrasser la boulangère, mais pas votre sœur.

Le jeune enfant est environ quatre fois plus sensible que l'adulte aux vibrations de ses interlocuteurs. Il perçoit les odeurs et les sons avec plus de finesse. C'est pourquoi il ne pourra établir un lien intime avec une personne dont l'odeur ou le timbre de voix le gêne, fût-elle son oncle. Forcer un enfant qui ne l'a pas choisi à aller dire «bonjour» à une personne de notre choix correspond sensiblement à demander à un adulte d'enlacer malgré lui un inconnu. L'accepteriez-vous?

De plus, l'enfant a besoin de temps pour qu'un véritable contact s'établisse. Lorsqu'il pénètre un nouvel espace, il repère les lieux; comme un petit animal, il a besoin d'apprivoiser et de se laisser apprivoiser. Le rythme de l'enfant est très différent du nôtre. Puis, dans un second temps, lorsqu'il est prêt à établir le contact, l'enfant se rapproche, teste, observe. Avant six ans, un enfant n'est pas préoccupé par la relation sociale. Il entre en relation ou pas. Mais s'il entre en relation, c'est totalement. Et il est important qu'il se sente libre de choisir les personnes par lesquelles il est attiré.

Si vous ne forcez pas un enfant à dire « bonjour » de suite, il se sentira libre, détendu, et naturellement il s'intéressera aux autres.

L'ÂGE DU « BONJOUR »

Pour les parents, le « bonjour » est important. Ils ont tellement peur que leur enfant devienne « impoli » ou « mal élevé » qu'ils mettent beaucoup d'insistance sur le respect de cette règle. L'enfant, lui, sera sensible à la nécessité d'un bonjour social plus tard, vers sept ans. Ce n'est qu'à cet âge qu'il exprimera plus nettement ses deux sous-personnalités : l'une intime et l'autre plus sociale. Inutile de le brusquer avant même qu'il ait établi sa personnalité sociale. Avant cinq ans, l'enfant n'est absolument pas disposé à s'embarrasser de cette forme de politesse. Il apprend à se connaître lui-même, et cette découverte capte toute son attention ; il découvre ses propres sensations, ses émotions, ses sentiments. Il découvre l'autre, ce qu'il sent au contact de l'autre. C'est pour lui une révolution interne. Il expérimente les changements d'humeur qu'il vit au contact d'autres enfants. Faites-lui confiance pour s'approprier naturellement les règles de bienséance le moment venu. Lorsque l'enfant se connaîtra et aura suffisamment confiance en lui, les règles s'imposeront d'elles-mêmes sans que vous ayez à intervenir.

« S'IL TE PLAÎT ! »

Pour clore ce chapitre sur la politesse, j'aimerais aborder cette dernière locution qui représente à mon sens une manipulation par le langage. « S'il te plaît » veut en effet dire « si ça te plaît », autrement dit, un parent qui dirait à un enfant: « Veux-tu bien aller me chercher une bouteille d'eau à la cave, s'il te plaît? » est censé lui laisser le choix! Soit c'est une demande, soit c'est un ordre! La différence est simple: si c'est une demande, l'enfant est libre d'accepter ou de refuser; si c'est un ordre, l'enfant n'a pas le choix.

Le «s'il te plaît» parsemé dans toutes les phrases rend confus le langage du parent, et difficile la compréhension de l'enfant. Prenons un exemple concret. Un adulte dira: « Veux-tu bien aller me chercher une bouteille d'eau, s'il te plaît » ou « Ne touche pas à mon sac à main, s'il te plaît». Dans le premier cas, s'il s'agit d'une demande, l'adulte laisse le choix à l'enfant; dans le second, c'est un ordre. C'est à l'adulte de prendre clairement position et de préciser si son injonction est une demande ou un ordre. Dans le premier cas, l'adulte pourra dire: « Es-tu d'accord pour aller me chercher une bouteille? » et laisser libre l'enfant d'accepter ou non. Dans le second cas, « Ne touche pas à mon sac, s'il te plaît», le « s'il te plaît» est en trop et perturbe la communication. La mère demande à l'enfant de ne pas toucher à son sac à main, et elle est fondée à le faire; elle n'a donc aucune raison de laisser le choix à l'enfant. Elle gagnera plutôt à se situer clairement et à indiquer ses limites: « Je te demande de ne pas toucher à mon sac à main. » La politesse n'a rien à voir avec ça! Au contraire, elle entraîne de la confusion. L'enfant a besoin de clarté dans la communication.

Si le parent utilise cette locution à bon escient, l'enfant apprendra lui aussi à faire des demandes claires. Lorsque le parent force l'enfant à dire « s'il te plaît» à tout bout de champ, ce dernier s'habitue à ce qu'on ne lui refuse rien s'il dit à son tour « s'il te plaît». Cette locution devient alors tyrannique. Si une demande lui est faite, l'enfant doit rester libre de la refuser ou d'y répondre. Sinon, ce n'est plus une demande, c'est un ordre!

UN MOYEN DE PRESSION DE L'ENFANT

Enfin, la politesse est souvent le prétexte à un conflit entre parents et enfants dont la source se trouve ailleurs. Certains parents rappellent à l'ordre leur enfant plusieurs fois par jour : « Dis "merci" », « Dis "s'il te plaît" », « Dis "pardon" ». Malgré leur insistance, ils n'obtiennent aucun résultat. Mais le parent ne veut pas lâcher prise, il revient à la charge, car il vit très mal que l'enfant soit « malpoli ». Et ça, l'enfant l'a bien repéré ! La politesse devient le prétexte à un conflit plus intime. Si, par exemple, le parent se montre gêné que son fils ne dise pas « bonjour » en arrivant à une soirée entre amis, l'enfant comprendra qu'il dispose d'un utile moyen de pression sur le parent. En fonction de son bon vouloir, il pourra désormais gêner son parent ou l'apaiser. Plus le parent insiste sur le fait que dire bonjour est important, plus l'enfant va comprendre que ce mot a de la valeur, et plus il l'utilisera comme moyen de pression.

Dès lors que le parent se montre un peu moins exigeant quant aux règles de politesse, et n'est plus là à surveiller en permanence le vocabulaire de l'enfant, celui-ci ne dispose plus de ce moyen de pression et devient plus détendu ; son comportement sera davantage apprécié par tout un chacun.

La politesse est une douce qualité. Il est agréable de sentir qu'une personne nous tient en considération, ce sont des petits mots, des intentions discrètes, un « merci » à un moment où nous ne l'attendions pas, une porte ouverte avec un sourire, un « pardonnez-moi » humble et franc. Comme des notes de musique, ces intentions légères émaillent notre quotidien. Les enfants sont sensibles à cette délicatesse, c'est pourquoi, si nous prenons soin de transmettre ces signes d'attention comme la partition d'un quotidien au fil duquel chacun se respecte, il n'y a aucun doute sur le fait que nos enfants les respecteront.

CHAPITRE 12
PUNITIONS ET RÉCOMPENSES

Toute personne dans une situation d'autorité incontestée, libre de toute critique, court le danger de devenir un tyran!
MARIA MONTESSORI

LES TROIS COUPS DE CEINTURON

La tentation était trop forte: aller retrouver les filles dans leur chambre! Comment résister quand on a 12 ans, qu'il s'agit de la première classe de neige et que l'on partage l'intimité d'un chalet pendant deux pleines semaines! Par crainte de la punition, nous respections toute la journée l'autorité des adultes. Mais lorsqu'ils étaient couchés, nous retrouvions le monde régi par le rythme de l'enfance. Batailles de polochons, fous rires, trampoline sur les lits. Et le soir, nous avions prévu, Franck, Christophe et moi, d'aller retrouver les filles dans le dortoir voisin. Nous savions que c'était interdit, mais cette entrave au règlement pimentait la situation. Nous voilà donc tous les trois, en pyjama, dans le couloir de ce chalet, à gratter à la porte de la chambre voisine. Les filles nous avaient mis au défi de venir les retrouver quand tout le monde serait couché. Nous bravions notre peur et étouffions nos fous rires. La visite fut de courte durée. Au bout de quelques minutes à peine, notre guetteur venait nous prévenir qu'un moniteur montait l'escalier. En quelques secondes nous avions rejoint notre dortoir et nous étions cachés sous nos draps, le souffle court. Jo pénétra brusquement dans la pièce. Cet animateur s'était présenté en disant qu'il était là pour faire respecter l'ordre, pas pour rigoler. Ce soir-là, surpris en flagrant délit, nous nous sentions encore plus vulnérables. Jo demanda aux coupables de se dénoncer, sans quoi toute la chambre serait punie. Il tenait sa ceinture à la main. C'était la première fois que je ressentais une telle peur face à un adulte. Cette menace ne ressemblait à rien de ce que j'avais connu. L'humiliation de devoir baisser mon pantalon devant les copains était plus douloureuse que les trois coups de ceinturon qui ont suivi. Au fil du temps, notre haine de cet animateur s'est renforcée proportionnellement à la peur qu'il nous inspirait. La scène avait fait le tour de la classe : être puni pour une escapade chez les filles – pour certains, nous étions des victimes, pour d'autres des héros.

PUNIR POUR ÉDUQUER

La punition a été, pendant des siècles, le principal moteur de l'éducation, aussi bien dans les écoles que dans les familles. Qu'en est-il aujourd'hui ? Est-ce souhaitable d'utiliser la fessée, les gifles, les punitions pour se faire obéir ? Comment fixer les limites de telles mesures ? Sont-elles efficaces ? Et, du reste, autorisées ?

En Europe, comme dans tous les pays du monde, des enfants sont quotidiennement corrigés, giflés, pincés, fessés par leurs parents ou des adultes qui abusent de leur pouvoir sous prétexte qu'ils en ont la responsabilité. Ces punitions sont motivées soit par la réaction impulsive d'un parent à bout de nerfs, soit consciemment imposées par des parents persuadés que les punitions forgent le caractère. La blessure qu'en retire l'enfant n'est pas tant proportionnelle à l'intensité du coup qu'à l'intention qui l'accompagne. Une fessée fait plus mal encore si celui qui l'inflige a l'intention d'humilier l'enfant. L'enfant perçoit l'intention de l'adulte. Beaucoup de parents mettent régulièrement des pichenettes sur le bout du nez de leurs enfants quand ils se tiennent mal, d'autres leur tirent l'oreille, leur pincent la joue, leur donnent des tapettes derrière la tête, leur pincent le bras. Même s'ils ne sont pas physiquement très douloureux, ces gestes sont violents pour l'enfant. Ils sont une atteinte à sa dignité. L'enfant les admet, car ils émanent de quelqu'un qui représente l'autorité et qu'il aime. Sans s'en rendre compte, l'enfant s'habitue à cette forme d'humiliation et de soumission, se déniant lui-même. Il ne se laisserait pas faire si cela se passait avec un copain d'école.

Il a fallu des années aux femmes pour faire reconnaître que les mains aux fesses, les pelotages de toutes sortes étaient une atteinte à leur dignité. Ce qui était considéré par les hommes comme un jeu, une taquinerie, était vécu par les femmes comme une extrême violence. J'emploie ici le passé, non pas pour situer ces humiliations verbales et physiques dans un temps révolu – les femmes sont encore blessées dans leur intégrité dans de très nombreuses familles et au sein de plusieurs catégories professionnelles –, mais pour encourager l'émergence d'une prise de conscience nouvelle, qui se manifeste, à mes yeux, chez la génération montante.

Il en est de même pour les enfants. Ces gestes constituent une atteinte à leur intégrité psychique et physique. Ils témoignent d'un manque de respect pour leur dignité. Ils fragilisent l'estime que l'enfant a de lui et son sentiment de sécurité. Ils lui inculquent une norme selon laquelle le fort dispose du droit de faire du mal au faible. Au-delà du fait que l'enfant à qui on transmet cette forme d'éducation la reproduira probablement à son tour lorsqu'il aura le pouvoir sur plus faible que lui, ce genre d'éducation est contraire à tout fondement éthique, moral et déontologique.

Cela dit, bien que frapper ou imposer un traitement humiliant aux enfants constitue une violation des principes fondamentaux des droits de l'homme, ces attitudes restent acceptées juridiquement dans la plupart des pays.

PUNITIONS ANCESTRALES

Chez nos ancêtres les Gaulois, les pères pouvaient tuer leurs enfants sans en être inquiétés. Les lois romaines autorisaient les hommes à accepter ou à refuser un enfant à sa naissance. En France, jusqu'en 1885, socialement, les parents avaient tous les droits sur leurs enfants, y compris le droit de cuissage. De nos jours, les codes sociaux et juridiques ont évolué. Les enfants sont davantage protégés. Toutefois, encore aujourd'hui, en 2009, la législation comporte des concepts aussi dégradants que ceux de «châtiments raisonnables» et de «correction licite», qui légitiment des voies de fait n'ayant rien à faire dans un processus d'éducation basé sur le respect et la dignité. Cette légitimité de la punition corporelle est un équivalent moderne des lois qui, en vigueur il y a un ou deux siècles, autorisaient, et autorisent encore dans certains pays, les maîtres à battre leurs domestiques ainsi que les maris leur femme. Cette violence est légitimée par la notion de propriété: celui qui bat considère que l'enfant puni est sa propriété; de la même façon, la femme était considérée comme la propriété de son mari. Ces droits reposent sur le pouvoir du plus fort. Rien n'est plus symbolique de la dévalorisation de l'enfant.

N'est-il pas pourtant intolérable que, dans une société moderne, les personnes les plus vulnérables aux atteintes physiques et mentales bénéficient d'une protection moindre que les autres? Les enfants ont dû attendre une époque récente pour être protégés par la loi, au même titre que quiconque, contre les violences volontaires.

CHÂTIMENTS AUTORISÉS

Comme c'est encore le cas dans beaucoup de pays, le Code criminel canadien autorise toujours le recours à des punitions corporelles pourvu qu'elles soient «raisonnables». Cela dit, un parent qui corrigerait physiquement un enfant dans un lieu public serait certainement pris à parti aujourd'hui au Québec. L'article, qui date du XIXe siècle, se lit ainsi: «Tout instituteur, père, ou mère, ou toute personne qui remplace le père et la mère, est fondé à employer la force pour corriger un élève ou un enfant selon le cas, confié à ses soins, pourvu que la force ne dépasse pas la mesure raisonnable dans les circonstances[6].» À l'heure actuelle, malgré les très nombreuses démarches effectuées par certains politiques et des associations de parents, cet article n'a toujours pas été abrogé.

En Europe, seuls 14 pays ont introduit l'interdiction explicite de tout châtiment corporel des enfants dans leur législation: l'Allemagne

(2000), l'Autriche (1989), la Bulgarie (2000), la Croatie (1999), le Danemark (1997), la Finlande (1983), la Hongrie (2004), l'Islande (2003), la Lettonie (1998), la Norvège (1987), la Suède (1979), le Portugal (2007), l'Espagne (2007) et l'Ukraine (2001). La France ne fait pas encore partie de cette liste. À l'heure où je rédige ces lignes, l'interdiction de la fessée est discutée par les députés. Souhaitons que le débat ne se limite pas à la seule législation et ouvre les esprits à la nécessité d'élaborer de nouvelles formes de communication avec les enfants, plus respectueuses et moins violentes[7].

LES PARENTS QUI VIOLENTENT LEURS ENFANTS SONT-ILS ENCORE NOMBREUX ?

Les enfants sont bien plus souvent frappés qu'on ne l'imagine. Difficile toutefois de se faire une idée précise compte tenu du faible nombre d'enquêtes complètes sur le sujet. De plus, bien souvent, les enquêtes interrogent les parents, non les enfants. Or, le nombre de parents qui avouent battre leurs enfants (fessées, claques, gifles ou autres punitions corporelles) est bien moins élevé que celui des enfants qui affirment être giflés ou fessés. Pour s'appuyer sur quelques chiffres : en Grande-Bretagne, une étude menée par Marjorie Smith et Gavin Nobes[8] illustre à quel point les châtiments sont fréquents : 91 % des enfants interrogés témoignent avoir reçu des punitions corporelles au moins une fois. L'enquête démontre que la fréquence diminue avec l'âge. Plus les enfants grandissent et deviennent forts, moins ils sont tapés. Il se pourrait que les parents aient peur des représailles lorsque l'enfant sait se défendre. Seulement 25 % des nourrissons de 0 à 1 an n'ont jamais été fessés ; 14 % des enfants de 1 an l'avaient été avec une sévérité modérée et 38 % plus d'une fois par semaine. Lorsque la simple claque ou la fessée sont devenues obsolètes, le parent est amené, suivant le principe de l'escalade de la violence, à rehausser le châtiment. C'est ce qui explique qu'un cinquième des enfants ont été battus avec un objet tel qu'une ceinture ou un martinet.

En Grèce, dans une cohorte de 8158 enfants âgés de 7 ans, un tiers, soit 37 % au moins, étaient fessés une fois par semaine, et 1 enfant sur 6, soit 18 %, recevait une fessée par jour. En Roumanie, sur 423 enfants de 11 à 13 ans, 75 % des enfants avaient reçu des châtiments corporels parmi lesquels 5 % avaient eu besoin de soins médicaux. Ces quelques chiffres nous confirment que, non, les punitions corporelles ne sont pas rares ! Les parents qui utilisent la fessée ne sont pas des cas isolés. Battre pour éduquer, s'imposer par la force et par l'humiliation sont encore des méthodes pédagogiques bien ancrées, et ce, dans les pays les plus civilisés.

« C'est pour le dresser, pour lui apprendre à bien se tenir », « C'est peut-être un peu dur sur le moment, mais la fessée fait des enfants forts. Les enfants fessés respectent mieux l'autorité », entend-on dire. Est-ce vraiment le cas ? Les enfants qui ont été fessés et giflés ont-ils acquis un plus grand respect de l'autorité et de l'autre ? Ou, au contraire, se sont-ils insensibilisés au fur et à mesure de cette forme de communication dans laquelle le fort humilie le faible ? N'attendent-ils pas d'être eux-mêmes en position de force pour asservir plus faible qu'eux ?

LES PUNITIONS CORPORELLES SONT-ELLES UTILES ?

Encore quelques chiffres. Une méta-synthèse a été effectuée en 2002 par Elisabeth Thompson Gershoff, présentant les résultats de 88 études sur la violence en milieu familial. Cette synthèse démontre que les châtiments corporels ont de nombreuses conséquences néfastes et n'ont aucun effet positif à long terme. Ils sont à l'origine d'un grand nombre de perturbations de la santé mentale des enfants, de relations parents-enfants dégradées, d'intériorisation plus faible des valeurs morales, d'une agressivité plus importante, de comportements asociaux plus fréquents ; de plus, ces effets perdurent à l'âge adulte.

Rien, dans ces études, ne démontre l'influence positive des punitions corporelles sur le comportement de l'enfant à long terme.

Pour bien comprendre l'influence des punitions et des châtiments infligés aux enfants, il est en effet important d'en étudier les répercussions dans le temps. « Vous voyez, je le fesse et il se tient tranquille ! » Dire qu'avec une bonne fessée l'enfant finit par obéir n'apporte qu'une information sur la réaction de l'enfant à court terme. L'enfant construit son rapport à l'autorité en fonction de l'éducation qu'il reçoit. Un parent violent est souvent un parent qui a été lui-même violenté ; même s'il n'a pas été tapé, il a bien souvent été l'objet d'un manque de respect.

L'étude de l'enfance de très nombreux tueurs en série, violeurs ou agresseurs révèle un père lui-même tyrannique et brutal, une mère sadique, et d'autres phénomènes de violence familiale. Lors du procès de Marc Dutroux, les experts ont décrit un père violent, qui ne se reconnaissait pas comme le père biologique de son fils et qui distribuait des gifles pour des futilités. Le père du tueur en série John Wayne Gacy insultait son fils, le traitait de raté, battait sa femme et tua un jour son chien pour le punir. Lorsque Gacy étranglait ses jeunes victimes, il les encourageait à rester braves devant la mort. Cette mise en scène lui permettait de réaffirmer sa propre vision d'une identité masculine. Le père d'Albert DeSalvo, un autre tueur en série, frappait sa femme et son fils dans le dos, avec un tuyau. Henry Lee Lucas, un autre criminel, était battu régulièrement par sa mère, et humilié en public. Si tous les enfants battus ne deviennent pas systématiquement des adultes violents, en revanche, l'essentiel des adultes violents ont été des enfants battus.

CONSÉQUENCES DES PUNITIONS CORPORELLES

Une autre étude sur le milieu parental et le comportement agressif chez les enfants a été réalisée en 2004 au Canada auprès de 2000 enfants[9]. C'est l'une des rares études faites sur les conséquences à long terme des punitions corporelles. Elle a permis de déterminer que les enfants âgés de deux à trois ans qui vivaient dans des milieux punitifs obtenaient, sur l'échelle du comportement agressif, un score de 39 % supérieur à celui des enfants vivant dans des milieux moins punitifs. On entend par comportement agressif de l'enfant le fait, par exemple, de brutaliser les autres, de mordre, de taper, de faire preuve de méchanceté. Cette différence était encore plus marquée lorsque les enfants étaient âgés de huit à neuf ans. Ceux vivant dans des milieux punitifs obtenaient alors un score de 83 % supérieur à ceux vivant dans des milieux moins punitifs sur l'échelle du comportement agressif. En conclusion, sur 2000 enfants vivant dans un milieu agressif dominé par la punition, seuls 17 % d'entre eux n'adoptent pas de comportement agressif.

L'observation à long terme met en lumière que l'agressivité de l'enfant se trouve ensuite liée aux difficultés scolaires, puis, chez l'adulte, au chômage, à la dépression et aux autres situations d'échec. À ma connaissance, si la peur de la fessée incite, dans l'instant, de nombreux enfants à faire profil bas, aucune étude suivie ne montre que les punitions corporelles telles que fessées, gifles ou interdiction de bouger apaisent l'enfant et le rendent plus apte à vivre en groupe et à respecter l'autorité à long terme.

REPRODUIRE LA VIOLENCE

L'enfant reproduit les processus qu'il a connus. S'il a vécu dans un environnement où l'on a banalisé les punitions, les humiliations et l'agressivité, il risque de reproduire ce comportement comme étant un comportement normal. Il ne saura pas résoudre un conflit autrement que par le rapport de force et la domination du plus faible. Il peut aussi prendre l'habitude d'une soumission aveugle à l'autorité. Nous pouvons, du reste, vérifier aujourd'hui combien, dans le monde des adultes, sont rares ceux qui sont vraiment capables de résoudre des conflits autrement que par un rapport de force. Même si le rapport de force n'inclut pas de violence physique, de nombreuses négociations quotidiennes s'appuient sur la peur, l'intimidation, plus que sur l'écoute harmonieuse des besoins de chacun.

L'enfant qui a été élevé dans ce climat de violence relationnelle n'éprouve pas de remords quant à sa propre violence, car il considère que c'est une façon normale de fonctionner. J'entends par violence les punitions humiliantes telles qu'envoyer l'enfant au coin, les paroles blessantes, les humiliations, toutes les phrases qui visent à le rabaisser, à le mettre en porte-à-faux, à atteindre à sa dignité. J'entends également par violence l'indifférence émotionnelle et affective. Cette forme de violence qui ne reconnaît pas l'identité émotionnelle de l'enfant est probablement celle qui laisse encore le plus de séquelles. Les parents qui s'appuient sur la violence verbale ou physique pour imposer leur autorité aux enfants le font souvent à contrecœur. Face à leur enfant qui n'obéit pas, ils ne savent pas comment agir autrement que par la punition. Quand ils ont monté le ton une fois, puis deux fois, ils ne connaissent souvent pas d'autres arguments que la gifle ou la fessée pour se faire obéir.

Je n'ai jamais rencontré de parents qui, profondément, prenaient du plaisir à battre ou à punir leurs enfants. S'ils le font, c'est en général qu'ils sont à bout de nerfs. De plus, les parents conscients de leur geste vivent fréquemment, par la suite, de la culpabilité et un sentiment d'impuissance. Ils compensent alors en offrant des récompenses à leur enfant. Il existe pourtant d'autres approches. Pour en comprendre l'utilité, observons la source de la pédagogie fondée sur des punitions et des récompenses.

LE BEHAVIORISME

« Mon enfant est bien élevé, il m'obéit et ne discute jamais mes ordres. Dès que j'élève la voix, il sait qu'il a intérêt à venir manger, faire ses devoirs, se laver les dents et se coucher. Sinon... » Le behaviorisme définit l'éducation comme une modification du comportement résultant d'un entraînement particulier. Depuis le début du XXe siècle, les expériences se sont multipliées dans les laboratoires. Les chercheurs et psychologues observent le comportement des souris dans des cages. On propose, par exemple, un petit labyrinthe aux rongeurs, dans lequel ils doivent se repérer. Si une souris pousse une petite trappe bleue, elle est récompensée par un morceau de fromage. Si elle pousse la trappe rouge, elle reçoit une légère décharge électrique. Ainsi, par un stimulus extérieur, le chercheur amène l'animal à modifier son comportement.

Ce conditionnement se joue sur un mode binaire : lorsque l'attitude correspond à l'attente du chercheur, l'animal est récompensé. Lorsque l'attitude ne correspond pas, il est puni. Pour obtenir le comportement adéquat d'un animal, il suffit de lui infliger le stimulus adapté. C'est une façon d'imposer son autorité selon le principe « punition-récompense ». Cette méthode s'est généralisée depuis longtemps auprès des enfants. Que ce soit dans les écoles, dans les groupes ou dans les familles, les adultes ont compris qu'il existe un moyen simple pour modifier le comportement d'un enfant : utiliser le stimulus adéquat. Ainsi, la fessée, le coin, la vexation, ou toute autre privation de dessert, de télévision ou de jouet incitera l'enfant à ne pas recommencer. Quant à la flatterie, à la récompense, à la promesse d'un cadeau, d'un bonbon, d'une autorisation de sortie, elles encourageront l'enfant à acquérir une attitude qui convient aux parents.

De très nombreux parents font reposer leur autorité sur ce simple principe binaire. Ils imposent à l'enfant de ranger sa chambre, de se laver les dents, de parler moins fort, en échange de punitions et de récompenses, d'une part, sans réellement vérifier si cette méthode est fiable à long terme et permet à l'enfant de grandir harmonieusement, et, d'autre part, sans identifier les besoins qui se cachent derrière les comportements agressifs ou dérangeants des enfants. Que cherche à nous dire l'enfant quand il ne trouve pas d'autre langage que celui qui consiste à mordre, à taper, à cracher, à se fermer ? Qu'est-ce qui, dans le rapport à ses parents, l'empêche d'utiliser le langage des mots pour exprimer ses besoins ? Pour beaucoup de parents, l'autorité vis-à-vis de l'enfant se limite essentiellement à deux phrases : « C'est mal ! Si tu continues, tu seras privé de… » ou « C'est bien, si tu recommences, je t'offrirai… ». Le fait que les enfants, craignant d'être punis ou espérant être récompensés, se soumettent à cette autorité suffit aux parents pour maintenir cette forme d'éducation. Et c'est souvent parce que les enfants ne se montrent plus ni attirés par la récompense ni inquiets de la punition que les parents sentent qu'ils n'ont plus d'autorité. Éduqués à cette relation binaire, les enfants eux-mêmes reproduisent vite cette forme de chantage avec leurs parents. Ils comprennent qu'ils disposent, eux aussi, d'un arsenal d'attitudes pour punir le parent : tomber malade, bouder le jour où les parents reçoivent des amis, inquiéter par des mauvais résultats scolaires. « Si tu ne t'occupes pas de moi, je fais la tête et je ramène des mauvaises notes » est une façon qu'a l'enfant de punir ou de récompenser ses parents.

LES LIMITES DU SYSTÈME PUNITION-RÉCOMPENSE

La fragilité de ce système éducatif vient de ce que l'enfant agit par peur de la sanction ou par désir d'une récompense, plutôt qu'en fonction du bénéfice qu'il pourrait retirer de l'acte lui-même. Si l'enfant adopte un comportement de défense, c'est pour répondre à un besoin. Si ce besoin n'est pas satisfait, on peut lui interdire le comportement, il en résultera toujours une frustration qui s'exprimera alors ailleurs. Par exemple, si un enfant mord son frère, c'est probablement qu'il se sent en situation d'insécurité ou en danger. Il n'aurait aucune raison de le faire autrement. Il n'est pas pour autant question de lui permettre de continuer à mordre. Mais il faut avoir à l'esprit que le punir s'il mord l'empêchera peut-être de recommencer, mais ne remédiera nullement à son sentiment d'insécurité, au contraire. Or, si ce sentiment n'est pas identifié, l'enfant l'exprimera d'une autre façon, peut-être moins visible, et moins facile, à décrypter plus tard par le parent.

Beaucoup de parents se limitent à punir les actes qu'ils jugent « déplacés », sans chercher à identifier quels besoins les animent. Ils punissent l'enfant qui mord, qui ne veut pas manger, qui crie, qui a de mauvaises notes. Ils agissent sur chaque « signal » et le court-circuitent plutôt que d'identifier quelle information transmet le signal. Lorsque l'enfant crie, pleure, est démotivé, il envoie un signal. Court-circuiter le signal de l'enfant sans répondre à ses besoins correspondrait, dans une voiture, à couper le voyant du tableau de bord lorsqu'il devient rouge. Mais si le voyant du radiateur s'allume, c'est que la voiture manque d'eau et que le moteur envoie un signal! Enlever le fusible du voyant ne permettra pas de répondre aux besoins d'eau ou d'huile du moteur et, dans ce cas, même si le voyant ne fonctionne plus, c'est la panne assurée!

Si un enfant parle fort, s'il crie, s'il pleure, comme le voyant du tableau de bord, il envoie un message d'alerte. Il peut, par exemple, parler fort pour signaler qu'il n'est pas entendu. On peut le punir pour cela, mais cette sanction ne l'apaisera pas dans son besoin d'être écouté. Au contraire, elle risque même de renforcer sa sensation de n'être pas entendu. Un enfant qui souffre d'un manque de présence de ses parents peut émettre de très nombreux signaux concernant ce manque: moins travailler à l'école, perdre l'appétit, crier après sa sœur. C'est pourquoi le parent doit user d'écoute et de perspicacité pour décrypter l'appel de l'enfant. L'enfant peut également manifester de nombreuses réactions corporelles pathologiques telles que l'eczéma, l'asthme, les allergies, les insomnies. Autant de signaux qui peuvent servir au parent pour rétablir une autre forme de communication.

Ce que le parent considère comme des bêtises n'en sont que pour lui. Pour l'enfant, il s'agit de signaux qu'il envoie afin d'attirer l'attention sur lui lorsqu'il se sent en détresse et qu'il ne sait pas comment le dire autrement. Ces indices, pour peu qu'ils soient écoutés, permettent au parent attentif d'identifier les besoins de l'enfant et de l'aider à y répondre dans la mesure du possible. Si son besoin de présence est apaisé, l'enfant n'a aucune raison, alors, d'envoyer de nouveaux signaux d'alerte.

Un enfant dont les besoins affectifs et psychiques sont satisfaits aura moins tendance à se montrer agressif, violent, imprévisible. Aussi, dans le cas d'une éducation binaire punition-récompense, l'attention de l'enfant est davantage portée sur la récompense ou la punition que sur l'acte qu'il accomplit. J'ai vu ainsi des ados se défier entre eux en se lançant: «On te donne dix euros si tu es capable d'avaler ce ver de terre.» Dans ce cas, l'enfant se coupe totalement de ce qu'il est en train de faire, concentré uniquement sur la récompense. Ce mécanisme implique une surenchère dans l'intensité des punitions et des récompenses. Le parent qui instille ce type d'éducation sera vite en panne de munitions!

Quand il s'agit de punitions, de nombreux parents ne savent plus comment faire lorsqu'ils ont déjà privé l'enfant de télévision, de copains, de sorties et que celui-ci continue à répondre: «J'm'en fiche, ça m'est égal.» Le parent en vient alors aux punitions plus dures: «Pourtant, on a tout essayé pour le faire changer gentiment», disent-ils. «Tout», sauf peut-être, justement, tenter de comprendre quel besoin se cachait derrière le comportement de l'enfant.

Il en est de même pour les châtiments corporels: certains parents s'évertuent à gifler de plus en plus fort pour se faire obéir. Les enfants s'insensibilisent progressivement et les parents atteignent vite leur limite, car ils ne souhaitent pas non plus blesser physiquement l'enfant. En ce qui concerne les récompenses, l'enfant qui a été habitué à cette forme d'éducation se lasse vite. À l'école, quand il a échangé cinq ou six fois ses dix bons points contre une image, l'enfant n'accorde plus la même importance à ces morceaux de papier. Au cours de cette surenchère, l'instituteur cherche sans cesse une carotte plus attirante. Les enfants, conditionnés par les récompenses et les punitions, finissent par ne plus savoir identifier leurs besoins réels. Ils agissent exclusivement en réaction, par «peur-désir». Arrivés à l'âge adulte, cette dépendance à la récompense continue à les conditionner. Je rencontre aujourd'hui de très nombreux adultes marqués par ce système de punitions-récompenses.

Ce paradigme s'est reproduit dans leur vie professionnelle. Ces adultes sont stimulés par une récompense, par exemple une prime ou une promotion, et par la peur de la punition. Pour eux, la course devient de plus en plus épuisante. Ils cherchent toujours à se dépasser pour obtenir toujours plus, en perdant de vue leurs besoins réels. Cette course effrénée les conduit à un stress intense, parfois à un véritable *burnout*. C'est l'occasion d'une prise de conscience: l'adulte réalise que sa vie n'a pas de sens, que ses besoins ne sont plus satisfaits depuis longtemps, qu'il s'ennuie dans son métier. C'est le cas de Michel, constamment en attente d'une augmentation de salaire. Les augmentations qu'il obtient ne suffisent pourtant pas à le satisfaire, car il ne s'épanouit pas dans son métier; et ce n'est pas une récompense qui l'y aidera.

LA PEUR DU GENDARME

Un jour que je prenais le train, un mouvement de grève des contrôleurs avait été annoncé. Je remarquai que très rares étaient les voyageurs qui achetaient un ticket ce jour-là. La majorité des passagers achètent en effet un billet pour éviter l'amende (punition), plutôt que de considérer cet achat comme un geste naturel qui contribue à la bonne marche des transports publics. C'est ce genre de déformation que conditionne l'éducation binaire à base de punitions et de récompenses. Dès lors que la punition est supprimée, le système est déséquilibré. De même, avec ce principe, l'enfant n'apprend plus sa récitation pour le plaisir d'apprendre un joli texte, il le fait dans l'espoir d'une bonne note ou par peur d'être privé de sortie. C'est alors que naît en lui une confusion entre ses besoins profonds et sa peur ou son envie de plaire. Or, on ne construit pas une personnalité confiante en elle-même sur la peur de déplaire.

LES RÉCOMPENSES

Les sanctions que donnent les adultes aux enfants peuvent être de tous ordres: punitions, privations, vexations, frustrations. Les récompenses peuvent aussi toucher les sphères affective (câlins, bisous, mots doux), relationnelle (autorisations de sortie, de recevoir des amis) ou matérielle (bonbons, jouets, argent). Le mécanisme de la récompense est d'autant plus pervers à mes yeux que bien souvent l'objet qui sert à attirer l'attention de l'enfant est une récompense nocive. On récompense les enfants par des bonbons chimiques ou des heures de télévision qu'on leur interdit le reste du temps, justement parce qu'ils sont toxiques. Le parent apprend à l'enfant que les bonbons chimiques donnent des caries, affectent le système nerveux et font prendre du poids. Il prévient que la télévision abîme les yeux, que les jeux vidéo rendent dépendants. Pourtant, ces activités nuisibles sont utilisées comme des récompenses : « Si tu es sage, tu pourras regarder la télévision. » Comment l'enfant peut-il s'y retrouver devant tant d'incohérence ?! On lui transmet un message contradictoire : « Les bonbons ne sont pas bons pour ta santé, mais si tu fais tes devoirs, tu auras le droit d'en manger. » Ce chantage éloigne l'enfant de ses besoins réels.

REVENIR À SES BESOINS

Les enfants ont du mal à identifier leurs besoins réels lorsqu'on ne leur a pas appris à le faire. Quand ils pleurent, crient, se montrent agressifs, on leur demande d'arrêter immédiatement sous peine d'être punis. Les enfants, craignant la punition, s'arrêtent en oubliant leurs besoins ; comme dans le laboratoire de l'exemple précédent, la souris évite la porte rouge pour ne pas recevoir de décharge. C'est une vraie introspection que d'identifier nos besoins profonds : besoin de sécurité, d'autonomie, de tendresse, de reconnaissance.

Par exemple, un enfant peut exprimer un besoin de se sentir le meilleur pour se distinguer de son grand frère en adoptant une attitude « casse-cou ». Il peut se gaver de bonbons pour combler un manque affectif, se cogner souvent ou casser de la vaisselle accidentellement pour que l'on s'intéresse davantage à lui. Les parents sont toujours tentés de réagir au signal plus qu'au besoin. Pourtant, s'ils n'apprennent pas à répondre aux besoins réels des enfants, ces derniers, devenus adultes, risquent d'adopter des attitudes de compensation incohérentes. Ils continueront à s'exprimer par des gestes inappropriés ou contradictoires ; par exemple, quel besoin de fumer ont 1,3 milliard d'adultes dans le monde, compte tenu du fait qu'environ près de 5 millions de fumeurs meurent des suites du tabagisme chaque année ? Le rôle du parent est d'aider l'enfant à décrypter ses besoins profonds de façon qu'il évite les comportements réactifs aux frustrations.

L'éducation des enfants repose sur une règle simple : pour qu'ils grandissent dans l'harmonie, il faut que leurs besoins soient, sinon satisfaits, à tout le moins entendus. Si c'est le cas, les enfants seront naturellement curieux, audacieux, courageux. Ils n'auront, par ailleurs, aucun besoin d'adopter des attitudes violentes pour attirer l'attention sur eux en s'écriant : « Papa, maman, regardez-moi vraiment ! »

S'IMPLIQUER DANS L'ÉCOUTE DES BESOINS

Écouter les besoins de l'enfant fait peur aux parents, pour au moins deux raisons. La première est liée à la difficulté d'identifier les vrais besoins de l'enfant. Souvent, l'enfant réagit d'une certaine façon tout en gardant bien caché son besoin réel. Pour décrypter ce double langage, il faut du temps, de la disponibilité et des qualités d'écoute que les parents ne sont pas toujours prêts à déployer. Les parents, du reste, ne se sentent pas assez outillés : « Nous ne sommes pas des psys », disent-ils alors. Pourtant, cette disponibilité ne demande pas d'autre qualité qu'une intention sincère d'être à l'écoute.

Une seconde raison freine les parents : « Que ferons-nous si nous ne pouvons pas satisfaire ses besoins ? » se demandent-ils. Par peur de ne pouvoir répondre favorablement aux besoins des enfants, les parents évitent et de nommer le besoin de l'enfant, et d'avoir un contact intime avec lui : « Si je suis sincère, je sais bien au fond de moi que l'essentiel de l'agressivité de mon fils vient du fait que je ne suis pas assez disponible, témoignait une jeune maman. Je sais qu'il aimerait plus de présence, poursuivait-elle, mais je travaille tant que je ne peux pas la lui donner. Alors, je fais semblant de ne pas comprendre ses nombreux signaux. » Le premier besoin de l'enfant est un besoin d'être écouté, reconnu pour ce qu'il est. L'adulte n'a besoin ni de punitions ni de récompenses pour répondre à cela. Si, par exemple, l'enfant manque d'intimité avec ses parents, il peut attirer l'attention sur lui de quantité de façons: devenir agressif, se replier sur lui-même, avoir des problèmes scolaires, entre autres. Si ces réactions sont sanctionnées par la punition, l'enfant souffrira davantage de cette coupure d'avec les parents.

UN SIGNAL PEUT EN CACHER UN AUTRE

Julia, une amie enseignante, me racontait l'exemple de Karima, une élève de sa classe en difficulté scolaire. Les parents, séparés, avaient essayé, chacun de son côté, différentes sanctions pour l'obliger à mieux faire ses devoirs. Karima était privée de sorties et de jeux lorsque ses notes en mathématiques étaient inférieures à la moyenne. Cette pédagogie par punitions et récompenses ne donnait que de faibles résultats. Sensible aux méthodes alternatives, Julia a pris le temps de parler longuement avec l'enfant. Elle l'a questionnée sur la récente séparation de ses parents; celle-ci vivait en garde alternée; elle l'a interrogée pour savoir comment elle supportait le partage des week-ends, comment elle s'organisait avec ses affaires: avait-elle tous ses vêtements en double ou devait-elle transporter sa valise chaque fois?

Au fur et à mesure de la conversation, cette enseignante attentive a pu remarquer que l'enfant avait beaucoup de mal à s'organiser dans cette séparation. Elle avait toujours la sensation d'être divisée, jamais entière. Julia fit le lien avec le fait que, sur le plan des mathématiques, c'est dans les divisions que Karima était la moins à l'aise. Ne pouvant concevoir de diviser ses affaires dans l'espace, elle était incapable de projeter le principe de division dans l'univers des mathématiques. Quelques séances avec un thérapeute ont permis à cette enfant d'exprimer sa blessure liée à la séparation de ses parents: Karima devait comprendre que ses parents ne se séparaient pas à cause d'elle. L'enfant a pu être rassurée sur son avenir; malgré la séparation, elle comprit qu'elle resterait toujours en lien avec ses deux parents. Apaisée sur le plan émotionnel, et se sentant entière, l'enfant a pu rapidement apprendre à diviser les nombres.

LA MENACE DE LA PUNITION

Pour s'appuyer sur la punition sans punir réellement, certains parents utilisent la peur: « Tiens-toi correctement, sinon, tu verras quand ton père rentrera », « Si tu continues, tu auras une fessée ». Ces intimidations sont souvent proférées par des parents à bout de nerfs. Ils ne souhaitent pas battre leur enfant mais veulent qu'il obéisse. Ils s'imaginent que prophétiser une menace suffit à faire obéir un enfant. Ils répètent alors, en boucle, des menaces qu'ils ne mettent jamais à exécution. D'autres parents en appellent aux uniformes: « Si tu continues à crier, le gendarme viendra te punir. » Ces menaces ne font que renforcer la peur chez l'enfant, son malaise.

Dans l'imagerie traditionnelle des contes et légendes, il existait des personnages qui faisaient peur aux enfants: l'ogre du Petit Poucet, la vilaine sorcière. « Si tu ne te couches pas, l'ogre va venir dans ta chambre... », disaient les parents à leurs enfants. Cette forme de relation ne rapproche pas l'enfant de ses besoins réels.

NE DEVRAIT-ON JAMAIS PUNIR ?

Dès lors que les enfants et les parents sont attentifs à leurs besoins respectifs, dès lors qu'ils apprennent à les nommer, à en prendre soin, et dès lors que les parents réussissent à définir leurs limites avec clarté et bienveillance, ces derniers ont moins de raison d'utiliser les punitions pour modifier le comportement des enfants. Les notions même d'obéissance et de soumission ont moins de sens et une autre dimension prend forme dans la relation aux enfants, celle de la coresponsabilité.

Au-delà de l'obéissance à l'autorité, les enfants peuvent être davantage sensibles à leur responsabilité réelle dans le monde, ainsi qu'à la loi de cause à effet : chaque cause produit un effet, chaque effet provient d'une cause. Cet apprentissage favorise un plus grand respect de chacun et une plus grande autonomie des enfants. Si le parent est prêt à réellement amener l'enfant à se responsabiliser davantage, s'il veille à se retenir d'humilier l'enfant par un : « Tu vois, j'avais raison, tu aurais dû m'écouter… », et s'il permet à l'enfant de trouver son propre rythme, celui-ci améliorera considérablement son autonomie.

PUNITIONS À L'ÉCOLE

Une circulaire du ministère de l'Éducation Nationale du 6 juin 1991[10] a défini un cadre précis dans lequel peut s'exercer la discipline à l'école. Pour répondre à un flou concernant les punitions et les réprimandes, la circulaire précise, en ce qui concerne l'école maternelle, l'interdiction de toute sanction ; en laissant toutefois la possibilité à l'enseignant de réprimander un élève qui aurait manqué au règlement intérieur de l'école ou atteint à l'intégrité physique d'un tiers. Cette circulaire rappelle l'interdiction absolue de tout châtiment corporel. Rien dans ce texte n'autorise l'enseignant à la punition écrite. Rien non plus ne l'autorise à retenir un enfant après la classe, même quelques minutes, ce qui, du reste, entraînerait sa responsabilité civile.

Au-delà du cadre précis qui délimite l'autorité de l'enseignant, son attitude face à la punition aura autant d'influence que le contenu de la punition elle-même. Il y a l'enseignant qui déchire la punition que lui apporte l'enfant sans même prendre soin de la lire, celui qui arrache une page du cahier sur laquelle l'enfant s'est trompé, celui qui rature irrespectueusement la copie, humilie l'enfant, méprise son effort et ne l'aide pas à reprendre confiance en lui. Avant de réagir et de punir, l'enseignant devrait se centrer. L'enfant vit mal une punition animée par un esprit de vengeance. Il est blessé lorsque la punition fait visiblement du bien à l'adulte, lorsqu'elle le soulage. « Bien fait pour toi, se dit l'enseignant au moment où il annonce la sanction. Ça t'apprendra ! Toi aussi, tu m'as fait mal tout à l'heure…

Il n'y a pas de raison que je ne me venge pas.» Beaucoup de punitions sont animées par un désir inconscient de cruauté. Lorsque l'enseignant a été déstabilisé, il s'appuie facilement sur son pouvoir pour imposer une punition à l'enfant. C'est cet abus de pouvoir qui blesse l'enfant dans sa dignité. Si l'enfant se sent vexé, humilié, il y a de fortes possibilités qu'il cherche à son tour à blesser et à humilier plus faible que lui. C'est pourquoi l'enseignant devra vérifier, avant de punir, l'intention qui l'anime: un esprit de vengeance ou l'application d'une règle bénéfique pour l'enfant puni. Il devra s'interroger quand il demandera à l'enfant de ramasser un papier, de copier des lignes ou de garder le silence.

Vincent Breton, instituteur, maître formateur et conseiller pédagogique, suggère quelques façons très concrètes d'aider les enseignants à appliquer l'autorité dans leur classe[11]. Lorsqu'une leçon n'est pas sue, l'enseignant peut s'intéresser aux causes, qui sont parfois familiales; il peut aussi formaliser avec les élèves la façon dont chacun apprend ses leçons; un tutorat d'entraide peut être mis en œuvre. Dans le cas d'un travail non fait, l'enseignant peut s'entretenir avec l'élève pour connaître les causes de ce comportement: les consignes ont-elles été bien comprises? Existe-t-il une perturbation externe? Lorsque l'élève a fait une erreur, il est humiliant d'inscrire une formule lapidaire sur son cahier, il est préférable de lui demander l'autorisation d'enlever une page sale et de lui donner la chance de recommencer sur une nouvelle.

Les problèmes liés à la prise de parole peuvent être un bon prétexte pour donner la parole aux enfants. Pour leur faire prendre conscience du temps et de la circulation de la parole, il est possible de leur remettre un sablier ou un bâton de parole. Les plans de classe élaborés en permettant le choix du voisin aideront à trouver une réponse aux bavardages. Tenir la classe propre et rangée peut se faire autrement qu'en punissant: les élèves peuvent se mobiliser pour ramasser les papiers pendant la récréation dans un esprit citoyen et écologique.

S'il envisage de punir, l'enseignant s'appuiera sur le règlement intérieur, il le fera lire ou relire pour montrer que ce n'est pas l'humeur du maître qui décide si l'élève est sorti ou non de la règle, mais un texte écrit par la collectivité. Il pourra aussi responsabiliser les enfants en les impliquant dans la rédaction d'un règlement intérieur qui pourra être commenté et réactualisé régulièrement.

C'EST PARTI TOUT SEUL

Malgré toutes vos bonnes intentions, il se peut que vous vous trouviez parfois à bout de patience avec vos enfants. Une dispute violente, une crise qui s'éternise; il se peut alors que vous vous sentiez tellement démuni que vous ayez recours à la fessée. Nous avons tous des comportements guidés par la colère, la peur, l'impuissance.

Après avoir lu ce chapitre sur les punitions, s'il vous arrive d'avoir recours à la fessée alors que vous avez la sensation d'avoir tout fait pour l'éviter, ne vous sentez pas coupable. Si, avec le recul, le geste ne vous semble pas approprié, n'ayez pas peur d'en parler à l'enfant: «Je ne voulais pas te gifler, mais c'était plus fort que moi, j'étais à bout de nerfs.» L'enfant apprendra ainsi quelles sont vos limites. Il apprendra que vous êtes un être humain avec ses faiblesses.

HORS-JEU

Parfois, lors de crises, de disputes violentes avec l'enfant, vous pouvez sentir monter une telle colère que vous êtes sur le point de le battre. Vous pouvez aussi remarquer que l'enfant lui-même n'est pas dans une situation émotionnelle suffisamment apaisée pour entendre ce que vous dites. Dans ce cas, signalez un «hors-jeu», utilisez un «stop». Le hors-jeu n'est pas une punition; c'est une pause. Demander à l'enfant d'aller dans sa chambre, imposer le silence, aller vous-même marcher dans le jardin, toutes ces pauses sont des moyens pour chacun de retrouver ses esprits, de revenir à ses besoins, de renoncer à la critique et au reproche, de cesser de se fixer sur l'autre qui agace pour revenir à soi et à ses besoins. N'hésitez donc pas à les proposer ou à les imposer.

Si le parent demande à l'enfant de regagner sa chambre, il est important qu'il souligne la nécessité de reprendre ses esprits, le besoin de prendre du recul, et évite de présenter cette mesure comme une punition face à laquelle l'enfant voudra sûrement se rebeller. Demander à l'enfant d'aller dans sa chambre est suffisant pour prendre du recul. De plus, une fois seul dans sa chambre, l'enfant s'apaisera. En revanche, lui imposer de rester immobile sur son lit, lui interdire de lire, n'a aucun sens, ça ne fait que le rabaisser et, encore une fois, lui imposer un comportement. Dès lors que vos besoins de calme sont satisfaits, ce qu'il fait dans sa chambre ne vous concerne plus. Les effets secondaires de la punition sont surtout liés à l'intention qui accompagne celle-ci : rabaisser l'enfant, lui montrer qui est le plus fort, l'humilier, imposer votre supériorité physique sont pour lui des blessures de l'âme.

Ne perdez jamais de vue votre objectif, et si vous choisissez d'isoler l'enfant, soyez sincère quant à votre motivation. Si vous l'isolez pour lui signaler que vous êtes le maître, si vous le punissez pour passer vos nerfs, cette mesure n'aura aucun effet bénéfique. Si, en revanche, vous l'isolez sincèrement pour qu'il retrouve ses esprits et pour vous-même vous retrouver dans la tranquillité, il y a plus de chances que l'enfant vous revienne calmé quelque temps après. Le fait de réaliser le lien de cause à effet l'aidera à prendre conscience de sa responsabilité.

Si vous adoptez un nouveau comportement et renoncez aux punitions et aux récompenses, il se pourrait que, naturellement, par la loi de causalité, à force d'écouter sincèrement les besoins de vos enfants, la relation entre eux et vous s'améliore et devienne en elle-même votre véritable récompense !

CHAPITRE 13
CADRE ET LIMITES

Qu'est-ce qu'une opinion ? Une limite imposée à soi-même.
MIHÀLY BABITS, *Le Fils de Virgile Timar*

Un jeune père vint me voir un matin au sujet de son fils de huit ans. Il avait du mal à le « cadrer », pour reprendre son terme. « *Un exemple ?* » lui demandai-je. « *Pas plus tard qu'hier, il n'a rien trouvé de mieux que de décorer au feutre le bureau qu'on venait de lui acheter. Un beau bureau à 300 € ! Et tout est pareil ! Il ne respecte rien, n'a aucune limite.* » Puisqu'il allait être question, au cours de notre entretien, de cadre et de limites, je décidai d'aider ce jeune père à définir les siennes.

« *Ce bureau appartient à qui ?* questionnai-je.

– *À lui, bien sûr, mais nous ne lui avions pas acheté pour qu'il le gribouille de cette façon.*

– *Donc, si votre enfant n'était pas libre de le personnaliser, peut-on toujours dire que ce bureau est le sien ?* »

Le père hésita avant de répondre… À qui était ce bureau ? À lui ou à l'enfant ? Il ne s'était jamais posé la question. Lui et son épouse l'avaient payé. Paradoxalement, bien que ce bureau fût à l'enfant, ce dernier n'était pas libre de l'utiliser à sa guise. Nous avons tous besoin de savoir si les objets que nous utilisons nous appartiennent ou non ; cela nous rassure. Dans notre univers d'adultes, notre patrimoine est constitué :

- de biens qui nous appartiennent, que nous avons achetés ou qui nous ont été offerts ;
- de biens loués pour lesquels nous payons un loyer ; nous sommes libres de leur usage dès lors que nous nous engageons à les restituer dans l'état ;
- de biens prêtés, de biens partagés.

À QUI EST CE BUREAU ?

Je proposai au père de définir avec précision ce qui, dans la maison, appartenait à l'enfant et ce qui appartenait aux parents. Je l'interrogeai sur l'utilisation, autorisée ou non, de différents objets :

- Autorisez-vous l'enfant à peindre sur les murs de sa chambre ?
- Lui permettez-vous de mettre une affiche dans le salon à la place de son choix ?
- A-t-il le droit de repeindre le mobilier de sa chambre ?

Le père prenait conscience qu'il répondait par la négative à toutes ces questions. Rien, dans la maison, n'appartenait vraiment à l'enfant. L'enfant ne pouvait pas décorer sa chambre comme il le voulait, il ne pouvait personnaliser aucune pièce. C'étaient les parents qui décidaient de l'aménagement et de la décoration des pièces communes. Difficile pour l'enfant de se sentir vraiment chez lui. Je continuai :

- L'enfant est-il libre d'offrir à un ami la voiture qu'il vient de recevoir à Noël ?
- Est-il autorisé à colorier ses livres, à les découper ?

Ici encore, le père prenait conscience que les jouets de l'enfant ne lui appartenaient pas vraiment. Nous explorions à présent ce qui était autorisé et ce qui ne l'était pas dans toutes les situations quotidiennes, au jardin, dans la salle de bain ou le salon. Il apparut que non seulement un grand flou régnait sur ce qui était permis et ce qui ne l'était pas, mais que les parents intervenaient essentiellement auprès de leurs enfants pour interdire, et cela sans s'appuyer sur aucun règlement précis ; ils réagissaient plutôt en fonction de leur tolérance du moment. Lorsque nous partageons la route, les règles de circulation sont très précises et connues de tous. Limitations de vitesse, autorisations de stationner, tous ces signaux, matérialisés par des panneaux, nous permettent de nous sentir en sécurité. À la maison, les enfants qui circulent dans l'arbitraire et le subjectif le plus complet ne peuvent pas être rassurés. Ce père investissait beaucoup d'énergie à contrôler, à interdire, à «cadrer» ses enfants. Ce n'était pourtant pas cette relation qu'il souhaitait établir avec eux: «*J'ai l'impression d'être le gendarme de la maison! J'aspire à autre chose!*» Il était temps de porter un autre regard sur ce que doivent être cadre et limites.

SORTIR DU CADRE

Contrairement à nos idées reçues, ce n'est pas aux adultes de fixer les limites de l'enfant. Les enfants ne sont pas la propriété des parents. L'enfant prend lui-même conscience de ses propres limites en s'appuyant sur celles des personnes qui l'entourent. D'où la nécessité pour les parents d'être précis sur ce qu'ils tolèrent ou non.

Lorsque différents animaux vivent ensemble en milieu naturel, chacun définit son propre territoire. Dès lors que son territoire est respecté, il ne cherche pas à intervenir sur la façon dont les autres animaux occupent le leur. Il en est de même pour l'être humain. Le parent doit fixer les limites de son territoire et faire respecter ses propres besoins en termes de confort, de sécurité, de bien-être. Lorsqu'il fixe les limites à l'enfant alors que ses propres limites ne sont pas précises, l'enfant sent à la fois un flou et une intrusion. Plus l'adulte sera précis dans ce qu'il tolère et ne tolère pas pour lui, plus l'enfant se sentira en sécurité.

UNE DERNIÈRE FOIS

Lorsqu'un enfant de 12 mois fait tomber sa cuiller pour la quatrième fois, il observe l'intonation avec laquelle le parent répond: «Je te la ramasse, mais c'est la dernière fois.» L'enfant cherche à connaître les limites de l'adulte. Il va laisser tomber une nouvelle fois la cuiller, car il est curieux de savoir ce qui se passe de l'autre côté de la limite. Bien souvent, le parent la ramasse une dernière fois, puis une «vraiment-dernière-fois» et enfin, une «vraiment-vraiment-dernière fois ». Le parent fait souvent l'erreur de se concentrer sur le comportement de l'enfant et non sur ses limites à lui : « Tu exagères », « Encore ! Je te la ramasse, mais après c'est terminé ! », « Veux-tu bien arrêter de te moquer de moi ! ». L'enfant n'hésitera pas à pleurer, à faire les yeux doux, à crier pour que le parent ramasse la cuiller encore et encore. Ce que teste l'enfant à ce moment-là, ce ne sont pas ses limites à lui, mais les limites de l'adulte. Lorsqu'il aura identifié celles-ci, l'enfant se sentira en sécurité. Tant que le parent n'a pas fixé ses limites à lui, l'enfant le met à l'épreuve, un peu comme nous testons un matériel que nous venons d'acquérir pour connaître ses capacités.

À tout âge, l'enfant teste les limites de ses parents. À quatre ans, il demandera s'il peut jouer avec le journal de papa. Bien souvent, ce dernier dit non une première fois, puis, attendri, finit par dire oui. À 10 ans, l'enfant demande s'il peut regarder un dessin animé à la télévision, puis s'il peut en regarder un autre. À 14, il demande si son ami peut rester dormir. Devant un refus, l'enfant insistera : « Allez, s'il te plaît, nous serons sages », « Juste une fois, je te le promets ». Le parent finit généralement par céder, simplement parce que ses limites à lui ne sont pas claires.

Pour l'enfant, cette recherche de limites est comme un jeu, et il comprend vite que le parent est flou, qu'il manque de précision, voire qu'il est paradoxal. Le parent veut faire plaisir à l'enfant, en même temps, il ne veut pas que ce dernier abuse de sa bonne volonté, alors il met des limites. Chez beaucoup de parents, la confusion vient du fait qu'ils fixent des limites à l'enfant sans définir les leurs. Ils ne s'occupent pas de leurs limites à eux, car ils ne sont pas assez en lien avec leurs propres besoins.

« AU LIT ! »

Lorsque Jessica couche sa fille, c'est un soulagement pour elle. Elle va pouvoir se plonger dans le livre qui l'attend sur la table du salon tout en buvant sa tisane. Jessica sermonne la petite Youmna :

« *À présent, va te coucher, sinon, tu seras fatiguée demain.* » Pourtant, une fois Youmna dans son lit, la journée de maman n'est pas encore finie. La petite va en effet chercher tous les prétextes pour faire revenir sa maman : « *Je n'arrive pas à dormir, tu viens me faire un câlin* », « *J'ai oublié ma bouteille d'eau* », « *Il y a quelque chose qui me gratte dans mon lit* », « *Une mouche tourne autour de moi, elle m'empêche de dormir* ». Jessica va remonter une première fois, une deuxième fois, puis une dernière fois, et une vraiment dernière fois. Chaque fois, Youmna trouvera un nouveau prétexte pour s'attacher la présence de sa maman. Tant que Jessica n'aura pas identifié clairement le besoin caché de Youmna, celle-ci risque de trouver de nouveaux prétextes pour la faire revenir. De plus, Jessica a besoin de poser ses propres limites et de s'y tenir : « *Passé 21 h 30, je ne suis plus disponible, je me consacre à mon roman.* »

Plus les parents sont à l'écoute de leurs besoins, mieux ils peuvent définir leurs propres limites et se montrer cohérents face à leurs enfants. Si, par exemple, les parents refusent que leur enfant pénètre dans leur chambre, ils ont tout loisir de définir leur cadre : « Je ne veux pas qu'on entre dans ma chambre en mon absence. » La formulation notifie leurs besoins à eux et non ceux de l'enfant. Lorsque l'adulte dit plutôt : « Ne joue pas dans ma chambre, tu t'amuseras mieux dans la tienne », il parle à la place de l'enfant. Il y a alors de grandes chances que l'enfant conteste, se justifie, négocie, car il n'aime pas que l'on décide pour lui. Avec la première formule, le parent, parce qu'il parle de ses propres limites, a davantage de chances d'être écouté. Il doit également préciser s'il s'agit d'une limite permanente ou temporaire, et bien délimiter les espaces où il est interdit de pénétrer ou qu'il est interdit de toucher : placards dangereux, prises de courant, fenêtres…

AUTRES OPTIONS

Dans la communication, il est parfois utile de proposer une option : « Je ne veux pas que tu joues avec ces bouteilles, en revanche, si tu aimes ce type de bouteilles, je suis d'accord pour te prêter celles-ci »; la solution de remplacement a surtout pour intérêt de déplacer l'attention de l'enfant ailleurs, ce qui est très utile, notamment avec les jeunes enfants.

Pour qu'elles soient respectées, les parents doivent être sûrs des limites qu'ils veulent imposer. Il n'y a aucun intérêt à formuler une interdiction si c'est pour la lever dès que l'enfant insiste un peu. L'adulte sentira davantage que son interdiction est légitime s'il a pris le temps de se demander ce que la situation lui fait vivre avant de répondre: « Est-ce vraiment un problème pour moi si l'enfant utilise mon tournevis? » ou « Suis-je d'accord pour prêter mes outils et y a-t-il des conditions? ». L'adulte pourra ensuite s'interroger sur la sécurité: « Est-il en âge d'utiliser cet outil? », « Peut-il l'utiliser seul ou a-t-il besoin d'aide? ». S'il n'est pas sûr de sa réponse parce qu'il n'a pas encore défini ses propres limites, l'adulte vérifiera avec l'enfant ce que celui-ci désire avant de se décider: « Que souhaites-tu faire exactement avec mon arrosoir? », « De combien de temps as-tu besoin pour cela? ». Ainsi, le parent aura plus d'informations pour prendre la décision adaptée. L'adulte doit être précis sur les limites de sa disponibilité: « Je suis d'accord pour jouer avec toi jusqu'à 18 heures, ensuite, je ne serai plus disponible. »

Enfin, une fois que vous avez posé votre propre limite – c'est pourquoi il est important pour vous de savoir ce que vous souhaitez avant de la poser –, celle-ci devra être respectée et, pour cela, respectée par vous-même. Plus vous tiendrez vos engagements, plus, par la suite, ils seront acceptés.

ÉCOUTEZ VOS BESOINS

Lorsque l'enfant vous fait une demande, il est important, avant de lui répondre, que vous écoutiez avant tout vos besoins à vous: avez-vous besoin de sécurité, besoin de calme, besoin d'air? Vous ne pourrez pas donner une réponse juste à l'enfant si vous n'avez pas identifié au préalable quels sont vos besoins. Explorez donc, dans un premier temps, si « ça vous dit oui » ou si « ça vous dit non ». Soyez attentif à votre réaction à vous lorsque l'enfant vous demande si vous êtes d'accord pour qu'il aille tout seul à la piscine, pour qu'il aille jouer chez la voisine, pour qu'il fasse de la peinture. Surtout, ne répondez pas trop vite. Cette étape d'introspection est fondamentale.

Pour permettre à votre corps de vous transmettre sa réponse intérieure, prêtez attention à votre respiration et à votre plexus, au niveau du diaphragme. Si votre respiration est calme et profonde, et si le plexus reste détendu, votre réponse intérieure est positive. Si la respiration et le plexus se crispent, c'est signe que votre réponse intérieure est négative.

Dans un second temps, explorez avec l'enfant ce qu'il veut réellement : quels sont ses besoins à lui ? Faites preuve d'ouverture dans la communication pour l'écouter vraiment. N'hésitez pas à reformuler sa demande pour vous assurer que vous l'avez bien comprise. Ce ne sont qu'une fois ces deux étapes accomplies que vous pourrez soit négocier, si vous avez besoin de davantage de détails ou si votre accord n'est que partiel, soit imposer votre décision. Si les préalables ont eu lieu, vous pourrez alors imposer votre décision. Une fois celle-ci énoncée, il est très important que vous ne reveniez pas dessus. Il en va de votre crédibilité.

CONCRÈTEMENT, QUELLES SONT LES LIMITES DONT A BESOIN L'ENFANT ?

Pour qu'il se sente en sécurité, l'enfant a besoin de savoir sur quoi vous vous accordez à la maison :

- Il a besoin de savoir avec précision quels objets lui appartiennent vraiment : qu'est-il libre de donner, de transformer, de personnaliser sans contrôle parental ?
- Il a besoin de connaître la place exacte des objets ; comme beaucoup de bricoleurs attachés à leurs outils, mon père avait installé dans le garage une grande planche sur laquelle il avait cloué ses marteaux, tournevis, pinces. Il avait dessiné au feutre

le contour de chaque objet. Cette façon de ranger est pratique, visuelle, très pédagogique. Dès qu'un outil manquait, c'était visible. L'observation était objective. Les outils lui appartenaient à lui et il en prenait soin. Nous étions autorisés à emprunter, en cas de besoin, un tournevis ou un marteau, dès lors que nous le remettions à sa place.

Cette façon de faire est rassurante pour l'enfant, car il peut s'appuyer sur le cadre de l'adulte. D'un point de vue visuel, chaque objet a sa place et chacun peut voir s'il manque ou non. Cette façon de procéder objective apaise les tensions. Si la place de chaque objet n'est pas déterminée, adulte et enfant ne pourront pas s'accorder pour savoir si l'objet est rangé, si la chambre est en bazar, si les jouets sont à leur place.

Contrairement à ce que véhiculent les idées reçues, les jeunes enfants aiment l'ordre. Ils se sentent en sécurité lorsque chaque objet est à sa place et lorsque les consignes sont respectées par tous. Surtout dans la petite enfance. Ils respectent cet ordre, encore davantage si chacun, dans la maison, le respecte. S'il est établi que les serviettes de table se plient et se rangent dans le tiroir du milieu après le déjeuner, l'enfant de deux ans sera très déstabilisé s'il voit son parent ranger sa serviette sans la plier ou tarder à le faire alors que le repas est terminé ; cela peut déclencher des pleurs, des cris ; il ne s'agit pas de caprice, mais d'une question de repères très importants pour le petit enfant.

« RANGE TA CHAMBRE ! »

Les parents ont un rôle important pour aider les jeunes enfants à ranger leur chambre. Ils peuvent consacrer du temps à cette activité. Très tôt, le jeune enfant est heureux d'apprendre à ranger. Cette discipline ne devrait jamais être présentée comme une corvée, mais comme un respect de l'ordre naturel des choses. L'enfant est sensible à l'ordre naturel des choses. J'ai vu un grand nombre d'enfants mettre beaucoup de temps à plier leur serviette et la poser exactement à sa place, ou aligner leurs chaussons sur l'étagère qui leur est réservée. Les parents gagnent à encourager ces initiatives. Ils doivent également être présents, les premières années, pour vérifier que les rangements sont adaptés aux jeux des enfants ; les rangements les plus accessibles seront réservés aux jouets que l'enfant utilise régulièrement. Enfants et parents peuvent utiliser des étiquettes, des boîtes adaptées, et il est bon, une ou deux fois par an, que les parents vérifient avec l'enfant si les rangements sont toujours appropriés.

Cela vous demandera du temps de bien connaître les jouets de l'enfant, de savoir ceux qu'il utilise le plus fréquemment. Vous pourrez alors, suivant les besoins, acheter une armoire ou construire de nouvelles étagères pour que l'enfant s'y retrouve. Deux points vont renforcer la complicité de l'enfant et de ses parents : le fait que le parent établisse réellement les plans de sa chambre avec l'enfant, et le fait que l'enfant se sente concerné par l'aménagement de sa chambre.

Bien souvent, les parents laissent les enfants gérer seuls le rangement de la chambre, puis, lorsqu'ils ne supportent plus de voir traîner les vêtements et les jouets par terre, ils se mettent en colère et ordonnent à l'enfant de faire un grand nettoyage. En commençant tôt, les parents aideront les enfants dans l'apprentissage de l'ordre. Chacun a pu remarquer, dans les écoles et les centres de loisirs, combien les enfants respectent l'ordre dès lors que le cadre a été défini avec clarté. Les jouets appartiennent à tous, chacun peut les utiliser à condition de les remettre à leur place. Cette responsabilité est facilitée par le fait qu'à chaque jouet correspond un endroit de rangement bien précis. Les puzzles sont sur une étagère, les jeux de construction sur une autre ; les enfants n'ont alors pas beaucoup de difficulté à ranger.

Les enfants sont sensibles à l'ordre naturel des choses. Dès lors que vous les encouragez à cette discipline avec enthousiasme et bienveillance, vous les aidez à investir dans une qualité qu'ils continueront à développer pendant des années.

CHAPITRE 14
L'ÉLAN

La vie s'arrête lorsque la peur de l'inconnu est plus forte que l'élan.
HAFID AGGOUNE, *Quelle nuit sommes-nous ?*

Un samedi matin, ma fille m'interpelle :
« Papa, j'ai envie de faire de la peinture !
– De la peinture ? Quel type de peinture veux-tu faire ?
– J'ai envie de repeindre ma chambre, de changer les couleurs ! »

Il était 10 heures, je sortais de ma douche, j'avais prévu que nous prendrions les vélos pour aller jusqu'au marché acheter des fruits et des légumes. Il y a une dizaine de kilomètres aller-retour, nous en avions environ pour une heure et demie ; nous serions rentrés pour préparer le déjeuner. Tout était déjà organisé dans mon esprit. Je pris alors conscience d'une de mes vieilles habitudes : établir un programme la concernant sans lui demander son avis.

« Et en quelle couleur, tu aimerais repeindre ta chambre ?
– Pas une seule couleur, plusieurs, du vert, du bleu, du jaune, tu vois… Faire une grande fresque. J'ai envie de changer… Tu es d'accord ? »

L'élan des enfants est ce que je trouve de plus précieux. Quoi de plus déprimant qu'un enfant qui a perdu son envie de courir, de jouer, d'explorer, de s'amuser ? Quoi de plus triste qu'un jeune de 15 ou 16 ans qui n'a plus le goût de vivre ? Tant qu'il est entretenu, l'élan vital peut accompagner l'enfant toute son existence. C'est ce ressort qui lui permettra, plus tard, de s'engager dans une voie qui lui plaît, de choisir un métier à la hauteur de ses ambitions, d'oser créer ses projets, d'être acteur de sa vie. Aussi, cette phrase résonna en moi comme un mantra : « Surtout ne pas casser son élan. »

Je fis un rapide état des lieux. La chambre était en désordre, ses jouets encombraient la presque totalité de la moquette qu'il fallait protéger par une bâche. Je n'avais pas le courage de déménager son bureau ni son lit à l'étage.

« *Une fresque, dis-tu ? Avec du jaune, du rouge et du bleu ? C'est ça que tu aimerais ?*

– *Oui !* me répondit-elle en attrapant des coquillages que nous avions ramassés lors d'un week-end en Normandie. *On pourrait peindre la mer, et puis, regarde, on pourrait coller les coquillages... Bonne idée, non ?* »

Sa créativité était plus vive que la mienne. Il ne manquait à son élan que mon feu vert.

Qu'est-ce qui me faisait hésiter ? Je m'étais rendu disponible pour être avec elle ce jour-là. Aucun rendez-vous ne m'attendait, j'étais libre comme l'air. De plus, nous ne nous étions pas vus depuis plusieurs jours et je sentais que cette activité pouvait nous rapprocher. C'est pourquoi, après tout, je pouvais mettre de la souplesse dans mon organisation et envisager cette peinture murale. « Ne pas casser son élan », me répétai-je. C'est toujours cette phrase qui résonnait au moment où nous étendions la bâche sur la moquette.

Comme beaucoup d'adultes, lorsque je peins, je commence par vider complètement la pièce, puis je lessive les murs. J'applique une ou deux couches d'enduit, que je ponce. Cette façon de faire, qui permet d'obtenir de beaux murs lisses, me convient lorsque je peins seul. Repeindre une pièce me demande alors environ trois jours, pourvu qu'il n'y ait pas d'enfants dans les parages. Mais ce samedi, c'est une autre motivation qui m'animait. Mon lien avec elle passait en priorité. Je décidai donc de changer mon rythme pour m'adapter au sien.

À peine le premier pot ouvert, elle traçait directement un grand rond, jaune bouton d'or, au centre du mur, puis un autre, à quelques mètres. Je la laissai faire. Elle les reliait, ajoutait des arrondis ici et là. Je lui ouvris le pot de vert. Elle traçait d'autres courbes, d'autres arrondis. En quelques minutes, deux collines prenaient forme, les dunes de sable avaient trouvé leur place. Elle ouvrait le pot de bleu pour peindre la mer. Une heure plus tard, elle terminait la route qui va à la plage, les nuages, des personnages. En à peine plus de deux heures, la fresque était terminée. J'étais ravi de l'harmonie du dessin qui couvrait tout un mur de sa chambre. Elle avait suivi son élan, nous n'avions pas renversé une goutte de peinture, et le résultat me plaisait autant qu'à elle.

CRÉER ENSEMBLE

Pour moi, comme pour beaucoup de parents, cela peut être un effort de laisser un enfant peindre le mur de sa chambre. Ce n'est pas tant que l'adulte ait peur que l'enfant peigne mal, c'est plutôt, bien souvent, la crainte du changement qui empêche l'adulte de laisser l'enfant suivre son élan. La peur de l'inconnu, la peur du mouvement, la peur de ce que l'on ne contrôle pas.

Par ailleurs, nous ne sommes pas toujours aussi disponibles pour l'enfant que je l'étais ce matin-là. Nous ne pouvons pas toujours répondre favorablement lorsque l'enfant a des élans créateurs pour décorer la maison. Du reste, il n'est pas souhaitable d'accepter toutes ses initiatives. À d'autres moments, l'enfant a besoin d'apprendre à ralentir son rythme et à s'adapter au nôtre. C'est pour lui une façon douce d'apprendre à gérer ses frustrations. Intégrer de nouvelles consignes lui permet de se structurer davantage. Mais pour un enfant, le fait de voir un adulte s'adapter parfois à son rythme renforce sa confiance en lui et la conscience qu'il a de sa capacité créatrice. L'enfant se sent alors plus influent.

L'enfant se sent valorisé qu'on le laisse décider ou, au moins, qu'on le consulte pour choisir la peinture, la destination des vacances, la disposition du jardin, une partie du mobilier, ou même le programme de la journée. Ces responsabilités renforcent le regard qu'il porte sur son potentiel. Vous stimulerez les enfants en les impliquant dans les responsabilités qui les concernent.

L'ÉLAN CRÉATEUR

Lorsqu'il crée avec l'enfant, l'adulte peut mettre son expérience au service de la créativité de l'enfant ; pour cela, il se gardera de jugements du type : « C'est bien » ou « C'est mal », « Le chien, tu devrais lui faire des oreilles plus grandes », « Pourquoi tu ne peins pas le bord en bleu ? », « Tu devrais t'appliquer ».

Dans certains centres de loisirs et certaines classes de maternelle, les enseignants se contentent parfois de faire respecter à chacun la même consigne sans placer la créativité de l'enfant au centre de son activité. J'ai souvenir d'une présentation de travaux dans une classe de tout-petits où les 24 cochonnets en terre cuite créés par les enfants, tous roses à la queue bleue, se ressemblaient tellement que je me demandai si l'élan de la maîtresse n'était pas davantage de rassurer les parents sur la discipline imposée à leurs enfants plutôt que d'encourager la créativité et l'autonomie de ceux-ci.

Lorsqu'il crée, l'enfant accède à son imaginaire, il renforce son audace, son sens de l'harmonie. Il a besoin d'être autorisé à le faire pour lui et non pas pour faire plaisir à ses parents. Il se fait du bien lorsqu'il peint parce qu'il est en lien avec ses racines à lui. Lorsqu'ils créent ensemble, l'adulte et l'enfant apprennent à se mettre au diapason. Le parent est souvent concentré sur les moyens les plus efficaces pour obtenir un résultat optimal. L'enfant, lui, se concentre plus facilement sur l'expérience en tant que telle. En termes de création, l'efficacité n'est pas gage de réussite.

Depuis la préhistoire, l'homme a besoin de se prolonger dans sa création. La vue de la couleur, la possibilité de se laisser absorber par l'indigo, le parme, l'outremer, la liberté de marier les couleurs entre elles, de les associer, de les faire se fondre les unes aux autres, le contact de la matière l'apaisent et le nourrissent autant que l'enfant, pourvu qu'il soit centré sur lui et non sur ce que fait l'autre. C'est pourquoi les enfants aiment peindre. Pourquoi, alors, tant d'entre eux ont-ils perdu l'élan de la peinture, du collage, de la création, avant même leur dixième anniversaire ?

PEINDRE POUR MIEUX VOIR ET NON POUR ÊTRE MIEUX VU

Dans ses ateliers de peinture, l'artiste Arno Stern utilise avec les enfants une pédagogie qui repose sur des principes simples: aucune toile n'est jugée, ni par d'autres enfants ni par l'enseignant lui-même. Ainsi, l'enfant se réhabitue à peindre pour lui et non pour les autres. Il crée pour se faire du bien. Il peint pour mieux voir, et non pour être bien vu. Selon l'artiste, lorsque la peinture n'est plus destinée aux autres, lorsqu'elle est libérée de la nécessité d'être comprise, d'être appréciée, elle peut devenir l'expression de la mémoire organique.

Lorsque l'enfant peint, la présence des autres est possible si ceux-ci ne sont pas spectateurs mais compagnons de jeu, qui acquiescent au mouvement de création commune. L'adulte ne fait pas figure de référence, il ne sert pas non plus de récepteur à ce qui est formulé. Personne ne juge si la peinture est « belle » ou non, si elle est réussie ou ratée. Un espace est dédié à la créativité de l'enfant pour lui permettre de se faire du bien. Cette attitude demande au parent d'abandonner son regard critique pour se hisser à la hauteur de la créativité de l'enfant.

Dans beaucoup de circonstances, les parents freinent l'élan de leur enfant. Ils freinent cet élan parce que l'enfant fonctionne à un rythme différent du leur; soit il va trop vite, soit il va trop lentement; dans les deux cas, cette différence de rythme agace le parent. Son impatience le pousse à vouloir faire accélérer l'enfant ou, au contraire, à le ralentir.

LE RYTHME DE L'ENFANT

Le jeune enfant a besoin d'expérimenter par lui-même. Lorsqu'il tient pour la première fois dans sa main des ciseaux, un pinceau, un tournevis, il a besoin d'essayer, de se tromper, d'explorer. En expérimentant les choses à son rythme, il découvre sa morphologie, ses réflexes. Son attitude est bien différente de celle de l'adulte qui connaît déjà ses propres capacités.

Lorsqu'il apprend pour la première fois à plier ses vêtements, à casser un œuf à la coque, à nouer ses lacets, lorsqu'il découvre, ébahi, la balance du supermarché sur laquelle il cherche à retrouver l'image de la carotte, du navet ou du potiron, l'enfant ne demande qu'à participer au grand jeu de la vie! Pourvu qu'un adulte ne soit pas au-dessus de lui à lui demander de se dépêcher, de faire un effort. L'enfant expérimente, explore. Il ne veut pas que le parent fasse à sa place. En revanche, il veut que le parent ne soit pas loin, qu'il l'observe et l'encourage à faire seul.

La décoration de la maison, la plantation des fleurs de la jardinière, le rangement des fruits et légumes dans le réfrigérateur au retour du marché peuvent être, pour l'enfant, des occasions de créer, pourvu que le parent encourage l'initiative, sans systématiquement la superviser, la contrôler.

LE FIL DES MOTS

Jocelyn retrouve sa maman après un week-end chez des amis, il lui raconte, plein d'enthousiasme, sa journée: «*La maman de Josépha nous a fait des crêpes, je me suis régalé, et ensuite, elle nous a emmenés en voiture, et on "s'avait promenés" jusqu'au soir.*» «*On s'était promenés*, rectifie la maman. *On ne dit pas "s'avait promenés" mais "s'est promenés"… Continue.*»

En rectifiant, la mère pensait bien faire; plus exactement, elle n'a pas même pris conscience qu'elle freinait l'élan de l'enfant. Son oreille a été frappée par une faute de grammaire ou un pluriel mal composé. Elle avait très bien compris ce que disait l'enfant, mais ça a été plus fort qu'elle, elle a corrigé. Elle a interrompu l'énergie de l'histoire. Elle a coupé l'émotion pour orienter l'enfant vers la construction grammaticale, comme on attire l'attention de l'enfant sur le prix de la gouache au moment où il cherche son inspiration pour commencer sa peinture!

Au théâtre, le métier de souffleur demande beaucoup de délicatesse. Rares sont ceux qui y excellent. Dans sa guérite, le souffleur suit, à la lettre, le texte de l'acteur. En cas d'erreur, le texte soufflé peut aider l'acteur perdu. Mais le souffleur apprend à être vigilant, car, si l'artiste est très absorbé par l'émotion de la scène, le couper dans son élan pour rectifier un mot ou une phrase peut lui faire perdre pied.

LE SOUFFLE VIVANT

Lorsqu'un enfant vous raconte son histoire, soyez vigilant à ne pas en interrompre le fil pour corriger une faute de français. Privilégiez l'intention et l'énergie de l'histoire. L'enfant aura bien d'autres occasions d'apprendre la grammaire. En revanche, vous pourrez reformuler un peu plus tard la phrase corrigée. « Ah ! Quelle chance, vous vous êtes promenés », « Oui, nous nous sommes promenés ». L'enfant, alors, reprendra et intégrera inconsciemment la correction sans que son élan soit brisé ou son amour-propre blessé. Cette technique peut sembler un détail, mais j'ai vraiment pris conscience que ça n'en était pas un. La pédagogie Freinet insiste sur ce point : lorsque l'enfant écrit pour lui un journal intime, un poème, une scène de théâtre, une bande dessinée, l'attention n'est pas mise sur l'orthographe, car l'enfant se comprend bien lui-même. Les règles d'orthographe sont nécessaires lorsque l'enfant écrit pour communiquer avec les autres. C'est pourquoi, lorsque l'enfant vous fait le privilège de partager avec vous la lecture d'un texte intime, appréciez ce cadeau sans vous formaliser au sujet de son orthographe.

Beaucoup de parents se plaignent que leurs enfants ne leur racontent plus ce qui s'est passé à l'école ou lors d'activités diverses. L'écoute est l'écrin de la parole de l'enfant. Bien souvent, ces enfants ne racontent pas, car ils ne se sentent pas suffisamment écoutés. Ils préfèrent donc ne pas se risquer. S'il sait qu'il est entendu, l'enfant aime raconter. C'est dans sa nature communicative. Il en est de même pour ses écrits. Il est un temps pour aider l'enfant à faire ses devoirs scolaires, et il en est un autre pour laisser passer une erreur de français. Si l'enfant prend l'initiative d'écrire une lettre, de se charger de la liste des commissions, encouragez son élan même s'il y a quelques erreurs d'orthographe. Réjouissez-vous si votre enfant prend du plaisir à vous écrire des mots doux, des lettres, des histoires, c'est signe de créativité. Encouragez cette créativité ; la grammaire et la conjugaison suivront naturellement, à la demande de l'enfant.

S'ADAPTER AU RYTHME DE L'ENFANT

Lorsque l'adulte et le jeune enfant se promènent ensemble, le rythme de l'enfant est généralement beaucoup plus lent. L'enfant est bien plus observateur que nous. Son attention est sans cesse sollicitée par des couleurs, des insectes, des détails que nous ne voyons plus. Le jeune enfant s'arrête, regarde une coccinelle, puis, quelques pas plus tard, il joue avec un chat, il cueille une feuille. C'est sa façon à lui de se promener, car l'enfant est plus impliqué dans le présent que nous ne le sommes nous-mêmes. C'est pourquoi, même si vous avez prévu d'aller passer une heure au parc, ne faites pas de cette destination le but de la promenade. C'est la promenade elle-même qui est le but. Peu importe si, certains jours, vous n'avez pas le temps d'arriver jusqu'au parc tant l'enfant a été absorbé pendant le trajet. L'important est que vous preniez l'air ensemble. Notez le nombre de fois où vous répétez ces phrases à vos enfants : « Va plus vite », « Dépêche-toi », « Arrête de traîner »…

Lorsque Carmen apprend à lacer ses chaussures seule, c'est pour Evangelina, sa maman, une épreuve de patience. Carmen place la languette en prenant soin de ne pas coincer la chaussette, puis elle tire le bout du lacet avec une grande attention. Elle fait un premier nœud, hésite, puis une boucle. Dans les premiers temps, Evangelina voit l'heure passer, elle n'en peut plus. Elle a beau être attendrie, elle est pressée, ça la démange de prendre le petit pied dans sa main et de lacer les chaussures en moins de deux. C'est pourquoi, désormais, avant de partir, elle prévoit souvent de 15 à 20 minutes assise aux côtés de sa fille pour la regarder faire. «*Tu veux bien me les attacher? Tu y arrives mieux que moi!*» demande Carmen. «*Je ne veux pas les lacer à ta place, mais je suis d'accord pour rester à tes côtés le temps qu'il faudra*», lui répond sa maman. Evangelina s'assoit sur le petit tabouret et partage ses progrès en respirant profondément. Une seule phrase résonne dans sa tête pour l'aider à améliorer sa patience: «Surtout, ne pas casser son élan.»

Pour beaucoup de parents, il peut sembler inimaginable de passer 20 minutes à attendre que l'enfant noue ses lacets. C'est pour eux une perte de temps! Ils ont déjà tant à faire. Pourtant, le mercredi venu, ils cherchent frénétiquement des activités pédagogiques à partager avec l'enfant afin que celui-ci acquière son autonomie et sa confiance en lui. Le quotidien est plein de ces petits moments qui peuvent devenir des activités ludiques pour peu que vous sachiez vous adapter au rythme de l'enfant. Les enfants sont nos maîtres de patience. Nous avons tous été confrontés à ces petites scènes du quotidien à l'occasion desquelles nous apprenons à ralentir pour accueillir nos enfants; c'est dans ces moments-là qu'ils nous enseignent la patience.

De plus, prendre son temps lors d'un apprentissage est nécessaire pour l'enfant. Nous mêmes, lorsque nous découvrons un nouvel outil, lorsque nous programmons un nouveau logiciel dans notre ordinateur ou une nouvelle fonction sur notre cellulaire, nous avons besoin de ralentir notre rythme; nous sommes plus hésitants, nous avons souvent peur de nous tromper. La pression que nous imposerait un proche à cet instant ne nous aiderait en rien. Ce dont nous avons besoin, c'est d'apprendre à notre rythme.

Un jour où j'accompagnais un groupe d'enfants de six ans à la piscine, j'observai leur manque d'autonomie. Au moment de s'habiller, beaucoup se débattaient avec leur fermeture éclair, s'habillaient en se séchant à peine, mettaient leur t-shirt devant derrière. L'animateur présent les houspillait en leur demandant de se dépêcher. Ce n'est pas tant que ces enfants étaient maladroits, c'est que, visiblement, on ne leur avait pas appris à prendre leur temps; ils n'ont pas été accompagnés dans leurs gestes ni à leur rythme, sans être pressés ou contraints. Maria Montessori résume toute la complexité et la simplicité de la demande de l'enfant dans son apprentissage par cette devise: *Aide-moi à agir seul, ne fais pas à ma place, mais ne sois pas absent.*

CASSER LA JOIE

Parfois, c'est quand il danse ou chante que l'enfant peut être cassé dans son élan. Alors qu'il s'amuse, le parent l'humilie: «Tu arrêtes ce rire idiot», «Vous êtes ridicules à vous trémousser comme ça». Ne pas casser l'élan est, pour le parent, un objectif auquel se référer avant d'agir. Cette phrase sera un bon soutien dans les moments d'impatience comme dans les moments d'agacement, pour trouver les mots justes.

LA PATIENCE

Günter prépare le dîner. Le petit Hans aimerait, lui aussi, participer. L'enfant se propose de confectionner des jus de fruits. Aussitôt, il se dirige vers le panier en osier, prend le temps de choisir et s'empare de deux magnifiques pommes bien rouges. «*Je vais faire du jus de pomme*», s'exclame le bonhomme de six ans. Günter réagit immédiatement à partir de son expérience d'adulte. Il se demande comment l'enfant va s'y prendre pour préparer du jus de pomme et se dit qu'il n'y arrivera jamais! «*Pourquoi s'embêter,* risque-t-il, *puisque j'ai acheté des jus de fruits? Ça serait plus efficace de presser des jus d'orange avec le presse-agrumes. Ça irait plus vite.*» Cette phrase si souvent répétée! «Va plus vite, dépêche-toi!» L'enfant est pressé, toujours, on lui demande de courir, de bouger, d'enfiler son manteau, de mettre ses bottes, à l'école, à la maison, en promenade.

S'il n'avait pas été, à cet instant, à l'écoute de l'élan de l'enfant, Günter aurait pu presser un jus d'orange. Il lui aurait suffi d'une poignée de secondes pour offrir deux beaux verres de jus sans pépins et sans peau. Mais ces quelques secondes auraient cassé l'élan de Hans et altéré sa confiance en lui. « Ne pas casser son élan », c'est encore ce que se répète Günter lorsque, pendant de longues minutes, il observe Hans, muni d'un couteau, en train de couper et d'écraser de petits copeaux de pomme dans le fond d'un verre. L'enfant consacrera près d'une demi-heure à remplir d'un jus, à peine trouble, le fond d'un petit verre à liqueur. Le plaisir qu'il y a pris n'est rien par rapport à celui qu'il a eu à partager son décilitre de jus en disant : *« Il y en a assez pour deux ! »*

Nous n'aurons pas la patience d'accompagner l'enfant dans toutes ses expériences, il n'est pas possible d'accorder toutes les autorisations et nous refuserons que les enfants prennent toutes les pommes pour faire du jus. Par moments, il est juste que le parent n'autorise pas : « Je ne souhaite pas que tu utilises ces pommes, je les ai réservées pour le dessert. » Ce qui est important, c'est l'intention qui accompagne cette phrase. Tout en défendant ses besoins, le parent peut éviter les phrases du type : « Ça ne sert à rien d'écraser des pommes », « Ton idée n'est pas bonne », « Tu vas gâcher des fruits pour rien ». Nous pouvons apprendre à ne pas couper l'élan sans forcément autoriser toutes les expériences.

Parfois, il arrive que l'élan de l'enfant nous surprenne, dépasse les interdits, le prévisible ! Un jour, une mère de famille me parlait de la bêtise dont s'était rendue coupable sa propre fille âgée de neuf ans.

« *De quelle bêtise est-il question ?* demandai-je.

– *Elle m'a volé un chèque dans mon chéquier.*

– *Un chèque à neuf ans ? Que voulait-elle donc acheter ?*

– *Ma fille souhaitait apprendre le japonais,* m'expliqua la mère. *Comme elle était déjà inscrite à la gymnastique, nous avons refusé. Figurez-vous qu'elle y est allée tout de même. À la fin du trimestre, lorsque le professeur de japonais a demandé à l'enfant pourquoi ses parents n'avaient pas encore réglé, elle dut mentir et promettre d'apporter le règlement la semaine suivante ; voilà à quoi devait servir le chèque.* »

Comme le chèque était visiblement signé par une main d'enfant, le professeur découvrit que les parents n'étaient pas au courant et l'enfant fut punie. Au-delà du fait qu'elle a volé un chèque, ce qui est une faute répréhensible, cette fillette de neuf ans a révélé un élan et une volonté à toute épreuve. Conscients de ces deux éléments, les parents peuvent encourager l'élan sans pour autant accepter que l'enfant leur vole un chèque. Encourager l'élan sans tout permettre, là se trouve l'habileté des parents conscients.

UN ÉLAN CONTINU

À l'âge de 17 ans, j'annonçai à mes parents que je voulais arrêter l'école pour faire du théâtre. Je me tenais face à eux, perdu comme peut l'être un adolescent devant une orientation scolaire bien fragilisée ; je n'envisageais qu'une porte de sortie : le théâtre. J'avais découvert cette passion au collège. Jouer la comédie était, à ce moment-là, la seule activité qui me rendait vraiment vivant, heureux et passionné. Je n'avais d'élan que pour ça. Mon orientation professionnelle ne tenait qu'à ce fil. J'étais paniqué à l'idée d'un refus de leur part. Ils ont eu l'intelligence de ne pas le prononcer. Ils ont formulé, chacun à sa façon, cette phrase simple : « *Tant que tu suivras ton élan, tant que ce que tu entreprendras sera animé par ton plaisir et ta joie, tu réussiras ta vie.* » Je les remercie, 28 ans après, de n'avoir pas coupé, dans ce moment fragile, cet élan qui m'a accompagné des années, et m'accompagne encore.

CHAPITRE 15

ACCOMPAGNER L'ENFANT JUSQU'À SA SOURCE

Pourquoi tant d'adultes filtrent-ils leurs émotions et agissent-ils en fonction du regard des autres plutôt que de suivre leur propre voie sans imiter personne ? Pourquoi tant d'hommes et de femmes ne se fient-ils pas à leur intuition ? Pourquoi tant de personnes trahissent-elles leur vérité au moindre conflit ?

Beaucoup d'hommes et de femmes n'osent pas exprimer pleinement ce qu'ils sont, car ils manquent de confiance en eux pour le faire. Ils ont pris l'habitude de composer à partir du regard de l'autre et de s'éloigner de leur propre chemin. Comment évaluer et améliorer la confiance en soi ? La confiance en soi est indissociable de l'estime de soi. Tant que nous ne nous aimons pas suffisamment nous-mêmes, il est difficile d'utiliser pleinement nos ressources pour affirmer ce qui nous tient à cœur. C'est dans l'estime qu'il a de lui que l'enfant trouvera les ressorts nécessaires pour donner vie à ses ambitions.

Si son niveau d'estime est suffisamment élevé, il puisera à sa propre source pour affirmer qui il est. Si, en revanche, la source de son estime est tarie, il cherchera sans cesse l'approbation de l'autre pour être reconnu.

LE RÉSERVOIR PSYCHIQUE DE L'ENFANT

L'estime de soi fonctionne exactement de la même façon que le réservoir d'une automobile. Les encouragements, les félicitations, le temps que vous consacrez à un enfant, notamment lorsque vous l'écoutez attentivement vous raconter qui il est, les câlins et les caresses que vous lui prodiguez alimentent le « réservoir » psychique de l'enfant. Lorsque vous manifestez concrètement votre intérêt pour lui, son estime grandit. Lorsqu'il perçoit que vous ne jugez pas ses paradoxes ni ses émotions, il se sent aimé dans sa globalité ; l'estime est alors à son maximum. En revanche, les brimades, les dévalorisations, les punitions, les jugements, les vexations de toutes sortes, le manque de présence assèchent le réservoir psychique de l'enfant.

Les premières années de la vie de l'enfant servent à remplir son réservoir psychique. L'enfant est totalement disponible pour cela ; il a besoin de vous plus que jamais. La deuxième partie de la tendre enfance, celle de la découverte, vers trois ans, se passera d'autant mieux s'il s'est senti aimé dans la première période. Comme sur un véhicule, vous n'aurez alors qu'à « vérifier les niveaux » !

COMMENT AIMER ?

Dire « je t'aime » à un enfant lui fait du bien mais ne lui suffit pas. Vous pouvez lui apporter bien plus ! L'enfant a besoin de mots précis et d'actes concrets. Qu'aimez-vous chez lui ? En quoi votre enfant est-il unique ? L'enfant aime vous l'entendre dire pour se construire. Est-ce ce petit pli au coin de l'œil quand il hésite ? Est-ce cette fossette si mignonne au creux de sa joue quand il sourit ? Est-ce le son de sa voix qui vous fait craquer ? Êtes-vous attendri lorsqu'il chante ? Est-ce la douceur de ses cheveux ? Êtes-vous sensible à son courage ou, au contraire, à sa vulnérabilité ? L'enfant est fier de se découvrir dans les yeux de ses parents. Vous pouvez lui donner cette nourriture psychique sous forme d'attention bienveillante, de présence attentive et de toutes sortes de témoignages d'affection. Si l'enfant a reçu suffisamment d'amour de la part de ses parents, il se considérera comme une personne qui mérite d'être aimée, ce qui l'aidera dans sa vie, notamment pour prendre ses décisions. Si, en revanche, l'enfant n'a pas reçu suffisamment d'attention bienveillante durant les premières années, il risque de croire que c'est parce qu'il n'en vaut pas la peine. Il devra alors redoubler d'efforts pour avoir l'impression d'être quelqu'un de bien.

RETROUVER SA SOURCE

«Je me suis mariée tant de fois, et jamais je n'ai connu l'amour, dit Marie-Madeleine à Jésus. Malgré tous ces maris, jamais je ne me suis sentie aimée vraiment. Enseigne-moi.» Aux pieds de cet homme de lumière, Marie-Madeleine réalise que, malgré ses nombreux maris, elle n'est toujours pas comblée. Elle est en manque d'amour, en manque d'elle-même, coupée de sa propre lumière. Elle multiplie les hommes pour compenser ce vide immense, cette absence d'amour de soi. «Retourne à ton puits y remplir ton seau», lui répond Jésus. Lorsque nous ne sommes pas pleins de nous, l'autre ne peut jamais nous combler même si, parfois, il nous en donne l'impression. Nous pourrons nous sentir aimés d'un mari, d'une femme, de nos enfants, de nos amis, et cet amour peut nous nourrir un temps, mais pour peu que ces proches nous désapprouvent, nous critiquent ou nous quittent, si nous n'avons pas appris à nous aimer nous-mêmes, nous ressentirons à nouveau cet insupportable vide. Nous sommes prêts, alors, à toutes les concessions pour attirer sur nous le regard rassurant de l'autre. Que ce soit en couple, en famille, dans leurs relations professionnelles, beaucoup d'adultes trahissent leurs propres besoins pour être aimés.

Les enfants à qui l'on apprend à se faire confiance oseront, demain, énoncer leur point de vue, exprimer leur désaccord; ils ne seront pas dépendants de l'approbation des autres pour affirmer qui ils sont.

L'ESTIME DE SOI

Dans notre culture, il existe une ambivalence quant à l'image de soi. Chacun est conscient qu'il est essentiel d'avoir une bonne estime de soi pour être heureux. Paradoxalement, on dit de celui qui s'aime qu'il est égocentrique. On dit aussi de celui qui s'occupe avant tout de ses besoins qu'il est égoïste. Beaucoup d'entre nous n'osent pas mettre en avant leurs besoins. Toujours dévoués, ils se sacrifient pour être au service des autres avant de s'occuper d'eux. Romuald, un chef d'entreprise de 48 ans, fanfaronne auprès de qui veut l'entendre qu'il est le meilleur. Il se plaint de l'incompétence de ses collègues et du fait qu'il est le seul à « assurer ». Cela n'est pas une preuve d'estime de soi. En fait, Romuald manque tellement d'estime de lui-même qu'il a besoin sans cesse de se comparer, de se dépasser dans tous les domaines pour avoir le sentiment d'exister. Besoin d'être le meilleur au travail, besoin de dévaloriser les autres, goût prononcé pour les sports extrêmes, la compétition, les activités à risques et les loisirs vraiment originaux, besoin d'acquérir le meilleur pour lui.

Comme Romuald, les adultes perfectionnistes vivent très mal le moindre échec. Ils ne s'aiment pas lorsqu'ils sont dans la moyenne. Ils imposent leurs exigences à leurs enfants pour que ceux-ci aient toujours de bons résultats scolaires. S'ils occupent un poste de direction, ils stressent exagérément leur équipe, ne sont jamais satisfaits, sans pour autant savoir déléguer. L'exigence n'est pas un révélateur de l'estime de soi. N'est-ce pas la véritable estime de soi que d'aimer tant ses réussites que ses échecs ? ses défauts que ses qualités ? son aspect unique et son aspect quelconque ?

ÊTRE LE MEILLEUR

Notre rapport aux notes illustre ce propos. Certains jeunes adultes ont une belle image d'eux-mêmes, ils font confiance à leurs ressources même s'ils n'ont qu'un simple certificat d'études primaires en poche. D'autres terminent brillamment une licence ou un doctorat et craignent l'avenir, le chômage, la crise. Le niveau d'estime de soi est subjectif. Il dépend de l'histoire émotionnelle de chacun et se moque bien des arguments rationnels. Ainsi, beaucoup d'adultes dépassent leur limite au travail. Ils se surmènent pour rester les meilleurs. Ils cherchent sans cesse à se dépasser, sans jamais faire face à ce qu'ils sont vraiment. Derrière leur exigence de premier de la classe se cache la peur de ne plus être aimés s'ils sont dans la moyenne.

Dans notre système scolaire, l'enfant est perpétuellement jugé, classé, comparé aux autres enfants. C'est pourquoi il est généralement sensible aux réactions du parent lorsqu'il rapporte une « mauvaise » note à la maison. La réaction de ses parents est souvent plus importante à ses yeux que la note en elle-même. Lorsque l'enfant rentre avec son examen de contrôle estampillé d'un 2/20, la question qu'il se pose alors est : « Je vaux 2 aux yeux de la maîtresse, mais combien est-ce que je vaux aux yeux de mes parents ? » Les réactions des parents peuvent être très variées en fonction de leur personnalité : « Tu es vraiment nul », dit le parent qui juge et dévalorise. « Si tu continues, tu redoubleras », dit celui qui a peur, s'inquiète et, pour cette raison, menace. « Regarde ta sœur, comme elle travaille mieux », se permet le parent qui compare. « Ce n'est pas grave, ça ira mieux demain », conclut celui qui banalise ou fait du déni. Combien de parents ont, dans ce cas, le réflexe naturel de ne pas répondre uniquement à partir de leur émotion à eux, mais en tenant compte de l'émotion de l'enfant : « Et toi ? Comment te sens-tu avec cette note ? »

Le rôle du parent n'est ni de banaliser ni de consoler à tout prix, mais d'accueillir l'enfant avec assez de délicatesse pour qu'il ne s'identifie pas à sa mauvaise note ou à son échec. S'il a obtenu une mauvaise note, il n'est pas cette mauvaise note. Les parents peuvent s'appuyer sur cette nuance entre le faire et l'être pour accompagner l'enfant sur le chemin de la confiance en soi.

Les moments de signature des contrôles et de remise des livrets sont des moments clés dans la communication entre l'enfant et ses parents. Les parents gagneront à rester vigilants durant ces instants, à être toujours attentifs à la qualité du lien qu'ils entretiennent avec l'enfant, car celui-ci est souvent perturbé par une forte charge émotionnelle au moment où il remet son bulletin. Les notes sont des évaluations. Elles ont pour but de permettre à l'enfant de mesurer son niveau, de prendre conscience de ses points forts et de ses points faibles, ainsi que d'envisager des perspectives pour s'améliorer. L'enfant a besoin pour cela de l'aide et de la bienveillance de ses parents. C'est pourquoi ces derniers doivent veiller à ne pas transformer ces instants de communication en scène d'humiliation.

Nous sommes tous confrontés, à un moment ou à un autre de notre vie, à l'échec, à l'erreur, à la rupture. À partir de quels paramètres pouvons-nous estimer notre véritable force ? Au nombre d'échecs qui nous sont évités ? Ou aux ressorts que nous trouvons en nous pour repartir après une erreur, une déception, une trahison ?

Dans la réussite de notre vie professionnelle, deux paramètres seront déterminants : les résultats scolaires en eux-mêmes et le regard que nous porterons sur l'ensemble de notre scolarité. En sortant du lycée ou de l'université, quels que soient nos diplômes, nous obtiendrons un poste en grande partie en fonction de notre confiance en nous. Nous considérons-nous comme un très mauvais élève, un mauvais élément qui devra se contenter des postes que la société voudra tout de même bien lui céder ou comme un génie méconnu, inadapté à l'école, mais que le monde attend ? Cette image subjective de nous et des autres conditionnera notre carrière.

Depuis quelques années, des entreprises de plus en plus nombreuses donnent du crédit à nos valeurs humaines et à notre capacité à les communiquer. Elles ont compris que les équipes doivent sans cesse faire preuve d'adaptation, de créativité. Au-delà des seuls diplômes, les directeurs des ressources humaines cherchent à recruter des personnalités confiantes, faciles à vivre, capables de s'adapter au changement, et qui feront de bons leaders. Ils recherchent des hommes et des femmes capables de travailler en équipe, de formuler des demandes avec clarté, d'être bienveillants et coopératifs, d'accepter les critiques et d'en faire une source d'amélioration, de disposer d'un « capital confiance » suffisant pour se remettre en question et relever les nouveaux défis.

L'intelligence émotionnelle et l'intelligence du cœur deviennent des valeurs clés dans les entreprises d'aujourd'hui. Le candidat sait-il communiquer ? déléguer ? transmettre un message ? Ne se ferme-t-il pas à la première critique ? Est-il à l'aise pour parler en public ?

pour animer une réunion sans se sentir menacé ? Sait-il accéder à sa créativité dans les moments de stress ? Toutes ces qualités et bien d'autres sont des qualités professionnelles recherchées. Elles s'appuient toutes sur la confiance en soi. Cette confiance dépend, avant tout, du niveau d'estime de soi à partir duquel l'enfant s'est construit. Si l'enfant se sent nul, il trouvera difficilement en lui les ressources pour réussir dans sa vie, même s'il continue sa scolarité jusqu'à 28 ans. Si, en revanche, les parents sont vigilants, dans leur propos, à ne pas atteindre à l'estime que l'enfant a de lui, celui-ci trouvera alors toujours en lui les ressources nécessaires pour s'améliorer et surmonter ses échecs scolaires et professionnels. L'enfant qui peine à l'école a besoin de l'accompagnement de ses parents pour reprendre confiance en lui, pas pour être dévalorisé une nouvelle fois. La fermeté peut exister sans la dureté, l'exigence sans l'humiliation. L'enfant doit déjà affronter le jugement de ses enseignants et de ses copains de classe. Qu'il le reconnaisse ou s'en défende, dans son être intime, l'enfant en difficulté se juge et a du mal à s'aimer. Dans ce moment déjà difficile, un rejet de la part de ses parents peut être vécu comme un véritable abandon.

Pour obtenir de bons résultats à l'école, l'enfant a besoin de sentir qu'il peut puiser dans ses ressources à lui. Même dans la tempête, il a besoin de se faire confiance afin d'accéder à sa créativité, à sa persévérance, à son sens de la logique, à son intuition et à son courage. C'est dans les moments où il se sent le plus faible qu'il a le plus besoin d'encouragements !

LE SENTIMENT DE SÉPARATION

Un enfant ne naît pas avec le sentiment d'être nul, pas plus qu'un oiseau ne fait de complexes parce qu'il ne chante pas comme les autres. Jamais un oiseau ne se privera de s'exprimer par peur de déplaire. L'oiseau chante ce qu'il est ; c'est tout. À la naissance, l'enfant ne connaît pas le sentiment de séparation. Il est Un avec l'univers. Le très jeune enfant ne se juge pas plus qu'il ne juge son entourage. Il n'a pas accès à cette dimension superficielle de l'être. Lorsqu'un bébé a faim, il crie pour qu'on vienne lui donner à manger, il ne peut pas décider de s'arrêter de pleurer, parce qu'il n'est pas capable de se dire : « J'espère ne pas réveiller mes voisins », « J'espère que maman ne va pas avoir une mauvaise opinion de moi si je crie trop fort », « J'espère que personne ne trouve ma voix trop aiguë ! ». Le bébé ne connaît pas la culpabilité, sinon il n'y survivrait pas ! La culpabilité est une création mentale, un sentiment inspiré par le décalage entre ce que nous sommes et ce que nous voudrions être. Le jeune enfant ne se sent pas coupable, car il agit à partir de ses sensations, et ses sensations ne sont pas le fruit de la pensée individuelle. C'est toute la différence qui l'oppose aux adultes. Le sentiment de séparation intervient plus tard. L'enfant perd confiance en lui, à partir du moment où il découvre qu'une partie de lui est aimée de ses parents et qu'une autre partie ne l'est pas. Ce n'est que lorsqu'il crée artificiellement ce qu'on appelle sa personnalité que l'enfant va découvrir le monde de la dualité qui oppose ce qui est à ce qui devrait être. Si l'enfant, par exemple, est en colère et que ses parents ne peuvent accueillir cette colère avec bienveillance, s'il s'entend dire : « Tu es moche quand tu pleures » ou « Arrête de crier, tu es méchant », l'enfant manipulera ses propres émotions. Il modifiera son comportement authentique pour jouer un rôle et préserver l'affection de ses parents. Il ressentira vite que sa colère n'est pas bienvenue. Dès lors, il ne pourra jamais aimer sa colère.

MÉDITER POUR ÊTRE

Le processus d'identification est à la source du manque d'estime de soi. Au théâtre, l'acteur apprend à ne pas s'identifier au personnage qu'il joue. La liberté d'être vient de ce que nous ne nous identifions ni à nos humeurs, ni à nos émotions, ni à nos pensées.

La méditation nous apprend à ne rien rejeter de ce que nous sommes. En méditant, nous apprenons à vivre sans condamner nos pensées ou nos émotions, sans rejeter la moindre part de nous-mêmes. Observer ce que l'on dit de nous, toutes ces images de nous, les croyances que nous avons nous-mêmes, observer les jugements positifs et négatifs comme des nuages dans le ciel, prendre conscience que nous ne sommes pas ces jugements. En méditant, vous verrez passer ces nuages d'énergie cristallisée sans perdre de vue l'éclat de votre soleil intérieur.

Les émotions que l'on met à l'écart voient leur pouvoir renforcé et deviennent plus tyranniques. L'enfant qui n'aime pas sa colère la craindra. Cette émotion, mal aimée, deviendra plus puissante. On la qualifiera peut-être de démon. L'étymologie même du mot « démon » prend sa source dans ce que nous rejetons, séparons, renions. Démon vient du grec et signifie « expulsé » ou « jeté en travers », mais aussi « être doué de raison ». Contrairement à ce que véhicule la croyance populaire, le démon n'est pas l'opposé de Dieu. En tant qu'ange, même déchu, il demeure une créature divine.

LES FORMES-PENSÉES

Plus l'enfant va durcir l'une de ses pensées, plus elle va se cristalliser et devenir une véritable entité capable d'agir. On appelle ces entités d'énergie cristallisée les *formes-pensées*. Les formes-pensées se distinguent des pensées quotidiennes par la charge émotionnelle que nous y associons. Alors que les secondes disparaissent comme elles apparaissent, les formes-pensées, elles, au moment où elles sont émises, activent simultanément deux points d'énergie : le centre de la pensée consciente, situé entre les sourcils, et le centre émotionnel, situé au niveau du plexus solaire. Le premier centre enregistre l'information objective : « Ma mère met son manteau », « Ma mère ouvre la porte de l'appartement » ; le centre émotionnel, lui, émet une pensée associée à une émotion : « J'ai peur ! La dernière fois que ma mère est partie, je me suis sentie abandonnée. » C'est l'interaction de l'observation objective et de l'émotion qui donne la coloration subjective et alimente les formes-pensées. Dans cette situation, l'enfant peut enregistrer la forme-pensée suivante: « Je ne me sens pas en sécurité, car ma mère peut partir à l'improviste et me laisser seul. »

La forme-pensée est une image mentale colorée par une perturbation émotionnelle. Dès lors que la même forme-pensée a été répétée à différentes reprises dans votre enfance, son action est renforcée. Vous pouvez alors changer les protagonistes du scénario, les formes-pensées resteront tout de même actives tant qu'elles n'auront pas été identifiées et « démagnétisées », c'est-à-dire désinvesties de leur charge émotionnelle. Par exemple, une femme qui s'est sentie trahie par un homme croira en la forme-pensée suivante: « Les hommes ne sont pas honnêtes. » Cette forme-pensée influencera toutes ses relations à venir avec les hommes.

Les formes-pensées génèrent comme un nuage énergétique qui se situe dans les couches de l'aura. Les formes-pensées agissent sur notre psychisme sans que nous en ayons conscience; elles s'apparentent à des perturbateurs émotionnels au niveau du programme de notre ordinateur central. Elles peuvent aussi, en fonction de leur intensité, agir sur notre métabolisme et être à la source de maladies. Elles peuvent également être à l'origine de nombreux blocages dans nos vies.

Résultat de notre histoire familiale, elles sont généralement liées à l'image que nous avons de nous: « Je ne suis pas un homme digne de confiance », « Je suis méchante », « Je suis nul »; à notre identité comparée à celle des autres: « Je ne suis pas en sécurité dans un groupe », « Les autres me veulent du mal », « Je ne réussis jamais mes compétitions »; à la société: « Il n'y a pas de travail pour tout le monde », « S'il y a une épidémie quelque part, je serai touché », « Je ferai toujours partie des pauvres »; à la relation amoureuse: « Les femmes ne comprennent jamais rien aux hommes », « Mes histoires finissent toujours mal », « Je me fais toujours avoir ».

Pour désamorcer ces formes-pensées, nous avons besoin de nous appuyer, d'une part, sur notre conscience, d'autre part, sur notre cœur. Identifier les pensées, ou l'événement, qui sont à l'origine de ces croyances limitatives est la première étape. Dans un second temps, c'est le cœur, grand transformateur de croyances, qui agit. En augmentant notre estime de soi et notre confiance en nous, nous pouvons reprogrammer des pensées encourageantes. La médecine énergétique ainsi que l'essentiel des médecines de demain offrent une dimension holistique; elles s'appuient sur l'importance de ces formes-pensées et, d'une façon générale, sur le lien entre notre psychisme et notre physiologie, pour mieux comprendre l'être humain dans sa globalité corps-esprit.

Il a été observé que les formes-pensées ont un rôle déterminant sur notre immunité. Par exemple, le simple fait de s'entendre formuler un diagnostic agit instantanément sur nos cellules et nos défenses immunitaires. Une phrase comme: «Les résultats démontrent que vous avez le cancer» relie le patient, dans sa psyché, à l'égrégore collectif, sorte de grande bibliothèque des peurs de toutes les personnes atteintes du cancer. Dans leur livre *Formes-pensées, découvrir et comprendre leurs influences sur notre santé et sur notre vie*, les auteurs Anne Givaudan et le docteur Antoine Achram décrivent en détail les processus de cristallisation de ces formes-pensées et leur influence sur notre santé.

UNI À SOI POUR LA VIE!

Plus que tout, l'enfant a besoin d'amour, et l'une des manifestations de l'amour est l'accueil des paradoxes de l'autre. Si l'enfant se sent aimé par ses parents, il n'a aucune raison d'être agressif avec ses frères et sœurs, aucune raison de ne pas participer aux tâches domestiques, aucune raison de passer la soirée devant son écran d'ordinateur, aucune raison de ne pas travailler à l'école. Mais comment témoigner votre amour à vos enfants? L'amour, ce n'est pas que des bisous, des mots doux et des cadeaux. Il existe une autre façon, concrète, d'aimer vos enfants, c'est de les accueillir là où ils sont, de leur manifester votre soutien. Vous pouvez apprendre à les écouter, car l'écoute n'est pas innée. Vous pouvez apprendre à accueillir leurs émotions quand ils sont en colère, tristes ou peureux.

Tous les enfants ont le droit d'être en colère, tristes ou peureux ; et ils s'apaisent de sentir qu'ils ont le droit d'exprimer ce qui les rend vivants : leurs émotions.

Accompagner l'enfant à sa source, ce n'est pas lui imposer un modèle, c'est l'accueillir là où il est. Si vous allez avec lui dans le sens du courant, votre enfant se comprendra mieux lui-même, s'aimera davantage et pourra davantage aimer les autres.

CHAPITRE 16
L'ENFANT MIROIR

Le génie, c'est l'enfance retrouvée à volonté.
CHARLES BAUDELAIRE, *Les Paradis artificiels*

Beaucoup d'hommes et de femmes sont relativement à l'aise pour se réunir entre adultes et parler de leurs problèmes. En revanche, ils le sont moins pour jouer, prendre du plaisir, rire de bon cœur. Souvent, ils ne savent simplement plus vibrer comme le font les enfants, ils sont devenus de grandes personnes.

Le monde des adultes est très éloigné de celui des enfants: différences de langage, de codes, de rythme, d'intensité. Adultes et enfants ne s'amusent pas des mêmes sujets et communiquent sur un mode très différent. Lorsqu'il communique, l'enfant est animé par ses émotions et ses sensations. Ce sont elles qui lui indiquent la direction à suivre. L'adulte, lui, appuie sa communication sur des idées, des concepts, ainsi que sur son expérience. Il s'intéresse davantage à ce qu'il pourrait devenir en fonction de ce qu'il a été qu'à ce qui vibre en lui dans l'instant présent. Il est davantage dans sa tête et moins dans son corps, il ressent moins, mais pense plus. « Je pense, donc je suis », affirme l'adulte en se référant à Descartes; « Je suis, puisque je vis », ressent l'enfant en écoutant ses émotions.

Cette différence est visible sur le plan physique: la respiration de l'enfant prend sa source dans l'abdomen, siège de l'être, celle de l'adulte, dans le thorax, siège du contrôle des émotions.

QUESTION DE LONGUEUR D'ONDE

Certaines radios sont sur les grandes ondes hertziennes, d'autres émettent en modulation de fréquence. Il est impossible de capter les stations qui émettent en modulation de fréquence lorsque notre radio est réglée sur le mode des grandes ondes. Il en est de même dans notre communication avec les enfants. Le mode vibratoire des adultes et celui des enfants sont deux modes distincts qui fonctionnent à deux fréquences différentes. Le mode des enfants vibre à une fréquence beaucoup plus élevée que celui des adultes, car l'enfant est plus sensible aux émotions. Adulte et enfant peuvent se comparer au tronc et aux feuilles d'un arbre quand il y a du vent: ils ne réagissent pas de façon identique au souffle du vent; de même, un message donné ne va pas être perçu de la même façon par un adulte et par un enfant. Beaucoup d'adultes n'intègrent pas cette distinction et s'entêtent à communiquer avec l'enfant à partir d'un langage et d'une vibration d'adulte. Ils ne cherchent pas à modifier leur longueur d'onde, ce qui rend difficile la communication authentique.

LA VIBRATION DE L'ENFANT

L'enfant est animé par ses émotions et ses sensations. Il accorde spontanément moins de place aux principes, aux théories et à tout ce qui est gouverné par l'énergie du mental. Un enfant passe sans cesse d'une émotion à une autre, d'un intérêt à un autre, d'une sensation à une autre. Il rit de bon cœur et, dans la seconde qui suit, il pleure à chaudes larmes, puis il rit de nouveau sans que l'adulte trouve de raison apparente à ces changements d'humeur. L'enfant accepte d'être traversé par ses émotions. Elles sont parfois douloureuses, mais il ne porte pas de jugement sur elles. Il est conscient qu'en exprimant ses émotions, il libère son surplus de tensions. Pleurer, crier lui font du bien. L'enfant l'intègre dès son plus jeune âge. Comme il ne cherche pas encore à se définir ni à jouer un rôle, l'enfant n'a pas peur de ses paradoxes ni de ses contradictions. Il les incarne naturellement. Il affiche sa tendresse en prenant son meilleur ami dans ses bras et, dans la seconde qui suit, se fâche et le quitte «pour toujours». Un jour il tape du pied pour aller en forêt, et le lendemain il se roule par terre car il ne veut pas sortir de sa chambre. Entre l'enfant qui est spontané et l'adulte qui programme, il y a un écart de rythme.

L'enfant est toujours en mouvement. Il passe des heures à dessiner, s'applique à des détails, s'investit intégralement, puis il se désintéresse totalement du résultat obtenu et passe à un autre jeu. L'adulte, quant à lui, accepte volontiers de se concentrer sur une activité manuelle, même sans plaisir, car il est motivé par le résultat. L'attitude de l'enfant s'explique par le fait qu'il est davantage nourri par le plaisir immédiat que lui procure le fait de dessiner que par la reconnaissance que lui procurerait l'objectif une fois atteint.

ICI ET MAINTENANT

Lorsqu'un jeune enfant pleure, c'est tout son corps qui est investi. Il n'y a aucune perte d'énergie ; toute sa vitalité est tendue vers l'intention qui l'anime. Son corps physique, son corps émotionnel et son corps mental sont syntonisés dans une même intention.

Qu'un adulte conserve cette qualité, et il s'assure de dégager charisme et leadership. S'il est artiste, pour peu qu'il ait du talent, il est promis à un succès assuré ! Lorsque Jacques Brel chantait *Ne me quitte pas* sur la scène de l'Olympia, le public n'était pas seulement fasciné par les qualités musicales de l'interprète, il était envoûté de voir une grande personne exprimer avec autant d'ouverture ses sentiments intimes — comme un enfant.

L'enfant honore ses besoins comme ses émotions. Il mange lorsqu'il a faim, il dort lorsqu'il a sommeil, il entre en contact avec ses camarades lorsqu'il a envie de jouer, il s'isole dans un coin lorsqu'il a besoin de solitude. L'enfant rit de bon cœur quand il est gai, il n'a besoin d'aucun motif pour cela, il pleure quand il est triste, et crie quand il est en colère. Si ses besoins ne sont pas satisfaits, il est capable de se rouler par terre et de hurler. C'est tout son corps qui exprime alors sa colère. C'est pourquoi les pleurs l'épuisent physiquement s'ils durent trop longtemps.

L'attention elle-même de l'enfant est très différente de celle de l'adulte. L'enfant s'émerveille de détails qui nous semblent, à nous, totalement anodins. Un jeune enfant peut observer avec beaucoup d'attention les allées et venues d'une fourmi, le cheminement d'une goutte d'eau qui glisse sur un brin d'herbe. Il ne va rien perdre de ces menus événements. Lorsqu'il mange, le très jeune enfant est présent à son action de manger. Il se nourrit de tous ses sens; ses yeux, sa bouche, son odorat, son ouïe participent au repas. C'est pourquoi il est important que le parent soit lui aussi présent à ce qu'il fait, car le jeune enfant, lorsqu'il est distrait, peut vite se désintéresser et ne plus rien manger. Dans beaucoup de familles, pourtant, aucune énergie consciente n'accompagne le repas. Les adultes répondent au téléphone durant le dîner, ils regardent la télévision, parlent de la pluie et du beau temps, et sont ensuite surpris de voir que l'enfant n'est pas concentré sur ce qu'il mange.

UNE PRÉSENCE QUI COMBLE

La stimulation de l'enfant a besoin d'être dosée par le parent. De nombreux parents stimulent l'enfant plus que nécessaire. Ils achètent aux bébés beaucoup d'objets, notamment des poupées qui parlent et qui pleurent, des jouets électroniques émettant des sons artificiels… Ils renouvellent les jouets au fur et à mesure que l'enfant s'en lasse. Ils agissent ainsi sans forcément être en lien avec les véritables besoins de l'enfant dont les sens sont plus ouverts que les nôtres et qui n'ont pas besoin de tant de sollicitations. Au contraire, l'enfant a besoin d'être encouragé dans sa conscience du moment présent. Un bébé peut jouer longtemps à regarder ses mains, il est fasciné par leur mouvement, leur goût, leur forme. S'il n'est pas excessivement sollicité dans ses sensations par des jeux toujours nouveaux, l'enfant apprend également à être à l'écoute de l'instant, à se contenter davantage de ce qui est sans chercher sans cesse une surenchère de sensations.

Il faut aux parents beaucoup de souplesse pour s'adapter au rythme des enfants, au moins autant qu'aux enfants auxquels ils demandent de s'adapter à leur rythme à eux. Prenons un exemple : combien de parents s'entêtent, lors d'une visite au zoo, à attirer l'attention du jeune enfant sur les lémuriens de Madagascar sous prétexte que c'est une espèce rare, alors que l'enfant est surtout attiré par les pigeons qu'il trouve plus vivants et plus accessibles ! L'enfant ne s'encombre pas de convenances. Il est guidé par son instinct. Pour lui, peu importe que l'animal soit rare ou non ; il est attiré par la vibration de l'animal, non par son pedigree.

LE VERBE JUSTE

L'enfant communique à partir de ses sentiments, de ses émotions et de ses sensations. S'il est attiré par une personne, c'est tout son être qui est attiré. L'enfant fait assez peu de cas de savoir si cette personne a suivi de longues études, si son compte en banque est fourni ou si elle adhère à tel parti politique. Ce ne sont pas ces éléments qui créent une affinité. L'enfant est guidé par son instinct. Il peut ainsi être très proche de la gardienne de l'immeuble et ne se sentir aucun lien avec son oncle ou sa tante.

Parfois, l'enfant nous semble capricieux ; il n'en est rien. Colère, joie, tristesse, rires, il est simplement entier, en lien avec ce qu'il éprouve, il honore ce qu'il ressent comme on honore la vie. Parce qu'il est en lien avec son être, l'enfant conserve l'une des qualités les plus précieuses : l'émerveillement.

S'ÉMERVEILLER

Beaucoup d'adultes, dans notre monde d'aujourd'hui, souffrent d'un manque d'enthousiasme, ils cherchent à redonner un sens à leur vie, ils s'ennuient. Ils ne savent plus s'émerveiller comme les enfants. L'émerveillement de l'adulte s'est terni à cause de la pensée conceptuelle. Lorsque l'être est dominé par la pensée, il perd son émerveillement, car la pensée n'a pas de vie. Tant qu'il cherche, l'adulte est en vie. Dès qu'il affirme qu'il a trouvé, que désormais il sait, il commence à mourir. C'est pourquoi les enfants nous semblent généralement bien plus éveillés que leurs parents. Ils savent moins, donc sont plus enclins à s'émerveiller et à découvrir.

Le contact avec l'enfant est une porte d'accès à l'émerveillement. Si les adultes ne cherchent pas à vouloir montrer à l'enfant ce qu'il faut faire, ce qu'il faut apprendre, mais s'ils acceptent le flux de réciprocité qui peut les rapprocher des enfants, ils recevront autant qu'ils donneront. Ils recevront des enfants une nouvelle capacité à s'émerveiller.

LE MONDE DES ADULTES

Généralement, les adultes fonctionnent à un rythme bien différent. Ils se sont progressivement éloignés de ce qu'ils étaient pour devenir ce qu'il est bien vu qu'ils soient. Ils ont transformé ce qu'ils ressentaient en expérience, leur expérience en concept et leur concept en *a priori*. Ils ont traduit leurs sensations en mots, puis ils ont fait de ces mots des idées, des pensées dont ils ont tiré des théories. C'est à partir du moment où ils ont été animés par ces théories qu'ils ont commencé à jouer un rôle, en manipulant ce qu'ils ressentaient et leurs émotions d'enfant. Les adultes sont habitués à se retrouver entre eux, à partir de groupes partageant les mêmes théories, les mêmes idées. Ce sont les associations, les clubs d'opinion, les partis politiques.

C'est généralement sur ses concepts, ses théories, ses opinions que l'adulte appuie l'éducation de ses enfants. Il cherche à leur transmettre ses valeurs. Or, nous ne sommes pas nos pensées. Les pensées sont des agrégats d'énergie mentale qui se créent et disparaissent comme des bulles de savon. Bien que, souvent, elles nous gouvernent, elles n'ont aucune vie. L'adulte est en conflit dès lors qu'il oppose une pensée, *ce qu'il est bien vu d'être*, avec une vibration, *ce qu'il est dans l'instant*. Comme les adultes sont plus soucieux que leurs enfants de leur image, ils se sentent souvent tiraillés entre ce qu'ils ressentent et ce qu'ils aimeraient être. Plus ils refusent d'être dans la vie, et donc sont dans le paradoxe, plus ils se sentent tiraillés. « *Je ne rêve que d'une chose, c'est de partir sac à dos à l'aventure avec mes gosses*, me confiait Cédric, *mais que va penser ma mère si nous n'allons pas la visiter à La Baule cet été. Elle va dire que nous sommes égoïstes; et puis, j'aurais l'air de quoi à camper à 50 ans, alors que mes moyens me permettent de m'offrir l'hôtel !* » Beaucoup d'hommes et de femmes renient ce qu'ils sont pour privilégier ce qu'il est bien vu d'être. Ils abandonnent leur vie pour afficher une image de vie.

RETROUVER SON ÂME D'ENFANT

Lorsque son fils trempe son doigt dans la crème chocolatée et la déguste, Jean-Christian est choqué parce que « *ça ne se fait pas* ». Il y a conflit. Mais avant de s'incarner entre l'adulte et l'enfant, ce conflit existe déjà intérieurement chez l'adulte. Une part de lui-même se dit que ça ne se fait pas de tremper son doigt dans le chocolat, que c'est sale, mal élevé, tandis qu'une autre part a très envie de le faire, mais n'ose pas par peur du jugement ou par habitude. Plus l'adulte a tyrannisé ou occulté l'une des parts antagonistes de lui-même, plus le conflit sera violent.

Beaucoup d'adultes se sont éloignés de leur âme d'enfant. Ils ne savent plus s'émerveiller, ils manquent de spontanéité. Par peur du ridicule, ces grandes personnes n'osent plus chanter en public, danser, s'esclaffer. Elles agissent dans le souci d'être bien vues, plus que mues par leur propre plaisir. Jacqueline est gênée lorsque ses enfants lui demandent de se déguiser, de faire l'éléphant ou l'hélicoptère, d'imiter la girafe ou simplement de jouer à cache-cache ou à la chandelle avec eux. Encore davantage si d'autres adultes sont présents. Elle s'identifie trop à la fonction qu'elle occupe dans la sphère sociale pour oser s'en détacher. Son personnage de cadre dirigeant d'une grande banque parisienne fait barrage lorsque ses enfants lui demandent de se mettre à quatre pattes pour jouer aux sauterelles en folie avec eux. Ces adultes attachés à leur image sont gênés par l'énergie de l'enfance. Le rire des tout-petits les agace, ils trouvent que les enfants bougent trop, dérangent la maison. C'est au nom de leur confort à eux qu'ils imposent aux enfants un rythme inadapté.

Le concept même de rangement est totalement différent pour les adultes et les enfants. Pour beaucoup de parents, une maison bien rangée est une maison où les bibelots sont à leur place sur les étagères, où les lits sont faits dès le réveil, une maison où rien ne traîne. La maison est rangée pour eux lorsqu'elle ressemble lundi à ce qu'elle était jeudi. Or, pour beaucoup d'enfants, cette image figée est une image de mort. Les enfants sont rassurés de voir que les objets bougent, que la décoration n'est pas fixe, que leur maison est vivante. Il arrive souvent, les contraires s'attirant, que plus les parents sont figés dans une demande excessive de rangement, plus les enfants se réfugient dans le monde en mouvement – et en bazar! – de leur chambre…

LE PERFECTO SUR LE CANAPÉ

C'est avec beaucoup d'émotion que Suzanne nous avait raconté l'histoire du perfecto, un blouson en cuir noir, sur le canapé… Alors qu'elle était adolescente, Gaby, sa fille, avait l'habitude de jeter son blouson sur le canapé en revenant du lycée. Cette habitude exaspérait la mère qui, régulièrement, houspillait la jeune fille tout en accrochant le blouson sur le portemanteau. À l'âge de 19 ans, Gaby quitta l'appartement familial et alla s'installer avec un copain dans un quartier voisin. Bien qu'elle fût restée en bons termes avec ses parents, elle manquait beaucoup à Suzanne, qui entretenait une relation quasi fusionnelle avec sa fille. En revanche, Gaby partie, Suzanne pouvait ranger la maison à son aise. Elle n'était plus dérangée par les chaussures qui traînent, les pochettes de disque ouvertes, les canettes de Coca et… le blouson sur le canapé. La maison retrouvait son allure rangée. Suzanne ne travaillant pas à l'extérieur de la maison, elle consacrait une part importante de sa journée à astiquer les meubles de l'appartement.

Mais, paradoxalement, le désordre manquait à Suzanne. Sans le désordre de sa fille, elle se sentait moins vivante, plus vieille. Lorsqu'elle poussa la porte en rentrant un soir, Suzanne découvrit le blouson de Gaby jeté sur le canapé. Sa fille était venue lui rendre une visite surprise! Suzanne eut les larmes aux yeux de revoir ce blouson qui symbolisait pour elle la jeunesse de sa fille. Elle prit conscience que ce vêtement jeté sur le canapé évoquait la vie pour elle!

Du reste, beaucoup de parents, lorsque leur enfant quitte la maison familiale, conservent la chambre de l'enfant intacte, sans la ranger trop à leur goût. Le désordre qui y règne symbolise pour eux la vie de l'enfance.

PRÉSENT, PASSÉ ET FUTUR

À l'inverse des enfants, beaucoup d'adultes éprouvent de la difficulté à s'incarner dans l'instant présent. Notre mental d'adulte est sans cesse gouverné par les références au passé et les projections dans le futur. Chaque épisode vécu a laissé une trace dans notre psyché sous la forme d'une référence agréable que l'on souhaite reproduire, ou désagréable que l'on souhaite éviter. Lorsqu'il se réveille, l'adulte pense déjà à la douche qu'il va prendre; puis, une fois sous la douche, il imagine le bon petit-déjeuner qui l'attend; il se met alors à table et anticipe tous les rendez-vous des heures qui suivent. Lorsque l'adulte est contrarié dans la journée, cela se répercute souvent sur son humeur le soir venu.

De même, dès l'automne, l'adulte projette les vacances qu'il prévoit passer l'été suivant, et il réserve facilement son chalet au ski six mois à l'avance, anticipant sans cesse. Il se remémore ensuite pendant trois mois les vacances passées si bien qu'il finit par ne plus savoir goûter au moment présent. C'est son activité mentale incessante qui empêche l'adulte de jouir de l'instant présent. Par activité mentale, je désigne ici l'ensemble des pensées, des concepts, des connaissances, des théories — tout ce flot ininterrompu d'énergie psychique qui confère à la vie de l'adulte une dimension virtuelle.

LA FOLIE DOUCE

La profondeur n'est pas de la gravité. La légèreté n'est pas de la superficialité. Dans le monde des adultes, la spontanéité est jugée et souvent mal venue puisque incontrôlable. On dit d'un homme qui rit fort ou d'une femme qui s'amuse trop qu'ils sont «complètement fous» ou «hystériques». Pourtant, l'énergie de la folie douce oxygène le cerveau, favorise l'intuition, et apaise les tensions et le stress. La folie douce favorise la créativité et évite le *burnout*.

Dans leur milieu professionnel, beaucoup de dirigeants utilisent désormais le rire et les jeux, notamment dans le cadre de séminaires de cohésion d'équipe, cela afin de retrouver une créativité oubliée depuis longtemps. Ne pas se prendre au sérieux permet de vivre sa vie avec intensité.

La folie douce est une composante essentielle de la personnalité de l'enfant. Si l'adulte n'est pas en lien avec sa folie douce, il aura beaucoup de mal à accueillir celle de l'enfant.

Beaucoup d'adultes ressentent un malaise lié à cette coupure d'avec ce qu'il est convenu d'appeler en psychologie leur *enfant intérieur*. L'enfant intérieur, c'est la partie de nous à l'origine de tous nos désirs. C'est le moteur de nos envies, de nos coups de foudre, de nos révoltes. Cet enfant intérieur existe dans le cœur de chaque grande personne. Parfois, il y a été oublié. L'enfant intérieur n'est pas animé uniquement par la spontanéité et la joie ; il renferme aussi la fragilité, la vulnérabilité. C'est dans l'espoir de ne pas rouvrir des blessures passées que les adultes emprisonnent leur enfant intérieur. En se réconciliant avec son enfant intérieur, l'adulte entretiendra une relation plus légère avec les enfants. S'il laisse ses rires éclater plus spontanément, s'il ne se prend pas au sérieux, s'il renonce au contrôle, s'il vit davantage dans l'écoute du moment présent, s'il exprime ses émotions sans les juger, l'adulte réveillera son enfant intérieur et sera plus en lien avec ses propres enfants. Les adultes qui entretiennent cette qualité de légèreté sont souvent plus respectés que les adultes continuellement graves et tristes. La joie et la légèreté n'affaiblissent pas l'autorité; au contraire, elles l'humanisent.

Un jour, Jean-Christian, jeune papa ayant la garde partagée de deux enfants âgés de deux et quatre ans, Ludo et Tino, vient me consulter. Le plus grand ne tient pas en place à l'heure des repas. Il quitte la table, refuse de manger, puis il demande un dessert qu'il ne mange pas davantage. Jean-Christian a tout essayé: chantage, punition, contrainte; il l'oblige, sinon à finir son assiette, à goûter au moins. Mais à travers son refus de manger, l'aîné dit autre chose qui reste à décrypter. J'encourage Jean-Christian à lâcher prise totalement. Je lui propose un pacte à suivre pendant 21 jours, ce laps de temps étant la durée la plus adaptée pour transformer un comportement. Il accepte. Vingt et un jours durant lesquels il laissera l'enfant totalement libre de ce qu'il veut manger ou pas, durant lesquels il n'interviendra pas dans le choix de l'enfant et le laissera quitter la table à son gré. Lui-même devra se concentrer sur sa propre assiette puis, à la fin de son repas, débarrasser la table et passer à autre chose. Il n'a pas fallu plus de trois jours pour que Ludo se détende et se remette à table naturellement. Ce n'était pas le repas que Ludo ne supportait pas, mais la pression qui y était associée. Ludo voulait retrouver un contact intime avec son père. Il a fallu à Jean-Christian une infinie bienveillance et une grande tendresse pour reprendre contact avec la partie de lui qu'il avait abandonnée, celle de l'enfant décontracté. Les retrouvailles avec son enfant intérieur ont été magnifiques. Il s'est rendu compte de toutes les fois où il n'osait plus s'amuser, être lui-même, simplement parce qu'il se jugeait. À l'occasion de ce problème, avec courage, il s'est autorisé à exprimer sa folie douce. Sa relation avec ses deux garçons s'en est trouvée bien améliorée. Notre enfance ne meurt pas. Parfois, nous nous éloignons de son énergie vitale, mais nous pouvons toujours la retrouver.

L'ORIGINE DE LA RUPTURE

Dans son parcours de vie, il n'est pas rare que l'adulte se soit coupé progressivement de son enfant intérieur sans même s'en apercevoir. Hier, il était en lien avec sa naïveté, il exprimait spontanément sa joie, et puis, progressivement, pour faire comme les grands, pour obéir, pour se faire bien voir, il a composé un personnage extérieurement correct. Au fur et à mesure qu'il est au contact des adultes, l'enfant apprend à tenir compte des conventions, de «ce qui se fait» et de «ce qu'il ne faut pas dire», de la politesse et d'autres convenances. L'une des métamorphoses les plus douloureuses pour l'enfant, c'est qu'il va progressivement adapter son comportement au regard de l'autre plutôt qu'à ses besoins. La peur d'être rejeté, jugé, abandonné, montré du doigt va, au fil des années, l'éloigner de ce qu'il *est* pour le faire devenir ce qu'il est *convenu d'être*.

LES ADULTES AU CŒUR D'ENFANT

Certains adultes sont plus à l'aise pour exprimer naturellement leurs émotions et ce qu'ils ressentent, car ils sont encore en lien avec leur enfant intérieur et sont restés authentiques. Chez la plupart, les émotions sont toutefois bien souvent filtrées. Notre éducation nous a habitués à réprimer nos émotions: à retenir notre colère en public afin de ne pas passer pour quelqu'un d'agressif, à ne pas pleurer, car un homme ne pleure pas…

Il suffit, pour s'en assurer, de comparer le comportement des enfants dans une cour de récréation et celui des adultes dans une entreprise. À la récréation, les enfants crient, pleurent, rient, se courent après, se tapent. L'émotion est immédiatement exprimée, célébrée. Chez les adultes, ces émotions sont tout aussi présentes. La colère, l'amertume, la jalousie, le désir et la joie existent bien, mais elles sont filtrées, conditionnées, retenues. Elles se tapissent dans l'ombre, car il est mal vu de les exprimer en public, notamment au travail.

LA CONFUSION DES SENTIMENTS

Comme ils prennent l'habitude de réprimer leurs émotions, beaucoup d'adultes finissent par ne plus les connaître, voire par les confondre. Lorsque, dans le cadre d'un stage de communication en entreprise, j'interroge Philomène sur ce qu'elle ressent à l'issue d'une mise en situation où elle a été impliquée, elle peut juste me dire qu'elle se sent mal en posant vaguement sa main sur son ventre pour m'indiquer la source de son malaise. Elle est incapable de définir s'il s'agit de colère, de peur ou de tristesse. La voie qui pourrait la mener à ressentir ses émotions partout dans son corps est comme un chemin abandonné qui serait recouvert d'herbes folles. C'est ainsi que se forment des nœuds émotionnels, des formes-pensées ou d'autres perturbations de l'énergie. Les adultes s'habituent à vivre avec un nœud dans la gorge, une boule sur l'estomac, des maux de tête, un mal de dos. Le nombre des nouvelles pathologies de ce siècle liées au stress, à l'anxiété et à la difficulté d'être indique à quel point les adultes se coupent de la partie la plus vivante d'eux-mêmes, à savoir leurs émotions.

Par ailleurs, se coupant de leurs émotions, ils en perdent le bénéfice, car le rôle de l'émotion est de nous alerter lorsque nos besoins ne sont pas satisfaits. Aucun autre indicateur n'est plus fiable que nos émotions pour nous prévenir qu'une situation ne nous rend pas heureux. Notre corps nous indique, par une montée de chaleur, une accélération de nos battements cardiaques, un afflux de sang, des palpitations, une crispation au niveau du diaphragme, que nous sommes en train de nous trahir. Ce sont les moments où l'enfant éclate en sanglots, jette son camion, pleure, crie, se roule par terre. En exprimant ses émotions, il se rapproche de lui-même. Cette même violence que vivent les adultes s'exprime alors à l'intérieur d'eux-mêmes.

La communication avec l'enfant est difficile, car il s'exprime avant tout par son émotion. Il pleure, crie, hurle. L'adulte, lui, s'exprime plutôt à partir d'une émotion retenue. De plus, il n'est pas rare qu'inconsciemment l'adulte sente bien qu'il ne s'autorise pas à laisser s'exprimer ses émotions alors qu'il aimerait le faire. Un véritable rapport de force s'établit entre ces deux langages, rapport de force à l'issue duquel, à défaut d'une prise de conscience véritable, il y aura obligatoirement un gagnant et un perdant, quand ce n'est pas deux perdants.

L'ENFANT MIROIR

Lorsque le parent ne s'est pas réconcilié avec son enfant intérieur, il y a emprisonnement : son enfant intérieur est comme muselé et frustré de ne pas pouvoir librement s'exprimer. La présence d'un autre enfant, réel celui-ci, dans les parages, est vécue par le parent comme une menace. Entre l'adulte et l'enfant s'établit ce que l'on appelle l'*effet miroir* : l'enfant incarne, aux yeux de l'adulte, la part de lui-même que ce dernier réprime ; c'est pourquoi le parent veut faire taire l'enfant imprévisible ou, tout au moins, éprouve de la peine à l'accueillir avec bienveillance et tendresse. « *Lorsque j'avais cinq ans, mes parents se sont séparés. Cette période a été très difficile pour moi,* me confiait Katarina. *Je ne m'aimais pas. Lorsque ma propre fille a eu cinq ans, je la rejetais, je ne supportais rien de ses humeurs, de son rythme, de ses réactions. J'ai alors compris que ce n'est pas elle que je rejetais, mais l'image de moi qu'elle me renvoyait comme un miroir.* »

L'imprévisibilité, les colères, les peurs de l'enfant entrent en résonance avec l'enfant intérieur de l'adulte qui, lui, est muselé. C'est ce qui crée le malaise chez l'adulte et déclenche l'élan qu'il met à vouloir solutionner l'émotion de l'enfant à tout prix. Lorsque Sébastien, quatre ans, hurle parce que son frère vient de casser son camion, son père va avoir beaucoup de mal à trouver l'attitude adaptée. Les pleurs de Sébastien sont provoqués tant par sa colère que par son chagrin, deux émotions que le parent ne s'autorise plus à exprimer librement. Ce père a lui-même étouffé ses propres pleurs lorsqu'il était enfant. Malgré tout son amour, il se sent impuissant à accueillir les pleurs de son fils. Voir son fils pleurer et devenir rouge de colère est insupportable pour lui, car ces pleurs réveillent ses propres blessures d'enfant qui, elles, sont interdites d'expression. C'est pourquoi le père veut vite « faire taire » Sébastien : « Arrête de pleurer, ce n'est pas grave, il ne l'a pas fait exprès », lui dit-il tout en pensant intérieurement : « Arrête de pleurer, c'est insupportable pour moi, qui ne m'autorise pas à exprimer mes émotions, d'entendre ta souffrance. » L'enfant, de son côté, s'interroge : « Je pleure parce que ça me fait du bien, pourquoi mon père ne veut-il pas m'accueillir lorsque je pleure ? » Si l'enfant persiste parce qu'il est vraiment furieux et parce que le comportement de son papa ne l'a pas apaisé, il va crier de plus belle. Le père de Sébastien supportera encore moins cette émotion, qu'il va vouloir supprimer à tout prix. Le réflexe du parent est généralement de minimiser le problème ou d'y trouver une solution, voire de faire dévier les pleurs de l'enfant plutôt que de simplement les accueillir. Le père dira : « Arrête de pleurer maintenant, ça suffit, je te dis qu'il ne l'a pas fait exprès » (minimisation) ; il peut aussi dire : « Pleurer ne sert à rien, ce n'est pas ça qui va te rendre ton camion, embrassez-vous plutôt » (solution) ; il peut ironiser : « Comme tu es moche quand tu pleures ! » ; il peut enfin menacer : « Tu arrêtes de pleurer, sinon je ne t'emmène pas au foot comme je te l'avais promis » (chantage), ou punir : « Ça suffit, va dans ta chambre » (punition), ou faire toute autre réponse qui accentuera la douleur de l'enfant parce que ce dernier ne se sentira pas compris. L'enfant se dira alors : « Mais pourquoi mon père m'interdit de pleurer ? Moi, je sens bien que pleurer ça me fait du bien, ça apaise mes tensions, ça vide mon corps. » Ou : « Mon père ne m'aime pas, il veut me priver de foot, je le hais s'il fait ça », ou encore : « J'ai peur qu'il m'envoie dans ma chambre. S'il ne m'aide pas à accueillir mon chagrin, qui le fera ? » Sébastien et l'enfant intérieur du papa se voient en miroir. L'un s'exprime, l'autre est réprimé. Cette dissemblance est insupportable pour le parent. C'est pourquoi il réagit par la répression des pleurs de l'enfant.

APAISER L'ENFANT INTÉRIEUR

Tant que l'adulte n'aura pas réconcilié les deux parts de lui-même, son enfant intérieur et la grande personne qu'il est devenu, il sera en conflit avec ses enfants. Et tant que durera ce conflit interne, l'adulte sera gêné par l'émotion de l'enfant qui entrera en résonance avec la sienne.

Apaiser son enfant intérieur est une démarche qui demande beaucoup de tendresse pour soi-même. L'adulte pourra se faire aider par un thérapeute pour y parvenir. Ce qui sépare l'adulte de son enfant intérieur, c'est le jugement qu'il porte sur lui-même et ses émotions : « Je suis ridicule à jouer comme un gosse », « Un homme ne pleure pas »…

L'adulte peut apprendre à changer le regard qu'il porte sur lui-même et, progressivement, s'autoriser à jouer, à se moquer de lui-même, à partager des moments de tendresse. Lorsque la communication s'affaiblit entre l'adulte et l'enfant, lorsque l'enfant et l'adulte n'arrivent plus à se comprendre, à échanger, à s'amuser ensemble, à s'aimer autant qu'ils le voudraient, l'adulte en souffre souvent autant que l'enfant. Beaucoup de parents considèrent qu'il y a conflit parce que l'enfant a changé, qu'il n'est plus comme avant, et que c'est à l'enfant de se transformer. C'est l'un des réflexes que nous avons tous dans les moments de conflit : nous considérons que c'est à l'autre de changer.

Lorsque l'adulte ose faire le premier pas, lorsqu'il accepte avec bienveillance de remettre quelques-unes de ses certitudes en question, lorsqu'il veut bien s'ouvrir, il accède à plus de détente, de joie, de légèreté.

Quand nous ressentons une distance avec l'autre alors que nous souhaiterions plus de proximité, plus de complicité, il y a un premier pas à faire. Mais ce premier pas n'est pas un pas vers l'autre, c'est un pas vers nous avant de nous rapprocher de l'autre. Nous pouvons apprendre à nous rapprocher de nous, dans toute notre complexité, dans tous nos paradoxes et dans toute notre vie. Cette ouverture est l'occasion de la plus belle des révélations : l'autre et nous n'avons jamais été séparés !

CHAPITRE 17
ÉCOUTER

Qu'importe de quoi parlent les lèvres,
lorsqu'on écoute les cœurs se répondre.
ALFRED DE MUSSET, *La Confession d'un enfant du siècle*

Les êtres humains, et en premier lieu les enfants, ont besoin d'amour pour s'épanouir. L'amour répond complètement aux besoins de l'enfant, quel que soit son âge. En tant que parents, nous souhaitons tous transmettre notre amour à nos enfants. Mais l'amour reste, pour beaucoup, une notion abstraite, difficile à incarner dans les attitudes quotidiennes. Pourtant, il existe une forme d'amour que nous pouvons ressentir et partager, et qui comble tous les besoins vitaux de l'enfant. Elle renforce son estime de soi, favorise sa confiance en lui, améliore la qualité de ses relations avec son entourage. Elle permet de désamorcer, chez lui, les comportements violents et peut l'aider dans sa scolarité. D'un point de vue pratique, cette forme d'amour ne vous coûtera pas d'argent et ne vous demandera que cinq minutes par jour ! Cette forme d'amour s'appelle *l'écoute*. Savoir écouter est l'une des façons les plus concrètes d'aimer, c'est aussi la base de toute communication.

Aussi étonnant que cela puisse sembler, bien que nous ayons le sentiment d'écouter nos enfants, nous n'entendons souvent rien de ce qu'ils disent entre les mots. L'écoute dont je parle se manifeste par une présence attentive, équanime et bienveillante, trois qualités nécessaires pour donner à notre communication la dimension d'un authentique acte d'amour.

UNE ÉCOUTE ATTENTIVE

Lorsqu'un homme va voir un thérapeute, avant même de recevoir un diagnostic, il s'attend à être écouté. Il guette, chez le psychologue, le médecin, le *coach*, des indices qui lui confirmeront qu'il a été compris. Le patient s'apaise s'il se sent accueilli par une oreille bienveillante. « C'est agréable, avec vous, je peux tout dire sans avoir peur d'être jugé. » Les thérapeutes avertis savent que le patient qui se sent écouté trouvera de lui-même la réponse à la question qui le préoccupe. Dans la pyramide des besoins, celui d'être entendu fait partie des besoins de base. Pour nous construire, nous avons besoin d'être reconnus pour ce que nous sommes. Lorsqu'un parent veut punir un enfant, il le cloître dans sa chambre ; l'instituteur, lui, dévalorise l'élève en l'envoyant au coin. Quand le directeur veut réprimander un salarié, il l'isole dans un poste « placard ». Dans toutes ces situations, l'individu n'est plus reconnu, il est nié. On refuse de l'écouter, de le regarder, de le considérer. Les SDF confient souvent aux travailleurs sociaux que le pire pour quelqu'un qui vit dans la rue, ce n'est ni la saleté ni la faim, mais l'indifférence, le fait de n'être pas reconnu, pas écouté. Le besoin de reconnaissance est un besoin vital de l'être. Lorsqu'il est satisfait, tous les autres besoins qui en découlent peuvent être comblés à leur tour.

L'essentiel du malaise des enfants vient du fait qu'ils ne sont pas suffisamment écoutés et compris par leurs parents. Malgré leur bonne volonté, les parents savent rarement écouter leurs enfants ; ils ne s'en rendent souvent pas compte, ils sont même persuadés de les écouter, pourtant, ils ne les entendent pas, ou si peu. À peine leurs enfants commencent-ils à livrer leurs chagrins que les parents, lorsqu'ils sont disponibles, se mettent à juger : « C'est de ta faute, si tu étais moins dans la lune, ça ne serait pas arrivé » ; à solutionner : « On t'en achètera un autre, allez, viens manger ! » ; à consoler : « Allez, ce n'est pas bien grave, cesse de pleurer ! » Ces réponses hâtives ne nourrissent pas l'enfant dans ce qui l'anime quand il sollicite le parent : le besoin d'être entendu. Si l'enfant s'exprime sous le coup d'une émotion forte, s'il est en pleurs, s'il est fou de rage, s'il est découragé, sa frustration s'en trouve même renforcée. Dans ces cas, c'est généralement parce qu'il est mal à l'aise par rapport aux émotions de l'enfant que le parent cherche à faire taire celles-ci au plus tôt au lieu d'écouter et d'accueillir l'enfant là où il est.

Lorsqu'un enfant s'adresse à vous, il ne vient pas forcément chercher une solution à la question qu'il vous pose. Même s'il arrive avec une demande, il vient généralement pour deux raisons: soit pour vous dire qui il est, soit pour que vous l'aidiez à découvrir qui il est.

POURQUOI N'ÉCOUTONS-NOUS PAS NOS ENFANTS ?

Le cas de Julien

Julien rapporte son contrôle de maths: 4/20. À signer par les deux parents. Penaud, il tend sa feuille à sa mère qui passe l'aspirateur; il tente ainsi de faire diversion, espérant que celle-ci, absorbée par son ménage, ne réagira pas. Mais Christiane coupe l'appareil et s'énerve aussitôt: «*Quatre en maths! Mais tu comptes aller où dans la vie avec ça? Quand est-ce que tu vas te mettre au boulot au lieu d'être toujours collé sur tes jeux vidéo? D'ailleurs, ça commence à bien faire, ces jeux! On va arrêter tout ça; tant que tu n'auras pas la moyenne, plus question ni de jeux ni de sorties avec les copains. Maintenant, laisse-moi, j'ai mon ménage à faire.*» Julien part dans sa chambre plein de honte. Christiane rebranche l'aspirateur, envahie par la colère. Aucun doute, elle n'était pas disponible pour l'accueillir. Peut-être le moment n'était-il pas bien choisi, ni pour lui ni pour elle. Qu'il soit nul en mathématiques, la maîtresse le lui a déjà dit, et lui-même finit par le croire. Quant à Christiane, elle est inquiète. Ses études à elle n'ont pas été brillantes. Elle a arrêté l'école avec un brevet professionnel de gestion, diplôme qui ne lui a pas permis de mener la carrière qu'elle aurait aimée. Depuis ses 20 ans, elle a enchaîné les petits boulots en ayant plus l'impression d'être au service des autres qu'au service de sa vocation. Pour elle, le monde du travail est impitoyable; il est difficile de se faire une place au soleil sans un diplôme solide. Elle craint que son fils suive la même voie qu'elle.

La remise d'un bulletin est un moment important pour l'enfant. C'est un pont entre l'école et la maison. C'est l'instant où l'enfant va être évalué, apprécié. Pour le parent, c'est une occasion de faire le point, de savoir où en est l'enfant. Cet instant demande de la disponibilité. Dans cette histoire, c'est cette première qualité qui a fait défaut à Christiane. Si elle avait été plus disponible, si elle avait été moins sollicitée par son ménage, peut-être aurait-elle pris le temps de revenir à elle pour établir un lien chaleureux avec l'enfant avant de se saisir du bulletin; elle aurait peut-être proposé de changer de pièce, se serait assise, aurait demandé à Julien comment il se sentait. Mais ce matin-là, Christiane n'était pas disponible pour cela.

Le cas de Zoé

Ce jour-là, Zoé est en larmes. «*Maman, je n'ai plus d'amies à l'école, aucune ne veut jouer avec moi, elles disent que je suis trop nulle!*» Que sa fille, qu'elle aime, se sente abandonnée à l'école est insupportable pour Martine. C'est pourquoi elle tient absolument à aider Zoé à retrouver confiance en elle. Elle la prend dans les bras, la console, lui dit que ça passera, que des amis, elle en trouvera d'autres. La maman de Zoé veut bien faire. Elle veut sincèrement aider sa fille. En la consolant, elle cherche des solutions. Avant d'être une maman, Martine a été une petite fille! Elle aussi a connu le goût amer des disputes de cour de récréation. Elle sait combien c'est douloureux de se sentir rejetée. Elle aussi, lorsqu'elle était enfant, avait parfois du mal à intégrer les groupes de copines. Par l'effet miroir, la douleur de sa fille réveille sa propre blessure. Martine a mal au ventre rien que d'y penser. C'est tant la blessure de sa fille que sa propre blessure, enfouie dans sa mémoire, qu'elle souhaite au plus tôt apaiser en consolant Zoé.

Si elle avait été moins absorbée par sa propre émotion, Martine aurait pu interroger Zoé, lui demander, par exemple, de raconter sa journée pour identifier l'événement qui était à la source de son chagrin. Mais lors de la confidence de Zoé, Martine a été absorbée par l'émotion de sa fille, leurs deux histoires se sont télescopées dans le miroir des projections. Martine est trop blessée elle-même pour écouter, sans *a priori*, l'histoire de Zoé. En adoptant une présence attentive, elle accédera à la deuxième qualité de l'écoute: l'équanimité.

Le cas de Karima

Karima vient de se disputer avec sa sœur. En pleurs, elle vient chercher du réconfort auprès de son grand-père.

« *Elle m'a cassé mon cheval !* dit la fillette de sept ans.

– *Samia ! Viens ici !* interpelle le grand-père, sans conviction, mais Samia ne vient pas. *C'est pas grave, tu en as plein d'autres, des jouets,* console Youssef. *Samia, pourquoi tu as fait ça ?* demande-t-il à travers la porte.

– *C'est elle qui a commencé !* répond une voix boudeuse dans la chambre à côté.

– *C'est pas une raison, viens ici !* »

Samia ne viendra pas malgré deux nouvelles invitations à la réconciliation.

« *Allez, arrête de pleurer, je te le recollerai ton cheval,* propose le grand-père plein de bonne volonté.

– *C'est pas pareil s'il est collé,* répond Karima.

– *Alors, je t'en achèterai un autre !* »

Karima sent qu'elle ne peut pas compter sur son grand-père pour accueillir sa détresse. Elle file dans sa chambre tandis que le vieil homme conclut : « *Allez, c'est fini maintenant, jouez tranquillement, on va manger bientôt.* »

Lorsque le grand-père des deux enfants intervient, il cherche surtout à trouver une solution. Il a la garde de ses petits-enfants pour le week-end. Il aime ces moments et veut éviter que les fillettes disent à leur mère : « Chez pépé, on s'est disputées. » Sa fille ne les lui confierait plus, craint-il. En répondant à Karima, il souhaite surtout que les pleurs s'arrêtent. C'est pourquoi il ne s'est concentré que sur le cheval. Or, le cheval n'était qu'un prétexte. Karima s'est disputée avec sa sœur, elle a été en colère, elle s'est sentie blessée et probablement atteinte dans son sentiment de sécurité puisque sa sœur a cassé un de ses jouets. De plus, elle ne sait pas se situer face à sa sœur et a besoin d'aide pour apprendre à le faire. C'est ce point que Youssef n'a pas intégré. Trop peu disponible, il n'est pas allé plus loin dans les besoins réels de sa petite-fille. Il n'a pas su s'appuyer sur la troisième qualité de l'écoute : la bienveillance.

Malgré leurs bonnes intentions, les parents de Julien, de Zoé et de Karima n'ont pas réellement écouté leurs enfants. La mère de Julien a puni, celle de Zoé a consolé, le grand-père de Karima a tenté de solutionner. Or, ce genre d'intervention crée une distance avec l'enfant dont le principal besoin est d'être écouté.

LES BESOINS DE L'ENFANT

Pour s'apaiser sur l'origine du conflit, l'enfant a besoin, au préalable, d'être reconnu dans sa sphère émotionnelle. Comment se sent-il? Est-il en colère, déçu, découragé, triste, inquiet? Comment a-t-il vécu ce qui vient de se passer? Ce sont ces questions que les parents devraient poser dans une attitude d'écoute. Cette écoute sera d'autant plus bénéfique qu'elle intégrera les trois qualités fondamentales: l'attention, la bienveillance et l'équanimité.

Écouter, identifier, reformuler, ce sont ces étapes qu'utilisent généralement les thérapeutes avant d'apporter, éventuellement, leur propre éclairage. «Mais nous ne sommes pas des psys! répondent parfois les parents! Ce n'est pas notre travail!» En effet, tous les parents n'ont pas le discernement pour décrypter ce que ne dit pas l'enfant. Surtout s'ils ne s'y entraînent pas! Pourtant, l'écoute n'est pas réservée aux thérapeutes, pas plus qu'elle n'est réservée aux prêtres dans le confessionnal. Pour apprendre à écouter, voici une présentation détaillée des trois qualités que vous pourrez acquérir.

ATTENTION, ÉQUANIMITÉ ET BIENVEILLANCE

Ces trois qualités sont complémentaires et apportent à l'écoute une véritable dimension thérapeutique.

L'attention

Lorsque l'enfant s'adresse à vous, posez-vous une question simple: «Suis-je disponible pour l'écouter? Ne suis-je pas, moi-même, préoccupé par autre chose, en attente d'un coup de téléphone, ou concentré sur mon activité ?» Si vous n'êtes pas disponible, évitez les réponses toutes faites telles que: «J'arrive», «Attends...», «Une seconde, il n'y a pas que toi...». Ces réponses diminuent l'enfant et ne lui donnent aucun repère fiable. Préférez la clarté et la transparence: «Je vois que tu veux me parler, ça semble important pour toi. J'aime être attentif quand tu t'adresses à moi, et là, je ne le suis pas; je préfère d'abord terminer ma lettre; j'en ai pour une demi-heure, après quoi nous pourrons prendre un moment toi et moi. Ça te va ?» Puis retournez à votre occupation. Pris ainsi en considération, l'enfant apprend que, même si vous n'êtes pas disponible sur-le-champ, sa parole a de la valeur. Il ne se sent pas diminué par votre refus. Vous honorerez ensuite le rendez-vous que vous avez pris avec lui. Cette façon de faire est très saine à mes yeux, car l'enfant vit mal de n'être écouté que d'une oreille. Par contre, si vous êtes disponible, installez-vous avec l'enfant et écoutez-le de suite.

Écouter vraiment

«On ne voit bien qu'avec le cœur, l'essentiel est invisible pour les yeux», dit le renard au Petit Prince, dans l'œuvre de Saint-Exupéry. Vous apprendrez beaucoup en écoutant autrement qu'avec vos seules oreilles. Laissez résonner l'histoire que vous raconte votre enfant dans tout votre corps. Écoutez par les pores de votre peau. Laissez-vous toucher. N'analysez pas ce que dit votre enfant, ne raisonnez pas, laissez-le résonner en vous — c'est bien différent. Comportez-vous comme si vous aviez des antennes capables de décrypter l'invisible, vous serez surpris de ce qu'elles vous apprendront.

Regardez attentivement l'enfant: par exemple, comment se tient-il pour vous raconter son histoire ? Son attitude physique vous renseignera sur ce qu'il ressent. L'enfant vous semble-t-il inquiet ? Son rythme est-il lent, rapide ? Son regard est-il direct, fuyant ? Prenez le temps d'être attentif, pas seulement aux mots de votre enfant, mais à la façon dont il parle. Parle-t-il fort ? Chuchote-t-il ? Que vous inspire son intonation ? Votre attention sera plus aisée si vous prenez de la distance pendant votre observation; regardez votre enfant comme si c'était la première fois, ou la dernière. En étant attentif, vous décrypterez ce que l'enfant assume et ce dont il a honte. À ce stade, et pour maintenir cette qualité d'écoute, résistez absolument au réflexe qui consiste à vouloir solutionner le problème ou à faire dévier votre écoute. Gardez-vous bien également de porter un jugement, quoi que vous perceviez. Ne dites pas: «J'ai l'impression que tu mens, je vois bien que tu ne me regardes pas dans les yeux», ce qui aurait pour effet de déstabiliser l'enfant ou de lui donner l'impression qu'il est manipulé. Soyez juste attentif; silencieux et attentif. Faites éventuellement préciser l'enfant: «Et qu'est-ce que ça t'a fait à toi?» Aidez-le à parler de lui et de ce qu'il ressent, créez un lien sincère, soyez ami avec lui: «Ainsi, tu étais très en colère?» Assurez-vous que vous ne jugez pas l'enfant. Même si son comportement ne rentre pas dans les codes établis ou dans vos valeurs, écoutez-le attentivement, sans intervenir, même s'il a désobéi, même s'il a menti, même s'il a honte, même s'il vous surprend: «Tu as voulu taper ton ami?», «Tu as eu envie de voler cet objet?», «Tu m'en veux encore, c'est ça?». C'est cette qualité d'attention qui vous ouvrira à la seconde qualité.

L'équanimité

Celui qui est équanime ne prend pas parti. Il ne juge pas, il ne condamne pas. Il est attentif et accepte ce qui est sans chercher à modifier la réalité de ce qui s'est passé. Habituellement, nous sommes accrochés à nos jugements, à nos valeurs, à nos concepts, que nous opposons les uns aux autres. Nous oublions que l'autre est un autre que nous, qu'il fonctionne avec ses valeurs à lui, et que, s'il a agi d'une certaine manière, c'était pour être à l'écoute de ses besoins à lui. Se libérer de ses jugements, augmenter son équanimité et sa tolérance sont parmi les principaux apports de la méditation. Celui qui est équanime ne laisse pas ses propres émotions perturber l'histoire de celui qui se confie à lui. Lorsqu'un homme confie à un thérapeute qu'il trompe sa femme, qu'il a volé de l'argent dans la caisse ou qu'il se masturbe en regardant des films pornographiques, il s'expose au regard de celui à qui il parle. S'il sent que le thérapeute le juge ou lui fait la morale, l'homme risque de se fermer définitivement. Il se mettra à parler faux afin de donner une bonne image de lui. Il se mettra à jouer un rôle. Si l'homme ne parle plus vrai, le thérapeute ne pourra plus l'aider.

Certaines facettes de notre personnalité sont plus difficiles à révéler que d'autres. C'est pourquoi beaucoup gardent au fond d'eux-mêmes des épisodes de leur vie ou des traits de leur personnalité qu'ils n'osent pas révéler ou assumer. Ce faisant, ils vivent de la honte, de la culpabilité. Or, les parts d'ombre que nous camouflons agissent à notre insu. Un enfant qui ne peut pas dire qu'il a menti, volé, un enfant qui ne se sent pas libre d'exprimer sa rancœur à sa mère ou son désir de taper sur son père, va garder emprisonnée en lui comme un démon muselé une des parties les plus vivantes de son être. Si cette facette de lui-même ne peut s'exprimer librement au présent, elle le fera ailleurs. Dans son corps, par exemple : l'enfant risque de souffrir d'eczéma, d'asthme ; dans d'autres relations : l'enfant peut se mettre à mal travailler à l'école, devenir maladroit, violent avec les animaux. C'est pourquoi l'enfant a besoin de sentir qu'il peut être accueilli par ses parents où qu'il en soit.

C'est cette qualité d'équanimité que vient chercher le patient auprès du thérapeute. Le thérapeute doit avoir lui-même suffisamment balayé devant sa porte pour ne pas juger son patient, ni le figer dans une parole définitive telle que : « C'est bien », « C'est mal », « Vous n'auriez pas dû ». Le rôle du thérapeute est de permettre à son patient d'exprimer pleinement là où il en est pour qu'il se comprenne mieux et s'aime davantage.

Lorsque vous écoutez votre enfant, utilisez cette qualité d'équanimité. Faites l'effort de l'écouter sans l'interrompre. Votre enfant a pu être très en colère, il a pu être violent, vulgaire, malhonnête. Accueillez-le. Inutile de le charger d'un poids de moralité. L'enfant a juste besoin de sentir qu'il est aimé pour ce qu'il est, non pas parce qu'il est parfait, mais parce qu'il est vivant.

La bienveillance

C'est des deux qualités précédentes, l'attention et l'équanimité, que naît la troisième qualité de l'écoute: la bienveillance. Parce que vous ne le jugez pas, parce que vous ne le condamnez pas, vous touchez l'enfant dans son cœur, et vous vous laissez toucher dans le vôtre. Vous l'acceptez pour ce qu'il est. N'est-ce pas la plus belle forme de l'amour? Aimer, c'est permettre à l'autre d'être ce qu'il est. Le psychologue humaniste américain Carl Rogers a probablement été le premier, dès les années 1940, à donner à l'écoute une dimension dynamique en parlant d'*écoute active*. Par la suite, d'autres chercheurs en relations humaines, tels que Marshall Rosenberg, créateur de la Communication Non Violente, ou Jacques Salomé, auteur de la méthode ESPERE, ont écrit d'autres partitions de communication bienveillante. Pour autant, cette forme d'écoute attentive n'est pas réservée aux nouveaux spécialistes de la communication. Depuis des décennies, beaucoup de prêtres et de bénévoles interviennent dans les prisons, les hôpitaux, les orphelinats, les centres de réfugiés, là où la souffrance est la plus aiguë, en se servant de leur qualité d'écoute. Les bénévoles qui se relaient dans les centres d'écoute téléphonique de S.O.S. Amitié, des Alcooliques Anonymes ou d'autres organismes du même type s'appuient, eux aussi, sur une écoute empathique. Ils ont compris, par l'expérience, que vouloir solutionner trop vite fait évoluer la conversation vers une opposition de points de vue: «Vous devriez...», «Oui, mais, ce n'est pas possible, j'ai déjà essayé...», «Vous devriez essayer encore»... Rassurer et guider n'ont d'effet que si l'interlocuteur en détresse a pu au préalable déposer sa blessure dans le creux d'une oreille attentive. Les personnes en détresse n'ont pas besoin de recevoir la bonne parole, mais de pouvoir dire leur parole blessée.

Accueillir l'autre tel qu'il est ne veut pas dire tolérer tous ses comportements, permettre ses excès ou approuver l'ensemble de ses propositions. Écouter, c'est reconnaître que chacun a le libre arbitre de sa propre existence. Que vous reconnaissiez la blessure de votre interlocuteur ne lui donne pas le droit de blesser son entourage. Si, par exemple, il a, à l'occasion d'une colère, cassé un objet ou dégradé un lieu, c'est votre rôle, une fois la colère apaisée, d'évoquer avec lui les moyens qu'il envisage pour réparer ce qu'il a abîmé ; mais cela sans esprit de revanche ou d'humiliation. Accueillir l'autre, c'est lui reconnaître le droit d'être en colère, furieux, découragé.

LES AUTRES OBSTACLES À L'ÉCOUTE

La dynamique de l'écoute consiste à préserver cette dimension d'accueil sans perturber notre interlocuteur par nos jugements, nos *a priori*, notre propre expérience ou notre manque de concentration. Pourtant, un certain nombre d'attitudes que nous adoptons de façon réflexe limitent notre écoute. En voici quelques-unes.

Minimiser

Dans ce cas, le parent qui écoute veut rassurer l'enfant, le tranquilliser. Josépha est en larmes parce qu'elle a oublié sa peluche dans le métro ; sa mère, compte tenu du prix qu'elle a payé le jouet, minimise. Elle se dit : « Cette peluche m'a coûté une poignée d'euros, je pourrai lui en racheter une autre dès cette semaine ; inutile de faire une scène pour ça. » Josépha, elle, pensera : « J'ai tellement investi d'amour dans mon nounours, comment maman peut-elle ne pas s'en rendre compte et ne pas m'écouter ? » La minimisation de la mère, « *Allons, ce n'est pas grave, je t'en rachèterai une autre de peluche* », n'apaise en rien l'enfant.

Surenchérir

Le parent qui renchérit est généralement animé par la peur. Kader raconte qu'il a joué sur les bords de la rivière et qu'il a failli glisser. Rachid, son père, exagère alors : « *Mais tu aurais pu te noyer, le courant est rapide de ce côté, tu es complètement inconscient d'être allé jouer si près de la rivière. Je connais un enfant qui s'est noyé il y a quelques années, il avait ton âge…* » Le parent surenchérit, inspiré par sa propre émotion à lui, plutôt que d'accueillir l'enfant dans son émotion réelle. Un parent simplement attentif pourrait dire: «Tu as eu très peur de te noyer?» ou, lorsque l'enfant a exprimé son émotion, parler de sa propre peur: «J'ai très peur quand tu me racontes cette histoire.»

Corriger

L'enfant raconte la matinée telle qu'il l'a vécue, avec le filtre de son émotion. Il a peut-être eu vraiment peur, s'est senti abandonné, trahi. Si l'enfant raconte la scène suivante: «Le chien m'a couru après, il voulait me mordre», et que le parent corrige: «Mais les chiens ne mordent que si on les ennuie; tu avais dû le gêner, il y a forcément une raison, ça n'a pas dû se passer comme ça», c'est que le parent n'écoute pas les événements tels que les a vécus l'enfant. Il corrige l'histoire que ce dernier raconte en faisant intervenir son propre prisme à lui. Ce réflexe de corriger est un frein à l'écoute, car les sensations de l'enfant sont réelles même si elles sont subjectives. Un enfant peut réellement avoir eu la sensation d'avoir été abandonné parce que ses parents sont partis un week-end en amoureux; il peut réellement avoir eu mal d'un petit coup de rien du tout. Corriger revient à remettre en question la possibilité chez l'enfant de ressentir à sa façon. Un exemple me vient à l'esprit, celui d'une petite fille se plaignant des blagues et des allusions de son cousin à propos de son corps et de sa façon de s'habiller. «*Mais c'est de l'humour,* corrigeait sa maman, *il te taquine, voilà tout!*» Or, la petite fille ne le voyait pas du tout de cet œil-là. Lorsque son cousin soulevait sa jupe en disant que ses jambes étaient trop maigres, elle était vraiment blessée et ne se sentait pas respectée. Elle avait besoin d'aide, besoin d'y voir clair, besoin d'apprendre à se situer, à savoir dire non, à se défendre. Elle avait besoin d'apprendre à se faire respecter. Et la première forme d'aide est l'écoute.

Douter

Douter ou ironiser sur la façon dont l'enfant perçoit le monde est une manière de nier sa sensibilité propre. Dernièrement, un enfant me racontait qu'il avait été visité durant la nuit par sa grand-mère qui lui parlait à l'oreille. Sa mère, à mes côtés, s'est empressée de corriger: «*Elle n'a pas pu te visiter puisqu'elle est décédée il y a trois mois, mais, en revanche, tu as peut-être rêvé à elle.*» Dans ce cas, la mère nie le vécu de l'enfant; elle interfère à partir de ses propres sensibilités, limites et croyances. L'enfant, alors, doute de ce qu'il a vécu. Dans cet exemple, l'enfant sait très bien ce qu'est un rêve, mais là, il emploie d'autres mots: il ne dit pas qu'il a rêvé, il dit qu'il a «été visité», ce qui implique une intention consciente d'un défunt à son égard, c'est bien différent. Mais la mère ne croit pas possible cette éventualité. Après la réaction de sa mère, l'enfant oppose intérieurement ce qu'il ressent intimement: «Ma grand-mère est venue me visiter» à la vision parentale: «Un défunt ne peut pas visiter un vivant.» Le conflit naît alors entre ce qu'il ressent et ce qu'il pense. Il abandonne souvent l'un au profit de l'autre et finit par ne plus savoir qui il est.

J'ai rencontré de nombreux enfants qui avaient une sensibilité telle qu'ils avaient accès à beaucoup plus d'informations que leurs parents dans le monde invisible. C'est le cas, notamment, des enfants indigo, des enfants télépathes ou des enfants qui présentent un don de médiumnité. Ces enfants, dotés d'une grande sensibilité et de beaucoup d'intuition, sont de plus en plus nombreux dans les nouvelles générations. Ils ne sont souvent pas écoutés ni reconnus autant qu'ils en auraient besoin par leurs parents et leurs enseignants, car ces derniers sont peu familiarisés avec leurs vibrations. Écouter l'enfant sans douter de ses capacités à percevoir autrement demande aux parents de laisser tomber leurs *a priori* sur ce qu'ils croient savoir de la vie et de leur enfant.

Solutionner

«Tu aurais dû», «Tu devrais». L'enfant qui vient se livrer à ses parents attend rarement une solution. Dans un premier temps, il a besoin d'être écouté. S'il l'est, il trouvera de lui-même la solution la plus adaptée à sa situation du moment. Si, en revanche, le parent veut régler le problème avant même d'écouter, l'enfant se coupera de ce qu'il ressent. Il se justifiera et trouvera de nombreuses raisons de ne pas faire ce que le parent lui conseille. «*Je me suis disputé avec*

Claudia, car elle voulait que l'on joue au Cluedo, et moi, je n'en avais pas envie, je voulais jouer à la chandelle », livre Cécile à sa maman. « *Tu aurais dû accepter de jouer au Cluedo avec elle, et après vous auriez pu jouer à la chandelle* », répond celle-ci. Cette façon de faire est alors interprétée comme de la mauvaise foi par les deux protagonistes. La discussion risque de se poursuivre sur le plan des idées, cela sans que rien se règle sur le plan émotionnel. Car avant de recevoir une réponse mentale, l'enfant qui vient voir son parent attend une réponse sur le plan émotionnel. Cette réponse peut se passer de mots.

Ramener à soi

L'expérience est influencée par la sensibilité de chacun. Certaines épreuves sont à peine surmontables pour les uns et pas du tout gênantes pour les autres. Bien souvent, lorsque l'enfant raconte une histoire à ses parents, ceux-ci, pour mieux entendre, vont piocher dans la bibliothèque de leur mémoire les souvenirs de situations semblables qu'ils ont connues. Ils répondent à l'enfant avec des phrases telles que : « Moi à ton âge » ou « Je connais ce lieu, tu aurais dû, plutôt... », « Ça m'est arrivé à moi aussi, ce n'est pas si dangereux que tu le dis ! ». Cette attitude n'apaise pas l'enfant, car, quand l'adulte ramène à lui l'histoire de l'enfant, ce dernier sent bien que celle-ci lui échappe. Si le parent connaît le lieu, la situation ou les protagonistes qu'évoque l'enfant, il ne doit pas perdre de vue le fait que sa sensibilité et celle de l'enfant sont bien différentes. En écoutant attentivement vos jeunes, vous en apprendrez beaucoup sur eux, sur leur façon de réagir et leur sensibilité.

Moraliser

Notre expérience n'est pas constituée de nos épreuves et de nos succès, mais du regard que nous portons sur eux. En ce sens, lorsqu'il vous raconte ce qu'il a réussi, ou là où il a échoué, votre enfant vous parle de lui. Si vous souhaitez l'aider à savoir qui il est, n'hésitez pas à lui demander : « Qu'as-tu appris de cette expérience ? », « Qu'as-tu ressenti ? », « Qu'en as-tu conclu ? ». Dans ce cas, c'est l'enfant qui tire la leçon et non l'adulte. Si l'adulte conclut en faisant la morale: «Tu vois, quand on vole, on est toujours puni. Moralité: la prochaine fois, tu gagneras à être plus honnête», l'enfant ne retiendra pas la leçon puisqu'elle lui aura été imposée à partir de la sensibilité d'un autre. Par cette moralisation, il sent surtout qu'on lui donne une leçon. Or, pour qu'il retienne la leçon, il doit sentir que celle-ci vient de lui. C'est ainsi que se forme la propre expérience des êtres authentiques. Aussi, lorsqu'il se raconte, aidez l'enfant avec le plus de neutralité possible à formuler quel enseignement il tire de ce qu'il a vécu, même si ce n'est pas la leçon que vous, vous attendiez!

Excuser

Excuser, consoler, passer l'éponge peuvent aussi être, malgré leurs apparences, des obstacles à la communication. Si un enfant s'est senti fautif, maladroit, blessant, il me semble important de ne pas passer l'éponge trop vite. L'enfant a besoin de goûter à ses émotions pour mieux les connaître. Sans culpabiliser pour autant l'enfant, permettez-lui de sentir qu'il est fautif, maladroit et blessant. Vous lui donnerez ainsi l'occasion de faire connaissance avec son ombre et de moins la redouter.

Moraliser, solutionner, ramener à soi sont des attitudes qui coupent l'élan de la communication de l'enfant; en revanche, d'autres attitudes renforcent son sentiment d'être écouté.

ÉCOUTER VRAIMENT L'ENFANT

«De toute façon, vous êtes tous ligués contre moi...», proteste l'enfant. «Tu te sens seul, tu aimerais te sentir davantage soutenu, c'est ça?» recadre alors le parent. Le recadrage est une technique de communication très utile dans le monde des adultes, notamment dans des situations de négociation, d'animation de réunions, de gestion de conflits. Recadrer, c'est permettre à celui qui parle d'en revenir aux faits et à la façon dont il les a vécus, c'est le faire passer du «vous êtes» à «je me suis senti» pour qu'il ne fasse pas de généralités, qu'il ne conclue pas que tout le monde pense comme lui, qu'il n'exagère pas, qu'il sorte du jugement ou qu'il n'interprète pas l'intention de l'autre.

Lorsque votre enfant s'exprime, lorsqu'il vous parle de sa journée et de la façon dont il l'a vécue, si vous êtes un parent attentif, vous serez vigilant à ne pas lui couper la parole, à ne pas tenter de solutionner rapidement le problème, à ne pas lui faire la morale ; autrement dit, vous éviterez toutes les interventions que nous venons d'évoquer. Moins le parent intervient pendant l'écoute, plus l'écoute servira vraiment à quelque chose. Mais une écoute attentive n'est pas pour autant une écoute silencieuse.

Si vous devez être vigilant à ne pas couper le fil de l'histoire de l'enfant, vous pouvez, de plus, l'aider à rester sur ses rails. Pour cela, plusieurs outils pourront vous aider.

L'approbation

Ce sont les onomatopées les plus simples qui expriment le mieux que nous écoutons toujours ce que disent nos enfants : « Ah oui ! », « J'entends bien », « Ah bon ! ? », « Hein, hein », « Et alors ? ». Ces petites phrases permettent d'établir un rythme au fil de la parole de l'enfant, un rythme et un lien. Beaucoup de parents se plaignent que leur enfant ne leur parle plus ; ils agissent en véritables détectives pour recueillir les informations les plus élémentaires telles que le nom de ses copains, le déroulement de sa journée, la façon dont il se sent à présent. En fait, les enfants aimeraient bien se confier, mais ils ne se sentent pas en confiance, ils ont peur d'être jugés, catalogués, ou, au contraire, trop choyés, moralisés, consolés comme des bébés. Devant ces différentes éventualités, ils préfèrent garder le silence. Si c'est le cas pour vos enfants, vous pouvez reconquérir leur confiance. Pour cela, ne jouez pas à faire semblant d'écouter, prenez le risque de vous laisser absorber par l'histoire de l'enfant, écoutez ce qu'il a envie de vous dire et non ce que vous avez envie d'entendre. Oubliez, un temps, votre rôle de parent qui juge ou qui sait tout, écoutez-le comme le ferait un journaliste qui s'intéresse à lui, son meilleur ami, son confident, et vous deviendrez ce confident.

Le recadrage

Le recadrage est un moyen de s'en tenir à ce qui s'est passé sans se laisser aller à exagérer, à interpréter ou, au contraire, à nier ou à minimiser. Lorsque l'enfant vous raconte un événement qui l'a marqué, amenez-le à être précis et objectif dans sa description des faits. S'il vous dit: «Toute la classe m'en veut en ce moment!» faites-le préciser: «Lesquels de tes amis t'en veulent exactement?» S'il vous dit: «Je rate tout ce que j'entreprends à l'école», demandez-lui des détails: «Qu'as-tu l'impression d'avoir raté?» Cette façon de faire vous permettra de débusquer l'événement qui est à la source de la croyance dévalorisante de l'enfant. Une fois l'événement repéré, évitez de minimiser, de nier, de moraliser; soyez juste à l'écoute. Vous permettrez ainsi à l'enfant de passer d'une interprétation exagérée de la réalité à une observation plus objective. Évitez également de corriger ouvertement par des phrases comme: «Tu vois, tu exagères toujours», «C'est moi qui avais raison», ce qui aurait pour conséquence d'annuler l'effet du recadrage.

Le recadrage lui évitera de jouer son côté victime. Moins l'enfant se sent écouté, plus il se sent obligé d'exagérer son histoire et de lui donner un côté dramatique. Pour beaucoup d'enfants, avoir vraiment mal ou être très malade est encore le meilleur moyen d'attirer l'attention sur eux. Dans ce cas, l'enfant a peur, si son histoire est banale, que vous ne l'écoutiez pas. Il va avoir besoin d'en rajouter, de vous dire qu'il a failli mourir, que c'était vraiment grave. Inconsciemment, il peut même attirer des situations extrêmes pour que vous vous occupiez de lui. En recadrant, vous pouvez éviter ce genre de dérive, car vous permettez à l'enfant de garder un regard objectif sur ce qu'il vit.

Notez, pour les recadrer, toutes les généralités qu'utilise l'enfant, qui commencent par «tout le monde», «tout le temps», «partout», «toujours». Faites préciser l'enfant: «Vraiment tout le monde?», «Vraiment tout le temps?». Enfin, pour que la technique du recadrage soit réellement bénéfique, vérifiez que vous ne la teintez pas de scepticisme, que vous ne doutez pas de ce que vous dit l'enfant. Pour cela, la qualité de votre contact avec lui sera fondamentale. Soyez bienveillant envers lui et précis concernant ce qu'il vous dit.

La reformulation

En reformulant, non seulement vous permettez à l'enfant de vérifier qu'il a bien été entendu et compris, mais, surtout, vous lui permettez de dire avec précision qui il est. Dans votre reformulation, soyez précis. Reformulez ce que vous dit l'enfant en vous appuyant sur des éléments objectifs: «Tu es arrivé en retard et tu as eu la sensation que tout le monde te regardait, c'est bien ça?»

Enfin, reformuler permet à l'enfant de faire le tri après un premier jet. S'il se plaint, par exemple, le fait que vous reformuliez l'obligera à être plus précis tout en étant plus nuancé. Reformuler permet à l'enfant de passer de la plainte à la demande.

AMENER L'ENFANT À IDENTIFIER SES BESOINS ET À FAIRE DES DEMANDES

Ce point est fondamental, car bien souvent nous répondons aux besoins de l'enfant avant même qu'il nous en ait fait la demande. C'est ce comportement qui l'amène à se plaindre, à se couper de ses besoins, et à ne plus savoir ce qu'il veut. Or, pour établir des comportements responsables, les enfants ont besoin d'apprendre à la fois à faire des demandes et à les adresser aux personnes compétentes pour y répondre. Lorsque l'enfant dit: «J'ai soif!», beaucoup de parents répondent: «Tu veux que je te serve un jus d'orange?» Or, lorsqu'il dit: «J'ai soif», l'enfant ne fait aucune demande; il ne sollicite rien de précis non plus lorsqu'il dit: «Mon petit frère m'a tapé», «Je n'ai pas envie de faire mes devoirs ce soir» ou «Je suis fatigué». Il n'y a aucune demande dans ces phrases, juste des observations.

L'enfant sera aidé si le parent, dans ce cas, l'amène à transformer sa plainte en demande: «Qu'attends-tu de moi? Tu as une demande à me faire?» Cette attitude me semble très saine, car elle encourage l'enfant à prendre la responsabilité de ses demandes. Ce faisant, l'enfant se dégage des comportements qui reposent sur la plainte, la critique et le reproche pour adopter une attitude responsable qui consiste à exprimer ses besoins, à parler de lui et de ce qu'il ressent, et à faire des demandes précises aux personnes concernées.

L'enfant qui se plaint ne se prend pas en main. Le fait de se plaindre entretient son statut de victime. Lorsqu'il se plaint, critique, reproche, amenez-le à parler de lui, de ce qu'il ressent, de ses besoins, puis aidez-le à formuler des demandes: «Tu as besoin d'aide?», «Tu veux que j'intervienne?», «Qu'attends-tu de moi précisément?». Par ailleurs, une demande doit être adressée à une personne précise. Lorsque l'enfant demande: «Qui veut bien me passer l'eau?» ou «Qui a envie de jouer avec moi?», invitez-le à oser s'adresser à une personne en particulier.

Le recentrage

Par cette technique, vous encouragez l'enfant à toujours parler de lui, de ce qu'il a ressenti, des émotions agréables et désagréables qu'il a vécues, cela, à partir de son point de vue à lui; s'il vous dit qu'il s'est disputé avec Chloé parce qu'«elle veut toujours faire sa chef, qu'elle se prend pour la plus forte, qu'elle est nulle», ne le laissez pas trop s'étendre sur Chloé. Invitez-le plutôt à vous parler de lui, questionnez-le: «Et toi? Comment tu t'es senti quand elle t'a dit ça?» Ne jugez pas, n'interprétez pas, n'encouragez surtout pas la tendance à en rajouter, à médire, à se plaindre. Amenez simplement l'enfant à parler de lui et de ses émotions. Encouragez-le à communiquer en mode «je» plutôt qu'en mode «tu».

S'il se sent écouté, il se peut que l'enfant qui vous livre une confidence se mette à pleurer parce qu'il découvre subitement sa tristesse, ou qu'il force la voix parce qu'il est en colère. Je vous encourage alors à aider l'enfant à exprimer son émotion: «Je vois bien que cette situation te rend triste», «J'ai bien l'impression que c'est douloureux pour toi de me confier ce qui s'est passé». Encouragez-le aussi à exprimer les émotions qu'il contient: «Tu peux pleurer, tu sais, tu as le droit d'être triste… Pleure si ça te fait du bien.» Soyez attentif et… offrez-lui un mouchoir!

Que l'on parle de recadrage, d'écoute active, de reformulation ou de recentrage, il ne s'agit que de techniques; celles-ci ne sont pas là pour remplacer une sincère empathie, elles sont, au contraire, au service de votre amour pour vos enfants. C'est pourquoi, avant d'écouter ce que dit l'enfant, vérifiez que vous-même vous êtes centré sur la qualité de votre écoute à vous, attentif ; par effet miroir, vous encouragerez vos enfants à parler avec sincérité de ce qu'ils vivent.

CINQ MINUTES PAR JOUR

À ce stade, il se pourrait que beaucoup de parents se découragent et se disent : « Mais je ne serai jamais assez disponible pour écouter mon enfant comme il en a besoin ! Quand je rentre du travail, je suis déjà fatigué, je n'aurai pas la patience ! » C'est généralement par manque de disponibilité que les parents n'écoutent pas leurs enfants. Ils sont préoccupés par leurs propres problèmes, ne se sentent pas prêts à accueillir les émotions de l'enfant. Ils écoutent alors machinalement, sans réaliser qu'ils amenuisent la qualité de la relation. Si c'est votre cas, vous pouvez rééquilibrer la quantité de temps par la qualité de la relation. À mes yeux, il suffit d'un minimum de cinq minutes par jour d'une réelle écoute attentive, équanime et bienveillante, accordée à chacun de vos enfants, pour établir les bases solides d'une relation de qualité. Cinq minutes par jour d'une réelle écoute suffiraient pour que vos enfants ne souffrent pas d'un sentiment d'abandon, d'exclusion et de manque d'amour. Cinq minutes que vous consacrez à vos enfants, et uniquement à eux, sans rien faire d'autre que de les accueillir avec toute l'attention possible. Si vous avez pris l'habitude d'établir cette communication, votre enfant assimilera qu'en cas de besoin il peut vous parler et que vous saurez l'écouter. Cela le sécurisera. Soyez vigilant au sujet de la qualité de votre présence :

- Prenez soin d'être totalement disponible durant cette période ; coupez votre portable, vérifiez que vous ne ressentez pas la pression de quelqu'un qui vous attend dans la pièce d'à côté. Prenez, si c'est nécessaire, une minute ou deux pour vous relaxer avant d'écouter ; la disponibilité est un état qui s'entretient ; cette qualité, une fois acquise, vous sera utile dans le reste de votre vie !

- Prenez cinq minutes par enfant si vous avez plusieurs enfants ! Cinq minutes que vous consacrerez à chacun de vos enfants parce qu'il est unique ; les moments de groupe ne nourrissent pas, chez l'enfant, son besoin de se sentir unique.
- N'intégrez pas les temps d'aide aux devoirs, de télévision ou même de jeu dans ces cinq minutes…
- Ritualisez éventuellement ce moment ; par exemple, installez-vous à une place particulière de la maison, et dites une phrase clé. Les Indiens utilisaient le bâton de parole, cette coutume assurait à celui qui parlait la garantie que sa parole, ainsi sacralisée, ne serait pas coupée.

Pourquoi seulement cinq minutes ? Si vous vous posez cette question, c'est probablement que vous pouvez consacrer plus ! Dans ce cas, engagez-vous pour dix minutes, une demi-heure ou davantage. Mais la qualité de cette écoute est liée au fait qu'elle est régulière ; il s'agit d'un engagement dans la durée, d'une habitude à prendre pour le long terme. Mieux vaut écouter un enfant cinq minutes par jour tous les jours que de l'écouter intensivement un week-end entier, puis plus du tout pendant trois mois. Trouvez le temps qui vous convient, mais assurez-vous que vous vous y tenez un peu tous les jours. Cette écoute est le plus beau cadeau que vous pouvez leur offrir.

LES CONSEILS DE FAMILLE

Cette dernière section s'adresse davantage aux familles nombreuses. Toutes les structures de vie en collectivité disposent d'un espace où chacun peut librement exprimer ce qu'il ressent, ce qui le met en joie comme ce qui l'irrite. Les associations ont leur assemblée générale, les immeubles leurs réunions de copropriétaires, les écoles leurs conseils de classe.

Le conseil de famille est un espace qui permet à chacun, d'une part, de s'exprimer, d'autre part, de s'accorder avec les autres sur des règles de vie en commun. Les enfants ont besoin de règles, et ils souffrent lorsque des règles arbitraires leur sont imposées de façon imprévisible en fonction de l'humeur des parents. Récemment, en visitant une classe d'une école Montessori, j'ai été surpris de voir à quel point les enfants non seulement respectaient les règles qui leur étaient proposées, mais surtout contribuaient eux-mêmes à les faire respecter. Ces règles concernaient l'utilisation du matériel pédagogique ainsi que le rangement des chaussures et des manteaux. Lorsque j'en parlai avec l'enseignante, elle me confia que les enfants étaient d'autant plus sensibles à ces règles qu'ils avaient été concertés pour leur mise en place. Elle-même, en tant que maîtresse, se contentait d'affirmer ses besoins. Les enfants et elle organisaient, au rythme d'une fois par semaine, une réunion où les règles de vie étaient discutées. Elle exprima par exemple son désir d'apporter en classe un tapis. Il s'agissait d'un joli tapis lui appartenant, confortable mais fragile; elle demanda donc aux enfants de l'aider à trouver des garanties pour que son tapis ne soit pas abîmé. Spontanément, les enfants, se sentant concernés, avaient proposé que chacun marche en chaussons et que les activités salissantes ne se déroulent pas sur le tapis. Ainsi impliqués, les enfants étaient les premiers à réagir lorsque, entre eux, ils s'observaient pris en défaut. Ce cadre leur faisait du bien, les sécurisait.

Les parents qui souhaitent établir un conseil de famille verront leur projet s'épanouir plus harmonieusement s'ils sont vigilants à ne pas donner à cette structure un caractère trop rigide. Un conseil de famille peut être ludique et ne durer que quelques minutes. Il apportera de la cohésion à votre maison, surtout si vous ne perdez pas de vue sa raison d'être: offrir un cadre supplémentaire qui vous permette de réellement manifester la forme la plus visible de l'amour que vous portez à vos enfants — votre écoute.

Notre vision du monde n'est pas le monde, et ce que voient les parents n'est pas ce que voient les enfants. Face à un diagnostic de cancer, le biologiste estimera que cette maladie est liée à l'apparition d'un gène nuisible ; le chirurgien, qu'il faut opérer ; pour l'acupuncteur, il s'agit d'un déséquilibre des énergies qu'il convient de traiter avec des aiguilles ; pour le naturopathe, d'un déséquilibre essentiellement lié à une mauvaise alimentation trop riche ou trop carencée ; un autre thérapeute parlera d'émotion refoulée ; le généalogiste, d'un héritage subtil de la lignée ; enfin, pour un moine bouddhiste, il s'agit simplement du karma. Chacun aura une vision bien différente en fonction de sa propre histoire et de ses influences. Notre intelligence est notre faculté de nous adapter à l'autre. Ainsi, l'intelligence du parent n'est-elle pas d'opposer son expérience à celle de l'enfant ni de lui imposer son expérience comme un modèle. En écoutant avec un réel intérêt le point de vue de l'enfant, le parent en apprendra plus sur son enfant, sur lui-même et sur la relation.

CHAPITRE 18
PARLER

Il faut se garder de trois fautes : parler sans y être invité, ce qui est impertinence ; ne pas parler quand on y est invité, ce qui est de la dissimulation ; parler sans observer les réactions de l'autre, ce qui est de l'aveuglement.

CONFUCIUS, *Les Entretiens*

L'ÉNERGIE DU VERBE

En Inde comme au Tibet, les mantras sont chantés pour apaiser les « bleus » de l'âme et du corps. Ils servent également de base à la méditation, à la purification, aux initiations spirituelles, aux techniques de soin et au développement des pouvoirs psychiques. Les moines tibétains psalmodient longuement des mantras d'une voix gutturale, leur rythme ponctué par le tintement des cloches ou des tambours. Au-delà de sa signification spirituelle, le mantra est une série de sons dont chaque partie agit sur notre inconscient ; chaque son vient toucher un point d'énergie particulier dans le corps, ce qui renforce le sentiment de stabilité, d'apaisement ou de profondeur de celui qui écoute.

Il en est de même de notre verbe quotidien. Bien que nos conversations de tous les jours n'aient pas le même impact que celui des mantras, nous agissons sur notre interlocuteur sur le plan sémantique, mais aussi sur le plan énergétique. Notre énergie vitale, colorée de nos émotions, trouve sa continuité dans le souffle de notre respiration. Notre souffle porte notre son qui, lui-même, est le support de notre verbe. Si notre souffle est profond et apaisé, le verbe sera doux et réconfortant. Si notre souffle est saccadé et court, notre verbe sera aigu et blessant ; l'un et l'autre sont indissociables. C'est pourquoi, plus notre état intérieur est serein et plus notre respiration est profonde, plus nous pourrons utiliser le verbe pour apaiser, encourager, rassurer nos enfants. Le verbe et le son transmettent ce que nous sommes avant de transmettre ce que nous disons.

Si vous vous préoccupez de la qualité de votre souffle, si vous méditez, pratiquez le yoga ou un art martial, ou simplement si vous apprenez à vous centrer, à vous ancrer, à mieux ressentir votre corps et toutes les fois où il inspire et expire, vous pouvez être certain que la qualité de votre respiration s'en trouvera améliorée ; ce bénéfice s'étendra à votre verbe, et ainsi, à la qualité de la communication que vous entretenez avec votre entourage.

L'ESPÉRANTO DES ÉMOTIONS

Même si son interlocuteur s'exprime dans une langue étrangère, l'auditeur attentif peut distinguer l'humeur de celui qui parle ; il perçoit ses émotions, sa joie ou sa colère ; il perçoit si cette émotion est exprimée ou réprimée, il sent si la voix vient du ventre, si elle est bloquée dans la gorge, si elle est portée par le cœur. L'auditeur perçoit si la personne est bien intentionnée, si elle est sincère et fiable.

Un jour, alors que nous étions en Grèce, une amie à la voix particulièrement douce avait apaisé les pleurs d'un enfant que nous avions rencontré sur le port du Pirée. Elle le consolait en français, une langue que l'enfant ne connaissait pas. Pourtant, celui-ci se calma au bout de quelques minutes. Sans comprendre le vocabulaire, il était bercé par la voix chaleureuse et l'intention bienveillante de son interlocutrice. Mon amie ne cherchait pas à se faire comprendre par des arguments, elle se concentrait sur son intention. Elle transmettait, par le canal de ses mots, une énergie apaisante d'amour et de réconfort.

Au-delà de la pertinence de ses propos, la voix de la fameuse pédiatre et psychanalyste française Françoise Dolto était si douce et rassurante qu'elle reliait chacun à la confiance et à la paix. Elle ne parlait pas à partir d'un espace de jugement, mais réellement d'un espace d'amour. Cette énergie permettait à son interlocuteur de profiter d'une écoute attentive. Ses différents enregistrements sonores montrent à quel point elle *était* amour et bienveillance plus qu'elle n'en parlait. En un mot, elle *parlait vrai*. Souvent, lorsque les parents n'arrivent pas à toucher l'enfant, ce n'est pas tant à cause du manque de pertinence de leur argument que du caractère artificiel de la source de leur verbe.

LA SOURCE DU VERBE : PARLER VRAI

Au théâtre, le rôle du metteur en scène est de diriger l'acteur pour que celui-ci parle vrai. S'il est crédible et habité par ce qu'il dit, l'acteur peut raconter les histoires les plus rocambolesques. Sur la scène, comme dans la vie, celui qui parle vrai est entendu et respecté.

L'authenticité est essentielle dans la communication. Celui qui est convaincu de ce qu'il dit rassemble. Combien d'associations, de *fan clubs* ou de gouvernements suivent-ils un leader pour son charisme et sa force de persuasion plutôt que pour ses arguments, souvent bien volatils ? Lorsque je dirigeai un comédien dans le rôle d'Achille, puissant guerrier d'Iphigénie, je m'employai non pas à faire hurler cet acteur pour le rendre autoritaire, mais à m'assurer que chaque parcelle de son être était toujours habitée par son intention de façon qu'il parle vrai même lorsqu'il chuchotait. C'est ainsi que l'autorité d'Achille s'imposait au public. Elle s'imposait par sa congruence, plus que par sa force ou son volume sonore. Que les parents qui craignent que leur voix douce ne leur permette pas d'affirmer leur autorité se rassurent : parler vrai permet davantage de faire respecter son autorité que parler fort.

MAIS QUELS SONT CES SONS QUI SIFFLENT SUR NOS TÊTES ?

Avant même de connaître les mots, les nouveau-nés prennent du plaisir à écouter certains adultes et semblent gênés d'en entendre d'autres. Cela s'explique par le fait que les enfants sont très sensibles à l'harmonie du verbe, à l'énergie du mot, à la mélodie de la syntaxe. Ils ressentent les vibrations qui se dégagent des mots dits. Si certains parents ont le verbe dur, le langage acéré et l'expression aride, d'autres charment le verbe. De plus, les jeunes enfants sont sensibles à la qualité du canal de communication qu'établit celui qui parle. Ils distinguent, par exemple, si celui qui parle adapte son volume sonore à l'oreille fragile, s'il écoute l'impact de ses mots sur son interlocuteur, s'il sait établir des silences, ou pas. Certains adultes veulent tellement établir un contact avec les enfants, surtout avec les bébés, qu'ils en perdent tout leur naturel. Ils régressent, font des manières. Penchés sur le berceau, ils bêtifient à l'extrême, utilisent tous les diminutifs possibles pour s'adresser au bébé, parlent d'eux-mêmes à la troisième personne.

Cette attitude dure rarement plus de quelques années. Dès que les bébés ont passé l'âge de la petite enfance, les parents oublient l'énergie du verbe pour ne plus se concentrer que sur le sens. Avant d'être des mots, la parole est une énergie. L'interlocuteur qui veut toucher son auditeur sera attentif à celui-ci ; il sera vigilant à ce que le canal de communication, tel le fil invisible entre le cœur de celui qui parle et l'âme de celui qui écoute, s'établisse entre l'enfant et lui. Cette vigilance est d'autant plus importante lorsque vous abordez des sujets conflictuels avec votre enfant.

UNE MÉDITATION AU SERVICE DE LA PAROLE

Une technique de méditation consiste, alors que vous parlez, à visualiser un canal de lumière bleue, souple comme une vague et léger comme une plume. Ce canal lumineux part de votre cœur, remonte le long de votre ventre, sort de votre bouche et va toucher le cœur de votre interlocuteur. Il peut toucher directement son cœur ou transmettre son énergie au front et aux oreilles. C'est porté par ce canal de lumière que s'envole votre verbe.

Lorsqu'il s'adresse à l'enfant, le parent peut apprendre à se concentrer sur son intention plus que sur ses arguments : que souhaite-t-il ? Souhaite-t-il encourager l'enfant ? le stimuler ? l'aider à reprendre confiance en lui ? Ou au contraire veut-il, consciemment ou non, lui faire peur ? le dévaloriser pour se venger d'une histoire ancienne ? l'humilier ? S'il visualise ce canal de lumière, le parent peut être sûr qu'il touchera l'enfant, même si les mots qu'il utilise ne sont pas totalement adaptés ou sont un peu maladroits, même si le sujet abordé est sensible.

Beaucoup de parents font des complexes parce qu'ils ont le sentiment de ne pas bien communiquer, de ne pas trouver les mots justes. S'ils éprouvent cette difficulté, ce n'est pas tant par manque de vocabulaire, mais parce que leur intention manque de clarté ; ils sont souvent ambigus dans leur intention, ou ils s'adressent à l'enfant sans avoir pris soin d'établir le contact au préalable. Si les parents apprennent à s'écouter eux-mêmes et à clarifier leur intention, ils trouveront les mots justes pour toucher l'enfant.

LA PAROLE CHARGÉE D'ÉMOTION

Dès qu'ils ressentent une émotion forte avec leur enfant, s'ils sont en colère, surpris ou déçus, beaucoup de parents ne contrôlent plus ni leur volume sonore ni même parfois les mots qu'ils emploient. L'enfant fait preuve de maladresse, renverse son bol, tarde à se brosser les dents, c'est la goutte d'eau : les parents crient, passent leurs nerfs sur lui, vident leur sac, sans prendre conscience de l'influence de leur violence sur leur relation avec l'enfant. Au contraire, s'ils prennent soin d'identifier leur colère plutôt que de la projeter sur leurs enfants, et s'ils se calment, les parents pourront s'exprimer d'une voix plus modérée et seront mieux écoutés. S'ils vérifient régulièrement que le canal de communication avec l'enfant est toujours établi, s'ils accompagnent leur verbe du silence nécessaire pour permettre aux mots d'être digérés, s'ils n'en disent pas à l'enfant plus que celui-ci ne peut en assimiler d'un coup, s'ils lui laissent l'espace pour s'exprimer, il y a de grandes chances que les enfants adoptent à leur tour ces attitudes dans leur communication et leur comportement.

UNE QUESTION DE MOTS

Adultes et enfants ne parlent pas le même langage. Ils n'utilisent pas les mêmes mots. L'enfant de moins de 12 ans communique à partir de son centre vital situé dans le hara, sous le nombril. Il s'exprime à partir de ses sensations et des émotions qu'elles lui procurent: « C'est bon pour moi », « Ce n'est pas bon pour moi », « Ça me fait du bien », « Ça me dégoûte », « Ça me fait envie ». Naturellement, l'enfant est à l'écoute de ses besoins et réussit relativement bien à les exprimer. Il le fait à la première personne du singulier : « J'ai faim, je veux manger cette glace », « J'ai peur, je ne veux pas y aller », « Je ne veux pas de ces épinards, ça me dégoûte ». La communication de l'enfant est pure. *La vérité vient de la bouche des enfants*, dit la sagesse populaire. La vérité s'exprime à travers la bouche de l'enfant, car celui-ci n'est pas gêné par la peur du qu'en-dira-t-on.

Durant ses premières années, l'enfant parle vrai ; il ne se préoccupe pas de l'image qu'on pourrait avoir de lui quand il s'exprime. Il a compris que le verbe est là pour traduire son univers intérieur. Un nouveau-né qui a faim, crie ou pleure s'apaise immédiatement dès qu'il sent le sein de sa mère. Avant même d'apprendre le vocabulaire, l'enfant utilise des sons pour faire comprendre ce qu'il ressent. Un enfant de six ans est capable de se rouler par terre pour exprimer sa demande. La communication de l'enfant n'est pas filtrée. Les mots qu'il emploie sont là pour traduire son univers intérieur. Son état mental, l'image qu'il a de lui et des réactions telles que la culpabilité n'interfèrent pas encore dans sa communication ; d'où cette sensation que l'enfant parle vrai.

L'adulte, lui, ressent toujours ses émotions, mais, bien souvent, à force de les avoir réprimées, il ne trouve plus l'espace pour les exprimer. Il a progressivement changé de mode d'expression. Il appuie son verbe sur son expérience, ses concepts, ses certitudes. C'est cette parole théorique qui alimente généralement sa communication.

L'ADULTE RAISONNE, L'ENFANT RÉSONNE

L'adulte raisonne à partir de ses opinions, de ses idées, de ses théories. Conditionné pendant des années à ne pas penser qu'à lui, à apprendre la politesse et d'autres règles sociales, il s'exprime moins spontanément à la première personne du singulier. Il préfère deux autres formes d'expression, notamment la première personne du pluriel (nous) exprimée par le pronom «on»: «Quand on est bien élevé, on finit son assiette», «On ne parle pas à table», «On respecte les autres»... L'adulte utilise ce «on», d'une part, parce qu'il est moins impliquant et lui permet de garder une distance de sécurité avec l'enfant et, d'autre part, parce que, lorsqu'il utilise ce pronom, il se rallie à un collectif imaginaire et se sent moins seul. L'adulte croit également que le pronom impersonnel aura plus d'influence sur l'enfant. Cela se joue, bien sûr, habituellement de façon inconsciente. L'enfant, dans un premier temps, se demandera qui est ce «on» à qui il doit céder en permanence, jusqu'à ce qu'il comprenne qu'il s'agit d'une entité abstraite à laquelle il a tout intérêt à obéir. L'adulte utilise également le «tu» et autres déterminants de la deuxième personne du singulier: «Tu vas m'écouter!», «Viens ici tout de suite...», «Regarde-moi quand je te parle!», «Va ranger ta chambre!».

Entre l'enfant qui parle à la première personne du singulier, et à partir de ses sensations, et le parent qui parle à la deuxième personne du singulier ou à la première personne du pluriel à partir de ses valeurs, la difficulté à se comprendre s'accentue. Les deux langages sont tellement différents que l'adulte et l'enfant n'arrivent souvent plus à communiquer. Généralement, l'adulte profite de sa supériorité pour imposer à l'enfant son langage à lui.

LA PAROLE QUI FAIT MAL

L'apprentissage du parler vrai demande de la sincérité et du courage. Les mots servent à exprimer ce que l'on ressent. Pourtant, ils prennent chez certains l'allure d'une véritable palissade pour camoufler la vérité. Beaucoup se cachent derrière des mots socialement corrects pour ne pas dévoiler leur intimité plus complexe. Certains, lorsqu'ils se sentent en danger, plutôt que de le reconnaître, piquent, ironisent, se moquent. Ils camouflent malhonnêtement leur agressivité ou leur frustration en faisant de l'humour ou des blagues. Dans la confusion des sentiments, l'interlocuteur blessé ne sait plus s'il doit rire ou pleurer tant il est habitué à filtrer ses réactions et à masquer ce qu'il ressent. Chez celui qui ne sait plus parler vrai, les mots servent à camoufler une blessure, une colère, une intention. Ils disent alors l'inverse de ce qui est ressenti. Ainsi, ce petit garçon qui vient de recevoir une gifle de sa maman; au bord des larmes, l'enfant brave le regard maternel: «Même pas mal!» affirme-t-il d'un ton provocateur pour défier le sort. Combien d'enfants ont-ils répété cette phrase pour exorciser leur douleur? Le verbe faux est une façon de s'insensibiliser.

Pour ne pas avoir appris à parler vrai, beaucoup d'adultes ont aujourd'hui le réflexe, lorsqu'ils se sentent découragés, de dire: «Je trouverai bien une solution!» ou, lorsqu'ils se sentent blessés et ne savent plus que faire: «Oh! On a vu pire!», plutôt que d'avouer: «Je suis blessé» ou «Je me sens totalement découragé». Combien se contentent de rire nerveusement ou de réattaquer de plus belle lorsqu'ils sont atteints, au lieu de dire: «Ta parole m'a fait mal.» Combien de familles, de couples, de groupes d'amis ne fonctionnent que sur le ton du reproche, de la critique, de la vantardise, des pics, parce qu'ils ne savent plus ou n'osent plus parler vrai? Combien communiquent en parlant de l'autre et du jugement qu'ils portent sur lui: «Il est trop sévère», «Tu es égoïste», «Il n'est pas fiable», parce qu'ils ne savent pas parler d'eux et de ce qu'ils ressentent: «J'ai eu peur», «Je ne me sens pas en sécurité avec lui», «Je me suis senti abandonné».

PARLER VRAI

Beaucoup d'adultes qui sont gênés ou ont peur se sont habitués à se forcer à rire bien qu'aucune joie ne supporte leur attitude. Beaucoup de grandes personnes, en recevant un cadeau qui ne leur plaît pas, sont capables de dire : « Oh ! Comme c'est original ! », « Tiens... Qu'est-ce que c'est donc ? », au lieu d'assumer leur émotion et d'oser : « Je suis déçu », « J'aurais tant aimé recevoir autre chose pour mon anniversaire », avec autant de spontanéité qu'en montrent les enfants...

La parole permet de décrire notre monde intérieur tel qu'il est. C'est en quoi la parole est si précieuse, mais lorsqu'elle est déformée, elle trahit notre vérité ; elle se met au service de l'apparence, de la peur du regard de l'autre, et prend le pouvoir sur notre authenticité.

Un adulte aura appris et utilisé environ 30 000 mots dans sa vie (un enfant en connaît 9000 à la fin du primaire). Combien de ces mots seront venus de son cœur ? Combien auront été la retranscription fidèle de ce qu'il aura ressenti ? Combien auront été dits dans l'intention sincère de rapprocher, de rassurer, d'encourager ? Combien, au contraire, auront été utilisés pour se protéger, pour blesser ?

La qualité de la relation entre les parents et leurs enfants se définit à partir du degré d'empathie des parents. Les parents sont-ils capables d'accueillir l'enfant tel qu'il est, notamment lorsque celui-ci est sous l'emprise d'une émotion ? Ou se contentent-ils de le juger, de le raisonner ? Prennent-ils le temps de décrypter les véritables besoins qui se cachent derrière les demandes de l'enfant ? Ou répondent-ils du tac au tac en restant à la surface de ses mots ? Savent-ils parler d'eux avec sincérité ? Ou sont-ils prisonniers du langage toxique ?

LES LANGAGES TOXIQUES

« Tu es bête quand tu parles comme ça », « Qu'est-ce que tu es maladroit ! », « Espèce de malpoli ! ». L'enfant éprouve une grande blessure lorsque nous projetons sur lui nos jugements. Cette communication peut prendre plusieurs formes.

Le jugement

Un jour, nous trouvons nos enfants mignons, sensibles, délicats, et puis le lendemain, nous les trouvons égoïstes, insupportables.

Sûrement avez-vous remarqué que, lorsque vous êtes détendu, amoureux ou comblé, le monde vous sourit et vous semble plus lumineux ; vous faites de belles rencontres, la vie vous est favorable, vous aimez votre famille… et vos enfants ! Vous vous sentez attentif et disponible pour eux. Et puis, le lendemain, vous vous sentez tendu, tout vous irrite, vous agace. Le moindre imprévu vous fragilise, vous trouvez vos enfants bruyants. Le monde a changé de couleur. Le monde extérieur, tel que nous le voyons, n'est qu'une projection de notre monde intérieur. Ce point est capital dans la communication ; tant que nous n'en sommes pas conscients, nous projetterons sur l'autre nos propres peurs, notre agressivité ou notre colère.

Lorsque nous projetons notre part d'ombre sur nos enfants, nous voulons sans cesse modifier leur comportement ; nous voudrions qu'ils soient plus calmes, plus vifs, plus souriants, moins envahissants. Dans la relation parents-enfants, la projection est accentuée par le fait que les parents estiment qu'ils ont une responsabilité dans ce que devient l'enfant ; inconsciemment, et même s'ils s'en défendent, ils veulent fréquemment le forger à leur image.

Un certain type de méditation permet de prendre conscience de ses jugements. Elle se pratique deux par deux. Si votre partenaire est consentant, c'est mieux, sinon vous pouvez la réaliser en regardant un inconnu dans le métro. Je vous encourage à la pratiquer avec vos enfants. Dans un premier temps, regardez votre enfant, identifiez tout ce que vous aimez chez lui. Attardez-vous sur son physique, son regard, sa voix, la forme de son visage, prenez le temps qu'il faut. Laissez-vous attendrir par sa façon de se comporter, de jouer. Voyez sa tendresse ou, au contraire, son côté aventurier, laissez-vous toucher par lui ; regardez-le comme s'il était un ange, comme s'il avait de petites ailes dans le dos. Rappelez-vous que cet enfant est l'être le plus précieux de votre monde. Prenez quelque temps pour vous baigner dans cette sensation.

Au cours de la deuxième partie de la méditation, choisissez un petit détail qui vous irrite, par exemple le fait qu'il laisse traîner ses jouets. Attardez-vous à ce détail, reconnaissez que, malgré vos réprimandes, il n'en fait qu'à sa tête, qu'en fait il ne respecte rien.

Laissez progressivement cette critique vous envahir, acceptez l'expérience. Passez à présent en revue tout ce qu'il ne fait pas comme vous aimeriez qu'il le fasse : sa façon de manger, de parler, de se comporter. Laissez-vous envahir par votre malaise et vos reproches. Soyez attentif à ce qui se passe à l'intérieur de vous, à vos sensations, à vos émotions. À présent, voyez ces projections pour ce qu'elles sont : des petites bulles qui sont constituées d'une information et d'une énergie pour la véhiculer. Nous pouvons soit projeter nos bulles d'énergie sur une cible, ce que nous faisons la majorité du temps, soit les assumer. C'est le fait de projeter ces bulles d'information qui nous fait, par exemple, détester une personne dont nous ne savons rien ou adorer un homme ou une femme que nous détesterons quelques mois plus tard. Dans cette méditation, plutôt que de projeter ces bulles d'énergie sur votre enfant, réappropriez-les-vous. Visualisez tous vos petits jugements et offrez-les en pensée à l'univers, qui en prendra soin.

Depuis plusieurs années, la physique quantique nous a appris la réalité physique de nos pensées : nos pensées ont une influence sur les personnes à qui elles sont adressées. Lorsqu'elles ne sont que ponctuelles, les pensées se dissolvent dans l'univers. Mais celles qui sont répétées et concernent une personne en particulier se cristallisent et s'attachent à elle. La projection de jugements forme ainsi comme un nuage énergétique qui peut parasiter sa cible. Les jeteurs de sort de toutes les traditions n'agissent pas différemment. Leur pouvoir est plus intense et ils le font dans une intention consciente de nuire, mais à notre niveau, nous projetons aussi des pensées négatives sur notre entourage. À force de projeter notre agressivité, nos reproches ou nos critiques sur nos enfants, ceux-ci finissent par réellement incarner ce que nous redoutons qu'ils soient.

Les projections familiales

Dans la relation parents-enfants, le phénomène est renforcé lorsque nous verbalisons nos projections sur ce que l'enfant est : « Tu es le portrait craché de ton père », « Tu es vraiment le plus mignon des enfants », « Tu es un garçon manqué », ou sur ce que nous voudrions qu'il soit: «Tu serais mieux avec les cheveux courts», «Tu pourrais être plus doux», «Tu devrais être plus dynamique». Ces façons d'identifier l'enfant, qui peuvent concerner tant son physique que son caractère, le limitent et le figent. Ainsi, lorsqu'il entend: «Tu es une vraie poule mouillée», «Tu es méchant», «Tu es trop timide», «Tu n'es qu'un boudeur», l'enfant se fixe à un aspect de sa réalité en oubliant qu'il est aussi l'inverse. Il s'identifie à un rôle, comme un acteur qui s'identifie à son personnage à force de le jouer. Si ce rôle lui déplaît, l'enfant va se crisper et entretenir une indisposition qui va justement alimenter les conflits.

Toutes ces phrases enferment l'enfant dans une image unique et le limitent à une vision binaire, très occidentale, de sa personnalité: «Tu es ceci/Tu n'es pas cela.» La vision orientale enseigne que chaque facette de la personnalité prend sa source dans son contraire. Par exemple, le courage prend sa source dans la peur; la générosité, dans l'avarice; le masculin, dans le féminin. C'est le principe du yin et du yang. Vision plus tolérante parce qu'elle considère qu'un être humain est parfait par essence, puisque complet, et qu'elle ne l'enferme pas dans une image unique, pas plus qu'elle n'enferme l'enfant dans un rôle. On ne peut reprocher à l'individu d'être lâche, puisque la lâcheté est la source du courage.

Tu es ce que je crois

«*Qu'est-ce que tu es maladroit!*» Combien de fois Seikou a-t-il entendu cette phrase que lui répétait sa maman comme un leitmotiv? Lorsqu'il renversait son verre, lorsqu'il faisait tomber un jouet, lorsqu'il se cognait sur le coin de la table. À force d'entendre qu'il est maladroit, Seikou finit par le croire. Ce jour-là, à l'école, il passe son test de gymnastique: il faut marcher sur la poutre, sauter dans un cerceau, faire une galipette, monter à l'espalier. Seikou attend son tour. Il est nerveux. Il se concentre. Au moment où il entend son nom, une phrase résonne en boucle dans sa tête: «Qu'est-ce que tu es maladroit!» C'est justement parce qu'il pense à cette phrase qu'il manque de présence, rate le marchepied et se cogne le genou. Dans son esprit brouillé, Seikou en conclut que sa mère avait bien raison:

il est maladroit. Ces petites phrases semées inconsciemment prennent l'allure de véritables malédictions quand elles sont répétées.

Dans mon travail, j'aide les adultes à identifier et à désamorcer l'énergie de ces malédictions qui ont été prononcées des années plus tôt et qui sont toujours actives dans leur vie amoureuse, professionnelle et sociale. C'est pourquoi j'insiste toujours auprès des parents pour qu'ils parlent à leurs enfants non pas à partir d'un jugement sur l'être tel que: « Tu es maladroit », mais d'une observation de l'acte: « Tu as fait tomber ton verre », ou de ce qu'ils ressentent: « J'ai eu peur », « J'aimerais que tu le ramasses ». Cela peut sembler un détail, mais cette façon de communiquer, bien plus saine, n'a pas d'effets indésirables. L'enfant ne s'identifie pas à sa maladresse, il est donc plus confiant pour y remédier.

Des jugements sont également projetés par les parents sur des proches de l'enfant: « Ton copain est un voyou », « Ton père est un radin », « Ton petit frère est courageux ». Ils perturbent la perception de l'enfant. L'enfant y accorde d'autant plus d'importance que l'étiquette est appliquée à un moment sensible. Si, par exemple, sa mère lui dit: « Je ne peux pas t'offrir ces baskets, car ton père est radin, il oublie toujours la pension alimentaire », au moment où ils passent devant un magasin de sport, l'enfant sera bien obligé de cautionner ce jugement et nourrira probablement une rancœur envers son père; même si celui-ci se montre généreux à bien d'autres égards. S'il a entendu: « Ton copain est un menteur », l'enfant enregistrera cette information dans sa mémoire et entretiendra de la méfiance. Plus tard, lorsqu'il aura un doute sur ce que lui dit son copain, la phrase entendue émergera à sa conscience sous la forme d'une prédiction, elle résonnera et validera son propre jugement: « Ma mère avait raison, mon copain est bien un menteur. »

Les prophéties

La malédiction prend davantage de poids encore lorsqu'elle est projetée dans le futur: « Tu n'y arriveras pas, tu verras bien ce que je te dis », « Si tu vas en Angleterre, à tous les coups, tu te feras agresser », « Tu seras toujours une fille facile », « Tu finiras comme ton oncle, tu te feras toujours avoir». La parole est une énergie qui se diffuse dans l'espace et dans le temps, mais, comme elle nous est fidèle, nous la retrouvons exactement là où nous l'avons projetée, même des années plus tard. «*Tu ne sauras jamais dire non*», avait prophétisé sa mère à Nadia, au sujet d'un petit copain qui l'avait embrassée sur la bouche malgré elle. Des années plus tard, dès lors qu'elle se retrouvait dans une situation gênante avec les garçons, l'adolescente n'osait pas définir ses limites. Elle se laissait envahir par des relations qui ne lui convenaient pas. La prophétie résonnait encore aux oreilles de Nadia: «Ma mère avait raison, je ne saurai jamais dire non.»

Ce genre de manipulation est d'autant plus pervers que l'enfant a besoin d'être fidèle à ses parents. Inconsciemment, c'est pour leur être fidèle qu'il honore la malédiction. Un jour où je négociais avec ma mère, du haut de mes huit ans, pour ne pas aller à la piscine, elle avait laissé échapper cette phrase maladroite: «*Tu as besoin d'apprendre à nager, car tu nages comme une serrure.*» J'ai obtenu la dispense de piscine attendue ce jour-là, mais j'ai gardé longtemps en moi cette image lorsque je plongeais dans le bassin. Un léger doute surgissait à la surface de ma conscience: «*Si je nage comme une serrure, je vais couler!*» me disais-je.

Les comparaisons

L'enfant cherche à savoir qui il est et s'appuie pour cela sur le regard de ses parents. Il a besoin de savoir ce qu'il a de différent de ses amis, de ses frères et sœurs, en quoi il est unique, qu'est-ce qui, dans son visage, son corps et son tempérament, mérite qu'il soit accueilli sur cette terre. «Tu as le nez de ton père et le front de ta sœur.» L'enfant n'a que faire des comparaisons, il a besoin de ressentir de l'intérieur qui il est. «Prends donc exemple sur ton frère, il y arrive bien, lui!», «Arrête de faire le clown, on dirait ton cousin», «Ton copain est plus petit, et lui, il y va», quand ce n'est pas: «Elle y parvient et pourtant, c'est une fille», toutes ces phrases ne l'aident pas à savoir qui il est lui-même.

Lorsqu'ils se racontent entre eux, le réflexe de beaucoup d'enfants est de communiquer sur le mode de la comparaison: «Moi, mes parents, ils m'emmènent à Disney au moins trois fois par an », dit l'un. « Moi, les miens, ils m'ont offert un téléphone portable et je suis le premier de la classe à en posséder un », dit l'autre. Ces phrases ne sont pas complètes, ce sont des phrases-remparts derrière lesquelles l'enfant cache l'information la plus précieuse, celle qui le concerne lui : « J'ai besoin d'être rassuré sur le fait que mes parents m'aiment. » Lorsque vous entendez vos enfants communiquer sur ce mode, je vous encourage à les inviter à en dire plus sur eux-mêmes et sur ce qu'ils ressentent : « Pourquoi dis-tu ça ? », « Ça te fait quoi d'entendre ce qu'il vit ? ». Encouragez-les à parler d'eux et de leur intimité, de leur histoire, sans s'appuyer sur l'histoire des autres. Vous-même, évitez de les comparer. Le mode comparatif éloigne l'être de ce qu'il est. C'est généralement par manque de confiance que les enfants se comparent entre eux. Vous pouvez les aider à retrouver cette confiance non pas en identifiant ce qu'ils ont ou ce qu'ils font de mieux, mais en leur rappelant qui ils sont eux-mêmes.

La peur

« Attention, tu vas tomber ! » L'enfant, surpris par cette injonction, tourne la tête. Il a à peine eu le temps de vérifier d'où venait cette phrase que son pied glisse et qu'il chute, et le parent de conclure : « Tu vois, je te l'avais dit ! » Les enfants ont généralement, de l'intérieur, une meilleure perception de leur corps et de leurs capacités que nous ne pouvons en avoir en les regardant de l'extérieur. Ils apprennent à connaître leur force, leur équilibre, les ressources dont ils disposent. Et ils ont besoin, pour affiner cette conscience, de se confronter à l'obstacle, à la difficulté et à leur sens de l'équilibre. Ce qu'ils ne savent pas avant de l'avoir expérimenté, c'est qu'un rocher humide est très glissant, que des traces de mousse verte signalent une véritable patinoire, qu'une branche d'arbre, même d'apparence solide, peut être friable. C'est en cela que notre expérience leur est utile. C'est également à nous de leur apprendre que l'eau est un conducteur dangereux pour l'électricité, que la glace d'un lac sur laquelle jouent les cygnes ne supporte pas forcément le poids d'un enfant. Ces enseignements seront d'autant mieux assimilés que le parent les aura transmis sans encombrer l'enfant de sa propre peur. Si l'enfant retient seulement que la baignade, l'escalade et le bateau sont dangereux, il risque fort de préférer jouer à la maison avec ses jeux vidéo ! Si, en revanche, en présence de ses parents, il a pu se confronter aux pièges et aux ficelles de ses activités préférées, il sera davantage stimulé pour les explorer.

La dévalorisation

Avec la valorisation à outrance, la dévalorisation est l'une des manipulations les plus fréquemment utilisées par certains dirigeants peu scrupuleux, dans le monde des entreprises, afin de maintenir un ascendant sur les collaborateurs en quête de reconnaissance et leur en demander plus. Dans les familles, les parents dévalorisent souvent les enfants. Ils le font inconsciemment, mais cela leur permet de maintenir une autorité et un contrôle sur eux. Par exemple, ils soulignent plus facilement ce que l'enfant rate que ce qu'il fait correctement. Ils considèrent que réussir est « normal ». Lorsque le petit Julien, six ans, a tant tiré la poignée qu'elle lui est restée dans les mains, le père, en colère, n'a pas pu se retenir de le dévaloriser : « *Mais enfin, tu es nul ou quoi ! Tu n'as pas senti qu'elle était bloquée ! Non mais qu'est-ce qu'il a dans la tête !* » Ces petites phrases quotidiennes, qui sont animées par l'exaspération du parent, sa fatigue ou sa colère, touchent l'enfant en profondeur dans son estime de soi.

La dévalorisation, comme toutes les phrases toxiques, sort spontanément de la bouche du parent, car celui-ci est agacé, énervé ou fatigué. Or, plutôt que de prendre la responsabilité de son agacement : « Je suis en colère, je tenais à cette poignée ! », le parent, ici encore, projette son émotion sur l'enfant : « Tu n'es qu'un maladroit, tu ne sais rien faire correctement. »

La survalorisation

Si la dévalorisation fragilise l'estime de soi de l'enfant, la survalorisation fausse, elle aussi, l'image qu'il a de lui-même. « *C'est une enfant surdouée… C'est pour ça qu'elle s'ennuie* », dit Pauline qui a une très haute image de sa fille Jessica. Pour elle, si Jessica n'a pas de bons résultats à l'école, c'est que les enseignants sont incompétents. Si elle a peu d'amies, c'est qu'elle s'entend mieux avec les adultes, elle est tellement intelligente ! Pauline le croit, et Pauline le dit à Jessica. Concrètement, Jessica, elle, ne sait pas si ses qualités lui permettront d'être plus heureuse dans sa vie. Mais si elle entend régulièrement dire qu'elle est surdouée, elle ne comprendra pas la raison de ses échecs ; elle va projeter d'elle une image à laquelle les autres n'adhéreront pas forcément. De plus, elle devra fournir beaucoup d'efforts pour continuer à ressembler à l'image que sa mère a d'elle. Ainsi, certains enfants précoces, qui sautent des classes, obtiennent des médailles ou entament une carrière artistique de bonne heure, peuvent-ils vite se retrouver prisonniers de leur image si les parents ne sont pas là pour rééquilibrer la projection dont ils sont l'objet.

Les parents ont un rôle sensible dans la réussite des enfants. Certains enfants doutent d'eux-mêmes dans les épreuves. Si, devant un tel doute, les parents encouragent l'enfant à parler de ses succès, ils réactivent la vibration dans laquelle l'enfant était au moment même de son succès ; cette réactivation est très bénéfique pour les enfants. Jenny était inquiète la veille de son oral d'examen. Elle sentait des crampes d'estomac dues au stress. Sa mère lui rappela la fois où elle avait réussi ses premiers sauts d'obstacles en équitation. Elle détailla les sensations vécues lors de ce concours hippique. Au fur et à mesure que Jenny se remémorait cette belle journée, elle retrouvait sa confiance en elle jusque dans son corps. Voilà ce que l'on appelle, en psychologie, créer un ancrage : se remémorer consciemment le souvenir d'une réussite pour réactiver l'état mental et les sensations corporelles liées à cette réussite.

Mais qu'est-ce qui poussent les parents à survaloriser leurs enfants ? Souvent, ce sont leurs propres rêves de réussite qu'ils projettent sur leurs bambins : ils veulent qu'ils réussissent là où eux ont échoué. Cette projection ne permet pas à l'enfant d'être libre.

La culpabilisation

« Avec tout ce que j'ai fait pour toi, tu pourrais au moins accepter ! » Les enfants veulent le bonheur de leurs parents. Ils sont sûrs que, si leurs parents sont heureux, ils seront plus disponibles pour s'occuper d'eux. Lorsque je rencontre Maria au supermarché, elle me parle de son père. Elle fait les courses, car, me dit-elle, lui n'a pas le temps. « *Le pauvre !* » Il a des soucis à son travail, à la maison, il a des problèmes de santé. Maria, elle, console, apaise. Elle s'en veut dès qu'elle est joyeuse.

Le père de Maria a le profil parfait de la victime. Il communique sur le ton de la plainte, de la critique et du reproche. La victime désigne un ou plusieurs bourreaux comme responsables de ses souffrances. Elle cherche ensuite un sauveur ; ici, en l'occurrence, la fille. Dès lors que le père de Maria compte sur sa fille pour être sauvé, il devient lui-même bourreau de sa fille. Quant à Maria, qui veut tant sauver son père pour s'assurer d'en être aimée, elle devient inconsciemment la victime de celui-ci. J'évoque ce triangle infernal d'un bourreau, d'une victime et d'un sauveur dans mon ouvrage précédent, *Jouer le rôle de sa vie*.

La culpabilisation, sur le principe de ce triangle infernal, est une manipulation familiale des plus classiques. Lorsque l'enfant est dans le plaisir, le parent manipulateur lui rappelle que d'autres sont dans la souffrance ; lorsque l'enfant est dans l'abondance, il lui rappelle que d'autres sont dans la privation ; pire, lorsque l'enfant est en bonne santé, il lui rappelle qu'il a de la chance d'être en bonne santé quand d'autres sont malades. À force d'entendre que d'autres souffrent, l'enfant se coupe de lui-même. Il peut aller jusqu'à renoncer à son propre bonheur ou à ses richesses intérieures, voire à sa santé, pour être fidèle à la parole paternelle et à l'égrégore de tous ceux qui ne sont pas heureux. Rappelons que le besoin d'appartenance fait partie de nos besoins fondamentaux.

De nombreuses familles imposent aux enfants, à l'heure du dîner, le journal télévisé et sa lourde actualité de guerres, d'attentats et de conflits de toutes sortes, qui ne concernent pas l'enfant, mais qui pourtant vont l'affecter. Lorsqu'il ne termine pas son assiette,

Joachim entend de sa mère : « *Finis au moins ton assiette, quand on pense à tous ces enfants qui meurent de faim en Afrique…* » Lorsqu'il hésite entre deux jouets, sa mère lui rappelle : « *N'hésite pas tant à choisir, beaucoup d'enfants en France n'ont pas la chance que tu as.* » Cette phrase n'aide en rien Joachim à se construire. Elle lui ferme l'accès au plaisir, donc à son épanouissement. Elle crée chez lui de la culpabilité. La culpabilité encourage chacun, au nom de la morale, à renoncer à son bonheur et à son épanouissement. Elle est l'un des freins les plus importants au développement personnel. De plus, le fait de se priver, de renoncer à ce qui nous fait du bien, ne nous permet pas d'être plus enclins à aider notre prochain, au contraire !

Les doubles négations

La double négation permet au parent de parler sans dire. Kader s'applique à ranger sa chambre : « C'est bien comme ça, maman, non ? » « C'est pas mal », lui répond sa mère. Dans la double négation, l'inconscient n'enregistre pas le négatif, il n'intègre que l'adjectif. Lorsque la mère répond : « C'est pas mal », l'inconscient zappe le « pas » et enregistre « C'est mal ». Il en est de même pour toutes les doubles négations. Ainsi, le parent attentif s'appliquera à remplacer « C'est pas mal » par « C'est bien » ou « C'est suffisant ». Mieux encore, par « J'aime », « Ça me plaît ainsi », « Je préfère », ce genre de formulation ayant l'avantage de communiquer à partir du point de vue du parent.

De même, lorsque le parent dit : « Ça ne me gêne pas », l'inconscient de l'enfant enregistre : « Il y a une gêne. » Il est donc préférable que l'adulte dise : « Ça me convient », « Ça me plaît ». « Ce n'est pas mauvais » sera remplacé par « J'aime », « Ce n'est pas bête » par « Je trouve ça astucieux », « Ce n'est pas cher » par « C'est un bon prix » ou « C'est économique ».

Sous l'effet de la double négation, l'enfant va douter lorsqu'on lui dira : « N'aie pas peur » ou « Tu ne risques rien », car son inconscient entendra : « Il y a un danger. » Ces phrases ne le rassurent donc pas. Pour cette raison, il est préférable de dire, non pas « Ce n'est pas dangereux », mais « C'est sécurisé », non pas « Tu ne risques pas de tomber », mais « Tu franchiras l'obstacle ». Au moment où il tire le *penalty*, le joueur aura bien peu de chance de réussir s'il se concentre en pensant : « Il ne faut pas que je le rate. » Il sait que la double négation joue contre son état mental, c'est pourquoi il se dira plutôt : « Je tire dans la lucarne. »

Vous trouverez, bien sûr, vos mots à vous. Il est simplement important de retenir que, lorsque vous communiquez à partir de la double négation, vous n'exprimez pas ce que vous souhaitez, mais ce que vous voulez éviter ; pas ce que vous aimez, mais ce que vous ne détestez pas. L'enfant reçoit mieux l'information lorsqu'on s'adresse à lui de façon directe plutôt qu'en utilisant des doubles négations.

Tableau récapitulatif

Lorsque vous dites :	**l'inconscient de l'enfant entend :**	**aussi, préférez :**
C'est pas mal	C'est mal	J'aime, c'est bien
C'est pas trop raté	Il y a ratage	C'est réussi
Ça ne me déplaît pas	Il y a déception	Ça me plaît
C'est pas trop cher	C'est cher	C'est économique, c'est bon marché
Tu n'as pas trop mal réussi	Il y a déception	Tu as réussi
Tu n'as pas échoué	Il y a échec	Bravo, c'est bien !
Tu n'es pas trop vilain	Tu es vilain	Je te trouve doux, sympa
Ce n'est pas dangereux	C'est dangereux	C'est sécurisé
Tu n'es pas trop en retard	Tu es quand même en retard	Tu es à l'heure

LES MOTS QUI LIMITENT

Dès lors qu'il entend : « C'est impossible », « Tu n'y arriveras jamais », l'enfant remet en question ses compétences. Or, beaucoup d'exploits ont été réalisés aujourd'hui qui nous semblaient impossibles hier. Inutile de casser l'élan de vos enfants par une maladresse de syntaxe alors que, profondément, vous leur faites confiance. Sans nier la difficulté, adoptez une syntaxe positive : « Tu auras à t'appuyer sur tes ressources », « Il te faudra du courage », « Tu devras faire preuve de patience ». Ces façons de dire encourageront bien plus l'enfant que : « Tu n'es pas au niveau », « Tu peux toujours essayer »... De même, lorsque c'est l'enfant qui s'exprime à partir de phrases limitatives telles que : « C'est impossible », reformulez à partir de l'enfant : « Tu doutes de toi pour cet exercice ? », « Tu n'as pas confiance dans tes qualités ? ».

Des phrases telles que : « Fais un effort », « Essaie au moins » n'encouragent pas l'enfant à accéder à ses ressources. Lorsqu'il manque de motivation, l'enfant doit voir son objectif. Je réussirai moins à vous convaincre en vous disant : « Essayez de changer votre comportement pour améliorer l'écologie », que si je vous propose concrètement : « Engagez-vous pendant trois jours à limiter votre douche à sept minutes et vous économiserez 20 mètres cubes d'eau dans l'année. » Quand vous dites, alors que l'on vous parle d'une exposition : « J'essayerai d'y aller » ou « Je tâcherai de m'y rendre », vous pouvez être sûr que vous raterez l'exposition, car aucune décision consciente n'a été prise. Qui d'entre nous n'a pas répété, sans jamais passer à l'acte : « Il faudrait qu'on mange ensemble un de ces jours... » ? Imaginez-vous un pilote d'airbus s'approcher de la piste d'atterrissage en disant à son copilote : « Bien, nous arrivons, je vais essayer de faire atterrir cet avion sans l'endommager ! » Seriez-vous rassuré ?

LES MOTS QUI EXAGÈRENT

De même que les mots qui limitent, les expressions qui exagèrent, comme : « C'est catastrophique tes notes », « C'est l'enfer avec toi ! », « C'est très grave ce que tu as fait », n'aident pas l'enfant à percevoir ses qualités avec justesse. Avant de vous prononcer sur la portée d'un événement, je vous encourage à prendre un peu de recul. Prenez quelques respirations profondes et regardez la situation telle qu'elle est, puis prononcez-vous sur ce que vous ressentez. Si vous avez été surpris de la réaction de l'enfant, si vous avez eu peur, dites-le, mais dites-le à partir de vous et non à partir de votre interprétation de la situation. À des conclusions comme: «Tu as failli mourir», «Tu as failli faire brûler la maison», «Tu vas rater ton année», préférez des phrases comme: «J'ai eu très peur», «J'ai été tellement inquiet». Ce genre de formulation a l'avantage de parler de vous et de vos émotions, sans faire porter à votre enfant le poids de vos peurs.

LES ÉTIQUETTES QUI LIMITENT

À ce stade de l'ouvrage, vous avez certainement pris conscience à quel point les étiquettes peuvent coller à la psyché de l'enfant. Elles agissent comme des références à partir desquelles l'enfant se perçoit. Des phrases catégoriques comme: «Tu es nul», «Tu es trop bête» ou «Quel imbécile!» enferment l'enfant dans une image figée de lui-même. Lorsque vous êtes en colère après lui, ayez le réflexe de parler de vous et de ce que son attitude vous fait, mais ne projetez pas sur lui un jugement qui l'enferme.

De même, lorsque vous l'entendrez parler de lui en se dévalorisant: «Je suis nul», «Je ne vaux rien», «Je suis bête», vous l'aiderez si vous le corrigez pour qu'il acquière lui aussi le réflexe de parler de lui à partir de son être plutôt que de son acte: «Tu as été surpris», «Tu ne t'attendais pas à ça?», «Tu as été déçu?».

LES PHRASES INACHEVÉES

Comme leur nom l'indique, les phrases inachevées ne donnent qu'une partie de l'information; elles ne disent pas à l'interlocuteur l'émotion que la situation provoque en soi. «Ton père est vitrier?» dit-on par exemple lorsque l'enfant gêne la vue; «Ça va, tu n'as pas l'impression de t'abîmer les oreilles?» quand il écoute de la musique fort; «Ça va, ton foie se porte bien?» lorsqu'il mange un quatrième chocolat; « Non, non, je ne t'ai rien dit, mais bon... », « Quand même ! » quand on trouve qu'il exagère. Ces bouts de phrases n'aident en rien à la communication. Elles ne parlent pas de vous ni de vos besoins. Elles demandent à l'enfant un trop grand effort pour décrypter ce que vous ne formulez pas. Elles conduisent souvent l'enfant à se sentir coupable ou à douter du bien-fondé de ses actions.

LE CHANTAGE

« Attention ma main ! Elle va tomber ! », « Tu vas voir quand on va rentrer à la maison », « Si tu recommences, je le dirai à ton père », toutes ces phrases maintiennent l'enfant dans un état de malaise, voire de terreur. Les parents qui utilisent le chantage le font souvent parce qu'ils ne savent pas communiquer autrement. De plus, dès lors que ces menaces ne sont pas mises à exécution, la parole du parent perd en crédibilité. Pour maintenir son pouvoir, le parent sera obligé d'inventer des mensonges de plus en plus inquiétants. L'enfant, lui, s'aperçoit vite que son parent ne tient pas ses promesses et apprend à naviguer entre les menaces de cette forme de chantage.

Parfois, les menaces font intervenir un tiers : « Tu vas voir, si tu marches sur la pelouse, le gardien va venir te tirer les oreilles », « Ce policier va te punir ». Puisqu'il ne connaît pas le pouvoir réel de chacun, l'enfant ne se sentira pas en sécurité et aura une peur confuse de l'uniforme. Ce type de menace fausse sa perception et ce qu'il ressent. Il serait préférable, dans ce cas-là, que le parent parle de lui et ne s'appuie pas sur une figure symbolique de l'autorité.

LE MENSONGE

Sans s'en rendre compte, les parents inventent souvent, sur le ton du canular, des situations rocambolesques : « Ferme ta bouche, je vois tes pieds», «Quand tu mens, ton nez s'allonge». L'enfant est souvent mal à l'aise face à ces images, car il ne sait pas très bien s'il doit croire ou non son parent. Il sent bien qu'il s'agit d'un mensonge, mais il a du mal à concevoir que ses parents puissent mentir. Ce type de plaisanteries n'est pas adapté à l'enfant. Dans l'humour, on rit avec l'enfant; dans la moquerie, on rit de l'enfant. L'enfant aime l'humour, pas la moquerie.

LA MANIPULATION

Plusieurs formes de manipulation sont utilisées inconsciemment par les parents dans leur communication quotidienne. Il y a manipulation lorsque le parent a une intention qu'il n'exprime pas clairement, ce qui est le cas notamment:

- quand le parent s'appuie sur le pouvoir physique qu'il a sur l'enfant; dans ce cas, c'est un regard menaçant, un geste explicite qui sous-entend qu'il pourrait battre l'enfant, le soumettre par la violence, la privation, la contrainte; l'enfant se sent alors diminué et s'habitue à vivre avec une peur irrationnelle qu'il projettera par la suite sur l'autorité;
- quand le parent insinue qu'il détient la vérité: «Tu ne peux pas comprendre, tu es trop jeune», «Tu apprendras ça quand tu seras plus grand», «Que s'est-il passé avec ton frère? Dis-moi la vérité, de toute façon, je finirai bien par l'apprendre»; cette dernière sentence laisse sous-entendre à l'enfant qu'il est fautif s'il ne donne pas la réponse qu'attend le parent; que sa vérité à lui est moins importante que celle de ses parents; elle décrit un monde manichéen avec des parents modèles et des enfants menteurs; l'enfant se met alors à douter de lui-même; il serait plus juste de lui demander: «Et toi, quel est ton point de vue?» ou «Comment as-tu interprété ce qu'il t'a dit?». Le ton utilisé par le parent a une importance capitale. Si le parent, dans son interrogation, est arrogant, suspicieux ou méfiant, il maintiendra l'enfant dans la dépendance;

- lorsque le parent interfère dans ce que devrait vivre ou ressentir l'enfant: «Tu n'as pas honte?», «À ta place, moi, je demanderais pardon!», «Tu devrais rougir de ce que tu viens de dire...», «Et en plus tu ne te sens pas gêné?!». Par ce type de manipulation, le parent s'immisce dans ce que ressent l'enfant; cette stratégie conduit ce dernier à douter de la légitimité de ce qu'il éprouve spontanément dans son for intérieur, et le conditionne à ressentir autrement;
- lorsque le parent interprète les intentions de l'enfant, les minimise, les ridiculise, les sort de leur contexte: «Ta colère était ridicule», «Tu ne dis que des bêtises», «Tu fais un caca nerveux pour une broutille», «C'est un vrai caprice que tu nous as fait là pour qu'on s'occupe de toi!».

L'INDIFFÉRENCE

Aux États-Unis, dans les années 1970, une étude avait été menée auprès de trois groupes d'étudiants de même niveau. Durant une semaine, les élèves s'affrontaient dans des épreuves physiques et intellectuelles. Le premier groupe était encouragé en permanence: «Vous êtes les meilleurs, vous allez gagner», lui disait-on; le second groupe était constamment dévalorisé: «Vous ne valez rien, les autres sont bien meilleurs!» lui répétait-on; quant au troisième groupe, les entraîneurs lui communiquaient des consignes, mais ne faisaient aucun commentaire sur les résultats. À la fin des épreuves, le groupe qui avait été encouragé est arrivé en tête, suivi de celui qui avait été dévalorisé; en troisième position est arrivé le groupe à qui les entraîneurs n'avaient fait aucun commentaire.

Dans mon expérience d'accompagnant, j'ai remarqué que de toutes les blessures de l'enfance, l'indifférence était la plus douloureuse. Rien ne fait plus mal à l'enfant que de sentir que l'on ne s'occupe pas de lui. Le sentiment d'abandon n'est pas forcément lié à un acte d'abandon. Dans certains cas, il aura suffi d'un séjour en couveuse de quelques jours pour qu'une blessure d'abandon s'ancre dans la psyché de l'enfant, dans d'autres, les parents ont été très absents et l'enfant n'en a pas été trop affecté. Cela dépend des autres aspects du lien que l'enfant a avec ses parents. À mes yeux, le pire pour les enfants est lorsque les parents ne disent rien : ni confidences, ni encouragements, même pas de reproches. Beaucoup d'enfants, dans ce cas, se sentent comme un poids dans leur famille ; ils cherchent leur place et continuent d'attendre une reconnaissance de la part de leurs parents.

LA PAROLE QUI FAIT DU BIEN

Pour se construire l'enfant a besoin de se développer sur deux axes :

- **savoir qui il est** : l'enfant a besoin de comprendre les fondements de sa personnalité, il a besoin de se familiariser avec ses émotions, il sera apaisé s'il connaît ses besoins et s'il a appris à exprimer des demandes ; l'enfant a besoin de savoir en quoi il est unique, en quoi il est différent, quelles sont ses qualités, ses points forts, ses limites ; en l'aidant à les identifier, vous répondez à son besoin de reconnaissance. Des phrases comme : « Regarde, nous avons attendu une heure entière, et tu ne t'es pas impatientée », « J'ai vu que tu avais rangé ton étagère. Je suis touché de voir avec quel soin tu l'as fait », « Je suis surpris de la qualité de ton dessin, tu es consciente comme tu t'es appliquée ? » font du bien à l'enfant et l'aident à mieux prendre conscience de qui il est ;
- **savoir comment transmettre ses valeurs au monde** : une fois qu'il sait qui il est, l'enfant a besoin de transmettre ses valeurs au monde ; s'il se sent artiste, il a besoin de savoir comment exprimer son art, s'il est curieux, comment satisfaire sa curiosité, s'il est généreux, comment partager de façon juste ; il en est de même s'il a des qualités pour réunir, stimuler, rassurer, encourager ; tout cela lui procure un sentiment d'utilité. Vous pouvez être d'une aide précieuse à l'enfant ; cette aide est proportionnelle à votre qualité d'écoute et de présence à ses côtés.

L'enfant qui découvre un monde nouveau manque de repères. Il se découvre lui-même, il ne sait pas encore en quoi il est différent des autres. Dans un monde où la comparaison est partout, il voit certains aller plus vite, parler plus fort, être plus gros, moins grands. Au milieu de tout cela, il a besoin de savoir ce qui peut le différencier par des phrases telles que: «Tu as encore écrit une nouvelle histoire, je te trouve très entreprenant», «J'aime quand tu récites ta récitation, tu as de grandes qualités d'acteur».

Dans votre communication, soyez très à l'écoute de l'enfant. Lorsqu'il vous raconte une histoire, aidez-le à parler de lui, de ses sentiments, de ses sensations, sans chercher à orienter ceux-ci, à les déformer, à les comparer, à les solutionner — cherchez simplement à les identifier. L'enfant saura très bien ensuite comment s'en arranger.

MOTS D'AMOUR ET MOTS AMERS

Lors d'un stage que j'animais, j'avais interrogé les participants sur la phrase qu'ils avaient entendue dans leur enfance qui les avait le plus blessés et sur celle qui les avait le plus encouragés. Parmi les phrases blessantes venues des parents ou des frères et sœurs, beaucoup avaient trait au physique: «*Tu es poilu comme un singe!*», «*Tu es trop grosse pour pouvoir nous suivre*»; d'autres au comportement: «*Tu es lâche!*», «*Tu es un menteur*», «*On ne peut pas avoir confiance en toi*».

Quant aux phrases d'encouragement, deux points m'avaient marqué. Le premier réside dans leur pouvoir agissant: des enfants à qui leurs parents avaient dit: «*Tu es la personne la plus importante de ma vie*», «*Je garderai toujours confiance en toi*», «*Tu es vraiment quelqu'un de bien, ne laisse personne te dévaloriser*» s'appuyaient sur ces phrases de réconfort souvent encore 30 ou 40 ans après; elles leur permettaient toujours de reprendre confiance en eux. Cette forme de parole encourageante peut réellement changer la destinée de vos enfants.

Le second point qui m'avait surpris est que, sur le nombre d'adultes interrogés, beaucoup se montraient incapables de se rappeler ne serait-ce qu'une phrase encourageante, une phrase d'amour dite avec suffisamment d'élan pour marquer leur mémoire.

DIRE À L'ENFANT QUI IL EST

L'enfant a besoin de connaître son histoire. Comment a-t-il été conçu ? Dans quelles circonstances a-t-il été attendu ? La période était-elle propice ? Comment s'est passé l'accouchement ? Qui était présent ? Quel que soit son âge, l'enfant a besoin de savoir qui il est et d'où il vient. Inconsciemment, il sait tout de son histoire. Mais lorsque ce qu'on lui dit va à l'encontre de son savoir inconscient, sa confiance est fragilisée. Prenez le temps de décrire à l'enfant quel type de bébé il a été et quel était son tempérament ; partagez avec lui vos souvenirs, les anecdotes le concernant ; soyez précis.

De même dans le présent, l'enfant n'est pas toujours conscient de sa valeur. Les encouragements vont l'aider à prendre confiance en lui. Pour cela, évitez les généralités telles que : « Tu es le plus beau de toute ta classe » qui l'enferment dans une image et qui le comparent à d'autres ; en revanche, décrivez ce que vous percevez vraiment de lui : « Quand je vois que tu es capable de passer une heure entière à apprendre ta récitation, je ne suis pas inquiet quant à tes ressources ; je vois bien que tu as de la persévérance et de la méthode », « J'ai remarqué que tu aimais faire le jardin, tu es très patient quand il s'agit de rempoter des fleurs, tu t'en occupes comme un artiste ! ».

LE RICOCHET

Parfois, il arrive que ce que vous avez à dire à l'enfant soit si délicat que vous n'osez pas ; il se peut aussi que l'information réveille chez lui tant d'émotions qu'il ne puisse pas l'entendre ; dans ce cas, n'hésitez pas à vous appuyer sur la méthode du ricochet. Le ricochet permet, en racontant l'histoire d'un autre, de le toucher dans son histoire à lui.

Si vous voyez qu'il se décourage, racontez-lui, mine de rien, que vous êtes découragé vous-même en ce moment; expliquez-lui comment vous vous y prenez pour retrouver votre élan et votre confiance. Si vous voyez qu'il a du mal à ranger sa chambre, rangez la vôtre et dites-lui à quel point cela vous fait du bien de voir votre chambre rangée. Si vous sentez qu'il a du mal à s'intégrer à l'école, racontez-lui l'histoire de cette petite abeille qui avait du mal à dormir dans la ruche parce que ses sœurs ronflaient.

Les marionnettes et les poupées peuvent servir à cette approche du ricochet. Une amie thérapeute était si douée dans cette façon de faire qu'il lui suffisait de prendre un petit chat en peluche dans ses bras pour déverrouiller le silence des enfants. Elle lui faisait dire: «Je suis triste parce que ma maman ne s'occupe pas assez de moi», et l'enfant, qui se reconnaissait dans le chat, se mettait à parler librement; il livrait au petit chat que lui aussi était en colère contre sa maman, ou triste. À d'autres moments, une autre peluche peut servir pour canaliser la colère. Les peluches peuvent aussi parler ensemble et aider ainsi à libérer, par le jeu, la parole de l'enfant. Vous pourrez exceller dans l'art de faire parler les peluches pour peu que vous acceptiez de jouer vous-même comme un enfant. Ce principe de la projection positive est l'un des outils utilisés par les thérapeutes avec le plus de succès dès lors que leur intention d'entrer en contact avec l'enfant est sincère.

Faites preuve d'imagination, inventez, comme les enfants, vibrez à leur diapason: «Moi, je ne peux pas te comprendre, car je suis un adulte, mais ce petit dauphin que je te donne est sensible, lui; il peut entendre ce que tu lui diras à l'oreille.» Si l'enfant se confie à l'oreille du dauphin, peut-être pourrez-vous vous risquer à lui demander: «Es-tu d'accord pour que le petit dauphin me dise à l'oreille ce qu'il a entendu?» Au-delà des informations précieuses que vous pourrez recueillir sur ce que vit l'enfant, vous créerez par ce jeu de la proximité avec lui.

Vous pouvez aussi vous appuyer sur des métaphores ou des contes et légendes pour amener vos enfants à parler d'eux. Faites-vous confiance. Cette façon de communiquer demande beaucoup de pudeur et de délicatesse ; elle vous permettra d'accroître votre créativité et d'entrer dans l'intimité de vos enfants dans des moments où la communication est bloquée.

LUI ÉCRIRE

Rares sont les enfants qui n'aiment pas recevoir de courrier. S'il est en vacances chez sa grand-mère, en classe de neige ou chez des amis, maintenir le contact avec lui fera qu'il se sentira en lien. Les lettres sont toujours bienvenues. Vous pouvez aussi, même si vous vivez sous le même toit, lui écrire ce que vous n'osez pas lui dire. Vous pouvez lui écrire pour lui dire que vous l'aimez. S'il est plus âgé, vous pouvez lui écrire pour lui parler de vous, d'un conflit que vous souhaitez apaiser avec lui, d'un bonheur que vous avez envie de partager. Cette forme de communication vous permet de toucher l'enfant par ricochet. Lorsqu'ils sont en conflit avec leurs parents, les enfants, et notamment les adolescents, prennent souvent une attitude défensive sur le plan émotionnel ; lorsque jeune et adulte se retrouvent en face à face, leurs émotions les sollicitent tant qu'il n'y a plus de place pour accueillir les arguments et le point de vue de chacun. La correspondance vous permet à vous d'écrire à froid, et permet à l'enfant de vous lire au moment où il se sent disponible.

LA COMMUNICATION INVISIBLE

Je terminerai ce chapitre par cette forme de communication si précieuse qu'est la télépathie. « Nous utilisons la télépathie lorsque le téléphone est en panne », s'amusait à dire un chef aborigène qu'un journaliste visitait en Australie. Bien qu'elle soit totalement intégrée dans un très grand nombre de cultures dites primitives, la communication télépathique laisse encore, chez nous, beaucoup de personnes sceptiques. Pourtant, de très nombreuses études scientifiques menées notamment par Mesmer, Puységur et Janet ont pu révéler la réalité de la communication télépathique. Au cours des années 1960, une expérience télépathique a eu beaucoup de succès. Elle fut conduite par Montague Ullmann au Centre médical de Maimonides de Brooklyn, à New York. Les résultats de cette expérience mirent en évidence que, si quelqu'un envoie des images mentales à un individu en train de rêver, ce dernier incorporera ces images dans ses rêves. Ainsi, les pensées que nous émettons en direction de nos enfants sont-elles perçues par eux même lorsqu'ils sont à distance. N'avez-vous jamais pensé à une personne quelques minutes avant qu'elle ne vous téléphone ? N'avez-vous pas rencontré un ami une dizaine de minutes juste après avoir pensé à lui ?

En tant que parents, vous avez sûrement expérimenté la télépathie sans vous en rendre compte. Toutefois, la vibration sur laquelle voyagent nos pensées est plus subtile que celle qui supporte le langage parlé, c'est pourquoi, sans entraînement, nos enfants ne sont pas toujours conscients de toutes les informations invisibles qui leur parviennent.

Si vous êtes sensible à cette dimension, je vous encourage à vous y intéresser. Lorsque vous faites réciter les tables de multiplication à vos enfants, ne leur envoyez pas des messages télépathiques tels que : « Mais tu es nul, tu ne sais même pas ta table de 6 ! » ou « Dépêche-toi un peu que j'aille m'occuper du dîner », faites l'expérience de leur communiquer la table exacte par télépathie. Vous pouvez aussi leur adresser des remarques telles que : « Tu es capable d'apprendre tes multiplications en t'appuyant sur tes capacités », « Tu peux te faire confiance, car tu as le potentiel pour répondre », « Ne sois pas inquiet ».

Si vous vous aventurez sur ce chemin, ne soyez pas surpris des résultats ! Vous pourrez prendre conscience de l'étendue des chemins qui mènent à une communication positive avec les enfants. Vous découvrirez tout ce qui se joue entre les mots et dans l'invisible. Vous réaliserez que la puissance des mots est renforcée… par le silence qui les accompagne.

CHAPITRE 19
TOUCHER

Rien n'est petit dans l'amour. Ceux qui attendent les grandes occasions pour prouver leur tendresse ne savent pas aimer.
LAURE CONAN, *Angéline de Montbrun*

Benjamin a 11 ans. Il a, selon ses parents, un comportement violent. À l'école, il est régulièrement puni pour indiscipline. À la maison, il ne fait pas « ce qu'on lui demande ». Il traverse des colères que rien n'apaise, puis se réfugie pendant des heures dans ses émissions de télévision. Tout dans son comportement traduit qu'il se sent mal dans sa peau.

La majorité des troubles du comportement chez l'enfant se déclenche, ou s'accentue, dès lors que celui-ci n'est pas suffisamment en contact avec son corps physique. Les spécialistes de la petite enfance n'insistent pas assez sur ce point, notamment lorsqu'ils évoquent les questions d'autorité. Pour se sentir en sécurité, un enfant a besoin, dès son plus jeune âge, de percevoir sa réalité corporelle. Un enfant ne peut établir de relations harmonieuses s'il se sent *mal dans sa peau*. Or, pour être bien dans sa peau, l'enfant a besoin de la sentir et, pour cela, d'être touché avec bienveillance par les personnes qu'il aime et qui l'entourent, à commencer par ses parents.

Les enfants agressifs, les enfants qui manquent de confiance en eux ainsi que les enfants qui peinent à l'école sont généralement trop *dans leur tête*. En manque de contact physique, ils évoluent et se réfugient dans un monde virtuel, coupé de la réalité relationnelle qui les entoure. En conséquence, ils ont du mal à vivre leurs émotions, car celles-ci submergent brutalement un corps qu'ils ont oublié. La peur, la colère, la tristesse perturbent le métabolisme des enfants qui ne connaissent pas leur corps, sa respiration, ses réactions, son rythme interne. L'émotion soudaine renforce leur sentiment d'insécurité. Ce qui peut se traduire par une violence envers leur entourage.

C'est pourquoi le toucher bienveillant des parents pourrait prendre une place bien plus importante qu'il n'a dans l'accompagnement des enfants, cela depuis la tendre enfance et jusque plus tard dans l'adolescence. Les enfants ont besoin d'être massés, caressés, touchés. La tradition du toucher est assez peu présente dans notre culture occidentale, qui demeure relativement pudique sur le plan des échanges corporels. Dans les conflits qu'ils ont avec leurs enfants, les parents s'entêtent souvent à apporter une réponse intellectuelle ou théorique à une réalité physique et énergétique. Ils cherchent à donner des mots là où l'enfant a besoin de gestes. Ils discutent pendant des heures avec l'enfant, alors qu'ils pourraient l'apaiser en quelques minutes en le prenant dans leurs bras. Ils sous-évaluent le pouvoir de l'un des piliers de l'autorité : la tendresse.

UNE CULTURE SANS CORPS

Dans notre société, les publicités montrent partout des corps dénudés qui semblent libres. Sur les affiches du métro, dans les magazines, on retrouve des images de corps nus, visiblement épanouis. Paradoxalement, il y a, dans bien des familles françaises, beaucoup de gêne à se prendre dans les bras et à se câliner, parfois même à se montrer nu. Par faute d'habitude ou par pudeur, les parents n'osent plus enlacer leurs enfants ; ils se sentent maladroits.

Beaucoup de tabous surgissent lorsqu'il est question du corps, du contact physique, et davantage encore lorsqu'il s'agit du plaisir partagé d'un contact corporel entre adultes et enfants. Aujourd'hui, en France, une femme qui donne le sein à son enfant, dans un jardin public ou dans un restaurant, est regardée avec un mélange de désir et de désapprobation. Récemment, en Angleterre, une femme se voyait interdire l'accès à la piscine municipale sous prétexte qu'elle y avait donné le sein, pourtant discrètement, sous une serviette. La femme qui allaite est jugée, car ce geste, pourtant le plus naturel au monde, est déformé par le prisme de nos imageries mentales, de nos concepts, de nos jugements. De même, la tendresse, le plaisir des caresses et des massages entre adultes et enfants sont-ils contaminés par de nombreux tabous. Peur du jugement, peur de l'inceste, des gestes déplacés, malsains. C'est pourquoi, dans le doute et par peur de ressentir leur désir ou d'autres émotions paradoxales, beaucoup de parents se résignent à ne plus toucher leur enfant, ou si peu.

Pour beaucoup de bébés, seule la toilette fait l'objet d'un contact physique avec ses parents. Ce rituel lui-même est chargé de peurs, notamment au cours du premier âge, lorsque, au moment de la toilette intime, les pères doivent toucher le sexe de leur fille, ou les mères celui de leur fils. Cette toilette du bout des doigts est troublée par des pensées paradoxales mettant en jeu le désir, la culpabilité.

LA CULPABILITÉ LIÉE AU DÉSIR

La majorité des parents, dès lors qu'ils sont en lien avec leurs émotions, ressentent du désir lorsqu'ils massent ou caressent leurs enfants. Le désir est une émotion naturelle. Comme toute émotion, ce n'est pas un concept, mais une réalité énergétique. Les parents ne peuvent pas choisir de ressentir ou non du désir pour leur enfant. On peut ressentir du désir pour son enfant comme on peut ressentir de la colère envers une personne qui, par ailleurs, nous est chère. Ce n'est pas contradictoire, c'est simplement paradoxal, c'est-à-dire humain.

Au niveau du cerveau, le désir est suscité par l'aire préoptique médiane de l'hypothalamus, chez l'homme, et par l'aire ventro-médiane, chez la femme. Nous ne pouvons pas contrôler l'apparition de nos émotions puisqu'elles s'expriment dans notre cerveau archaïque et sont indépendantes de notre volonté consciente. Ce point est fondamental pour comprendre comment fonctionnent nos émotions. En revanche, ce dont nous sommes responsables, ce sont des actes que nous posons une fois que nos émotions ont été identifiées, car reconnaître nos émotions et nous autoriser à les nommer nous permet de reprendre le contrôle sur elles et d'agir en conséquence et avec conscience, cette fois, à partir de nos valeurs.

Dans les ateliers que j'anime, rares sont les parents qui, spontanément, reconnaissent leur désir pour leur enfant. Ainsi, lorsqu'il ressent du désir pour sa fille, le père se le reproche tellement qu'il préfère généralement occulter son émotion. Il s'appuiera sur un jugement moral: «Un père ne doit pas désirer sa fille», pour occulter une réalité énergétique: «J'éprouve du désir pour ma fille.» Or, mal juger une réalité émotionnelle n'enlève rien à l'existence de l'émotion.

Réprimer une émotion, même au nom de la plus haute valeur morale, n'a jamais fait taire celle-ci, au contraire; cela lui donne du pouvoir et lui permet de se développer malgré nous, insidieusement. Ce qui apaise une émotion, ce n'est sûrement pas d'être occultée, c'est d'être identifiée et accueillie. Alors, seulement, elle se dévitalise et perd de son influence. L'enfant qui est massé, caressé, peut sentir de l'ambiguïté dans la qualité du toucher de son parent, et il est gêné par le jugement que son père ou sa mère porte sur l'émotion ambiguë qu'il ressent.

LE SYNDROME DE JOCASTE OU LE COMPLEXE DE LA MÈRE D'ŒDIPE

On ne compte plus les livres de psychologie qui ont abordé le fameux complexe d'Œdipe. Le désir d'un fils pour sa mère est reconnu comme une phase naturelle dans la construction de la personnalité du garçon. Tous les petits garçons, à un moment ou à un autre, ressentent du désir pour leur maman et veulent prendre la place du père dans la famille; c'est naturel. Toutes les petites filles veulent épouser leur papa, elles lui font les yeux doux et jouent de séduction pour attirer son attention, ce qui agace bien des mères. Ces comportements sont tellement reconnus aujourd'hui qu'ils peuvent être abordés avec bienveillance par les parents et les thérapeutes de façon à aider les enfants à trouver leur juste place.

En revanche, dans le mythe d'Œdipe tel qu'il est vulgarisé en psychologie, toute l'attention est portée sur le désir inconscient du fils pour sa mère. Le mythe explore peu la réalité du désir de la mère, Jocaste, pour Œdipe. Son personnage, très complexe, reste au second plan. Pourtant, faut-il qu'elle soit aveugle, elle aussi, pour épouser son fils sans le reconnaître! Mais dans le mythe, c'est Œdipe et non sa mère qui se crève les yeux de n'avoir pas vu. Ainsi, le fait que les parents ressentent du désir pour leur propre enfant est peu abordé dans les livres de psychologie. Le désir des enfants pour leurs parents est reconnu et peut être accompagné; en revanche, le désir du parent est nié. Du reste, beaucoup de parents s'interdisent de reconnaître qu'ils ressentent ce désir: «Moi! Du désir pour ma fille! Jamais! Je ne suis pas un pervers!», «Il n'y a rien de pire qu'un adulte qui touche un enfant», nous rappelle notre bonne morale. Le spectre des abus sexuels et de la perversité nous empêche même de ressentir notre émotion; ce qui nous permettrait pourtant de mieux l'intégrer.

J'insiste sur ce point: ressentir du désir en présence de votre enfant n'est pas blâmable. L'émotion vous appartient et le fait de ressentir une émotion n'est pas répréhensible! Ce qui est répréhensible, ce sont les actes. De même, lorsque vous êtes très en colère après votre enfant et que vous ne le supportez plus, le fait de ressentir de la colère à son égard n'est en rien condamnable! Vous avez le droit de vouloir étrangler votre enfant. Ce qui n'est pas permis, c'est de le faire!

L'intelligence émotionnelle consiste à explorer, avec sincérité, la totalité de nos émotions. Toutes les émotions, même celles que vous jugez et condamnez chez vous ont une vertu: elles vous parlent de vous et de vos besoins. L'émotion de désir vous en apprendra beaucoup sur vous si vous ne vous focalisez pas sur sa cible, c'est-à-dire l'enfant, mais sur l'émotion en elle-même: le désir qui vous appartient. En l'occurrence, le désir que vous pouvez ressentir peut vous signaler votre besoin de recevoir vous-même de la douceur. Il peut vous indiquer un besoin de contact intime et réconfortant, un besoin de retrouver votre virginité, votre naïveté.

Comme tous les êtres vivants, vous ressentez tout au long de votre vie du désir, de la colère, de la peur, du chagrin, de la joie, même si ces émotions se manifestent en dehors du cadre que vous vous autorisez. La culpabilité naît du regard que vous portez sur cette part vivante de vous-même qui vous échappe. Plus les adultes seront conscients du désir qu'ils éprouvent pour leurs enfants, et moins ils auront une attitude ambiguë, des gestes déplacés ou un comportement intrusif. Les parents conscients savent transformer leur désir en élan de tendresse.

LES CRISTALLISATIONS ÉMOTIONNELLES

Les émotions non nommées se cristallisent dans notre inconscient en attendant de devenir conscientes. Elles agissent dans notre aura comme de véritables nuages qui renforcent notre sentiment de culpabilité. Elles peuvent prendre la forme de pensées obsédantes, de tabous qui nous influencent sans que nous en ayons conscience. C'est le principe même du phénomène de l'ombre tellement décrit par Carl Gustav Jung: *Il ne s'agit pas d'être parfaits, il s'agit d'être complets,* enseignait le célèbre psychiatre suisse. Ce qui est refoulé agit malgré nous, en souterrain. En revanche, ce qui est identifié peut être plus facilement contrôlé. Pour illustrer ce thème, je voudrais partager ce témoignage d'un père lors d'une conférence que j'animais: «*Je n'ose plus masser ma fille de quatre ans,* nous disait-il, *car la dernière fois que je l'ai massée, elle a raconté à l'école que je l'avais caressée. Pourtant, je vous assure que je n'ai eu aucun geste déplacé. Ce jour-là, j'ai eu tellement honte devant les parents d'élèves que je me suis promis de ne plus jamais la masser.*»

Dans ce témoignage, ce que l'enfant a rapporté, c'est le désir inconscient que son père ressentait. Comme son père jugeait avec beaucoup de sévérité son propre désir pour sa fille, il l'occultait. Il se crispait et éprouvait une énorme culpabilité pendant ce court massage. Cette culpabilité s'est cristallisée dans l'aura du père, et elle a résonné dans le corps de la petite fille. C'est cette énergie que celle-ci a voulu éjecter en clamant que son père l'avait caressée. Rien de plus. L'enfant sentait que le père était gêné par leur contact physique. Or, un enfant a besoin de clarté, c'est pour cela que la fillette dit au grand jour ce qu'elle avait perçu. Dans la culture africaine, par exemple, où les enfants sont davantage massés, «papouillés», caressés, et où le plaisir que l'on partage à l'occasion de cette détente du corps est totalement assumé, jamais je n'ai entendu un enfant témoigner du fait qu'il avait été massé; cette pratique est naturelle et intégrée par tous. Le désir est là, il est transformé en gestes apaisants pour l'enfant.

BIEN DANS SA PEAU

Pour se sentir en sécurité, l'enfant a besoin de sentir son corps respirer, ses organes vibrer. Sa peau lui permet de percevoir le monde qui l'entoure. La peau est constituée de millions de petits capteurs de vibrations qui permettent de se relier au monde et à ses sensations. Le besoin de contact physique est important chez le nourrisson.

Le bébé ne prend conscience de la réalité de ses pieds et de son corps physique qu'à l'âge de sept mois environ. Ce n'est qu'alors qu'il se perçoit comme un être séparé de sa mère. Avant sept mois, il se conçoit comme un prolongement de sa maman avec laquelle il a été en fusion physique durant sa vie intra-utérine et avec laquelle il est encore en fusion psychique. Les massages et les caresses prodigués au nouveau-né l'aident à ressentir son individualité. C'est pourquoi, dans l'essentiel des traditions dites, à tort, primitives, le toucher occupe une place très importante dans la relation parents-enfants et plus généralement adultes-enfants. Les bébés sont davantage portés par leur mère. C'est ce qui renforce leur sentiment de sécurité et améliore leur lien avec leur mère.

LE PORTAGE

Le terme de portage fait référence aux techniques permettant de porter les enfants de telle sorte qu'il y ait un contact physique intime entre le porteur et l'enfant. Les poussettes et landaus sont remplacés par un porte-bébé ventral, un hamac latéral ou une simple grande écharpe. L'enfant est porté en écharpe, en *sling* (grande écharpe à anneau), en portage ventral, à la chinoise, à l'africaine, dans le dos, en portage latéral ou sur la hanche; cette dernière façon de porter est probablement la plus intuitive et l'une des plus anciennes dans l'histoire de l'humanité.

Depuis quelques années, en Occident, après une période où les poussettes perfectionnées ont rivalisé entre elles, le portage en écharpe retrouve ses lettres de noblesse auprès des jeunes parents. La médiatisation des bébés kangourous de Colombie, pays où le portage a supplanté la couveuse pour le traitement des bébés prématurés, a certainement influencé ce mode de portage. Les avantages du portage sont nombreux et désormais établis:

- l'enfant porté est stimulé dans son corps, il reste en mouvement, sans fatigue pour lui, de façon continue et non violente;
- la communication entre le porteur et le porté s'établit naturellement et lentement; ainsi porté, l'enfant renforce sa confiance dans le parent qu'il respecte davantage;
- cette forme de portage tient compte de la cambrure naturelle de la colonne vertébrale;
- le portage réduit l'anxiété de l'enfant et ses pleurs; l'enfant s'apaise en se synchronisant avec le rythme rassurant des battements du cœur de la mère;
- c'est une façon souvent radicale d'endormir les bébés;
- une écharpe ou un porte-bébé prend bien moins de place qu'une poussette, et est plus économique;
- enfin, le portage en écharpe laisse libres les bras du porteur pour d'autres activités.

En portant son enfant en écharpe, le parent renforce son contact intime avec lui, il favorise une communication qui se passe de mots. Pour ma part, les longues promenades dans la campagne durant lesquelles je marchais avec ma fille de quelques mois blottie contre mon ventre font partie de mes meilleurs souvenirs de père. Ces moments nous ont permis d'établir les bases d'une communication intime entre nous.

PAS TROP PRÈS QUAND MÊME !

Au-delà des arguments liés à la fatigue et au poids, un autre argument amène parfois les parents à renoncer à cette forme de portage : la peur d'une trop grande intimité. « Ne risque-t-il pas de devenir collant ? » se demande le parent ou : « Est-ce bon de favoriser la fusion ? », « Comment deviendra-t-il indépendant si nous le portons dès qu'il le demande ? ». Sous prétexte de favoriser l'autonomie de l'enfant, les parents créent volontairement une distance affective avec lui. Je suis sceptique vis-à-vis de cet argument ; non pas que le parent n'ait pas un rôle important quand il s'agit d'aider l'enfant à s'autonomiser, mais c'est une question de période.

Durant son premier âge, le jeune enfant est en fusion avec sa mère et a besoin de le rester, autant que possible, le temps d'acquérir un sentiment de sécurité suffisant pour s'aventurer sans elle. C'est pourquoi j'encourage les parents à porter l'enfant, à le masser, à le rassurer, à le câliner. Plus l'enfant reçoit durant cette période où il découvre son corps et ses limites, plus il se sentira en confiance pour explorer le monde dans la deuxième partie de sa petite enfance.

Lors d'un voyage au Tibet, j'observais la proximité des parents et de leurs enfants. Des enfants de presque trois ans continuaient à être allaités. D'autres passaient la journée en écharpe, sur le côté ou dans le dos de leur mère ; comme des petits kangourous, ils découvraient le monde en ressentant la chaleur réconfortante de leur maman. Cela ne semblait fragiliser en rien leur autonomie ; au contraire, je dirais que leur potentiel de confiance s'en trouvait accru. Plus tard, vers cinq ou six ans, les enfants tibétains se sentent tellement en sécurité qu'ils n'ont pas peur de passer la journée dehors à explorer le monde. Leur capital de confiance est au maximum ! J'ai vu beaucoup de jeunes enfants de six ou sept ans aller seuls dans la montagne ou accompagner les yaks pendant plusieurs heures, sereins, sans crainte aucune pour leur sécurité.

En Indonésie, il existe un rituel symbolisant la mise à terre de l'enfant et sa première phase d'autonomie. Il a lieu durant la période qui correspond à l'âge où il est estimé que l'enfant a été assez porté.

En Afrique, le fait de porter les enfants dans le dos fait partie des traditions qui ont pour but de renforcer la confiance de l'enfant. Aujourd'hui, de très nombreuses associations, dont la plus connue est la Ligue de la leche (mais il en existe d'autres telles que Premiers Pas, Bébé portage), transmettent aux jeunes parents les nombreux avantages du portage en écharpe ; elles leur enseignent comment s'y prendre et les conseillent.

La façon dont nous sommes en contact avec nos enfants, les massages, les caresses et les câlins que nous leur prodiguons, la façon dont nous les portons, ainsi que la façon dont ils sont nourris dans les premiers mois joueront beaucoup sur leur sentiment de sécurité.

L'ALLAITEMENT

En commençant ce paragraphe, je reconnais qu'il m'est délicat d'encourager autant que mon cœur le voudrait l'allaitement naturel. Tout simplement parce que je suis un homme et que je n'ai donc jamais allaité moi-même. Je ne connais de l'allaitement que les témoignages de mères et les scènes de complicité que j'ai eu la chance d'observer entre des mères et leur enfant. En France, alors que le ministère de la Santé recommande un allaitement exclusif pendant au moins six mois et mixte jusqu'à deux ans et demi, et que la promotion de l'allaitement maternel est l'un des objectifs du Programme National Nutrition Santé (PNNS), seulement un peu plus de la moitié des mères allaitent à la sortie de la maternité. Elles ne sont plus qu'un tiers à nourrir leur enfant exclusivement au sein au bout d'un mois, et de 5 à 10 % au bout de deux mois. À titre de comparaison, passé trois mois, elles sont encore 98 % en Norvège et 70 % au Canada.

Si le biberon a pris une telle place dans la vie des parents, c'est pour plusieurs raisons. D'une part, parce que le fait d'allaiter, et d'autant plus si c'est à la demande, peut être vécu comme une contrainte. D'autre part, il y a dans l'intimité de l'allaitement un élément subjectif. Alors que la graduation du biberon indique exactement les doses absorbées, l'allaitement implique davantage les femmes dans ce qu'elles ressentent et fait intervenir leur libre arbitre. Pour cette raison, certaines peuvent manquer de confiance en elles, avoir peur de ne pas savoir faire, peur que l'enfant ne soit pas assez nourri ou que le lait ne soit pas suffisant, en quantité ou en qualité. Par ailleurs, les mères doivent souvent accueillir l'enfant tout en reprenant rapidement un rythme professionnel. D'autres raisons peuvent orienter les mères vers le biberon, notamment la peur de l'altération de leur corps : leurs seins ne vont-ils pas être marqués par l'allaitement ? Les mères peuvent également souffrir d'une trop grande sensibilité des mamelons. L'allaitement, alors, n'est plus un plaisir. L'image de la mère allaitant comme un animal peut aussi rebuter. Enfin, l'allaitement implique moins les pères que le biberon, ce qui contrarie les couples qui souhaitent partager l'acte de nourrir. D'autres arguments fondés sur des peurs inconscientes liées à l'image, à la confiance, à la relation influencent le choix d'un mode ou d'un autre. Pourtant, du point de vue de la santé, les avantages de l'allaitement maternel sont nombreux. Dès les premières tétées, l'enfant reçoit le colostrum, concentré de vitamines et de sels minéraux, ainsi que d'immunoglobulines et d'anticorps qui vont le protéger contre les différentes agressions virales. Le lait maternel l'aide ainsi à construire son immunité naturelle. Il protège également l'enfant de diverses maladies respiratoires. Par ailleurs, les protéines du lait maternel sont absorbées à 100 %, ce qui n'est pas le cas du lait de vache. Le lait de vache contient des protéines grasses, difficilement digestes, qui restent collées aux parois des muqueuses des voies respiratoires et des intestins, et peuvent générer des inflammations sources de rhinites, de bronchites, d'asthme et de diarrhées. Avec le lait maternel, la digestion est quatre fois plus rapide et moins fatigante pour l'enfant. Enfin, le moment de l'allaitement est une rencontre privilégiée entre l'enfant et sa mère. Il procure également à l'enfant un équilibre psychique qui aide au sommeil[12].

Le stress a une incidence sur la quantité de lait produit : trop de stress diminue la quantité de lait. La mère peut mettre à profit l'allaitement pour s'apaiser et se calmer, elle peut également s'orienter vers une formule mixte biberon/sein. Au moment de choisir, les mères sont influencées tant par les partisans du biberon que par les adeptes de l'allaitement. Beaucoup de parents s'interrogent, doutent et comparent, sans s'y retrouver, les deux modes d'alimentation. Certains pédiatres encouragent l'allaitement, d'autres préconisent le biberon. C'est aussi par manque d'information que les mères ne font pas confiance à l'allaitement. Ainsi, une campagne d'information sur les bienfaits de l'allaitement naturel menée en 2004, en Alsace, a permis d'augmenter le taux de mères allaitant de 14 %.

Quel que soit le choix de la mère il est intime et lui appartient. Dès lors que la mère est en accord avec sa décision, elle doit la respecter. Chaque famille est différente. Si je m'adresse à la mère, je dirais que, pour savoir quel mode lui convient le mieux, à elle et à l'enfant, deux sources sont à explorer :

- la première source est extérieure : les sites Internet, de nombreux ouvrages, les conversations avec vos proches vous apporteront les témoignages de personnes qui ont allaité et d'autres qui ont utilisé le biberon. Certaines sont satisfaites et vous encourageront à faire comme elles, d'autres regrettent leur choix et vous encourageront à faire l'inverse. Ces témoignages sont utiles, ils peuvent aussi créer davantage de doute : « Si tu l'allaites, il deviendra dépendant », « Si tu lui donnes le biberon, tu vas déformer ses dents », entend-on dire ;
- la seconde source est intérieure : en méditant sur la question, la réponse vous apparaîtra comme une évidence ; pour cela, accordez-vous le temps de vous mettre au calme, de vous détendre, de méditer, de façon que la réponse ne soit pas réactive ou animée par la peur, et posez-vous sincèrement la question : « Ai-je envie d'allaiter ? » ou « Est-ce bon pour moi et pour mon enfant ? ». Reliez-vous totalement à votre bébé de façon à ressentir de l'intérieur si, en tant que bébé, vous seriez plus attirée par le biberon ou par le sein.

C'est en développant votre *conscience d'être* que l'action juste vous sera soufflée. Plus vous méditerez et serez en lien avec vous-même, avec votre corps et toutes les sensations qui le traversent, plus votre sentiment de confiance grandira. De plus, en méditant, vous apprendrez à découvrir ce qu'est une méta-position et la possibilité qu'elle donne de prendre le recul nécessaire à toute décision. Au fur et à mesure que vous méditerez, les peurs glisseront progressivement sur vous, ce qui fera naître en vous un nouveau sentiment de confiance et de plénitude. La méditation vous permettra de mieux ressentir votre bébé, de mieux le comprendre et de mieux identifier ses besoins réels. En ce qui concerne l'allaitement, plus vous vous sentirez sécurisée, plus votre enfant se sentira lui-même en sécurité par rapport à son alimentation. Faites confiance à ce que vous éprouvez, à vos sensations, en un mot, à votre intuition.

Entre le réflexe de sécuriser et la nécessité de ne pas céder aux peurs de toutes sortes, les parents sont sans cesse sollicités pour trouver l'attitude juste à adopter avec leurs enfants. Pour donner un exemple, à l'heure où j'écris ces lignes, en France, le ministère de la Santé vient de commander 94 millions de vaccins afin de répondre au début de l'épidémie de grippe A (H1N1). Face à la pression médiatique et publicitaire des laboratoires, chaque parent va de nouveau devoir se décider devant cette vaccination vivement recommandée — si elle ne devient pas obligatoire. Mon enfant court-il un risque si je ne le vaccine pas ? Ou la médiatisation est-elle une stratégie financière des laboratoires ? Les trois laboratoires concernés, Sanofi-Pasteur, GlaxoSmithKline (GSK) et Novartis, se partagent tout de même 1 milliard d'euros pour ce premier contrat. Les réponses à ce type de question ne se trouvent pas dans l'affolement ni dans la peur, mais dans la conscience et dans la confiance.

Pour l'allaitement, comme pour beaucoup de questions liées à l'alimentation, aux traitements médicaux, à la vaccination, au sommeil, aux régimes et aux modes de vie, faites confiance à votre intuition. Écoutez les témoignages pour ce qu'ils sont, soit des récits de l'expérience des autres, et revenez à votre expérience à vous qui est unique. Détendez-vous, de façon que vos décisions ne soient pas influencées par la peur, mais par le désir. De cette façon vous augmenterez votre sentiment de sécurité et vous contribuerez à améliorer le sentiment de sécurité de vos enfants, et donc, leur immunité naturelle.

COMMUNIQUER PAR LE MASSAGE

De tous les mammifères, le petit humain demeure le plus dépendant de sa maman sur le plan affectif; il lui faudra de longs mois avant de se sentir en sécurité et autonome. L'enfant a besoin d'être massé à tous les âges, aussi bien pendant les premiers mois, quand il découvre son corps et toutes les émotions qui l'épuisent, qu'à l'âge des premiers pas, lorsqu'il s'appuie sur des jambes qu'il a besoin de sentir et de connaître; aussi bien vers sept ans, quand l'école sollicite son énergie mentale toute la journée, que vers 13 ans, lorsqu'il sent que son corps se transforme sous l'effet des poussées d'hormones et qu'il abandonne à la vie sa mue d'enfant.

En Inde, le massage des bébés et des enfants est une tradition millénaire toujours pratiquée et enseignée aux parents. Issu de la tradition ayurvédique, le massage indien permet une communication entre les parents et leur enfant et contribue au bien-être général de ce dernier. Il procure au bébé un excellent sommeil et une meilleure conscience de son corps. Le massage soulage les tensions, donne de la vitalité, stimule les sens, améliore la confiance en soi. C'est un acte véritable de prévention sur les plans physique et psychologique. En Inde toujours, le massage Shantala est généralement pratiqué par la mère à l'endroit de son enfant dès le plus jeune âge, le plus souvent à compter du 28e jour après la naissance. Il s'agit d'un massage relaxant aux huiles. Dans le sud de l'Inde, on utilise de l'huile de sésame, dans le nord, on préfère l'huile de moutarde. Le bébé est nu, allongé sur les jambes nues de la mère. Celle-ci l'enveloppe de mouvements larges en commençant par le dos, les fesses et les jambes, puis en poursuivant par le ventre et les bras. Outre la détente qu'il procure, ce massage est une expérience intime qui renforce le lien affectif entre la mère et son enfant. Ainsi pratiqué, le massage Shantala stimule les sens de l'enfant de façon qu'il connaisse mieux son corps et ses limites.

Le massage de la tête est également une tradition indienne ancienne que de nombreuses familles pratiquent encore. Ses effets se manifestent rapidement et sont connus: il atténue les migraines et les douleurs oculaires, il dynamise le cuir chevelu, permet de lutter contre le stress et l'anxiété, favorise la concentration, améliore la qualité du sommeil en libérant des endorphines dans le sang.

Sur le continent africain, le massage se pratique généralement avec du beurre de karité ou de l'huile de palme en Afrique subsaharienne, et avec de l'huile d'olive au Maghreb. En s'enracinant dans ses différentes fonctions, symbolique et réelle, la maman masse chaque partie du corps de son enfant. Le massage sera ainsi différent chez un garçon et chez une fille. Une mère africaine insistera sur le ventre et les fesses de la petite fille, la préparant ainsi dès son plus jeune âge à la conscience de son futur rôle de mère. Elle affinera sa cambrure. En revanche, chez un petit garçon, elle mettra l'accent sur les avant-bras et sur les mollets de façon à le rendre plus résistant physiquement et apte aux travaux manuels.

En Asie, le tuina est une technique de massage qui fait partie de la médecine traditionnelle chinoise au même titre que l'acupuncture, le Qi Gong et la pharmacopée. Le tuina s'utilise tant pour le diagnostic que comme soin. Il consiste à exercer des pressions des doigts sur les mêmes points et méridiens énergétiques que ceux utilisés en acupuncture et en shiatsu. Ce massage se pratique à même la peau ou à travers les vêtements selon le cas. Il a pour intérêt de renforcer les défenses immunitaires de l'enfant, de prévenir et de soigner des maux tels que le rhume, la toux, l'asthme, les diarrhées, la constipation, l'énurésie et les troubles du sommeil, en faisant circuler l'énergie dans le corps. Il stimule l'éveil, renforce le développement psychomoteur, donne par le toucher une conscience corporelle, source de confiance en soi.

APPRENDRE À MASSER

Vous pouvez apprendre à masser votre enfant à l'aide de nombreuses techniques. Vous pouvez notamment apprendre les différents méridiens et points d'énergie utiles pour un massage tuina. Un livre peut être un allié et vous aider à acquérir confiance en vous dans ce domaine. Mais une technique n'est pas un massage et aucune ne pourra égaler votre intention bienveillante. Chacun peut masser avec talent, même sans expérience. La qualité du massage est proportionnelle à la confiance que vous vous accordez. Si votre intention de faire du bien par le toucher est sincère, laissez vos mains entrer en contact naturellement avec l'enfant ; soyez surtout très présent à chacun de vos gestes. Le massage est un rituel. Avant de commencer, assurez-vous d'être disponible. Inspirez-vous, si vous le souhaitez, d'une musique douce, allumez une bougie ou faites brûler un bâton d'encens. Si vous parlez à l'enfant en le massant, soyez présent à l'énergie de votre voix, plus importante que ce que vous dites à ce moment-là ; si votre voix est douce, rassurante, bienveillante, elle rassurera l'enfant et lui permettra de se détendre.

Si vous vous sentez maladroit, ne massez pas avec votre tête, ne cherchez pas comment masser. Mieux vaut quelques mouvements tendres et très lents qu'une série de mouvements mal assurés. Limitez-vous à vous détendre vous-même, à vous établir dans votre centre, à vous faire confiance, à vous relaxer, puis laissez vos mains vous guider. Si votre tête ne sait pas masser, soyez certain que vos mains savent, même si vous-même n'avez reçu que rarement des massages. Si vos enfants ont été peu ou pas massés jusqu'alors, il est important de ne pas les forcer, de ne pas leur imposer un massage s'ils n'en demandent pas ; si, en revanche, vous caressez le bras de votre enfant ou sa nuque et que vous sentez que ce geste apaise l'enfant, proposez-lui de le masser. Les enfants qui n'ont pas été assez massés sont parfois comme des petits chats, timides et farouches ; beaucoup de tendresse et d'attention bienveillante sont alors nécessaires pour établir le contact.

Certaines périodes sont plus propices aux massages que d'autres. Ainsi, le soir, avant le coucher, un massage d'une vingtaine de minutes peut procurer à l'enfant un bien-être immense. Si l'enfant est fiévreux, s'il est malade, le contact physique l'aidera à mieux sentir son corps, il favorisera l'élimination des toxines et renforcera son immunité naturelle ; enfin, lorsque votre enfant vous apparaît tendu, irritable, colérique ou stressé, un massage ne peut que l'apaiser.

Quelle que soit la façon dont vous choisissez de masser votre enfant, chaque fois que vous le touchez, faites-le avec confiance, proposez-lui les caresses que vous aimeriez recevoir vous-même.

PREMIERS CONTACTS PHYSIQUES

Les parents peuvent commencer à établir un contact physique rassurant avec l'enfant avant même sa naissance. Lorsqu'il est dans le ventre de sa mère, l'enfant est déjà en lien avec le monde extérieur. Il perçoit les sons, les vibrations et même les intentions. De la même façon que l'enfant perçoit les cris, les bruits violents et les émotions fortes de sa maman, il perçoit également l'intention qui sous-tend la caresse d'une main douce se posant sur le ventre de la mère et la voix de toute personne qui s'adresse à lui avec bienveillance, il entend les chants et les vibrations du monde environnant.

L'haptonomie est la science qui permet d'entrer en contact plus intimement par le toucher, notamment dans le cadre de l'accompagnement de la grossesse. Elle repose sur deux qualités de toucher : la présence et la tendresse. Dès lors qu'il accompagne son geste de la main d'une réelle intention bienveillante et d'une présence véritable, l'adulte communique à l'enfant une information rassurante qui l'aidera à croître en sécurité. Les parents peuvent apprendre les gestes auprès d'un spécialiste.

L'haptonomie permet de tisser le lien entre le père, la mère et l'enfant. Utilisée par un grand nombre de sages-femmes, elle permet également de rassurer le bébé et de l'aider à trouver la bonne position avant la naissance. J'ajouterai qu'en dehors de sa dimension technique, l'haptonomie est surtout une intention : délivrer à l'enfant une qualité de présence aimante et attentive.

LES CÂLINS ET LE TOUCHER AFFECTIF

Le toucher affectif est une réponse réelle que peuvent apporter les parents à leurs enfants pour renforcer leur sentiment de sécurité et pour améliorer la qualité du lien qu'ils ont avec eux. Beaucoup de parents n'osent pas toucher leur enfant par peur de mal faire. Soyez assuré que si vous posez votre main sur l'enfant réellement dans le but de l'apaiser, de créer un lien, celui-ci en ressentira immédiatement les effets. Pour cela, deux conditions sont nécessaires :

- la première : avant d'entrer en contact physique avec l'enfant, vous devez vous assurer d'être vous-même dans votre corps, suffisamment ancré en lui ; inutile de masser l'enfant si vous êtes tendu, énervé ou préoccupé par votre métier ou par le repas que vous voulez préparer ;
- la seconde : soyez présent à vos gestes ; ne touchez pas l'enfant mécaniquement, cela ne ferait que banaliser un moment qui devrait devenir sacré.

Les émotions prennent leur source dans l'abdomen et s'expriment, ou se bloquent, à partir du plexus solaire. C'est pourquoi vous procurerez rapidement à l'enfant un sentiment de paix intense en posant simplement votre main détendue sur son ventre, notamment sur son abdomen. Dès qu'il sent votre main, l'enfant s'apaise. Posez votre main sur le ventre de l'enfant sans la bouger, sans chercher à le masser, à le soigner, sans chercher à faire quoi que ce soit. Établissez-vous simplement dans votre être et renforcez la qualité du lien avec l'enfant par votre geste. Votre simple présence réconfortera et rassurera l'enfant.

Poser la main sur le ventre de l'enfant le calme lorsqu'il vous livre une information chargée d'émotion. S'il vient vous voir et qu'il est en pleurs, s'il a peur, s'il se sent perdu, écoutez-le en posant votre main sur son ventre. Vous savez déjà repérer les signes manifestes d'un enfant sous le coup de l'émotion : il ne tient pas en place, son regard cherche dans toutes les directions, ses mains s'agitent, sa respiration s'emballe.

Vous pourrez rapidement décrypter ce que vous dit l'enfant en vous intéressant à sa respiration. Dans ces moments de panique, la respiration de l'enfant est localisée dans les deux foyers supérieurs : le plexus solaire et le thorax. En posant votre main sur l'abdomen de l'enfant, vous invitez sa respiration à rejoindre son nid, sa source, qui est l'abdomen. Dès lors que notre respiration prend sa source dans l'abdomen, nous gagnons en sécurité, en profondeur, en confiance. Nos gestes deviennent plus assurés, notre regard plus confiant.

Cette présence physique associée à une écoute active vous permettra, dans la majorité des cas, d'apaiser les malaises et les inconforts de l'enfant sans avoir eu besoin de les solutionner.

LA PISCINE...

Un autre élément vous permettra de renforcer la qualité de votre accompagnement auprès de vos enfants : l'eau. L'eau a la qualité particulière d'être le support de toutes les émotions. Les émotions sont véhiculées par les particules d'eau. Nous sommes nous-mêmes constitués à environ 75 % d'eau. C'est pourquoi cet élément peut permettre de renforcer la qualité de nos relations. Enfin, avant de naître, nous avons tous fait l'expérience de l'existence aquatique.

Aujourd'hui, une nouvelle approche thérapeutique se développe dans l'eau et associe le bain au toucher affectif, il s'agit du watsu. Le watsu se pratique dans une eau tempérée à 35 °C. Cette approche détend et libère l'appareil locomoteur de manière durable. La relation avec l'eau permet de dissoudre les tensions physiques, émotionnelles et psychiques. Le praticien offre de porter et de bercer, il propose des étirements précis au niveau des méridiens de façon à mobiliser les articulations et à détendre les muscles selon les principes de la réflexologie. Le corps est bercé dans l'eau, lentement. Le praticien et son baigneur partagent l'intimité d'un contact peau à peau dans une eau chaude, ce qui rappelle les sensations de la vie intra-utérine.

C'est une activité que vous pouvez pratiquer avec vos enfants : vous pouvez ainsi bercer vos enfants dans l'eau ou, au contraire, être bercé par eux ; ce qui éveille leur sentiment de responsabilité. Les enfants peuvent porter des adultes dans l'eau dès sept ou huit ans.

HUG !

Depuis quelques années, un nouveau courant a vu spontanément le jour dans différents pays du monde : les *Free Hugs*[13]. Peut-être avez-vous vu un reportage sur ce phénomène, peut-être vous-même avez-vous été sollicité par l'un de ces inconnus venant vers vous d'un air radieux et portant dans les mains une pancarte sur laquelle il est écrit *Free Hugs,* soit « Câlins gratuits »…

Ce mouvement est né en 2004, en Australie, quand Juan Mann, alors déprimé, observa, à l'aéroport, tous les gens qui se prenaient dans les bras les uns les autres. N'ayant lui-même personne à enlacer, il brandit un écriteau avec la mention *Free Hugs*. C'est le début d'une légende qui va faire le tour du monde. L'événement est largement popularisé en 2006 à la suite de la diffusion d'un film vidéo. Cette initiative est l'exemple même d'un acte de tendresse gratuit. En quelques années, les *Free Hugs* ont fait le tour de la planète. Dans toutes les villes, sans aucun autre intérêt que celui d'échanger et de partager en prenant un inconnu dans ses bras pendant quelques secondes, des volontaires se donnent rendez-vous dans les lieux publics les plus fréquentés pour offrir la richesse qui est au cœur de chacun : la tendresse. Le fait qu'un tel phénomène ait si vite fait le tour du monde nous montre à quel point nous avons tous besoin de câlins, sans arrière-pensée. Prendre quelqu'un dans ses bras quelques secondes n'est-il pas l'un des actes les plus simples et les plus enrichissants qui soit ?

D'UN MONDE À L'AUTRE

Plus vos enfants seront présents à leur corps, moins ils adopteront de comportements violents. Si le massage et le toucher affectif permettent à l'enfant de mieux sentir son corps, d'autres activités, au contraire, l'en éloignent : les jeux vidéo, la télévision, l'ordinateur. Aux États-Unis, les enfants de moins de 12 mois regardent la télévision en moyenne 55 minutes par jour, ceux de 12 à 23 mois, plus d'une heure et demie, ceux de 24 à 35 mois, de deux à trois heures. En France, de l'âge de 4 à 10 ans, un enfant consacre en moyenne 2 heures et 18 minutes par jour à la télévision, et parmi les enfants de 8 à 12 ans, un sur quatre possède son propre téléviseur. Au

Canada, une étude menée auprès d'enfants de la sixième année du primaire à la quatrième année du secondaire révèle le temps passé par les jeunes devant la télévision: 5 heures 56 minutes par jour en semaine, et 7 heures 25 minutes le week-end[14]. Or, regarder la télévision est un acte passif qui renforce le monde virtuel de l'enfant et l'éloigne de son corps. Si elle n'est pas mesurée et contrôlée, la consommation excessive de télévision renforce le sentiment de l'enfant d'être mal dans sa peau.

Certains programmes peuvent répondre à des besoins de l'enfant en termes de distraction, d'amusement, d'imaginaire. Bien d'autres, en revanche, renforcent son intolérance, son goût de la violence, du jugement hâtif et de la pensée unique. L'équilibre de l'enfant passe par la qualité des nourritures qu'il absorbe. Sommes-nous aussi attentifs à la qualité des nourritures psychiques qu'il consomme qu'à la qualité des repas que nous lui proposons ? Quand on sait, par exemple, qu'un enfant de 4 à 10 ans voit en moyenne 14 minutes de publicité par jour. Lorsqu'il regarde une émission à la télévision, l'enfant est impliqué mentalement mais nullement dans son corps physique. S'il consomme beaucoup de télévision, il aura besoin de vous pour l'aider à revenir dans son corps physique, notamment par les massages, le toucher affectif, les câlins.

Par ailleurs, la nocivité des ondes que dégagent les écrans a été identifiée depuis bien longtemps par la radiesthésie: les ondes des téléviseurs comme celles des ordinateurs agissent sur l'énergie vitale de l'enfant.

LE *BRAIN GYM*

Lorsqu'ils ne sont pas bien dans leur corps, les enfants connaissent également des difficultés à l'école. Alors qu'ils passent la journée assis devant un pupitre, à se remplir la tête d'informations, les enfants doivent encore, le soir venu, apprendre des leçons, réviser des tables de multiplication. Très vite, ils arrivent à saturation, leur mémoire ne fonctionne plus. Ils éprouvent d'autant plus cette saturation qu'ils ne sont pas assez dans leur corps et que leur corps n'est pas suffisamment syntonisé avec leur esprit. De plus, au cours d'une journée scolaire, c'est généralement l'hémisphère gauche du cerveau qui est essentiellement sollicité, l'hémisphère lié aux informations rationnelles, pratiques. Une gymnastique permet à la fois de rééquilibrer l'énergie dans les deux hémisphères du cerveau et d'atteindre un meilleur équilibre du corps. Cette gymnastique, que l'on appelle le *Brain Gym* ou gymnastique pour le cerveau, permet également d'apaiser le stress et de renforcer la confiance en soi. Vous pourrez facilement apprendre ses mouvements de base et les transmettre à vos enfants.

CORPS DE CONFIANCE

La confiance en soi et l'estime de soi sont dépendantes du rapport que l'on entretient avec son corps. Les parents ont le pouvoir d'aider les enfants à mieux sentir leur corps. Masser son enfant, le câliner, le porter, le bercer, lui passer la main dans les cheveux, sur la joue sont des actes d'amour qui renforcent la qualité de présence de l'enfant et son niveau d'estime de lui. Beaucoup de parents, face aux difficultés qu'ils ont avec leurs enfants, cherchent des solutions, ils tentent de résoudre au cas par cas ce qu'ils considèrent comme des dérèglements ; autrement dit, ils agissent sur le *faire* au lieu d'agir sur l'*être*. Lorsque vous massez votre enfant, vous renforcez son être, son sentiment d'exister, son sentiment d'être unique, d'être aimé, reconnu et accueilli dans ce monde.

CHAPITRE 20

ACCUEILLIR LES ÉMOTIONS DE L'ENFANT

Toutes les grandes découvertes ont été faites par celles et ceux qui laissent leurs émotions devancer leurs idées.
CHARLES HENRY PARKHURST

ACCUEILLIR LES ÉMOTIONS DE L'ENFANT, C'EST S'ACCUEILLIR SOI-MÊME

L'accueil des émotions de l'enfant est probablement ce qui rend le plus difficile le métier de parent. À ce stade du livre, nous avons compris que, plus que de règles et de valeurs, nos enfants ont surtout besoin d'amour. Nous avons identifié que l'une des manifestations les plus concrètes de l'amour est une écoute attentive. Théoriquement, nous sommes d'accord pour accueillir nos enfants en leur offrant une présence bienveillante. Cela dit, dès qu'ils s'expriment par des cris et des larmes, nous oublions nos belles résolutions. Notre corps réagit. Leurs émotions réveillent les nôtres. Leur tristesse nous envahit, leur peur nous tétanise, leur colère nous fait sortir de nos gonds et leur impatience nous irrite. Nous ne pouvons plus simplement les accueillir, nous devons réagir.

Comment rester aimants lorsque notre enfant se roule par terre devant le gardien du parc ou le vendeur du magasin de bricolage ? Quelle attitude tenir, à l'heure du dîner, quand il nous dit que notre soupe est nulle et qu'il n'y touchera pas ? Que vont penser vos amis qui, justement, sont venus dîner ce soir-là ? Ne vont-ils pas juger votre façon d'éduquer vos enfants ? Comment ne pas se laisser envahir par sa tristesse quand il pleure et nous confie qu'il n'a pas d'amis ?

Beaucoup de psychologues familiaux débordent de trucs et de ficelles censés apprendre aux parents à imposer leur autorité sans céder à ce qu'ils appellent des caprices. Par leurs conseils, ils contribuent à ce que l'enfant ravale ses larmes, mais ils n'aident pas les parents à comprendre le sens de ces larmes. Les parents cherchent des outils pour mater la colère, pour écarter la tristesse, non pas parce que les émotions sont nuisibles pour l'enfant, mais parce qu'ils ne savent pas les accueillir dès lors qu'elles perturbent le confort de leur vie d'adultes. Pourtant, les émotions ont un rôle dans la construction de l'enfant: elles lui permettent, quand il les exprime, de dire qui il est.

Comment, alors, éviter de systématiquement consoler l'enfant dès qu'il est triste, de le rassurer dès qu'il a peur? Comment, lorsqu'il est en colère, résister au réflexe de le punir, de le menacer ou de crier plus fort que lui? D'où vient notre réaction qui consiste à vouloir solutionner de suite au lieu d'accueillir simplement l'enfant dans son émotion?

L'ÉMOTION QUI DÉRANGE

Les émotions sont mal aimées – pas seulement celles de nos enfants, mais les nôtres. Nous aimerions vivre nos histoires d'amour sans connaître la jalousie et la frustration; nous voudrions goûter aux plaisirs des sports extrêmes sans être confrontés à la peur; nous aimerions connaître la fierté mais pas la honte, l'attirance sans la répulsion, l'amour et pas la haine. Nous voudrions traverser la vie baignés par le plaisir, en évitant la tristesse et la dépression. Pouvons-nous aider nos enfants dans les moments où ils sont sous le coup de l'émotion, nous qui aimons si peu nos propres émotions? C'est pourquoi la prise de conscience du regard que nous portons sur nos émotions – Pourquoi nous gênent-elles? Pourquoi ne les supportons-nous pas? – est un préalable à l'accueil des émotions de l'enfant.

Rares sont les adultes qui accueillent avec bienveillance leurs propres émotions. Beaucoup d'adultes ont appris, au fil des années, à ravaler leur colère, à prendre sur eux et à nourrir quantité de pathologies liées au stress et à un mauvais accueil des émotions. Comment, dans ce cas, pourraient-ils aider leurs enfants à gérer leurs émotions ?

Avant d'acquérir les outils, pour autant qu'ils existent, permettant d'éteindre le feu de la colère de nos enfants, de soulager leur tristesse ou d'apaiser leurs peurs, il me semblerait juste de vérifier un point : ces émotions dont nous souhaitons nous débarrasser, à quoi servent-elles ?

DES ÉMOTIONS UTILES

Lorsque Josiane vient se plaindre à moi, elle est touchante. À l'entendre, la vie n'est pas clémente à son égard. Son mari lui mène la vie dure. Elle lui reproche mille torts, se lamente sur son sort. Je l'écoute me raconter son histoire. En plus de ses déboires conjugaux, Josiane est harcelée à son travail et ses enfants ne lui laissent pas une seconde à elle. Josiane a le comportement type de la victime. Elle sanglote entre chaque phrase. Elle parle beaucoup de l'égoïsme des autres, de son manque de chance, du fait que les autres sont mieux lotis, mais elle évoque peu sa responsabilité à elle. Son regard est résigné, son ton, très bas. Bien qu'elle larmoie, ses pleurs viennent de la surface de son être ; ils sont réels, mais ils traduisent un autre sentiment que la tristesse ; les pleurs de Josiane traduisent son impuissance à agir. Elle pleure pour attirer l'attention sur elle, pour recevoir de l'aide, d'autant plus qu'elle ne se sent plus capable de s'aider elle-même. Il s'agit plus de découragement que de tristesse. La question que je me pose alors est : qu'est-ce qui empêche Josiane de se situer vis-à-vis de son mari ? Qu'est-ce qui l'empêche de lui dire ses quatre vérités ? À côté de la tristesse, n'éprouve-t-elle pas une autre émotion ? La réponse s'impose : Josiane ne sait plus se situer, car elle est coupée de sa colère, coupée de cette forme d'énergie de défense, raison pour laquelle elle se réfugie dans une émotion de résignation : la tristesse.

Lorsque je l'interroge sur la dernière fois qu'elle s'est mise en colère, elle semble chercher dans une mémoire lointaine tout en accompagnant sa réponse d'un geste de la main qui signifie : « *Ça remonte à longtemps !* »

LA COLÈRE

Malgré sa mauvaise réputation, la colère a une vertu : comme beaucoup d'émotions cataloguées à tort comme « négatives », elle nous avertit que nos besoins ne sont pas satisfaits. La colère nous permet de réagir autrement qu'en victime. À ma connaissance, la colère est le meilleur antidote contre la torpeur et la passivité. Celui qui est coupé de sa colère peine à défendre ses intérêts contre plus fort que lui. Il se laisse envahir par un sentiment de découragement, de fatalité.

La colère est mal aimée à cause de ses deux pendants que sont l'agressivité et la violence. Mais la colère n'est pas la violence. La colère est une énergie saine, vivifiante, indispensable, qui permet à vos enfants d'incarner ce qu'ils sont. La colère les aide à prendre position, à ne pas se laisser faire, à réagir. Sans colère, vos enfants seraient relégués au triste rang des victimes, ceux qui ne sentent pas qu'ils peuvent changer leur monde. Vous pouvez apprendre à aimer votre colère et celle de vos enfants ; mieux, vous pouvez apprendre à la célébrer, à l'honorer, pour peu que vous sachiez distinguer l'énergie de la colère de ce qui l'a réveillée. L'énergie de la colère est une énergie vitale qui porte vos actions ; elle est comme le courant qui alimente le compteur d'une maison. Sans courant, plus de lumière ! La violence et l'agressivité sont les manifestations d'une colère mal canalisée, une colère qui vous échappe.

COMMENT FONCTIONNE LA COLÈRE ?

La colère intervient soit comme une réaction de défense à une attaque, soit pour décharger un trop-plein de frustration. En se mettant en colère, l'enfant réagit à une menace. Dans un premier temps, il perçoit cette menace dans la partie consciente de son cerveau, le cortex cérébral ; même si la menace n'est pas objective, elle est réelle du point de vue de l'enfant, comme l'indiquent très bien Sébastien Bohler et Véronique Durruty dans leur livre *La Chimie de nos émotions*. Dès lors que la menace est identifiée par le cortex cérébral, celui-ci stimule deux autres parties du cerveau ; il s'agit de petits centres nerveux dédiés à l'agressivité qui, dans un second temps, vont activer l'hypothalamus. Celui-ci va ensuite donner l'ordre de déverser dans les artères une série de substances chimiques liées à la colère : l'adrénaline qui augmente la pression sanguine, la noradrénaline qui accélère le rythme cardiaque, le cortisol qui mobilise l'énergie des muscles et la testostérone qui réveille l'agressivité.

Un certain nombre d'indices physiques non équivoques vous indiquent que l'enfant est en colère : il fronce les sourcils, crispe ses poings, son visage rougit, ses muscles sont tendus à l'extrême, son front se contracte, les battements de son cœur s'accélèrent. Ces manifestations sont le signe d'un trop-plein d'énergie qu'à ce stade il doit évacuer. Il le fait en parlant plus fort, en criant, mais éventuellement aussi en s'agitant physiquement, en tapant. Ces réactions physiques sont mises en branle par un arsenal de molécules chimiques.

La colère suit différents stades. Si la colère de l'enfant peut être apaisée par des mots ou des gestes au cours de la première phase, la phase consciente, passé le second stade, dès lors que l'hypothalamus est entré en action, qu'il a libéré les différentes substances chimiques évoquées et que le corps réagit, il est bon que la colère de l'enfant s'exprime, que le surplus d'énergie accumulé dans le corps puisse être évacué. À cette phase, en effet, les comportements de l'enfant sont chimiquement modifiés, et de même qu'il est difficile de demander à une personne qui vient de prendre un somnifère de se réveiller tant la chimie modifie son comportement, il le serait tout autant de forcer l'enfant à se taire, à rester immobile, à ravaler sa colère ; cela irait à l'encontre de ses besoins physiques et psychiques.

Certains parents se vantent de pouvoir mater la colère de leur enfant, même à ce stade ; pourtant, on ne peut alors faire taire l'enfant qu'en lui imposant de ne plus rien sentir de ce qui se joue en lui, en le soumettant à un silence forcé. L'enfant soumis ravale une émotion qu'il ne pourra pas digérer. Une étude menée aux États-Unis avait mis en lumière la nécessité d'exprimer ses émotions à ce stade de la colère. Il a été observé, auprès de plus de 1000 adultes, que, passé 50 ans, on risque deux fois moins d'être victime d'attaque cardiaque en laissant de temps en temps exploser sa colère qu'en la ravalant. La médecine chinoise et d'autres médecines holistiques établissent quant à elles des liens entre des pathologies liées au foie, à la rate et à l'estomac, pour ne citer qu'elles, et une expression insuffisante de la colère.

COLÈRE ET VIOLENCE

Ce n'est pas parce que l'enfant est en colère qu'il va agresser; c'est généralement l'inverse qui se produit, car la violence n'est pas le prolongement de la colère; au contraire, elle est le résultat du refoulement de cette dernière. Lorsque le corps produit de l'adrénaline, de la noradrénaline et de la testostérone, celui-ci se trouve comme suralimenté en énergie. Si l'enfant est accueilli avec sa colère à ce moment-là, il reprendra son rythme normal et les substances chimiques se dissoudront progressivement dans son organisme; l'enfant retrouvera son calme. Ne perdez pas de vue que, lorsqu'il est en colère, l'enfant n'est plus dans son état normal. Il peut dire des mots qui le dépassent et qu'il regrettera. Aucun intérêt, alors, à discuter du bien-fondé des arguments de l'enfant en colère.

D'un point de vue énergétique, l'enfant en colère installe son centre au niveau du plexus solaire et de la gorge. Il perd le lien avec ses deux premiers chakras situés à la base et au niveau du nombril; c'est ce qui réveille chez lui son sentiment d'insécurité.

Certains parents ont peur de la colère de leurs enfants, car celle-ci peut prendre des proportions impressionnantes. J'ai vu un enfant de six ans donner un grand coup de poing dans une vitre et la briser tellement il était furieux. Son comportement le mettait en danger et pouvait menacer ses interlocuteurs. Des enfants en arrivent à de tels extrêmes et ont peur de leur violence. Comme ils ne sont que rarement entendus à ce stade, ils se retrouvent abandonnés dans un paysage émotionnel qu'ils ne reconnaissent plus. Lorsqu'ils sentent les modifications chimiques dans leur métabolisme, ils prennent conscience que cette émotion puissante leur échappe. Ils se retrouvent comme le bon Dr. Jekyll qui assiste à sa métamorphose en un affreux Mr. Hyde.

Paradoxalement, moins la colère est accueillie, plus l'enfant se comportera de façon violente. L'enfant a besoin d'aide pour accueillir sa colère lorsqu'il ne parvient pas à la traverser seul.

COMMENT RÉAGIR FACE À L'ENFANT EN COLÈRE ?

Au moment où le bateau est dans la tempête, il n'est plus temps de débattre sur les moyens à mettre en œuvre à l'avenir pour en améliorer la sécurité. Il n'est plus temps de moraliser, d'échanger des arguments ni, d'une façon générale, de théoriser. Par des creux de six ou huit mètres, il faut surtout s'accrocher au bastingage, éviter que personne ne passe par-dessus bord, maintenir le cap, et attendre que la tourmente passe.

Il en est de même quand votre enfant est en colère. Ce n'est pas le moment de mener avec lui une conversation identique à celle que vous pourriez avoir quand il est serein. L'enfant en colère n'est pas rationnel. Ne ramenez pas la conversation sur le terrain des échanges d'arguments, cela ne fera que le fragiliser ; ne cherchez pas non plus à lui montrer l'incohérence de son point de vue, cela ne ferait que renforcer son sentiment d'insécurité, et donc, son agressivité. Ne perdez pas de vue qu'il n'est pas dans son état normal. Traitez-le alors comme tel : un être qui est dans la tempête et qui a besoin d'aide pour revenir à son port. L'enfant, comme l'adulte, est souvent attaché à son point de vue comme on est attaché à un objet que l'on aime et qui nous rassure. Il s'inquiète s'il s'imagine que vous voulez le déposséder des idées qui renforcent son sentiment d'exister. Rassurez-le donc sur ce point. N'échangez pas sur les arguments, contentez-vous d'établir un contact chaleureux et bienveillant. Enfin, évitez absolument de le ridiculiser par des phrases telles que: « Qu'est-ce que tu es moche quand tu pleures ! » ; de le provoquer: « Tu peux bien crier, on verra bien qui se fatiguera le premier » ; de minimiser sa réaction: « Tu nous fais un caca nerveux pour une broutille ! » ; de menacer: « Arrête de pleurer, sinon c'est la fessée ». Ces attitudes, en intensifiant sa colère, risquent de le rendre totalement hystérique, elles vont le fragiliser et l'amener à se défendre davantage. C'est alors que, se sentant impuissant à exprimer sa colère, l'enfant risque de transformer celle-ci en violence verbale ou physique. La première phase de la colère, celle où elle éclate, dure en moyenne 90 secondes et parfois jusqu'à trois minutes. Il est très rare que, spontanément, l'enfant ait suffisamment d'énergie pour maintenir sa colère plus de trois minutes. Quatre-vingt-dix secondes est le temps que vous aurez à tenir pour accueillir l'émotion de l'enfant. Si l'enfant se sent accueilli durant ces instants-là, sa colère entrera dans une phase descendante et il s'apaisera. Si, en revanche, vous vous opposez à lui, si vous entamez une guerre d'arguments ou de justifications, ou que vous lui donnez des ordres, sa colère, d'émotion ponctuelle qu'elle était, se transformera en sentiment, et à ce stade elle n'a plus de limite de durée. C'est parce qu'elle n'est pas accueillie pour ce qu'elle est que la colère se transforme en agressivité, en violence ou en méchanceté. C'est donc pour éviter ce déraillement que vous pourrez veiller à accueillir la première phase de colère de votre enfant. Quatre-vingt-dix secondes, c'est le temps que vous devriez tenir en résistant à vos anciennes habitudes, celles qui consistent à crier plus fort que l'enfant, à lui opposer des arguments, à le menacer, voire à le battre ou, au contraire, à vous défiler. Au moment où la colère éclate, tenez bon durant ces quelques instants en adoptant une attitude d'écoute ancrée, ferme et bienveillante.

Commencez par reconnaître la colère de votre enfant pour ce qu'elle est: une émotion violente qui ne lui appartient pas. Aidez-le à ne pas s'identifier à cette émotion, à observer sa colère plus qu'il ne la subit ; c'est selon moi le moyen le plus adapté pour lui permettre d'agir sur elle. Écartez, dans un premier temps, les motifs rationnels qui ont déclenché la colère ; il est trop tôt pour en parler. Concentrez-vous sur la colère en tant que réalité énergétique. Éveillez, chez l'enfant, le témoin, l'observateur en lui, de sa colère ; c'est lui qui, tout à l'heure, va agir. Aidez-le à observer ce qui se passe en lui. Soyez présent à votre enfant, maintenez avec lui un contact direct, ferme, chaleureux autant que vous le pouvez, et rassurez-le en lui disant que vous savez où il en est : « Je vois que tu es fou de rage », « Tu as envie de tout casser », « Je vois bien dans quel état tu es ; cette situation t'a mis hors de toi », « Je te comprends ». Le bateau dans la tempête est rassuré si un message radio lui parvient pour l'avertir qu'il vient d'être localisé.

La psychologue suisse américaine Aletha Solter préconise, dans certains cas, d'adopter ce que l'on appelle un *holding thérapeutique*. Le *holding*, du verbe anglais *to hold*, signifiant « tenir, maintenir, contenir », consiste à prendre physiquement l'enfant dans ses bras et à l'enlacer fermement tout en lui permettant de se débattre et de vider sa colère. Par cette technique, vous permettez à l'enfant de se défouler en tapant des pieds tout en maintenant contenus les bras et le reste du corps, ou l'inverse. En effet, lorsqu'il bout intérieurement, l'enfant peut facilement être impressionné, dépassé par son énergie interne ; cette énergie le panique et il perd tout repère dans l'espace. Lorsqu'il se sent contenu, lorsqu'il sent que son énergie est canalisée, si le contact est bienveillant, il est rassuré. L'enfant peut alors libérer son surplus d'énergie sans faire mal à personne. Cette technique, qui associe la bienveillance à la fermeté, est à appliquer avec beaucoup de délicatesse. De plus, à mes yeux, elle ne convient pas à tous les enfants ni à tous les parents. Ce n'est pas une attitude à adopter systématiquement ; en revanche, c'est un outil qui peut vous être précieux dans certaines situations.

La présence physique que vous offrez à votre enfant en cet instant est importante, car l'enfant en colère est coupé de son corps physique. Aussi, n'hésitez pas à vous manifester physiquement en touchant l'enfant, en lui prenant le bras, la main, encore plus s'il est jeune. Regardez-le dans les yeux avec bienveillance et sans changer de cap. N'oubliez pas qu'à ce stade la moindre phrase d'ironie, de mépris peut faire basculer l'enfant colérique dans la violence.

Il se peut que l'enfant vous rejette violemment et refuse tout contact; dans ce cas, ne vous braquez pas, restez ouvert pour l'accueillir lorsqu'il sera temps. Quand les psychologues forment les personnels à risques aux situations extrêmes (prise d'otage au guichet, agression physique), ils insistent sur la nécessité de maintenir un contact visuel avec l'agresseur. Maintenir un contact visuel qui ne soit ni fuyant ni intrusif, la frontière est délicate; de la qualité de ce regard s'ensuit l'évolution du conflit. L'agresseur sera rassuré si le regard est bienveillant et compréhensif, quel que soit votre point de vue. Les psychologues savent qu'un preneur d'otage peut avoir peur. Ils savent qu'une simple maladresse de la part du personnel peut déclencher un geste sans retour. Si l'agresseur a peur, il risque d'appuyer sur la gâchette. Le personnel de caisse a généralement pour consigne de lever spontanément les mains en l'air et d'aller dans son sens en disant: «Je ferai ce que vous dites», afin de le rassurer.

Lorsqu'il est en colère, accueillez l'enfant tant que vous le pouvez, répétez-lui que vous voyez qu'il est en colère. Ne l'abandonnez pas. Ne le laissez pas pour autant vous battre ni jeter du matériel, imposez votre autorité par des phrases douces et fermes, vous verrez qu'elle n'en sera que mieux respectée: «Je vois que tu es en colère et je l'accepte, mais, en revanche, je ne veux pas te laisser me taper», «Je regrette, mais je ne te laisse pas mordre ton petit frère», «Tu as le droit d'être en colère, mais je ne te permets pas de jeter mes affaires». Si vous avez besoin d'intervenir physiquement, faites-le; si, par exemple, l'enfant veut casser la vaisselle, imposez-vous fermement, contenez-le, mais veillez à le faire sans intention de l'humilier ou de le rabaisser.

Ce qu'apporte l'autorité bienveillante par rapport à une autorité punitive traditionnelle, c'est précisément la bienveillance de l'intention. Dans de nombreuses situations, il est nécessaire de prendre fermement position, de bousculer, d'imposer. Mais avec cette forme d'autorité, les limites ne sont jamais là pour casser ou diminuer l'enfant; elles sont là pour le rassurer. Vous accueillez l'enfant là où il en est de son émotion, sans le juger, tout en posant des limites sécurisantes. Si, par exemple, l'enfant veut sortir dans la rue et se jette sur la porte, postez-vous devant la porte et maintenez votre position: «J'entends que tu es en colère, mais je ne te laisserai pas sortir», «Je regrette, mais c'est non». Dans cette situation, prenez soin de respirer profondément, orientez votre attention sur votre corps, sur votre souffle; c'est le meilleur moyen de ne pas vous laisser totalement absorber par l'émotion communicative de l'enfant. Revenez à vous, prenez soin de votre réaction, intéressez-vous, vous aussi, à ce que la colère provoque en vous. Plus votre attitude sera ancrée, plus l'enfant s'apaisera vite.

Cette mise en situation vous demandera beaucoup de concentration et de patience. Pour vous, ça peut être un véritable apprentissage; mais, croyez-moi, si vous tenez le cap, vous en apprécierez les résultats à long terme. Souvenez-vous, si elle n'est pas entretenue par une attitude provocatrice, la phase d'expulsion de la colère d'un jeune enfant, celle où il crie et hurle, dure rarement plus de 90 secondes.

Dans les moments où l'enfant est en colère, ne croyez pas qu'il y a toujours quelque chose à faire qui puisse le calmer; généralement, vous pouvez vous contenter d'être vigilant sur votre état d'être. Pour reprendre notre exemple, lorsque le bateau est dans la tempête, l'expérience du capitaine peut empêcher que le bateau se retourne ou qu'il démâte, mais elle ne peut limiter la force des vagues ni la puissance du vent. En revanche, une qualité fondamentale peut sauver l'équipage: la patience du capitaine. Si vous vous faites confiance et si vous profitez de cette occasion pour déployer votre sang-froid et votre maîtrise de soi, les conséquences de la colère seront moindres pour vous et pour l'enfant.

VENT DE FORCE 8

Si la colère vous dépasse, si vous craignez pour vous ou si, simplement, vous n'êtes pas d'humeur à vous mesurer à votre enfant, invitez-le à aller dans sa chambre. L'isoler est une façon adroite de lui permettre de faire une pause. En revanche, faites-le sans esprit de punition, de revanche ou d'humiliation.

Si vous-même êtes en colère et ne réussissez pas à vous calmer, autorisez-vous à exprimer votre colère, à prendre position avec détermination : « Je suis très en colère ; je suis furieux de cette situation, mais il n'est pas possible que nous trouvions un arrangement dans la tempête. Je mets un terme à ce sujet, nous en parlerons plus tard. À présent, stop ! » Soyez attentif à ne pas projeter votre colère sur l'enfant ; évitez les phrases qui commencent par « tu », telles que : « Tu es un sale gosse », « Tu ne respectes rien ». Parlez brièvement de vous et de votre colère, puis proposez que chacun reprenne ses esprits. Isolez-vous vous-même dans votre espace. Inutile de hurler : « Calme-toi » aux oreilles de votre enfant si vous-même n'arrivez pas à reprendre votre souffle.

Évitez absolument tous les comportements qui réveillent le feu de la colère. Évitez les phrases du type : « À cause de ta colère, tu as cassé ton jouet, tu es bien avancé maintenant ! », « C'est bien fait pour toi, ça t'apprendra ! », « Ne compte pas sur moi pour t'en racheter un autre ». N'oubliez pas que l'enfant n'est plus maître de lui, il peut casser d'autres jouets pour s'affirmer davantage et le regretter ensuite. Voulez-vous vraiment l'aider ? Un enfant en colère cherche de l'aide, il a besoin d'un contact. Proposez-lui vos bras ; s'il les refuse violemment, peu importe, prenez de la distance, ne forcez rien, prenez soin de vous. N'oubliez pas : une colère ne monte pas systématiquement en puissance ; si elle est accueillie avec bienveillance, elle peut se régler plus rapidement.

S'AFFIRMER PAR LA COLÈRE

Lorsque, dans un troupeau, un gorille est en colère, il montre ses dents, se met au centre du groupe, saute sur lui-même et tape sur son torse ; il peut aussi prendre une branche et l'agiter dans l'air. Le gorille exprime sa colère pour signaler qu'il s'est senti menacé. Si aucun autre mâle ne relève cette colère, il ne faudra pas plus de quelques minutes pour que le gorille s'apaise et retourne à ses occupations. Si, en revanche, un autre mâle le provoque à cet instant, ils peuvent se battre à mort.

Faire preuve de maîtrise de soi vous demandera des efforts. C'est dans ces épreuves que vous prendrez conscience que nous élevons nos enfants autant qu'ils nous élèvent. Nous appartenons à une génération d'adultes coupés de leurs émotions et qui en souffrent. Qu'il s'agisse de la colère, de la tristesse ou de la peur, nous n'en comprenons que rarement les messages et l'utilité. Nos parents et nos grands-parents ont beaucoup refoulé leurs émotions. Pour contribuer à créer, demain, un monde plus vivant, pour donner naissance à une génération dont les individus pourront exprimer ce qu'ils ressentent sans mettre l'autre en danger, il est de notre responsabilité d'apprendre à vivre avec nos émotions et celles de nos enfants.

Les émotions vous demanderont encore plus de maîtrise de soi si la crise a lieu en public, lors d'une soirée entre amis, dans un grand magasin ou, mieux, en présence de vos propres parents! Vous devrez alors prendre position avec fermeté et bienveillance vis-à-vis de votre enfant, tout en maintenant le cap face aux témoins de la scène qui vous assènent que: « Vous devriez être plus ferme, ne pas vous laisser faire » ou au contraire: « Vous devriez le laisser pleurer le temps que ça passe. » N'oubliez pas que les adultes qui vous donnent ces bons conseils ne parlent pas toujours au nom de l'enfant. Ils se soucient surtout de leur propre confort, ne supportant pas d'être gênés par un volume sonore trop élevé. Tenez-en compte dans votre réaction!

CE QUE CACHE LA COLÈRE

Si l'enfant se met en colère, il exprime le fait qu'il se sent menacé. Plus intenses sont ses colères, plus fort est son sentiment d'insécurité. Lorsqu'un enfant se met en colère, il vous parle de lui, il le fait maladroitement, car il ne sait pas le faire autrement, mais il vous parle de lui. C'est pourquoi, dès que l'émotion est apaisée, ou sur le point de l'être, l'adulte peut orienter la discussion sur les besoins de l'enfant: «Qu'est-ce qui t'a fait réagir si violemment?», «Tu as eu si peur que tu as eu besoin de casser ton jouet?». Conservez une attitude qui ne juge pas: «Je me demande ce qui est à l'origine de ta colère; tu en as une idée?», «Sais-tu ce qui te rassurerait?». Ne vous contentez pas d'explications de surface, entrez en lien profondément avec l'enfant. Sentez dans votre corps ce que vous dit l'enfant, ou ce qu'il n'ose pas vous dire. Tentez de percevoir s'il se sent en sécurité ou pas. La colère cache souvent d'autres sentiments: de la détresse, de la peur, de la tristesse, un sentiment d'impuissance ou d'injustice. Écoutez votre cœur, il vous aidera à décrypter les messages de l'enfant.

Un enfant colérique est rarement un enfant qui se sent en sécurité. Quelque chose d'ancien le taraude probablement. Si vous êtes attentif, l'enfant vous livrera des informations. De plus, au fil de tels échanges intimes, l'enfant se rendra à l'évidence que vous pouvez réellement l'aider à prendre soin de ses besoins. Il verra que vous souhaitez son bien et que vous comprenez les émotions qui le dépassent. Il vous sentira son allié, ce qui renforcera son sentiment de sécurité et aura pour effet de limiter d'éventuelles autres colères.

Cette attitude demande au parent beaucoup de calme, de patience et d'attention. La méditation sera une aide pour les parents qui choisissent cette voie. Il est facile d'apprendre à méditer dans un dojo zen où le silence n'est perturbé que par le son harmonieux des bols chantants. Il est plus difficile de garder son esprit calme en présence de ses enfants. Pourtant, la méditation n'est pas faite pour nous couper du monde, mais pour nous aider à mieux l'intégrer; à mieux réagir face aux cyclones de la vie. Plus les parents apprennent à méditer, plus ils acquièrent un calme profond, une sérénité, une sagesse intérieure. Ils apprennent également à adopter une attitude de recul face aux moments de crise tout en demeurant en lien avec leurs enfants. Ils ne restent pas dans l'œil du cyclone. Non seulement cette attitude est contagieuse pour leur entourage, mais elle leur permet de réagir auprès de leurs enfants avec plus de sensibilité et moins de sensiblerie.

LA TRISTESSE

Une petite chatte voisine a choisi notre jardin pour mettre au monde une portée de trois chatons. Claire se prend de tendresse pour le plus petit des trois. Alors que les deux autres sont vifs et en pleine forme, elle ouvre son cœur à celui qui semble le plus faible et le plus malade; celui que sa maman rejette et refuse d'allaiter, celui qui va mourir dans quelques jours. «*Mais ce n'est pas juste,* s'insurge-t-elle, *elle n'a pas le droit d'abandonner son bébé.*» La scène est insupportable: le chaton cherche à téter et, volontairement, sa mère le tient à distance, elle le mord, le repousse. Malgré quelques tentatives de notre part pour le nourrir au biberon, le chaton s'affaiblit de jour en jour. Un soir, je préviens Claire que je pressens qu'il va mourir dans la nuit. Elle est triste et elle est en colère contre la chatte. Elle est confrontée, de plein fouet, à mon impuissance à changer le cours des choses. Nous installons le petit chat, dont la respiration devient difficile, sur un coussin douillet, posons quelques fleurs autour de lui. Nous lui disons au revoir à l'oreille et lui adressons nos vœux pour ce voyage dans l'au-delà. Nous prions le grand esprit des chats d'accueillir cette âme. Tout se passe en douceur. La douleur est là, présente, perceptible. Ce n'est pas une douleur qui déchire, mais une douleur qui réunit; pas une douleur qui éloigne, mais une douleur qui rapproche, qui ouvre la porte des entrailles de la terre. Une douleur qui nous permet d'accéder à la fragilité de l'existence et à la profondeur de la vie.

Le lendemain matin, le petit chat a quitté son corps. Je choisis de ne rien brusquer, de ne pas occulter précipitamment ce qui rend triste, mais, au contraire, de permettre à Claire de s'en approcher, de le veiller, avant de lui proposer de choisir un pommier au pied duquel nous l'enterrerons. L'enfant a besoin de voir ce qui est. Il veut regarder la vie en face et a besoin d'être sécurisé pour ce faire. Inutile de montrer si l'enfant ne souhaite pas voir, inutile de cacher si l'enfant veut voir. Entre curiosité, voyeurisme et besoin de vérité, l'enfant sait très bien ce qu'il est prêt à regarder en face et ce qu'il préfère ne pas voir. Que cette réflexion inspire les parents qui se demandent si les enfants ont une place dans les enterrements.

La peur de la mort est plus culturelle qu'elle n'est naturelle. J'ai assisté à des cérémonies de crémation, en Inde et en Indonésie, auxquelles les enfants participaient avec décence et respect. La mort était naturellement intégrée à la vie.

DOULEUR ET OUVERTURE DU CŒUR

Comme toutes les émotions, la douleur a un sens : elle vient émouvoir nos cœurs endurcis. En acceptant d'être touchés, en acceptant de mettre à jour notre vulnérabilité, nous accédons à notre profondeur. Ceux qui ont connu la douleur, la maladie, le décès d'un proche, ceux qui ont été touchés en plein cœur, ont généralement perçu, pour peu qu'ils n'aient pas évité l'émotion, à quel point l'ouverture du cœur passe souvent par un premier coup d'épée. Une légende tibétaine raconte l'histoire d'une vieille femme qui vient voir le Bouddha : « Mon mari est en train de mourir, venez le sauver ! » dit la femme. « Rapporte-moi des graines de moutarde d'une maison qui n'a jamais connu le deuil et je ferai revenir ton mari », répond le Bouddha. La vieille femme visite une à une toutes les maisons du village, frappant à la porte de chacune. Chaque fois la réponse est la même : de près ou de loin, la mort a visité tous les foyers.

Nous aimerions qu'il en soit autrement, mais tout ce qui vit meurt un jour ou l'autre. Beaucoup de parents souhaitent préserver les enfants des images liées à la mort. Ils entretiennent le mythe de l'immortalité et leur transmettent de fausses valeurs, supposément pour ne pas les inquiéter. Dans notre civilisation, la mort est occultée. Les cérémonies funéraires sont de plus en plus discrètes, de plus en plus neutres, les veillées n'existent presque plus. C'est une réalité qui se cache. Cette évolution culturelle, souvent inspirée par la pudeur, alimente notre coupure avec les émotions. De fait, cacher la mort n'est certainement pas le meilleur moyen de préserver la vie ! La vie ne s'oppose pas à la mort, elle l'intègre. La vie est une alternance de naissances et de morts.

À la campagne, la mort est souvent plus visible qu'elle ne l'est en ville, ne serait-ce que celle des animaux ; difficile de traverser une saison entière sans rencontrer un joli renard ou un sanglier qu'une voiture a percuté, un oisillon tombé du nid ou un scarabée mort écrasé. L'enfant est fasciné par ces corps inertes. Il a besoin de voir, besoin qu'on ne lui cache pas cette réalité. Dans ces moments-là, les parents peuvent accompagner les émotions de l'enfant, non pas en le rassurant ou en le consolant systématiquement, mais en le questionnant, en lui permettant de nommer ce qu'il éprouve : « Que ressens-tu devant ce renard mort ? », « Tu es surpris ? Tu n'avais jamais vu un corps mort ? », « Ça t'impressionne ? ». Inutile de faire de grands discours sur la vie et sur la mort, surtout si vous ne vous sentez pas à l'aise. Contentez-vous de demander à l'enfant ce qu'il voit, ce qu'il ressent ; si l'enfant vous demande votre point de vue, prenez le risque de parler de vous et de ce que vous éprouvez. Ne soyez pas neutre. Si vous vous sentez vous aussi blessé, triste, impressionné, dites-le !

LES ÉTAPES DU DEUIL

Lorsqu'il est face à la mort d'un être cher, un membre de sa famille, ou un animal familier, l'enfant réagit en plusieurs étapes.

La période du déni

Dans un premier temps, il nie ce qui vient de se passer, il refuse la réalité telle qu'elle lui apparaît : « Ce n'est pas possible que mon chien soit mort ; je jouais avec lui, encore hier ! », « C'est impossible qu'il m'abandonne, nous nous faisons des câlins tous les soirs quand je rentre de l'école ; il ne peut pas être parti ». L'enfant oppose la réalité telle qu'elle est avec celle qu'il vivait quelques jours plus tôt ou avec celle qu'il avait imaginé vivre dans le futur.

La phase de la colère

Dans un deuxième temps, l'enfant réalise que son petit chien ne reviendra plus. Cette prise de conscience réveille sa colère. Il peut projeter sa colère contre celui qu'il juge responsable du décès de son chien: l'automobiliste qui l'a renversé, les parents qui ont tardé à l'emmener chez le vétérinaire, le chien lui-même qui s'est échappé ce jour-là. Il peut aussi retourner la colère contre lui, se sentir coupable de ne pas s'être assez occupé de l'animal quand il était vivant.

La phase de tristesse

Dans un troisième temps, s'il a pu exprimer sa colère, l'enfant prend conscience de la réalité des événements. S'installe alors chez lui une profonde tristesse. Si elle n'est pas accompagnée, la douleur de l'instant peut entrer en résonance avec d'autres chagrins plus anciens qui rejaillissent derrière la douleur actuelle. À l'occasion du décès de son petit chien, l'enfant peut, par exemple, s'identifier à l'animal et revivre sa propre peur de l'abandon, Il peut aussi reprocher à ses parents de ne pas s'occuper assez de lui, de trop travailler. Si vous accueillez et reformulez les émotions de l'enfant à ce moment-là, vous lui serez d'une aide précieuse: «Tu es triste, tu prends conscience que tu ne reverras plus ton petit chien», «Tu te sens abandonné, c'est ça?», «Tu es en colère contre cet automobiliste».

La phase de l'acceptation

Si l'enfant est accompagné, s'il peut exprimer les émotions qu'il ressent, il pourra alors vivre la quatrième et dernière phase du processus, la phase de l'acceptation, et faire son deuil. Ayant vécu ses émotions, il peut mieux accepter ce qui est. Certains parents se réjouissent de ce qu'il n'a pas été trop choqué par un événement douloureux, de ce qu'il continue comme si de rien n'était: «C'est bien, tu es fort, tu n'as pas pleuré», lui disent-ils. Par contre, si l'enfant ne peut exprimer ses émotions, elles risquent de le perturber de l'intérieur, ou revenir à la surface bien des années plus tard; il peut subitement se montrer moins intéressé à l'école, moins motivé pour pratiquer ses activités habituelles.

LA NATURE DE LA TRISTESSE

La tristesse naît du sentiment de séparation. Lorsque l'être aimé nous quitte – soit l'un de nos parents, notre partenaire de vie, un ami –, notre cœur pleure. Qu'il s'agisse d'une absence momentanée ou définitive, la séparation réveille nos larmes. Il en est de même lorsque nous donnons un dernier tour de clé à la porte d'un lieu de villégiature que nous aimons ou quand nous devons nous séparer d'un objet chéri. C'est la rupture entre soi et l'extérieur qui provoque notre tristesse. Moins nous avons la sensation d'être séparés du monde, moins douloureuses sont les ruptures.

Sur le plan chimique, la tristesse et l'attachement trouvent leur source dans des molécules analogues à la morphine que l'on appelle les enképhalines. Ces enképhalines, qui ont été identifiées par le psychologue et neuroscientifique Jaak Panksepp en 1988, permettent aux enfants de s'attacher à leur mère; privé de leur action, l'enfant ne survivrait pas. Ainsi, lorsque nous revivons le sentiment de séparation, à l'occasion d'une rupture, d'un abandon, d'une trahison, d'un départ en vacances, notre système se voit brutalement sevré de ses enképhalines. C'est ce sevrage brutal qui provoque la douleur physique: les récepteurs opioïdes ne sont plus stimulés. Or, ces récepteurs ont un rôle antidouleur; s'ils ne sont pas stimulés, la douleur liée à la séparation est réveillée et crée la sensation de tristesse, de chagrin, de nostalgie ou de mélancolie que nous éprouvons. Toutes ces émotions sont liées au manque, au souvenir d'une fusion passée.

Lorsque le sentiment de séparation de l'enfant est apaisé, son sentiment de sécurité se renforce. Il peut alors rejoindre le monde, conscient qu'il n'en est pas coupé, mais au contraire qu'il y est bien enraciné comme un épi de blé dans un champ.

LA PEUR

Dernièrement, je recevais un couple dont la femme était enceinte de huit mois. Il s'agissait de leur premier enfant. Les questions fusaient:

« Comment va se dérouler l'accouchement ? Comment appréhender la douleur ? Saurons-nous répondre aux nombreux besoins du bébé ? » Le couple se tenait face à moi. La jeune femme était droite, très digne. Elle rayonnait. Je la sentais responsable, enjouée et mature. Bien qu'un peu fatiguée physiquement, elle était en lien avec ses émotions. Elle me parlait de ses peurs avec beaucoup de discernement. Elle me décrivait ses angoisses. Elle évoquait avec humour ses cauchemars et ses moments de panique. Tout le long de son récit, elle posait une main sur son ventre et l'autre sur le genou de son compagnon. Sa respiration venait de l'abdomen ; elle s'efforçait d'être à l'écoute de sa propre respiration tout en étant en lien avec son partenaire.

Celui-ci se tenait à ses côtés, très fébrile. Il cherchait appui sur elle. À chacune de ses phrases, il guettait ma réaction et la sienne. Sa respiration à lui prenait sa source dans le plexus solaire. Un indice qui trahissait son anxiété. À plusieurs moments de la conversation, il tenta de rassurer sa compagne : « *N'aie pas peur, chérie, tout se passera bien.* »

Comme elle avait pris soin de me décrire ses peurs, je l'interrogeai sur les siennes à lui : « *Et vous, vous avez peur ?* » Il sembla surpris par la question. Il était tellement attentif aux peurs de sa compagne qu'il n'identifiait pas de peurs qui lui auraient été propres. À l'en croire, il n'avait pas peur. En fait, il affirmait cela pour rassurer sa partenaire. Ce qui avait l'effet inverse : comme tout le corps de ce futur papa traduisait malaise et insécurité, sa compagne aurait été rassurée qu'il fût plus conscient. « Même pas peur ! » disent les enfants. Dans notre culture, la peur est associée à la faiblesse. Beaucoup d'enfants sont conditionnés dès leur plus jeune âge à dépasser leur peur : « N'aie pas peur ! » répète-t-on aux peureux, quand ce n'est pas : « Ouh, le froussard ! », « Le poltron, le lâche… », « Il a peur, on dirait une fille ! », « Une vraie poule mouillée… ».

D'OÙ VIENT LA PEUR ?

Au XIXe siècle, le psychologue William James, l'un des fondateurs de la psychologie moderne, pose une véritable interrogation qui remet en question nos connaissances sur l'émotion : lorsque je vois un ours, est-ce que je m'enfuis parce que j'ai peur ou est-ce que j'ai peur parce que je m'enfuis ? Pour James, il ne faisait pas de doute que nous avons peur parce que nous fuyons et non l'inverse. Au moment où nous nous apercevons que nous prenons nos jambes à notre cou, nous alimentons notre peur. Sa position fut controversée.. Il ne s'agit pas de rouvrir le débat ; tant peur et réaction de fuite sont intimement mêlées. Face à la peur, notre corps réagit instantanément : il se fige. C'est notre première réaction devant un danger ; elle est inspirée par un juste instinct de survie ; en effet, face à la majorité des animaux dangereux, la fuite ou l'attaque sont généralement à proscrire, car ils courent plus vite que nous et sont plus forts ; leur tourner le dos ou les affronter n'est donc pas une bonne stratégie ! En revanche, l'immobilité peut, dans certains cas, permettre de déjouer l'attaque. Voilà pourquoi, même si nous ne rencontrons pas de tigre tous les jours, face à la peur, nous nous figeons.

Sur le plan biologique, la vue d'un danger stimule l'amygdale cérébrale, qui réveille à son tour les noyaux latéral et paraventriculaire de l'hypothalamus. Ce sont ces deux noyaux qui activent la substance réticulée provoquant une contraction des muscles ; cette réaction permet alors de s'enfuir ou de frapper. Le corps est poussé à se mettre en mouvement ; paradoxalement, le sursaut ressenti par le cortex somatosensoriel nous fait prendre conscience que quelque chose ne fonctionne pas comme d'habitude. Cette prise de conscience provoque l'angoisse. Par la suite, en fonction de l'appréciation du danger, notre corps va réagir en restant immobile ou en provoquant la fuite ou le combat. La vitesse à laquelle se manifeste la peur, interdit, elle aussi, tout jugement rationnel sur les motifs de l'émotion. Des expériences menées à l'Université de Genève montrent que, lorsque nous voyons un visage effrayé, nous reconnaissons l'expression de la peur avant même d'identifier la personne qui a peur. Cela s'explique par le fait que l'œil adresse l'information directement à l'amygdale avant de l'envoyer aux zones du cerveau responsables de notre conscience.

« N'AIE PAS PEUR ! »

Comme toutes les émotions, la peur est utile. Elle nous permet notamment de mémoriser les contextes dangereux et, par la suite, de nous en méfier. Du reste, beaucoup d'enfants aiment braver le danger et voir en face ce qui les effraie. Découvrir sa peur, c'est s'ouvrir à son courage. Lorsque le petit Fahrid découvre pour la première fois le couloir de la peur, à la Foire du Trône, il hurle qu'il veut en sortir. Ces fantômes déformés par des éclairages glauques, ces toiles d'araignées lugubres, cette bande sonore diffusant des cris, des rires sarcastiques et des grincements, c'en est trop pour lui. Son père accepte immédiatement. Il prend son fils par le bras et parle avec lui de ce qu'il a vu. La visite n'aura duré que quelques minutes. Pourtant, lorsque, quelques mois plus tard, ils retournent à la foire, Fahrid veut essayer à nouveau, il veut braver son courage. Il veut revoir les monstres.

Le courage n'est pas une absence de peur, c'est l'acceptation de vivre avec ses peurs. C'est pourquoi tant d'enfants aiment se défier, surenchérir, sauter de plus en plus haut, aller de plus en plus loin. Plus ils ont peur, plus ils prennent conscience de leur courage, qui, justement, transcende leur peur. Plus ils ont peur, plus ils se sentent vivants. C'est pourquoi, à mes yeux, se répéter : « Je n'ai pas peur, je n'ai pas peur ! » est une manipulation de l'esprit qui renforce la peur. En revanche, identifier celle-ci en se disant : « Je regarde ma peur en face et, malgré ma peur, j'affronte dignement la situation » est une attitude plus respectueuse de nos mécanismes intérieurs.

Beaucoup d'enfants, et de grands enfants, recherchent la peur. Cette sensation leur permet de se sentir vivants. Sauts dans le vide, montagnes russes, films d'épouvante, rien ne fait trop peur à certains ! De même, beaucoup d'adultes, consciemment ou inconsciemment, se mettent dans des situations professionnelles dangereuses, juste pour activer l'adrénaline nécessaire à leur action ; ils attendent le dernier moment avant de rendre un dossier, au risque de rater un contrat ; ils attrapent le train à la dernière minute, car ils travaillent mieux dopés à l'urgence et à la peur, accrochés à l'adrénaline. Se confronter à sa peur est un moyen créatif de renforcer ses ressources.

Au sein de la relation parents-enfants, la peur est contagieuse. Plus le parent est inquiet, moins il va supporter que son enfant fasse l'expérience de la peur. Souvent, à peine l'enfant manifeste-t-il sa peur que le parent tente de le rassurer ou de dévier du sujet, ce qui minimise pour l'enfant les possibilités d'expérimentation.

LES AUTRES ÉMOTIONS NÉGATIVES

Ainsi, toutes les émotions sont utiles à notre vie, même celles qui ont moins bonne réputation. La haine, le dégoût sont la cristallisation de divers instincts : instinct de protection de soi, de destruction de l'autre. Par exemple, le fait de haïr une personne que l'on a aimée, ou un lieu, permet de s'en séparer plus facilement. La haine est un accélérateur du processus de séparation.

Au Portugal, les habitants sont fiers de disposer d'un mot dont il n'existe pas de traduction exacte en français ; il s'agit du mot *saudade*, qui désigne ce sentiment à mi-chemin entre la nostalgie et la mélancolie, sentiment qui a inspiré les fados les plus déchirants. Comme toute émotion, cette forme de tristesse permet d'accéder à la profondeur de l'être qui, si elle est transcendée, génère des chefs-d'œuvre. C'est le cas de la *saudade*.

Toutes les émotions négatives, la jalousie, l'angoisse, l'anxiété, la cruauté, nous traversent à un moment donné. Elles se déclenchent à partir de zones bien définies dans le cerveau ; ces zones activent un arsenal de molécules chimiques très particulières déjà mentionnées : la dopamine, la noradrénaline, l'adrénaline, le cortisol. Ces molécules modifient notre comportement, notre respiration, notre énergie musculaire. Ce sont ces sensations qui renforcent notre conscience d'être en vie.

Toutes ces modifications physiques peuvent perturber le métabolisme de l'enfant ; sous le coup d'une émotion violente, il ne se reconnaît plus ; il ne reconnaît plus ses repères, ses réflexes, ses mouvements, ni même sa respiration. L'enfant sent bien qu'il n'est pas dans son état normal, ce qui l'effraie.

Les émotions ne sont pas des choix conscients, mais des réactions physiologiques. La grande différence entre une émotion et un sentiment, c'est sa durée de vie. Une émotion a une durée de vie moyenne de 90 secondes. Passée cette période, soit elle est accueillie et disparaît, soit elle entre en résonance avec un événement plus ancien. Elle se transforme alors en sentiment. Ainsi, lorsqu'il apprend que son amie ne viendra pas ce week-end, l'enfant éprouve-t-il une émotion de tristesse pendant 90 secondes. Ensuite, si cet événement entre en résonance avec d'autres événements plus anciens (d'autres fois où il a été déçu, où il s'est senti trahi), l'émotion ponctuelle de tristesse peut se transformer en sentiment. L'enfant va alors ressentir un sentiment de nostalgie, de mélancolie qui peut, en fonction des antécédents, aller jusqu'à la dépression. C'est pourquoi juger l'enfant et le condamner à propos des émotions qu'il exprime n'ont aucune influence positive sur lui et ne font que renforcer sa culpabilité. En revanche, lui dire qu'on sait où il en est le rassure.

LES ÉMOTIONS POSITIVES

Si les émotions négatives sont souvent censurées chez l'enfant, ses émotions positives ne sont pas, pour autant, toujours accueillies. Lorsque l'enfant bondit de joie parce qu'il est heureux, on lui demande de se calmer, de faire moins de bruit; lorsqu'il désire un jouet et regarde avec avidité les nouveaux camions miniatures dans le magasin, ses parents le font se détourner sous prétexte qu'ils ne peuvent pas tout lui acheter. Lorsque l'enfant est excité à l'idée de recevoir ses amis pour son anniversaire, ils lui demandent de se tenir un peu au calme et d'arrêter de s'énerver; enfin, lorsqu'il couvre ses parents de bisous, ceux-ci, souvent, lui demandent d'être moins «pot de colle», d'aller jouer tranquillement dans sa chambre. Ce qui gêne le parent, c'est toujours l'intensité des émotions de l'enfant: ses éclats de rire, la profondeur de son chagrin, la force de sa colère, mais ces émotions sont le miroir de ce que l'enfant a de plus vivant. Si leur puissance nous dérange, c'est que nous avons été habitués à les réprimer.

LE FILTRE DES ÉMOTIONS

Nos émotions agissent comme un filtre, elles voilent le monde tel qu'il est. En fonction de leur intensité, le monde nous apparaît un jour hostile et aride, le lendemain facile et plaisant; les gens que nous rencontrons nous semblent beaux, accueillants. Le monde n'a pas changé, seul notre regard s'est modifié en fonction de notre filtre émotionnel. Que notre humeur soit teintée de colère, de peur, de désir ou de joie, et le monde change d'aspect à nos yeux.

Si nous parvenons – et la méditation peut nous y aider – à percevoir les émotions pour ce qu'elles sont – des filtres qui voilent notre perception du monde –, nous pourrons nous détendre, être plus sereins, plus confiants dans la vie. Nous ne serons plus autant perturbés lorsque nous serons sous l'influence de la colère, de la tristesse ou de la peur.

Par ailleurs, réconciliés avec nos propres émotions, il nous sera plus facile d'accueillir celles de nos enfants lorsqu'elles se manifesteront. Nous pourrons accompagner nos enfants dans leurs tempêtes émotionnelles, en les aidant à ne pas s'identifier à elles, mais à les regarder comme des vagues sur la mer ou des nuages dans le ciel, comme un filtre devant un appareil photo. Quelle que soit la force des émotions, le filtre est toujours là, le monde aussi.

CHAPITRE 21
LES ACTES PSYCHOMAGIQUES

Il vaut mieux rêver sa vie, que la vivre ;
bien que la vivre, ce soit encore la rêver.
MARCEL PROUST, *Les Plaisirs et les Jours*

J'aime beaucoup les oiseaux. C'est sans doute pourquoi je supporte mal de les voir en cage. J'ai plus de plaisir à apercevoir, quelques secondes, un rouge-gorge sur le bord de ma fenêtre, que de retenir prisonnier un couple de perruches dans ma cuisine. C'est ainsi. Ce jour-là, nous étions, ma fille et moi, dans un petit village de Seine-et-Marne. C'était un jour de fête paysanne et plusieurs attractions étaient installées sur la place. Parmi elles, un marchand d'oiseaux. À deux pas des autos tamponneuses et des stands de barbe à papa étaient exposées un grand nombre de cages de plusieurs modèles contenant des oiseaux. Les enfants et leurs parents déambulaient au milieu des nombreuses espèces. Il y avait des perruches, des canaris, des mandarins, mais également des perroquets, des aras, des cacatoès, des inséparables, des moineaux du Japon. Des oiseaux de différentes origines, des grands, des petits, des gris, des colorés, des très ordinaires comme des beaucoup plus rares. Les enfants s'approchaient des cages, essayaient de faire parler les mainates, sifflaient aux mandarins, s'esclaffaient, imitaient les cris, piaffaient. Comme beaucoup d'enfants, Claire était très attirée par ces oiseaux et me demanda si j'étais d'accord pour en acheter. C'est un réflexe chez beaucoup d'entre nous, lorsque la vie nous offre un spectacle naturel, que de vouloir se l'approprier. J'avais très envie de faire plaisir à ma fille, mais, rien à faire ! Lorsque je voyais ces oiseaux, je ne pouvais me résoudre à l'idée de les garder enfermés. Comme elle semblait y tenir, je pris soin, dans un premier temps, d'écouter ses besoins. Je la suivis au milieu des cages où elle me désignait les oiseaux qu'elle trouvait les plus jolis.

Lorsque l'on veut négocier avec un enfant sur un sujet sensible, cette étape est très importante. Quand l'enfant se sent réellement entendu dans ses besoins, il écoute plus facilement ensuite votre point de vue et peut s'ouvrir, le cas échéant, à d'autres perspectives. Si, en revanche, vous solutionnez trop vite le problème et lui imposez votre décision, surtout si c'est un refus, la discussion risque d'être longue, houleuse et de mal se terminer. Ici encore, le besoin d'être entendu est plus fort que le besoin d'acquérir. Je m'attardai un moment avec elle à regarder les aras, les cacatoès; des espèces que nous n'avions jamais vues de si près. Je lui dis que j'étais fasciné, moi aussi, par leurs plumes, que ça m'était agréable de les observer dans cette proximité. Puis, je pris le temps de partager avec elle une autre sensation plus intime: «*Malgré mon plaisir à les voir,* lui dis-je, *lorsque j'entre vraiment en contact avec ces oiseaux, je perçois surtout des animaux que l'on prive de leur liberté. Je n'aime pas ça. Je n'ai pas envie de cette énergie pour la maison.*» Nous n'avons pas parlé davantage. Je n'ai, du reste, pas répondu directement à sa demande. Il fallait un temps pour qu'elle digère mon point de vue.

Nous sommes repartis, chacun de son côté, regarder les différentes cages. Au bout de quelques minutes, elle est revenue: «*Et si nous achetions un couple d'oiseaux pour les libérer, tu serais d'accord?*» Dès lors qu'on leur laisse de l'espace, les enfants ne se crispent plus sur une solution unique. Ils deviennent source d'idées nouvelles et de propositions. Cette option me plaisait davantage. Elle répondait tant à ses besoins qu'aux miens: avoir une relation privilégiée avec les animaux et ne pas contribuer à leur emprisonnement. Nous refaisions le tour du marché, le regard de ma fille avait changé, ce n'était plus un regard de prédateur, mais un regard doux et vraiment bienveillant. Sous réserve que l'espèce choisie soit adaptée à la région — il n'était pas question de libérer un perroquet du Gabon en forêt de Fontainebleau! —, je donnai mon accord. C'est un joli couple de colombes qui a attiré notre attention. Quoi de plus adapté que ce symbole de la paix pour un jour de liberté!

Une heure plus tard, nous étions dans notre jardin. Claire tenait dans ses mains, avec une infinie précaution, ses précieux compagnons. Nous étions joyeux et conscients de notre geste. Ma fille chuchota quelques mots à travers les petits trous du carton pour prévenir les oiseaux que nous allions les libérer. Selon la tradition amérindienne, les animaux jouent un rôle prépondérant dans la transmission des connaissances. Il est dit que, lorsqu'une personne sauve un oiseau, l'oiseau libre communique l'information à tous les oiseaux aux alentours par des vibrations pour leur signaler un jardin «bienveillant». Les quelques secondes qui ont suivi furent pleines de grâce. Un temps suspendu durant lequel la conscience est heureuse. *Ce ne sont pas les événements en eux-mêmes qui font notre expérience, mais le sens que nous leur donnons.* Cette phrase résonnait dans mon esprit lorsque le couple de colombes s'est aventuré hors du carton. L'une s'est envolée, s'est posée sur la branche du poirier, puis, quelques secondes plus tard, l'autre.

Nous sommes restés silencieux. Aucun mot. Juste une sensation de liberté partagée, et la conscience de vivre notre existence dans toute son intensité. Il est important que les enfants perçoivent le sens qu'ils donnent à leurs actions, d'autant plus si l'acte est éthique; cela leur permet de prendre conscience de leur place dans le monde. Les oiseaux sont restés là, à vue, pendant près d'un quart d'heure. Puis ils se sont envolés à jamais. Nous venions de réaliser un acte *psychomagique*. Par la suite, plus jamais Claire ne m'a demandé d'acheter un animal en cage. En revanche, une heureuse surprise a marqué le début du printemps: une mésange charbonnière a fait son nid dans une brique creuse du jardin. Nous la voyions tous les jours et avons eu la chance d'assister à la naissance et à l'envol des oisillons. Puis, un hérisson a élu domicile dans un autre coin du jardin. Étaient-ce les colombes qui avaient averti que, dans cette maison, on aimait les animaux?

LA MAGIE DES ENFANTS

Les enfants sont très sensibles aux actes psychomagiques. Un acte psychomagique est avant tout un acte de réconciliation. Il fait le lien entre le corps et l'esprit, entre le matériel et le spirituel. Ce lien entre le monde visible et le monde invisible est réparateur, car il donne à l'âme le véritable sens de nos actions les plus quotidiennes. À mes yeux, l'une des blessures les plus profondes de l'univers des adultes vient de la coupure entre ces deux dimensions : la dimension matérielle et la dimension spirituelle. La dimension matérielle concerne la recherche de notre confort, la qualité de notre habitat, de notre alimentation, de nos loisirs, l'importance de nos revenus ; nous souhaitons exercer une profession valorisante et lucrative, ne serait-ce que pour pouvoir partir en vacances. La dimension spirituelle concerne tout ce qui est au-delà ; elle intègre le sens que nous donnons à notre vie, à la mort, à notre responsabilité dans l'univers ; elle concerne la place que nous accordons à la magie, à l'invisible, à la prière, à la méditation et, d'une façon générale, à tout ce qui touche à l'esprit et dépasse notre simple incarnation.

D'un côté, de nombreux adultes se perdent dans un monde matériel : ils cherchent à posséder toujours plus, ils s'efforcent de rester à la pointe du progrès, tout en ressentant un manque intime. Ce manque vient du fait qu'ils n'intègrent pas la dimension spirituelle à leur quotidien. À l'inverse, d'autres adultes explorent pleinement leur dimension spirituelle. Ils méditent, prient, participent à des retraites de silence, mais ne parviennent pas à incarner leur spiritualité dans leur métier ou leurs relations. L'équilibre tant recherché consiste à relier la dimension spirituelle à la dimension matérielle ; il consiste à donner du corps à notre intention, à faire se rejoindre la terre et le ciel. Nous prenons alors conscience que la spiritualité et la matière ne sont pas deux mondes opposés, mais deux mondes qui se rejoignent par le sens que nous donnons à nos actes.

L'enfant lui-même a besoin d'être nourri dans ses deux dimensions, matérielle et spirituelle. L'abondance de cadeaux et de jouets ne le nourrit pas davantage qu'un excès de bonnes intentions et de belles idées.

SPIRITUALITÉ POUR ENFANTS SAGES

Les actes psychomagiques sont des actes de la vie quotidienne que nous chargeons d'un tel sens qu'ils peuvent modifier notre regard sur le monde. Comme chacun, j'ai reçu dans ma vie beaucoup de cadeaux. Certains m'ont touché, d'autres m'ont laissé indifférent. C'est rarement la valeur marchande des cadeaux reçus qui m'a ému, mais l'énergie avec laquelle ils m'ont été offerts. Une fleur sauvage cueillie dans un champ ou un caillou ramassé sur une plage à notre intention, du sable du désert ramené par un ami qui en revient, un petit cœur découpé pour nous dans un papier d'argent peuvent réconforter autant que de nombreux objets onéreux.

Par un acte psychomagique, on offre à une personne choisie, on s'offre à soi — il est bon de se faire des cadeaux ! —, ou on offre plus globalement à l'univers un geste ou un objet que l'on charge d'un sens intime. Au Tibet, par exemple, il est d'usage de monter un petit stupa de trois pierres lorsqu'on franchit un col ; c'est une façon de remercier les dieux. C'est aussi une façon d'offrir un sanctuaire aux voyageurs anonymes qui nous succéderont, une occasion de toucher leur âme, de nous relier à eux. Les enfants sont très sensibles à ces actes. Ils sont ouverts à l'imaginaire, à l'invisible, aux esprits de la nature. Être relié à sa dimension spirituelle, c'est élever la valeur de ses actes. Lorsqu'il offre quelque objet que ce soit à l'invisible, l'adulte n'est plus le prédateur de l'univers, il en est le serviteur. Il se plie à une dimension qui lui échappe. Il ne contrôle plus tout, il s'en remet à une loi universelle dont il n'est plus le seul créateur. Son humilité s'en trouve renforcée.

LE PASSAGE VERS UN MONDE MATÉRIALISTE

La première partie de sa vie, l'enfant baigne dans une dimension spirituelle. Dès son plus jeune âge, il est très ouvert à la magie, aux contes, au monde de l'invisible. Il intègre fréquemment des fées, des mages, des anges à son quotidien. Ne dit-on pas que les enfants communiquent avec leur ange gardien jusqu'à l'âge de trois ans, que c'est à cet âge que l'ange pose son index sur leurs lèvres pour les encourager au silence et leur laisse cette fossette sur la lèvre supérieure ? Très jeune, l'enfant ressent aussi la présence des monstres et des démons de toutes sortes. Il ne demande qu'à croire les légendes, les mythes et les histoires qu'on lui raconte. Dans ses jeux, il invente des mondes parallèles, des pays imaginaires et des compagnons invisibles de toutes sortes.

Pendant la première partie de l'enfance, les parents ont tendance à entretenir ces mythes. Ils racontent aux enfants l'histoire du père Noël arrivant sur un traîneau tiré par des rennes, et celle de la petite souris qui remplace, sous l'oreiller, la quenotte par une pièce de monnaie. Autrefois, les monstres, les loups, le père Fouettard étaient des figures que les parents utilisaient pour maintenir l'enfant dans la peur de façon à le rendre plus obéissant au moment d'aller se coucher.

Vers cinq ou six ans, le bambin quitte la tendre enfance pour s'aventurer dans la petite enfance. La confrontation régulière, à l'école, avec d'autres enfants de son âge, lui fait remettre en question ses croyances. Puis, tandis qu'il grandit, un nouveau monde remplace l'ancien. Le spirituel fait place à la matière, la magie est remplacée par le visible. L'enfant découvre une autre réalité. Ce n'est plus le père Noël qui passe par la cheminée pour déposer les cadeaux au pied du sapin, mais des parents épuisés qui courent faire la queue au centre commercial après leur travail pour acheter le jouet demandé. Le choc est rude ! Souvent, l'enfant apprend dans la même année que ce sont les parents, encore eux, qui remplaçaient la dent par une pièce et cachaient les œufs à Pâques… Dans sa psyché, l'enfant confronte les deux mondes. Il y avait la magie hier, fascinante, ludique, légère qui donnait aux humains un pouvoir sur le monde, et à présent un réel bien moins merveilleux. Du reste, ces rites qui ponctuaient l'année ne sont remplacés par rien d'aussi créatif.

La déception de l'enfant est liée au sentiment d'une supercherie. Lorsqu'il cache sa dent sous l'oreiller, l'enfant est très excité ; il est en lien avec la magie, avec l'invisible. Ce n'est pas la pièce qu'il va recevoir qui l'excite, mais la sensation d'appartenir à un monde complet ; il est, enfant, imprégné d'une dimension spirituelle et d'une dimension matérielle. Cette sensation magique, l'enfant la vit dans tout son corps. Il est curieux, émerveillé ; son imagination et son intuition sont en éveil. Même s'il se doute de quelque chose, il joue le jeu, car c'est un plaisir d'être à la frontière des deux mondes, les pieds sur terre et la tête dans les étoiles. Lorsqu'on lui dit que ce n'est pas une souris mais un adulte qui a déposé la pièce, l'enfant vit souvent cette révélation comme une trahison. La trahison est double :

- il y a trahison de l'adulte : « Cette grande personne, en qui j'ai toute confiance, m'a menti. Comment continuer à la croire désormais ? » se demande l'enfant ;
- et il y a trahison de soi-même : « Ainsi, ces sensations que j'ai ressenties, cette certitude d'avoir perçu la présence de la souris, du père Noël, n'étaient pas justes. Je me suis raconté des histoires. Je ne peux plus faire confiance à ce que je ressens », se dit-il.

Cette révélation peut être douloureuse pour l'enfant sensible. S'il n'en laisse rien paraître, c'est pour une raison simple : il perçoit que cette déception s'apparente à une sorte de rite initiatique, à une épreuve. Il réalise que, pour accéder au monde des grands, qui le fascine, et devenir un adulte, il doit abandonner ses croyances de bébé et ne plus croire au père Noël. Durant cette période sensible, l'enfant peut avoir à trahir un monde pour pénétrer dans un autre. Il est encore partagé entre l'univers des tout-petits, nourri par la magie, l'invisible, le merveilleux, et le monde des grands qui s'appuie sur la matière, le visible, le concret, ce que l'on peut prouver et vérifier. Sa croissance et le désir de rejoindre « les grands » le poussent vers le second choix. Il fait désormais partie des enfants qui ne croient plus au père Noël.

En choisissant entre deux mondes, l'enfant choisit entre deux dimensions de son propre monde intérieur. Auprès de ses amis, il doit prendre position : il croit encore au père Noël ou bien il n'y croit plus. C'est à cette frontière que les parents peuvent jouer un rôle clé, car les enfants n'ont pas besoin de croire au père Noël. En revanche, ils ont besoin d'être en contact avec la magie de Noël, avec la tradition, la fête, la célébration, la joie, l'émerveillement, le mystérieux, la famille, l'offrande, ainsi qu'avec la magie qui accompagne cette période. Peu importe qui offre les cadeaux, ce qui compte pour eux, c'est comment ces cadeaux sont offerts, quelle énergie supporte cet acte et quelle énergie déploie le collectif pour célébrer cette fête.

D'autres rites peuvent être inventés en fonction de la personnalité des parents et de leurs propres croyances. Cette période de Noël peut être une occasion, pour les parents, de raconter des histoires particulières aux enfants, d'élaborer un menu et de préparer un repas avec eux, de décorer la maison, le sapin. La magie est associée à la poésie, à la créativité, aux rituels, à la communion, à l'amour ! Peu importe la tradition. La communication s'intensifie lorsque parents et enfants accèdent ensemble à leur dimension spirituelle.

Quand mon père, au moment de Noël, sortait du garage une vieille boîte en carton, nous savions qu'une grande fête allait avoir lieu. Il dépoussiérait une crèche de sa fabrication, installait les santons vieillis par le temps. Ce n'était pas la présence de l'enfant Jésus ou de la Vierge Marie qui me fascinait, je n'étais pas très sensible à la dimension chrétienne de cette fête, c'est l'attention que mettait mon père, un homme si matérialiste, si cartésien, à poser un acte visiblement inutile et improductif. Pour lui, dans la maison, chaque objet avait une raison pratique d'exister. Le voir s'appliquer à ce geste inutile le rendait à mes yeux plein de sensibilité et j'en éprouvais beaucoup de tendresse. La présence symbolique de cette crèche, quelques jours par an, me faisait du bien, car même si elle ne servait à rien de visible, elle nous réunissait.

Les enfants ont besoin de donner du sens à leur vie. Au début de la guerre en Irak, pour signifier leur opposition à ce conflit, de nombreuses familles ont allumé des bougies sur leur fenêtre. Les enfants étaient souvent aussi motivés que leurs parents pour allumer leur bougie. Donner du sens à un geste quotidien, c'est prendre conscience de son pouvoir sur le monde. C'est permettre à la magie de s'incarner à travers nous.

LES CAILLOUX D'ANNIVERSAIRE

Shamina est amérindienne. D'une douceur innée et d'une grande spiritualité, elle a un don pour attirer les enfants. Les enfants aiment s'asseoir à ses côtés. Ce jour-là, elle et moi avions emmené un groupe de cinq enfants de 5 à 12 ans faire une longue promenade en forêt. C'était une semaine après Noël. Nous avions marché un moment, puis nous nous étions arrêtés dans une clairière. L'air était doux. Nous étions assis en cercle sur une couverture. Après un moment de silence, Jérôme, le plus dégourdi du groupe, parla de Noël, de ce qu'il avait reçu. Il décrivit en détail ses nombreux jouets. Puis ce fut le tour de Camille, de Sonia, de Théo et de Lucile. C'était le jeu des surenchères, de la comparaison, de la rivalité. Les uns décrivaient leurs cadeaux avec beaucoup d'enthousiasme, en s'assurant d'avoir reçu plus que leurs voisins, et donc d'être aimés davantage. Les autres semblaient déjà lassés, à peine quelques jours après les avoir reçus, de leurs jouets en plastique. Shamina leur proposa de prendre une minute pour ressentir ce qu'ils aimeraient, plus que tout, recevoir d'autre dans cette période de Noël. Il y eut un silence. Quelques-uns des enfants ne purent s'empêcher d'évoquer tel jouet qu'ils aimeraient pour compléter leur collection, mais chacun sentait que nous pouvions recevoir bien plus. La question de Shamina leur permettait d'accéder à une autre dimension d'eux-mêmes. «*De l'amour ?*» tenta Théo, «*Oui, moi aussi !* enchaîna Sonia, *ce que je voudrais recevoir plus que tout, c'est de l'amour.*» Shamina les invita à préciser sous quelle forme ils aimeraient recevoir cet amour. Dès qu'on leur en offre la possibilité, les enfants, comme les adultes, vont à l'essentiel. «*Moi, je voudrais que ma maman me fasse plus de câlins*», dit Lucile. «*Moi, je voudrais que mon père ait plus confiance en moi, qu'il arrête de me dire que je suis nul*», gronda Jérôme. Il y avait dans ce petit groupe de parole beaucoup de légèreté, mais aussi beaucoup de profondeur. Les enfants ne se coupaient pas la parole. Dès lors qu'ils sont authentiques et dans le lien, les enfants respectent la parole de l'autre.

Petit à petit, nous en venions à énumérer les qualités que nous aimerions acquérir : la confiance, la tendresse, la persévérance, le respect, la douceur. Je prenais part à ce jeu avec autant de sincérité qu'eux-mêmes. Je réveillais mon enfant intérieur. La jeune Amérindienne annonça aux enfants que nous avions tous, en nous, le pouvoir d'offrir à l'autre les qualités énoncées. Aussi, elle leur proposa que l'on se fasse des cadeaux entre nous, et que l'on donne de la puissance à ces cadeaux au moyen d'un acte psychomagique. Dès que l'on parle de magie, les enfants déploient leurs antennes sur l'invisible. Elle suggéra à chacun de nous d'offrir à tous les autres une qualité particulière. Le cadeau devait être personnalisé. Aucun intérêt d'offrir du calme à celui qui l'est déjà trop, ou de l'énergie à celui qui ne tient pas en place. Avant d'offrir quoi que ce soit, nous devions donc entrer en contact les uns avec les autres par un regard silencieux et percevoir ce dont notre interlocuteur avait le plus besoin. Pour associer notre intention à la matière, nous donnerions à la personne, en même temps que nous formulerions notre vœu, un petit caillou. En quelques secondes, les enfants avaient ramassé les six cailloux nécessaires au rituel. Shamina alluma une bougie pour donner à cette cérémonie spontanée un côté plus solennel. Avec un air aussi léger que profond, Théo s'adressa à son frère: «*Je te donne la confiance en toi dont tu as besoin à l'école quand la maîtresse te gronde*», lui dit-il. Il y eut un silence, comme si, tandis qu'il prononçait cette phrase magique, chacun se mettait à l'écoute de l'univers entier censé valider la prédiction. Jérôme prit à son tour un caillou qu'il tendit avec respect à Théo: «*Je te donne de la consolation pour les fois où tu pleureras.*» L'énergie du groupe avait beaucoup changé, chacun en prenait conscience. Sonia prit à son tour un caillou: «*Camille, je te donne de la joie*», lui souhaita-elle. «*Sonia, je te donne du courage*», répondit Camille. Les petits cailloux continuaient à s'échanger de main en main. «*Je te donne de l'espoir*», «*Je te donne de la force quand tu en manques*». Les enfants s'appropriaient ce rituel avec beaucoup de dignité. Ce matin-là, au milieu d'une clairière, quelques jours après Noël, chacun d'entre nous a reçu les qualités dont il avait le plus besoin. J'ai moi-même, dans mon jardin, les six petits cailloux que j'ai conservés de cette matinée…

Un an après, je revis Jérôme. Immédiatement, il me reparla des cailloux magiques et de cette belle matinée que nous avions passée:

« Lorsque nous avons repris l'école après Noël, j'ai été interrogé par la maîtresse. Je ne me sentais pas très à l'aise. J'ai repensé aux petits cailloux et aux vœux que j'avais reçus, me dit-il. *Eh bien ! figure-toi, dès que je me suis souvenu que j'avais reçu du courage, je me suis senti beaucoup plus à l'aise ; ça marche vraiment, la magie ! »* Un an après, il n'avait rien oublié de ce rituel improvisé.

C'est exactement de cette façon que nous pouvons intégrer de la magie à notre quotidien. Bien sûr, nous n'avons pas toujours la disponibilité, le temps, l'audace pour inventer de pareils rituels. Nous doutons nous-mêmes de notre pouvoir à créer la magie et c'est justement ce qui nous coupe de ce pouvoir. Nous sommes pris par notre quotidien, par notre scepticisme, en un mot, par notre être ordinaire et matériel. De plus, certains parents doutent de la réceptivité de leurs enfants ou de la leur : « Je ne me vois pas demander à mon enfant de couper la télé pour aller lui donner des petits cailloux, il risque de m'envoyer promener ! » Il est certain que si la magie n'est pas intégrée à votre quotidien, il vous faudra de la patience. Le mieux est encore, si vous en sentez l'élan, de pratiquer ces actes pour vous-même. Les enfants s'y montreront sensibles et voudront vous imiter beaucoup plus que si vous voulez les leur imposer. En Inde, en Indonésie ou au Tibet, enfants et adultes se prêtent avec naturel aux offrandes et aux rituels ; au détour des rues, ils posent une fleur dans une coupelle au pied d'un arbre, tendent un drapeau coloré, offrent quelques amandes délicatement préparées pour se rappeler combien ces gestes sont simples. Un acte magique est un acte qui sort de l'ordinaire, il n'est pas habituel. Il suffit d'un ou deux actes dans l'année pour intégrer cette dimension à sa vie. Devenir les magiciens de votre vie, c'est faire le lien entre les mondes qui la composent.

INVENTER DES RITUELS

Vous pouvez, vous aussi, inventer des rituels adaptés aux besoins de vos enfants. Les actes psychomagiques sont plus que de simples paroles, car, par eux, vous mettez en jeu un objet qui s'inscrit dans l'univers. Ils sont plus qu'un cadeau matériel, car l'objet qui sert de support à l'acte a été chargé de votre intention ; c'est ce qui le rend unique. Un acte magique est un acte intime qui vous permet de réconcilier deux parties de vous souvent en conflit : le matériel et le spirituel. Pour qu'un acte magique apporte des résultats, plusieurs conditions doivent être réunies. Notamment, l'acte psychomagique doit être simple dans sa réalisation : visualiser une scène, la peindre, écrire une lettre, l'envoyer ou la brûler, acheter un objet, l'offrir ou l'enterrer, écrire sur une pierre et la poser dans le lit d'un torrent, nouer un lacet puis le dénouer, planter une fleur, verser de l'eau, allumer une bougie. Ces actes symboliques, toujours très forts, permettent de relier le corps et l'esprit de celui qui les réalise. Les adultes eux-mêmes s'accrochent à ces petits gestes symboliques dans les moments où ils sentent qu'il se passe quelque chose d'important : on trinque pour fêter une victoire, on passe un anneau autour de l'annulaire des mariés puis on leur jette du riz, on s'embrasse au Premier de l'an, on saute sur le feu de la Saint-Jean, on sabre le champagne, on respecte une minute de silence. Nous tenons généralement à ces rites, qui sont en voie de disparition, parce qu'ils représentent des moyens de communier, de nous rapprocher des autres, de nous ouvrir à eux. Ces rites sont l'occasion de renforcer notre attachement à notre culture, à notre tradition, et notre appartenance à un groupe. Les actes psychomagiques dont je parle ne sont liés à aucune tradition, mais ils nous relient à la grande famille des êtres humains. Lorsque le Petit Prince meurt dans les bras de l'aviateur, il lui offre une étoile dans le ciel à laquelle il associe son rire une dernière fois : « Tu regarderas l'étoile, dit le Petit Prince, et tu penseras à moi, rien ne sera plus jamais pareil ! » conclut-il. Les moins fortunés peuvent ainsi offrir, par des actes magiques, les cadeaux les plus précieux !

LA BOÎTE À CHAGRIN

Samira était perturbée par des cauchemars à répétition. Elle n'osait pas en parler, car elle avait peur que cela les fasse revenir. Il fallait recourir à un acte psychomagique. Les Indiens confectionnent ce qu'ils appellent des *capteurs de rêves*. Il s'agit d'un talisman en forme de toile d'araignée orné de plumes et de perles que l'on pose au-dessus du lit de l'enfant et qui permet d'apprivoiser les rêves. On en trouve aujourd'hui dans beaucoup de magasins naturels. N'en ayant pas sous la main, sa maman lui proposa de fabriquer une boîte à cauchemars dans laquelle elle pourrait déposer ses rêves indésirables de façon à mieux les regarder le lendemain. Samira a choisi une jolie boîte rouge, décorée, qu'elle avait reçue en cadeau et qu'elle était prête à consacrer à ses rêves. Avant de s'endormir, elle demanda à l'esprit de la boîte d'accueillir jusqu'au matin tous ses rêves indésirables. Samira et sa maman ont pratiqué ce petit rituel, au moment du coucher, pendant quelques jours. Cette boîte magique a également servi de support pour que la fillette puisse parler de ses cauchemars et en décrypter la signification afin d'en avoir moins peur. Progressivement, Samira a pu nommer, regarder en face et moins appréhender les images nocturnes, projections de son inconscient, qui l'envahissaient.

Pour les pratiquer depuis des années, j'ai remarqué que ces actes psychomagiques sont souvent le déclencheur d'une réelle prise de conscience et d'un changement radical de paradigme. L'adulte qui nettoie ses blessures par des actes psychomagiques devient plus disponible à son présent, libéré et plus ouvert.

PETITS ACTES POUR GRANDES PERSONNES

Les adultes eux-mêmes peuvent pratiquer des actes psychomagiques. Hélène, une architecte de 36 ans, était en conflit avec son patron, un homme plus âgé qu'elle, autoritaire et pointilleux. Ce n'est pas tant ce qu'il lui avait dit qui avait blessé Hélène, mais le ton qu'il employait pour s'adresser à elle. « *Ce n'est pas mon père ! De quel droit me parle-t-il comme à une gamine ?* me dit-elle. *Ça me rabaisse, j'ai horreur de ça !* » Lorsqu'elle me raconta son parcours professionnel, je notai l'aspect répétitif du harcèlement. À deux reprises, elle avait démissionné pour des raisons identiques : « *Je finis par me demander si ce n'est pas moi qui attire ce type de manipulateurs* », dit-elle d'elle-même. Nous remontions le fil de son histoire lorsqu'elle me parla des rapports qu'elle avait eus avec son père : un homme brillant, chef d'une entreprise de négoce et, par ailleurs, maire de la commune où ils vivaient. Il était très exigeant avec sa fille, et la rabaissait. De plus, il se donnait lui-même en exemple : « *Regarde, moi, je ne suis pas arrivé à ma place sans sacrifices, tu dois, toi aussi, faire des efforts* », lui assenait-il. Difficile pour l'enfant qu'elle était de rivaliser avec cet homme intelligent qui la harcelait de conseils. Dans son scénario familial, Hélène était persuadée qu'elle ne serait jamais à la hauteur ni de son père ni des autres hommes. Sans s'en rendre compte, elle avait programmé dans sa psyché un ensemble d'idées reçues telles que : « Je ne serai jamais à la hauteur des hommes qui m'entourent », « Les hommes ont raison de me harceler, car je ne fais pas assez d'efforts ». Elle avait intégré ces idées dans son inconscient comme on initialise un programme sur le disque dur d'un ordinateur. Mieux, elle recherchait inconsciemment des protagonistes différents pour toujours remettre en scène le même scénario.

Les émotions ne vieillissent pas. Des événements du passé peuvent, des années après, ressurgir avec la même intensité. Les situations présentes de harcèlement réveillaient, chez Hélène, l'émotion intacte de ses blessures d'enfant. Il était important qu'elle décrypte ses fixations émotionnelles et s'en détache si elle voulait être libre de son présent. Quelle que soit l'intensité des conditionnements, les rituels psychomagiques peuvent accompagner un travail thérapeutique conventionnel. Je proposai donc à Hélène de procéder à un rituel. Je lui suggérai de rédiger une lettre à l'intention de son père en se laissant guider par son cœur d'enfant. Son père étant décédé, il était convenu qu'elle se rendrait dans un endroit isolé (une forêt, une clairière ou une plage) pour brûler cette lettre en remerciant l'univers de réparer ses blessures. Hélène personnalisa ce rituel à sa façon afin de se l'approprier totalement (choix du jour, des vêtements, d'une musique, du lieu, et autres détails). Voici un extrait de la lettre qu'elle m'adressa un mois après avoir réalisé son acte : « *J'ai réalisé cet acte le jour de mon anniversaire. Cet acte ne m'a pas uniquement permis de soigner une blessure ni de mieux me situer vis-à-vis des hommes avec lesquels je suis en lien aujourd'hui. J'ai pris conscience que je ne m'autorisais plus à mettre de la magie dans ma vie. Or, cette dimension fait partie de moi. Mon père n'avait aucune dimension spirituelle. Il rejetait ce qu'il ne pouvait pas contrôler. Pour lui être fidèle, j'ai renié ma spiritualité. Depuis cet acte, je médite, je prie, je vis une spiritualité à ma façon, je me l'autorise.* »

Le XXIe siècle sera spirituel ou ne sera pas, prophétisait André Malraux. Ivres de leurs réalisations individuelles, les humains en ont perdu ce qui les relie les uns aux autres. Nous vivons entre deux mondes, scellés au sol par l'attraction tellurique, tirés vers le ciel par l'attraction cosmique. C'est notre nature, à nous, humains, de vivre sous cette double influence. Sur le plan physique, le point de ralliement de ces deux mondes se situe dans notre corps, son axe médian se trouve au niveau de notre cœur. C'est par l'ouverture du cœur que nous pouvons demeurer tant en lien avec la réalité matérielle qu'avec la réalité spirituelle et les unir dans un seul et même monde.

Grâce aux actes psychomagiques qui nous permettent de réintégrer notre nature divine, nous pouvons donner à notre existence toute sa dimension et nous rapprocher des êtres qui nous entourent.

CHAPITRE 22
QUESTIONS INTIMES

Les questions qui suivent ont été posées lors de conférences.

- **Interlocuteur** : Mon fils de huit ans me rend folle. Il ne veut rien manger d'autre que du poulet et des frites. J'ai beau l'obliger, rien n'y fait ! Pourtant, je sais qu'à l'école il mange de tout ! Je ne peux quand même pas lui faire des frites tous les soirs ?!

  Arnaud Riou : J'ai l'impression qu'il a trouvé ce qui vous agace ou vous fragilise. On peut même imaginer que, s'il est conscient du pouvoir qu'il a sur vous, il peut l'utiliser, voire en abuser !

  Interlocuteur : En effet, tous les soirs nous nous disputons sur ce sujet, j'essaie de lui faire manger des légumes, je ne le force qu'à goûter ; même goûter, il refuse. Je sens qu'il a plus d'assurance que moi et qu'au bout du compte, il fera ce qu'il a décidé !

  Arnaud Riou : À travers le repas, c'est souvent un autre rapport de force qui se joue entre l'enfant et ses parents, une mise en question du rapport d'autorité. Dans la relation parents-enfants, beaucoup de non-dits se jouent au moment des repas. Dès son plus jeune âge, l'enfant comprend qu'il a beaucoup de pouvoir en acceptant ou en refusant la nourriture vitale. S'il observe que ses parents sont affectés par ses refus, il peut facilement en jouer. Plus les parents sont inquiets, plus l'enfant sent qu'il a du pouvoir.

  Interlocuteur : Vous croyez que je ne dois pas le forcer ?

  Arnaud Riou : La façon dont les enfants s'alimentent est à l'image de la façon dont ils vivent ! Manger, c'est vivre !

Certains ont bon appétit en toutes circonstances, d'autres contrôlent toute la nourriture qu'ils absorbent, équilibrent consciencieusement les protides et les lipides. D'autres encore sont allergiques à un grand nombre d'aliments ou se privent de ce qui leur fait plaisir pour garder une silhouette svelte. Certains ont tendance à l'embonpoint, d'autres mangent vite mais ça leur reste sur l'estomac. Certains ne prennent qu'une demi-portion, d'autres dévorent comme des ogres ! Chacun vit sa vie à travers son assiette ! Les dysfonctionnements alimentaires des enfants, comme l'anorexie ou la boulimie, demandent que l'on ait un regard large sur la vie de l'enfant, qui ne se limite pas aux nourritures physiques qu'il absorbe. D'autres nourritures, mentales, psychiques, énergétiques, émotionnelles et spirituelles, l'affament ou le gavent ! C'est pourquoi vouloir obliger un enfant de huit ans à manger risque de vous demander beaucoup d'énergie sans garantie de résultats. Dans un contexte naturel et détendu, les enfants ont besoin de diversité dans ce qu'ils mangent. S'ils veulent manger vite et pratique, c'est probablement que le repas a perdu pour eux de son intérêt. Le repas est-il toujours associé au plaisir ? Plus il existe de tensions, moins l'enfant prendra du plaisir à dîner, moins il aura envie de goûter des plats différents. Aussi, ce pourrait être une expérience intéressante pour vous que d'alléger la pression que vous exercez : ne cherchez pas à le forcer à manger ce qu'il ne veut pas, d'autant plus qu'il mange de façon variée à la cantine. Si vous préparez vos menus pour votre plaisir à vous, plaisir que vous souhaitez partager, il y a de grandes chances pour qu'il veuille vous imiter ; surtout s'il n'y est pas forcé et s'il n'y a rien d'autre sur la table ! Et puis, de temps en temps, remettez le poulet-frites au menu !

- **Interlocuteur** : Mon fils de 12 ans est nul en maths. Il est assez doué en français, il est créatif, très sensible, mais il est très en retard et presque allergique aux mathématiques. Certains enfants sont-ils plus doués que d'autres pour les maths ?

Arnaud Riou : Notre cerveau est composé de deux hémisphères : l'hémisphère gauche, siège des informations rationnelles, logiques, ordonnées, et l'hémisphère droit qui est en lien avec l'intuition, la prémonition, l'irrationnel, le sensitif. Ainsi, demain, lorsque vous repenserez à cette conférence, certains n'auront rien oublié des arguments que j'ai utilisés et auront retenu les chiffres que j'ai donnés, tandis que d'autres se souviendront davantage de mon attitude, des expressions de mon visage et de ce qu'ils auront ressenti. Cela dépend de la façon dont notre cerveau s'est développé.

Dans notre système scolaire traditionnel, c'est généralement le cerveau gauche qui est le plus sollicité. On impose aux enfants d'emmagasiner beaucoup d'informations virtuelles, de dates, de règles, de chiffres, notamment en mathématiques. Ces informations suralimentent l'hémisphère gauche du cerveau aux dépens de l'hémisphère droit. Ce déséquilibre est renforcé par le fait que notre société accorde peu d'importance aux activités en lien avec l'hémisphère droit, comme la poésie, le chant, les activités physiques. « On ne fait pas un métier avec ces matières-là », dit-on aux enfants. Certains enfants ne sont pas adaptés à cette façon de voir les choses, à moins que ça ne soit la façon de voir qui ne soit pas adaptée aux enfants. Si c'est le cas pour votre enfant, il peut être bon que vous l'aidiez à rééquilibrer l'énergie de ses deux hémisphères.

Interlocuteur : Concrètement, comment puis-je l'aider ?

Arnaud Riou : Il existe une gymnastique, que l'on appelle le *Brain Gym,* qui pourrait très certainement l'aider. Cette gymnastique du cerveau permet à l'esprit de se détendre et, surtout, de rééquilibrer les deux hémisphères. D'autres méthodes, fondées sur la respiration, comme la respiration alternée, renforcent aussi cette communication entre les deux hémisphères. J'ai beaucoup utilisé ces techniques pour apprendre mes textes au théâtre. Grâce à une série d'exercices de quelques minutes lors desquels il apprend à désynchroniser son bras droit et son bras gauche, le mouvement et la parole, l'enfant retrouve une meilleure synchronisation de ses deux hémisphères, et donc, une meilleure disponibilité pour apprendre les maths ! Une dernière chose. Par la pensée, nous créons tant notre réalité que celle de nos enfants. À force de dire et de vous persuader que votre enfant est nul en maths, il peut finir par le devenir. Ne serait-il pas temps de changer de croyance ?

- **Interlocuteur** : J'ai deux filles de 9 et 13 ans. L'aînée flirte depuis peu avec un garçon. J'aimerais aborder le problème avec elle, mais je n'ose pas. Pourtant, j'aimerais qu'elle soit préparée pour son premier rapport, si toutefois il n'a pas encore eu lieu… Est-ce, selon vous, le rôle des parents de parler de sexualité aux enfants ?

Arnaud Riou : Mais les parents parlent de sexualité, qu'ils en soient conscients ou non ! Lorsque les parents interpellent leur enfant de trois ans en lui disant : « Ne touche pas à ton zizi, c'est sale ! » ils parlent de sexualité. Ils lui transmettent une valeur que l'enfant enregistre : le sexe, c'est sale. Lorsqu'ils insistent auprès de leurs adolescents avant un départ en boîte de nuit : « Protège-toi au moins… J'espère que tu fais attention », ils transmettent une autre valeur : le sexe est dangereux. Si les parents évitent les discussions intimes, ils transmettent malgré eux une troisième information : le sexe est tabou. Dans la vie quotidienne, même sans mots, les enfants observent leurs parents s'embrasser, se prendre dans les bras l'un de l'autre ou, au contraire, ne jamais se toucher. Les parents transmettent leur vision sur le corps, la pudeur, l'intimité, le partage. S'ils sont séparés, les enfants sont attentifs au fait que leur maman reçoit un ami ; ils s'inquiètent de savoir s'il reste dormir, à quelle fréquence. Même sans rien dire, les parents transmettent leurs valeurs sur la sexualité. Seulement, comme pour beaucoup la sexualité reste taboue, on évite de parler en famille de tout ce qui se trouve sous la ceinture ! Et Dieu sait qu'il se passe des choses sous la ceinture !

Interlocuteur : N'est-ce pas le jardin secret de l'enfant ?

Arnaud Riou : Pour beaucoup de spécialistes, les parents ne doivent pas être intrusifs. À leur avis, les enfants doivent découvrir la sexualité par eux-mêmes le moment venu. Ce point de vue, compréhensible à un certain niveau, est à la source d'un grand manque de communication. Ainsi, beaucoup d'adolescents n'ont aucun échange avec leurs parents sur la sexualité. Ils n'en parlent jamais. La sexualité étant coupée du reste de leur vie, ils ne voient en elle qu'une technique. C'est pour cette raison qu'un certain nombre d'entre eux, en manque de repères, surfent sur Internet où ils échangent des conseils au sujet des derniers *sex toys* et se procurent du Viagra ou de l'ecstasy pour améliorer leur performance ; la sexualité perd sa dimension sacrée et naturelle.

La sexualité n'est pas limitée à l'acte sexuel. L'énergie sexuelle modifie le métabolisme des enfants comme des adultes, elle influence nos comportements les plus divers. Elle est à la source de notre sentiment de sécurité et de nos peurs ; elle inspire le désir, la jalousie, la frustration ; elle intègre la tendresse, la sensualité, la séduction. Elle est liée à l'amour. En ce sens, elle n'est pas coupée du reste de la vie, et il est sain que ces sujets soient abordés par les parents et les enfants ensemble. Mieux l'adolescent pourra intégrer son énergie sexuelle à son existence, plus harmonieuses seront ses relations.

La sexualité a besoin d'intimité. C'est certain. Mais intimité ne signifie pas absence de contact avec l'extérieur. Vous pouvez tout à fait préserver l'intimité de la vie sexuelle de vos enfants, tout en établissant un pont avec eux en termes de communication, d'échange et de communion. Ainsi, vos valeurs sur la sexualité leur seront-elles transmises tant par les mots que par l'attitude que vous adopterez pour répondre, ou ne pas répondre, aux questions qu'ils vous posent. Selon que votre attitude sera solennelle, autoritaire ou joyeuse, vos enfants percevront que la sexualité est taboue, ludique, sacrée…

♦ **Interlocuteur** : Ma fille de 12 ans m'a avoué qu'elle nous avait vus en train de faire l'amour un après-midi pendant les vacances. Je me suis sentie gênée. Comment dois-je réagir ?

Arnaud Riou : La première attitude à adopter est de demander à votre fille ce qu'elle a vu ; posez-lui la question simplement.

Vous pouvez l'aider à ne pas trop se « faire de film ». Demandez-lui aussi ce que ça lui a fait : a-t-elle été impressionnée ? choquée ? Comment l'a-t-elle vécu ? Inutile de dramatiser exagérément la situation. Si vous vous sentez à l'aise, offrez-lui un espace pour accueillir sa réaction. Même s'il s'agit d'un acte inconscient, c'est elle qui a transgressé votre intimité. Du reste, vous pouvez vous poser à vous une autre question : comment se fait-il que votre besoin d'intimité, s'il a été clairement formulé, n'ait pas été respecté ? Qu'en est-il dans votre famille ? Est-ce un cas isolé ? Chacun, dans la famille, sait-il qu'il a le droit de jouir d'un espace sécurisé où il peut explorer ce que bon lui semble ?

♦ **Interlocuteur** : Ma fille est homosexuelle ; elle a 24 ans et vit avec son amie qui a un petit garçon d'un précédent couple. Pensez-vous qu'un enfant puisse s'épanouir au sein d'un couple homosexuel ?

Arnaud Riou : À qui cette situation pose-t-elle un problème ? Votre fille a 24 ans ; elle et son amie se sont choisies librement. Votre fille a également choisi d'accueillir l'enfant de votre amie. On peut donc dire que sa vie est en accord avec ses aspirations. En revanche, cette structure atypique peut contrarier des proches, les voisins, la famille, ou peut-être vous-même. Chacun est amené à composer avec ce qu'il est et l'image qu'il a envie de donner à l'autre. Que souhaitez-vous ? Que votre fille et son amie se comportent à partir de ce que peut dire l'entourage ? Ou qu'elles assument totalement et explorent la complexité de leur relation ? Souhaitez-vous qu'elles vivent leur existence ou l'image de leur existence ? Je ne vois pas en quoi le seul fait d'être homosexuel nous rendrait moins aptes ou plus aptes à répondre aux besoins de l'enfant. Le meilleur exemple, pour un enfant, c'est de voir ses parents être heureux d'assumer leurs choix. Ce dont a besoin l'enfant, c'est d'un équilibre entre la douceur et la fermeté, entre l'énergie yin, féminine, et l'énergie yang, masculine, mais il est très réducteur de limiter ce besoin à un couple homme-femme au sein duquel l'homme représenterait la fermeté et le yang, et la femme, la douceur et le yin.

Interlocuteur : Ne craignez-vous pas que l'enfant, influencé par ce modèle, devienne lui aussi homosexuel ?

Arnaud Riou : Pour craindre qu'un enfant exprime plus tard son homosexualité, il faut considérer celle-ci comme un danger ! Il se peut que le fait de voir sa mère heureuse en vivant avec une personne du même sexe lui donne envie d'explorer, lui aussi, son homosexualité. Il se peut aussi qu'il réagisse en opposition, qu'il devienne très macho. Il n'y a aucune règle en la matière. Dans certains cas, l'enfant reproduit ce qu'il a vu chez ses parents, dans d'autres cas, il veut surtout ne pas reproduire ce qu'il a vu chez ses parents. D'une façon générale, quand il a vu ses parents épanouis, il voudra imiter, quand il a vu ses parents malheureux, il voudra éviter… Ne sous-estimez pas ses capacités à réagir à partir de son être à lui.

♦ **Interlocuteur** : Que pensez-vous des projets de lois qui légitiment l'adoption des enfants par des couples homosexuels comme c'est le cas au Danemark ?

Arnaud Riou : La loi ne crée pas la situation, elle légitime une situation qui existe déjà, mais qui évoluait jusque-là sans cadre juridique. Les couples homosexuels qui élèvent des enfants sont une réalité ! Il me semble important que ces couples puissent vivre dans un cadre juridique qui les protège.

♦ **Interlocuteur** : Nous avons découvert que notre fils de 17 ans se drogue… Nous sommes, mon mari et moi, abattus. Il a pourtant reçu une bonne éducation et beaucoup d'attention, nous ne nous attendions pas à une telle épreuve.

Arnaud Riou : Qu'appelez-vous se droguer ? Que savez-vous de sa consommation ?

Interlocuteur : Il fume du cannabis avec des amis, et ce n'est pas la première fois. Il nous a dit que ça faisait un an qu'il fumait assez régulièrement.

Arnaud Riou : Aujourd'hui, plus de 42 % des jeunes de 16 à 18 ans ont déjà fumé ou fument régulièrement du cannabis, pas loin d'un jeune sur deux. On peut difficilement coller à un enfant l'étiquette de « drogué » parce qu'il a fumé du cannabis. Dit-on des adultes qui boivent un verre de vin de temps en temps qu'ils sont alcooliques ? Fumer du cannabis ne fait pas partie des besoins fondamentaux de l'enfant, ni de l'adulte, du reste. En revanche, s'il en fume, c'est probablement que l'un, ou plusieurs, de ses besoins fondamentaux n'est pas satisfait. Je vous encourage donc à l'aider à identifier de quel besoin il s'agit : est-ce un besoin de sécurité ou un besoin de liberté ? un besoin d'appartenance ou un besoin de reconnaissance ? un besoin de se distinguer ? un besoin de transgresser la règle ? Si vous interdisez le cannabis sans identifier le besoin auquel il répond, l'enfant cherchera probablement un autre palliatif au besoin insatisfait et adoptera peut-être une autre conduite de dépendance qui est tout aussi à risques. En fumant du cannabis, votre enfant vous envoie un signal... Il ne suffit pas de couper le signal d'alerte, il faut décrypter le besoin qui l'a déclenché. Je vous encourage à chercher, avec votre enfant, en quoi il a besoin de vous. Il a peut-être besoin de parler, mais il y a d'autres formes de communication que la parole. Peut-être aimerait-il partager des activités avec vous ? Peut-être aimerait-il que vous l'impliquiez davantage dans des choix ? Peut-être aussi a-t-il du mal à s'affirmer à l'école, avec ses amis ? Vous pouvez l'aider à le découvrir et à se remettre en lien avec ses besoins.

- **Interlocuteur** : Qu'en est-il des cigarettes ? Doit-on interdire à un jeune de 17 ans de fumer ?

  Arnaud Riou : Vous fumez vous-même ?

  Interlocuteur : Oui, mais nous sommes adultes.

  Arnaud Riou : Les enfants agissent par imitation ou en réaction. Ils ont besoin de cohérence. Vous aurez du mal à les persuader que la cigarette est mauvaise pour la santé si vous fumez vous-même !

- **Interlocuteur** : J'ai un garçon de 15 ans et une fille de 13 ans. J'éprouve peu d'amour pour mes enfants. Ils m'agacent plus qu'autre chose. J'adorais quand ils étaient bébés, mais depuis quelques années, nous nous sommes éloignés. Nous nous disputons tous les jours, je ne les comprends pas et eux ne me comprennent pas...

Arnaud Riou : Je vous remercie de votre sincérité. Votre histoire est l'histoire de l'humanité qui se déchire parce qu'elle ne sait pas s'aimer. Qui peut dire ici qu'il a reçu, étant enfant, tout l'amour dont il avait besoin ? Qui peut dire ici qu'il est un parent toujours aimant et disponible pour ses enfants ? Nous aimerions l'être, bien sûr, nous avons tous des aspirations affectives, et dans le même temps, nous sommes préoccupés par notre confort, notre égoïsme, nous sommes limités. La question que je vous pose est : vous aimez-vous vous-même lorsque vous prenez conscience que vous n'aimez pas vos enfants ?

Interlocuteur : Non, je me déteste, je me sens indigne, je trouve que je suis une mauvaise mère…

Arnaud Riou : Et vous vous jugez ! Au moment où vous ressentez votre dureté et vous jugez, n'accordez-vous pas, à une part de vous, tout le pouvoir sur vous-même au point qu'elle vous tyrannise ? Et n'est-ce pas justement cette même partie, cette dureté, que vous projetez sur vos enfants ? Voici quelques pistes de réflexion : nous ne sommes pas coupés des autres ; pour aimer nos enfants, nous avons besoin de nous aimer nous-mêmes. Ce que nous n'aimons pas de nous, nous le projetterons sur l'autre. Vous êtes une mauvaise mère, par moments, et vous êtes une bonne mère à d'autres. Pouvez-vous accepter de ne pas être une mère parfaite, de ne pas être assez disponible, pas assez tendre, et vous aimer quand même ? Si vous l'acceptez, vous vous sentirez plus détendue, et il se pourrait que cette douceur, que vous vous accorderez, touche aussi vos enfants. Car la douceur, comme la dureté, est contagieuse.

♦ **Interlocuteur** : Nous avons trois enfants âgés de 10, 13 et 18 ans. Depuis quelque temps, les dîners sont devenus un calvaire. Je passe mon temps à faire la cuisine, le service, la vaisselle. Les enfants ne veulent pas rester à table, mon mari les corrige sans cesse : « Tiens-toi tranquille », « Finis ton assiette », et moi, je fais la médiation entre les uns et les autres. Je n'ai plus aucun plaisir à manger en famille.

Arnaud Riou : J'ai une question à vous poser. Si vous vous rendiez compte que c'est bon pour vous, vous autoriseriez-vous à prendre votre assiette et à dîner avant eux, après eux ou dans une autre pièce, voire au restaurant ou avec des amis ? Vous autoriseriez-vous à les laisser certains soirs se débrouiller, et vous, à prendre soin de vous ?

Interlocuteur : Non, je considère que le repas doit être un moment convivial, que c'est un moment pour parler, pour échanger, c'est pourquoi j'oblige chacun à être là. Je dois donc montrer l'exemple. Pourtant, je m'en passerais bien.

Arnaud Riou : Comme beaucoup, vous avez besoin de convivialité, d'échanges ; mais êtes-vous sûre que ces échanges doivent obligatoirement avoir lieu au moment du dîner ? Ne pouvez-vous pas inventer d'autres rituels ? Aujourd'hui, vous n'arrivez pas à maintenir de la convivialité pendant le repas. Moins vous y parvenez, plus vous vous tendez, plus vous vous tendez, moins vous y parvenez ! Il y a trop de pression, et c'est cette pression même qui empêche le repas d'être naturellement convivial. Si la règle imposée du dîner collectif ne vous convient plus, qu'est-ce qui vous empêche de la modifier ? À qui souhaitez-vous être le plus fidèle : à la règle imposée voulant que tous les membres d'une famille dînent ensemble tous les soirs, ou à vos besoins du moment ?

♦ **Interlocuteur** : J'ai lu que, selon certains spécialistes, tout se jouait avant sept ans. Qu'en pensez-vous ?

Arnaud Riou : Certaines personnes modifient totalement leur personnalité à l'âge de 60 ou 70 ans à la suite d'une prise de conscience, d'un virage dans leur vie, d'un accident. Il est vrai que, d'un point de vue neurologique, à l'âge de sept ans, les réseaux ont déjà pris une direction. Les éléments relatifs à la confiance en soi et à l'estime de soi sont alors programmés. L'enfant a établi une image de lui qu'il compare à celle qu'il a des autres. Il a tendance à se croire supérieur ou à se croire inférieur, il se sent en sécurité ou plutôt inquiet. Face à une émotion qui le taraude, il a le réflexe de communiquer, de se taire, de se fermer ou d'agresser. Ces comportements deviennent pour lui un réflexe. Avant sept ans, lorsqu'il est face à un événement, l'enfant suit trois phases :

- dans un premier temps, il observe l'événement ;
- dans un deuxième temps, l'événement provoque chez lui une émotion ;
- dans un troisième temps, l'émotion donne naissance à une croyance qu'il conservera dans sa mémoire.

Lorsque sa mémoire est pleine, l'enfant ne peut plus acquérir de nouvelles données. C'est ce qui arrive vers sept ans. Le processus de son comportement s'inverse alors :

- dans un premier temps, l'enfant observe l'événement ;
- dans un second temps, il associe cet événement à une situation similaire qu'il a déjà vécue et qui entre en résonance avec l'événement présent ;
- dans un troisième temps, c'est le souvenir de l'événement passé qui provoque l'émotion qui s'impose au présent.

Prenons un exemple. Léo a six ans, il récite un poème en classe et se trompe. La maîtresse le réprimande (événement), Léo perd confiance, se sent totalement déstabilisé (émotion). Léo intègre alors l'expérience suivante : lorsque je me présente en public, je risque de ressentir de nouveau ce même sentiment d'humiliation. Quand, même 20 ans plus tard, il sera amené à parler en public, dans un cadre professionnel, par exemple, c'est le souvenir de cet événement ancien qui influencera ses réactions : Léo, devenu adulte, retrouvera la peur de parler en public de son enfance.

Après sept ans, ce n'est pas que l'enfant ne peut pas se reprogrammer, mais cela lui demandera un effort. Pour prendre une comparaison qui parlera à tous les adultes : lorsque nous achetons un ordinateur, nous y installons un logiciel de base. À tout moment, nous pouvons désactiver ce logiciel pour en installer un nouveau. Mais il nous faudra de véritables efforts pour modifier nos réflexes et nos conditionnements afin de pouvoir travailler avec ce nouveau logiciel et son ergonomie.

Interlocuteur: Ainsi, il n'y aurait pas d'âge pour transformer sa personnalité?

Arnaud Riou: Au niveau du cerveau archaïque, les informations sont gravées. Des notions relatives à la confiance en soi, à l'estime de soi sont déjà bien stabilisées. Mais il est toujours possible de modifier notre perception du monde et surtout nos comportements réflexes face à une émotion donnée. L'entraînement est là! Dans le cas de Léo, par exemple, son émotion d'enfant, sa peur de se sentir humilié lorsqu'il parle en public, sera probablement toujours présente, mais Léo peut travailler à modifier ses réflexes lorsqu'il ressent cette émotion tandis qu'il parle en public: il peut s'entraîner à respirer et à s'ancrer en lui, s'efforcer de se détendre. Le plus grand frein à notre changement est la croyance qu'il est trop tard pour changer! Le cercle vicieux de l'immobilisme fonctionne de la façon suivante: nos croyances conditionnent notre comportement, notre comportement conditionne le résultat, le résultat conditionne notre expérience, et c'est cette expérience qui légitime nos *a priori*; c'est ainsi que l'être s'enferme dans ce qu'il croit être. Définir un enfant à partir de sa personnalité par un «tu es timide» ou «tu es courageux» le fige dans un personnage étriqué.

Il y a quelques années encore, les recherches scientifiques enfermaient les êtres dans leur code ADN. Le seul fait d'affirmer: «C'est dans les gênes» suffisait à décourager les partisans du changement. Pourtant, l'ADN possède un champ vibratoire et électromagnétique qui est sensible à l'intention émise par l'être humain. C'est pourquoi nous pouvons reprogrammer notre ADN grâce à la puissance de notre intention. La reprogrammation de l'ADN consiste à installer de nouveaux programmes directement dans notre code génétique, de la même façon que, pour reprendre l'exemple précédent, nous installons un nouveau logiciel dans notre ordinateur. De nombreuses recherches, dont celles de Kishori Aird, ont démontré qu'il était possible de reprogrammer son ADN. La seule chose qui est figée dans notre personnalité, c'est notre certitude! Dès que nous acceptons de ne pas savoir qui nous sommes, nous pouvons devenir quelqu'un!

♦ **Interlocuteur** : J'ai subi un avortement avant la naissance de mon fils. Aujourd'hui, celui-ci manque tellement de confiance en lui que je me demande s'il n'y a pas un lien. Il a huit ans. Pensez-vous qu'il serait bon de lui avouer cet événement?

Arnaud Riou : C'est intéressant de remarquer que vous faites le lien de vous-même entre cet avortement et le manque de confiance de votre enfant. Pour savoir où aller, votre enfant a besoin de savoir d'où il vient, il a besoin de se réapproprier son histoire, quelle qu'elle soit, et celle-ci commence bien avant sa naissance. Si vous avez vécu une interruption de grossesse, cette information est toujours présente dans vos cellules. Pendant la gestation, l'enfant a été en contact avec cette mémoire cellulaire et les émotions qui y sont associées. Il a pu ressentir, sans en identifier la source, un danger, une inquiétude, une peur de mourir ou de ne pas réussir à s'incarner. Une croyance a probablement résonné dans le cœur de votre enfant alors qu'il était dans votre ventre : « Cette place peut être dangereuse, je peux, moi aussi, mourir à tout instant », a-t-il pu se dire. Aujourd'hui, cette information est toujours présente en lui, mais il n'en est pas conscient. L'identifier et en prendre conscience de manière rationnelle pourrait lui permettre de mieux cerner l'origine de cette peur qui, sinon, restera diffuse pour lui ; je suis sûr que vous pourrez trouver les mots adaptés et le moment adéquat pour rapprocher son histoire de la vôtre.

♦ **Interlocuteur** : Mon enfant est très sensible, très intuitif. Il agit toujours comme guidé par une prémonition. Il est très délicat. Pourtant, cette délicatesse se retourne souvent contre lui, notamment à l'école où il a du mal à s'affirmer, à se défendre. Comment puis-je l'aider?

Arnaud Riou : L'intuition, la prémonition d'un enfant sont les signes de l'ouverture de ce qui correspond, d'un point de vue énergétique, au sixième et au septième chakras. Ceux-ci sont situés au niveau du troisième œil et sur le sommet du crâne. Si ces points énergétiques sont développés, ce qui est une chance pour votre enfant, sa sensibilité l'aidera tout au long de sa vie; en revanche, pour que la sensibilité ne se transforme pas en sensiblerie, votre enfant aura besoin de développer les autres chakras, essentiellement les chakras de la base: le premier chakra qui se situe au niveau du périnée et le second qui se trouve au niveau du nombril. Ceux-ci sont davantage liés à l'affirmation de soi, à l'ancrage, à la terre, à l'incarnation. Plusieurs disciplines faisant partie des arts martiaux, telles que l'aïkido et le taï chi, de même que la méditation ou de simples exercices de visualisation pourront aider votre enfant à cela.

MÉDITATION FINALE

J'ai beaucoup parlé, dans cet ouvrage, de l'apport de la méditation dans l'éducation de nos enfants. C'est pourquoi j'aimerais terminer ce livre en partageant avec vous cette méditation. Dans de nombreuses situations, les parents ont besoin d'apprendre à se situer, à s'affirmer, à décider et à se faire respecter, autant de qualités liées à l'action. Dans d'autres situations, les parents ont juste besoin d'apprendre à se détendre pour accueillir leurs enfants. Ils ont besoin d'apprendre à respirer, à revenir à eux, à ne pas vouloir changer leur enfant, mais plutôt changer le regard qu'ils portent sur leur enfant. Cela demande de l'introspection et du recul, bases de la méditation. La méditation n'est la propriété d'aucune religion, d'aucun dogme. Méditer, c'est augmenter sa conscience du moment présent, rien de plus. Méditer, c'est nous laisser moins encombrés par nos peurs, nos concepts, et favoriser notre ouverture naturelle aux autres.

Avant de commencer cette méditation, assurez-vous que vous n'allez pas être dérangé. Installez-vous aussi confortablement que possible. Revenez à votre corps. Soyez présent à toutes vos sensations dans l'instant. Notre corps est en mouvement, toujours ; même lorsque nous nous croyons immobiles, notre corps vibre. Tout en continuant à lire ces lignes, détendez votre esprit. Soyez attentif aux sensations de chaud, de froid, aux picotements, aux vibrations qui alimentent les mouvements du corps, dans vos mains, dans vos jambes, dans votre thorax. Percevez-vous des sensations de chaleur ? des tensions ? Méditer, c'est mettre de la conscience ailleurs que sur le plan mental. Méditer, c'est prendre conscience de votre corps, de vos sensations.

Portez, à présent, votre attention sur votre respiration. Toutes les méditations s'appuient sur la respiration. Inspirez et soyez conscient que vous inspirez; expirez et soyez conscient que vous expirez. Ne forcez pas votre respiration, laissez-la aussi souple et légère qu'elle se présente naturellement à vous. Prenez conscience que chaque respiration vous ramène au cœur de vous-même. Laissez-vous porter par le bercement de votre respiration.

À présent, je vous propose d'accueillir toutes les pensées qui pourraient traverser votre esprit.

Il se pourrait que la lecture de ce livre ait réveillé certaines réactions, certains jugements que vous portez sur vous-même ou sur vos enfants. Il se pourrait que vous soyez plein d'un élan constructif pour améliorer la relation avec vos enfants, ou de toute autre pensée. Je vous suggère d'accueillir ces jugements avec autant de légèreté que vous accueillez le souffle de votre respiration. Comme on observe les nuages dans le ciel, observez avec détachement les jugements que vous portez sur vous-même et sur vos enfants. Observez les pensées telles que: «Je ne suis pas le parent que j'aimerais être», «J'aimerais avoir une relation plus chaleureuse avec mes enfants» sans vivre ni culpabilité ni regrets. Soyez juste attentif à toutes ces pensées pour ce qu'elles sont. Les pensées sont des conglomérats d'énergie mentale, elles ne sont pas vous, et vous n'êtes pas vos pensées pas plus que vous n'êtes vos émotions. Accueillez les pensées qui se présentent à vous sans leur accorder de crédit. Accueillez tous ces jugements jusque dans votre poitrine. Au centre de votre poitrine se trouve votre cœur spirituel. Le cœur est le grand transformateur de la vie; tout ce qui passe par le cœur spirituel se transforme en amour.

Accueillez aussi les jugements que vous portez sur vous-même, qu'ils soient favorables ou non, dans votre cœur. Accueillez les jugements que vous portez sur vos enfants et sur la relation que vous avez avec eux, dans votre cœur.

Accueillez chaque pensée sur l'inspiration. Chaque pensée, portée par l'inspiration, vient se fondre à votre poitrine. Accueillez dans votre cœur vos doutes, vos peurs, votre culpabilité. Laissez tous ces sentiments, sans distinction aucune, se fondre à votre cœur spirituel. Votre cœur absorbe et transforme toutes les pensées, quelles qu'elles soient.

À présent, appuyez-vous sur votre expiration. Alors que vous expirez, visualisez une lumière blanche se dégager de votre cœur. Elle peut devenir légèrement dorée, argentée. Visualisez toutes les particules de lumière émanant de votre cœur dans toutes les directions.

Ne vous forcez à rien. Soyez juste attentif à votre respiration et à l'effet de cette méditation sur votre esprit. À chaque expiration, c'est une lumière dorée qui se dégage de vos narines. Laissez ces ondes de lumière se diffuser autour de vous. Si vous avez des enfants, imaginez-les en face de vous, assis confortablement. Imaginez qu'ils reçoivent votre énergie bienveillante sous la forme de cette lumière. Ils reçoivent cette énergie au cœur de leur être, c'est-à-dire au niveau de leur cœur spirituel. Sentez que cette simple respiration les apaise, les soulage, les sécurise. Laissez aller votre intention de tendresse et de bienveillance sans la forcer, laissez-la simplement aller, portée par le mouvement inexorable de la respiration.

Ouvrez à présent cette offrande de lumière aux amis de vos enfants, à vos petits neveux et nièces, aux enfants de vos voisins, aux enfants de vos amis. Peu importe que vous entreteniez des liens intimes avec ces enfants ou pas. Osez simplement, par le mouvement naturel de la respiration, diffuser une énergie réconfortante à tous les enfants auxquels vous pensez. Si votre cœur est suffisamment ouvert, n'hésitez pas à diffuser cette lumière à l'intention de tous les enfants du monde, à ceux que vous ne connaissez pas, à ceux qui vivent dans d'autres pays.

Ne forcez rien, ne soyez pas celui qui diffuse : laissez simplement se diffuser à travers vous — cette distinction est importante. Ne donnez pas d'intention à votre respiration. Laissez la vie respirer en vous.

À ce stade, peut-être votre cœur est-il assez ouvert pour que vous élargissiez votre méditation à tous les êtres qui ont été des enfants. Intégrez-les dans votre méditation. Visualisez-les assis paisiblement à vos côtés; visualisez le fait qu'ils s'apaisent spontanément en recevant la lumière dorée qui émane de vous.

À présent, visualisez l'enfant que vous avez été vous-même. Imaginez-vous alors que vous aviez trois ans, quatre ans, peut-être plus. Visualisez-vous à l'âge auquel votre cœur était totalement ouvert. Visualisez-vous alors que votre naïveté n'était pas considérée comme une faiblesse. Centrez-vous à l'âge où aucune aigreur n'habitait votre cœur.

Quels qu'aient été les épisodes de votre enfance, quelle qu'ait été votre histoire, préservée ou exposée, faites le choix de porter sur l'enfant que vous avez été un regard de bienveillance totalement dépourvu de jugement. Peut-être percevrez-vous du regret, de la mélancolie, peut-être éprouverez-vous la nostalgie d'un temps où tout vous semblait facile. Ici encore, ne jugez pas ces sentiments; observez-les avec détachement, comme l'acteur qui se regarde jouer. Demeurez le témoin de votre vie. Quelle qu'elle soit, soyez le témoin attentif de votre vie. C'est souvent parce que nous sommes durs avec le souvenir de notre propre enfance que nous déployons de la dureté envers nos enfants.

Laissez votre énergie d'amour toucher l'enfant que vous avez été. Sentez que cette énergie d'amour, que vous visualisez sous la forme d'une lumière dorée, se diffuse jusqu'au cœur de l'enfant que vous avez été. Laissez cette énergie vous toucher. Respirez profondément.

Je vous encourage à laisser circuler en vous tout cet amour aussi naturellement que vous accueillez le souffle de votre respiration.

ÉPILOGUE

Amour de ma mère, jamais plus. Elle est en son définitif berceau, la bienfaitrice, la douce dispensatrice. Jamais plus, elle ne sera là pour me gronder si je me fais des idées. Jamais plus là, pour me nourrir, pour me donner vie chaque jour, pour me mettre au monde chaque jour (…).
Ô maman, ma jeunesse perdue. Complaintes, appels de ma jeunesse sur l'autre rive (…). Avec elle, je n'étais pas seul.
ALBERT COHEN, *Le Livre de ma mère*

À l'heure où je porte la dernière touche à ce manuscrit, mon éditeur m'interroge : « *Comment te situeras-tu avec la presse compte tenu du fait que tu n'es ni médecin ni pédiatre ?* » Cette question m'interpelle et m'inspire la conclusion qui suit.

Aujourd'hui, beaucoup de parents, lorsque leur enfant est malade, s'en remettent à l'avis du médecin sans même s'interroger eux-mêmes et tenter d'identifier ce qui a pu fragiliser l'immunité de leur enfant. Lorsque l'enfant peine à l'école, plutôt que de décrypter ce qui le freine à apprendre, les parents baissent les bras en prophétisant qu'ils ne sont pas enseignants. Quand l'enfant mord, crie, manifeste tous les symptômes d'une détresse ou d'un découragement, les parents tournent leur regard vers des spécialistes en s'excusant de n'être pas des « psys ».

Or, si le point de vue des médecins, des autres professionnels et des « psys » est utile pour rendre les parents autonomes, il me semble toxique lorsqu'il fragilise leur libre arbitre. La compétence des spécialistes ne peut pas et ne doit pas suppléer la responsabilité des parents. Le rôle des professionnels est d'alerter, jamais d'effrayer. Ils peuvent faire un peu plus : une fois qu'ils ont informé les parents, ils peuvent les encourager à reprendre leur vie en main dans la confiance.

Éduquer ses enfants dans la conscience est avant tout l'affaire des parents. Cela demande de la maturité, du courage et de la persévérance. Ce choix implique que les parents se forment, qu'ils investissent du temps, du cœur, pour mieux comprendre et accueillir les garçons et les filles qui feront vivre le monde de demain. Éduquer dans la conscience demande que nous fassions confiance à ce que nous ressentons, à nos convictions intimes, même lorsque celles-ci sont en contradiction avec le témoignage d'autres, qu'ils soient ethnologues, médecins ou doyens de faculté. Il est temps qu'émerge une nouvelle génération de parents, plus conscients de leur véritable responsabilité et de leur pouvoir sur le monde. Il est temps qu'émerge une nouvelle génération d'êtres humains, libres de tout mouvement politique, social ou sectaire, et ayant pris conscience que le monde dans lequel nous vivons, et dans lequel vivront demain nos enfants, est le monde que nous avons créé. Il est temps qu'émerge, dans le cœur des parents, un esprit citoyen et responsable qui contribuera à l'accueil de ce monde nouveau. Plus que de réformes, nous avons besoin d'un espace pour des échanges authentiques, un espace favorable à l'émergence d'une conscience bienveillante et responsable.

Je souhaite de tout cœur que ce livre, comme un rayon de lumière et de conscience, apporte aux parents la confiance nécessaire pour incarner pleinement leur responsabilité.

Chamigny, le 30 août 2009

NOTES

1. Khalil Gibran, *Le Prophète*, Paris, Mille et une nuits, 1997, p. 19.
2. T. A. Wiegers, M. J. N. C. Keirse, J. van der Zee, G. A. H. Berghs, « Outcome of Planned Home and Planned Hospital Births in Low Risk Pregnancies: Prospective Study in Midwifery Practices in the Netherlands », Netherlands Institute of Primary Health Care, 1996, site : http://www.bmj.com/cgi/content/full/313/7068/1309 ; site de l'Audipog : http://www.audipog.net/perinat.php.
3. Comptes rendus de l'Office parlementaire d'évaluation des politiques de santé, mercredi 21 juin 2006, site du Sénat : http://www.senat.fr/bulletin/20060619/opeps.html.
4. Olivier Chardon, Fabienne Daguet, Émilie Vivas, *Les familles monoparentales : Des difficultés à travailler et à se loger*, Division Enquêtes et Études démographiques, Insee 2008, site de l'Insee : http://www.insee.fr/fr/themes/document.asp?ref_id=ip1195.
5. Edwige Antier, Aldo Naouri, *Faut-il être plus sévère avec nos enfants ?*, Paris, Éditions Mordicus, 2008, p. 69.
6. Article 43 du Code criminel canadien.
7. Conseil de l'Europe, *Abolition des châtiments corporels, un impératif pour les droits de l'enfant en Europe*, Strasbourg, Éditions du Conseil de l'Europe, avril 2006.
8. Marjorie Smith, Gavin Nobes, *et al.*, « Physical Punishment of Children in two-parent Families », *Clinical Child Psychology and Psychiatry*, vol. 2, n° 2, p. 271-281, 1997.
9. Statistique Canada, site : www.statcan.gc.ca.
10. Circulaire de l'Éducation Nationale n° 91-124 du 6 juin 1991 modifiée par les circulaires n°s 92-216 du 20 juillet 1992 et 94-190 du 29 juin 1994.
11. Site de ressources et de réflexions pédagogiques de Vincent Breton : www.prepaclasse.net.
12. La Leche League (LLL) (en français : Ligue de la leche), site : http://www.lllfrance.org/.
13. Les *Free Hugs*, site : www.freehugscampaign.org.
14. Anne-Marie Tobin, « Passer trop de temps devant la télé est mauvais pour la santé », *La Presse Canadienne*, le 27 mai 2008.

BIBLIOGRAPHIE

AIRD, Kishori. *L'ADN démystifié : Guide pratique de reprogrammation des treize hélices au point zéro,* Magog (Québec), Institut Kishori, 2002.

ANCELIN SCHÜTZENBERGER, Anne. *Aïe, mes aïeux,* Paris, Desclée de Brouwer, 2007.

ANTIER, Edwige, Aldo NAOURI. *Faut-il être plus sévère avec nos enfants ?,* Paris, Mordicus, 2008.

BOHLER, Sébastien, Véronique DURRUTY. *La Chimie de nos émotions,* Avignon, Aubanel, 2007.

CHARDON, Olivier, Fabienne DAGUET et Émilie VIVAS, *Les Familles monoparentales : Des difficultés à travailler et à se loger,* Division Enquêtes et Études démographiques, Insee 2008, site de l'Insee : http://www.insee.fr/fr/themes/document.asp?ref_id=ip1195.

COLLOT, Bernard. *Une école du troisième type ou « La pédagogie de la mouche »,* Paris, L'Harmattan, 2003.

COMMISSION DES QUESTIONS SOCIALES, DE LA SANTÉ ET DE LA FAMILLE. *« Interdire les châtiments corporels des enfants en Europe »,* Strasbourg, Conseil de l'Europe, document 10199, juin 2004.

CONSEIL DE L'EUROPE. *Abolition des châtiments corporels, un impératif pour les droits de l'enfant en Europe,* Strasbourg, Éditions du Conseil de l'Europe, Avril 2006.

DOLTO, Françoise. *Lorsque l'enfant paraît,* Paris, Éditions du Seuil, 1977.

FILLIOZAT, Isabelle. *Au cœur des émotions de l'enfant,* Paris, Marabout, 2006.

FREINET, Célestin. *Naissance d'une pédagogie populaire : historique de l'école moderne : pédagogie Freinet,* Paris, Maspéro, 1968.

GIBRAN, Khalil. *Le Prophète,* Paris, Mille et une nuits, 1997.

GIVAUDAN, Anne, Dr Antoine ACHRAM. *Formes-pensées, découvrir et comprendre leurs influences sur notre santé et sur notre vie,* Plazac (France), Sois, 2003.

JUNG, Carl Gustav. *« Ma vie » : Souvenirs, rêves et pensées,* Paris, Gallimard, Nouvelle édition revue et augmentée, 1991.

MILLER, Alice. *Notre corps ne ment jamais,* Paris, Flammarion, 2004.

MONTESSORI, Maria. *L'enfant,* Paris, Desclée de Brouwer, 2006.

OFFICE PARLEMENTAIRE D'ÉVALUATION DES POLITIQUES DE SANTÉ. *Comptes rendus de l'Office...,* mercredi 21 juin 2006, site du Sénat : http://www.senat.fr/bulletin/20060619/opeps.html.

RIOU, Arnaud. *Jouer le rôle de sa vie,* Les Éditions de l'Homme, Montréal, 2006.

ROGERS, Carl. *Le développement de la personne,* Paris, Dunod, 2005.

ROSENBERG, Marshall. *Les mots sont des fenêtres,* Paris, Éditions La Découverte, 2004.

SAINT-EXUPÉRY, Antoine de. *Le Petit Prince,* Paris, Gallimard, 2007.

SALOMÉ, Jacques. *Papa, maman, écoutez-moi vraiment,* Paris, Albin Michel, 1989.

SMITH, Marjorie. *Synthèse présentée lors de la Cinquième Conférence européenne sur les mauvais traitements et les négligences infligés aux enfants,* Société internationale pour la prévention des mauvais traitements et les négligences, Oslo, mai 1995.

SMITH, Marjorie, Gavin NOBES, *et al.*, « Physical Punishment of Children in Two-Parent Families », *Clinical Child Psychology and Psychiatry,* vol. 2, nº 2, p. 271-281, 1997.

SOLTER, Aletha. *Pleurs et colères des enfants et des bébés, une approche révolutionnaire,* Gaillard (France), Jouvence, 1999.

STEINER, Rudolf. *La Philosophie de la liberté : traits fondamentaux d'une vision moderne du monde,* Montesson (France), Novalis, 2000.

THOMPSON GERSHOFF, Elisabeth. « Corporal Punishment by Parents and Associated Child Behaviors and Experiences: A Meta-analytic and Theoretical Review », *Psychological Bulletin,* vol. 128, nº 4, 2002, p. 539-579.

TOBIN, Anne-Marie. « Passer trop de temps devant la télé est mauvais pour la santé », *La Presse Canadienne,* 27 mai 2008.

ULLMANN, Montague. *La télépathie par le rêve,* Paris, Tchou, 1977.

VERNY, Dr Thoma. *La vie secrète de l'enfant avant la naissance,* Paris, Grasset, 1971.

WIEGERS T. A., M. J. N. C. KEIRSE, J. VAN DER ZEE, G. A. H. BERGHS. « Outcome of Planned Home and Planned Hospital Births in low risk Pregnancies: Prospective Study in Midwifery Practices in the Netherlands », Netherlands Institute of Primary Health Care, 1996, site du NIPH : http://www.bmj.com/cgi/content/full/313/7068/1309.

AUTRES RÉFÉRENCES

FILMOGRAPHIE

AZUELOS, Lisa. *LOL*, Pathé Renn Productions, 2008.

MARTINO, Bernard. *Le bébé est une personne,* Paris, TF1 Entreprises, 1994.

SITES INTERNET

Association des utilisateurs de dossiers informatisés en pédiatrie, obstétrique et gynécologie, site de l'Audipog: www.audipog.net/perinat.php.

BRETON, Vincent. Site de ressources et de réflexions pédagogiques de Vincent Breton: www.prepaclasse.net.

La Leche League (LLL) (en français: Ligue de la leche). Maternage et allaitement, site: www.lllfrance.org.

Les *Free Hugs,* site: www.freehugscampaign.org.

AUTRE

Ateliers de peinture proposés par Arno Stern, Institut de Recherche en Sémiologie de l'Expression, Le Closlieu, Paris 15e.

REMERCIEMENTS

Merci la vie!

Un matin, au réveil, ce livre s'est imposé à moi comme une évidence. Je ne l'avais pas prévu et je travaillais alors à l'écriture d'un autre ouvrage. Mais l'appel de la vie est plus fort que ce que l'on peut attendre d'elle. *Au nom de l'enfant* s'est écrit d'un souffle, presque dans l'insouciance. Au moment où je rédige les dernières lignes, je remercie la vie elle-même qui me l'a insufflé!

À peine prenais-je conscience que j'étais enceint d'un livre que grattaient à la porte ses trois marraines, telles trois fées penchées sur le berceau. Elles ont encouragé la croissance du manuscrit d'un regard infiniment bienveillant: ma précieuse adjointe, Cécile Priou, ainsi que Sylvie Gerbault et Julie Van Rompaey ont eu cette grâce. Je les remercie pour leurs relectures attentives et leurs précieux conseils.

Je remercie également Isabelle Ferchaud, maïeuticienne de la folie douce. Elle m'a inspiré sur bien des points dans mon rôle de père et de chercheur.

Je remercie les participants aux séminaires que j'anime. Leurs témoignages, leur confiance m'ont toujours nourri, je leur en suis reconnaissant. C'est grâce à eux que j'ai élaboré, au fil des ans, la méthode de l'**ACTE** © Approche Consciente de la Totalité de l'Être. Je remercie celles et ceux qui m'aident désormais à diffuser cette méthode au sein de l'Association de l'ACTE.

Je remercie les Éditions de l'Homme et plus particulièrement Pierre Bourdon et Erwan Leseul, à Montréal, de leurs encouragements répétés et de leur soutien actif, ainsi que Sylvain Neault et son équipe, à Paris, pour la diffusion.

J'ajouterai pour terminer que j'ai écrit cet ouvrage avec mon cœur d'enfant. Je remercie du fond de mon cœur mes parents chéris. Ils ont été les premiers à m'aimer pour ce que j'étais et non pour ce que je faisais. Ils m'ont ainsi appris que la plus précieuse de toutes les méthodes d'éducation a un nom... elle s'appelle l'amour.

TABLE DES MATIÈRES

POUR JOINDRE L'AUTEUR

Arnaud RIOU anime des conférences et propose des stages sur la relation, notamment sur la relation parents-enfants. Il supervise également les professionnels de sa méthode, la méthode de l'ACTE:
Approche Consciente de la Totalité de l'Être ©
Il reçoit dans son cabinet à Paris.

Vous trouverez le programme de ses stages sur:
www.arnaud-riou.com
Pour le joindre:
stages@riou-communication.com
Renseignements Bureau Arnaud Riou Ressources et Communication + 33 (0) 9 622 03 752

Suivez les Éditions de l'Homme sur le Web

Consultez notre site Internet et inscrivez-vous à l'infolettre pour rester informé en tout temps de nos publications et de nos concours en ligne. Et croisez aussi vos auteurs préférés et l'équipe des Éditions de l'Homme sur nos blogues !

www.editions-homme.com

Achevé d'imprimer au Canada
sur papier Enviro 100 % recyclé